त्रिकोण

[दो लघु उपन्यास और एक लम्बी कहानी]

विजयदान देथा

वाणी प्रकाशन

वाणी प्रकाशन
4695, 21-ए, दरियागंज, नयी दिल्ली 110 002

शाखा
अशोक राजपथ, पटना 800 004

फ़ोन: +91 11 23273167 फ़ैक्स: +91 11 23275710

www.vaniprakashan.in
vaniprakashan@gmail.com

TRIKON
by Vijaydan Detha

ISBN : 978-93-5072-153-7
Novel

प्रथम संस्करण 2012
आवृत्ति संस्करण 2014
मूल्य : ₹450

शुभम् ऑफ़सेट, दिल्ली-110 032 में मुद्रित

वाणी प्रकाशन का लोगो मक़बूल फ़िदा हुसेन की कूची से

मनीषी तैस्सितोरी के नाम
जिसने राजस्थानी को
अपनी मातृभाषा इतालवी
के उनमान ही प्यार किया
और वैसा ही सम्मान दिया!

अनुक्रम

पुरोवाक्

तैस्सितोरी का प्रामाणिक परिचय

डिंगल में मंगल गान

ओम थानवी

कोलकाता की मातृ टेरेसा सरणी (पार्क स्ट्रीट) की पहली इमारत के अँधेरे पायदान पर कदम रखते वक्त आपको भले न लगे, ऊपर पहुँचकर इलहाम होगा जैसे स्वर्ग और नरक की सीढ़ियाँ एक साथ चढ़ आये हों। हस्तलिखित और मुद्रित ग्रन्थों का ऐसा खजाना कि कोई वजह नहीं आप वहाँ किसी दूसरे बहिश्त की कल्पना करें और चीजों का रखरखाव ऐसा कि थोड़ी देर बाद ही जीवन-मरण की घुटन महसूस करने लगें।

यह एशियाटिक सोसायटी की नयी इमारत है, जो आजादी के बाद बनी। संस्कृति मन्त्रालय के अधीन अब यह एक स्वायत्त संस्थान है। सोसायटी 1784 से काम कर रही है। पुरानी इमारत पिछवाड़े है। लगता है दोनों इमारतों के हर कोने में काल की गर्द और गन्ध बसी हुई हो। नेपल्स से मुम्बई होते हुए कलकत्ता पहुँचकर तैस्सितोरी ने 11 अप्रैल, 1914 को इस सोसायटी के दरवाजे पर दस्तक दी थी। एशियाटिक सोसायटी जैसी नायाब संस्थाओं के साथ अंग्रेज हमारे लिए बाबूगीरी भी लेकर आये। दो रोज की दौड़-धूप के बाद मुझे सोसायटी की एक अलमारी में तैस्सितोरी की मूल कार्ययोजना मिली, जिसके पहले ही पृष्ठ पर उनकी यह टिप्पणी थी–'सर्वे के लिए राजस्थान की आरम्भिक यात्रा पर 22 जुलाई को निकल पाया...तीन महीने पूरी तरह बरबाद हुए क्योंकि कलकत्ता में अटका रहा; काम के सिलसिले में न कोई सुविधा मिली न साधन।'

गनीमत है तैस्सितोरी राजपूताना रवाना हो गये। आज आये होते तो उलटे पाँव लौट जाते। मैंने सोसायटी की पुस्तकालयाध्यक्ष से–जो किस्मत से अपने कमरे में मिल गयीं–तैस्सितोरी के सम्पादित ग्रन्थों और काम के सालाना ब्योरे को देखने

की गुजारिश की। वे जैसे नींद से जागीं। तैस्सितोरी? सोसायटी के लिए किए गये काम को देखते जिसकी तस्वीर वारेन हेस्टिंग्ज की शबीह के साथ टँगी होनी चाहिए थी, उस व्यक्ति के साथ यहाँ भी बेरुखी देखने को मिली! भला हो विदुषी डॉ. वन्दना मुखर्जी और माइक्रोफिश (फिल्म पर दस्तावेज) की प्रभारी गायत्री घोष का जिन्होंने कुछ चीजें मेरे लिए खोज निकालीं।

लेकिन मैं तैस्सितोरी की—और अब मेरी तरह कइयों की—प्रिय कृति 'वेलि क्रिसन रुकमणी री' की हस्तलिखित प्रति आँखों से देखना चाहता था। सम्भव हो तो छूना भी। सोसायटी की तरफ से प्रकाशित राजस्थानी हस्त-ग्रन्थों की विवरणिका के दूसरे खंड में 'वेलि' का क्रमांक (234) तो मिल गया। परची हाथ में लहराते हुए चौथी मंजिल पर संग्रह-कक्ष में पहुँचा। ऊँची टाँड पर रखे एक लाल बस्ते को नीचे उतारकर, झाड़-पोंछकर जो हस्तलिखित ग्रन्थ मेरे सामने रखा गया वह 'वेलि' नहीं था! वह गद्य का कोई विशाल पोथा था। 'वेलि' कवित्त है, एक छोटी-सी कृति। मैं कभी खुले हुए बस्ते को देखता, कभी खिड़की से झाँकते अँधेरे को। विचलित देखकर कर्मचारी ने सफाई दीः 'वेलि' किसी दूसरे बस्ते में जरूर होगी। लेकिन उसका क्रमांक हमें नहीं मालूम। असल में विवरणिका हम नहीं बनाते। जिन्होंने बनाई, उन्होंने भूल की है। इस बस्ते में तो सौ साल से यही ग्रन्थ सुरक्षित है।

फिर तैस्सितोरी द्वारा सम्पादित 'वेलि' कहाँ गयी? यह नहीं कहता कि गायब हो गयी होगी। लेकिन ग्रन्थों को सहेजकर रखने और सूचीपत्र छापने वाले विभाग एक ही संस्थान के अंग हैं। दोनों में तालमेल का यह हाल सोसायटी की बदहाली का इशारा है। इसकी एक और वजह वहाँ पता चली। सोसायटी के संग्रह का इस्तेमाल विद्वानों में घट रहा है। मुझे उसी कर्मचारी ने दो टूक शब्दों में कहाः 'मैं बरसों से इसी कक्ष में काम करता हूँ, किसी राजस्थानी हस्त-ग्रन्थ को देखने यहाँ आता कौन है? गौर करें कि तैस्सितोरी ने ग्रन्थों की सूची ही नहीं बनाई थी, जमाकर बड़ी तादाद में ग्रन्थ सोसायटी को सुपुर्द कर दिए थे। उनकी मृत्यु के बाद भी बयालीस हस्तलिखित ग्रन्थ कलकत्ता भेजे गये थे।'

बहरहाल, श्रीमती घोष से तैस्सितोरी के सालाना ब्योरे के माइक्रोफिश क्रमांक लेकर मैं जेरोक्स विभाग में पहुँचा। सब क्रमांक सही थे लेकिन वहाँ बैठी—मूड़ी फाँक रही—बहनजी बोलीं, 'तीन सौ पन्ने एक रोज में तो नहीं हो पाएँगे। दो रोज दफ्तर बन्द है। होली है, फिर इतवार। डाकखर्च सहित शुल्क जमा करा दें तो सोमवार की शाम सारे कागजात डाक से रवाना कर देंगे।'

राशि मेज पर रखते हुए हताश मुद्रा में मैं उ , 'डाकघर जाने की जहमत न करें, किसी को भेजकर मैं ही उठवा लूँगा!'

बाहर चौरंगी मोड़ की खुली हवा में पहुँचकर ठिठक गया। किसी ने आवाज

दी? नहीं, कोई नहीं था। मैदान की तरफ बढ़ चला। यह सोचते हुए कि तैस्सितोरी की मृत्यु भले बीकानेर में हुई हो, उनकी आत्मा कहीं एशियाटिक सोसायटी में न भटक रही हो!

साहित्य से लेकर इतिहास और पुरातत्त्व तक तैस्सितोरी की रुचियाँ गहन थीं। पर मूलतः वे भाषा—खासकर व्याकरण—के विद्वान थे। राजस्थानी, प्राकृत और संस्कृत पर उनका अधिकार था। हिन्दी और गुजराती पर भी।

उन्होंने इटली में रहते हुए फ्लोरेंस विश्वविद्यालय के पुस्तकालय में जब छपे-अनछपे ग्रन्थों के सहारे अध्ययन किया, तब बात अलग थी। कलकत्ता आकर अंग्रेजों की सोहबत में एशियाटिक सोसायटी में सम्पादक का काम पेचीदा था। उन्हें राजपूताना (राजस्थान) जाकर रहना था। वहाँ पं. रामकरण शर्मा और किशोरदान बारहठ जैसे सयाहेगी तो मिले, लेकिन हर जगह अपेक्षित सहयोग नहीं मिला। प्रतिलिपि करना तो दूर, कई लोग घर में रखे ग्रन्थ तक नहीं पढ़ने देते थे। रजवाड़ों का राज था। जैसा कि उन्होंने अपनी कार्ययोजना (स्कीम) में लिखा भी, वहाँ लोग एशियाटिक सोसायटी का नाम ही नहीं जानते थे। अंग्रेज अफसरों के जब-तब जारी फरमान प्रभावहीन साबित हुए। जहाँ ग्रन्थ घरों या मन्दिरों में थे, वहाँ रियासत के निर्देश भी निरर्थक थे।

बीकानेर के महाराजा गंगासिंह और उनके प्रधानमन्त्री के.एम. पणिक्कर जैसा सहयोग तैस्सितोरी को कहीं नहीं मिला। जयपुर में पोथीखाने के प्रभारी पं. मधुसूदन ओझा ने तो उन्हें परदेसी होने के कारण बेशकीमती हस्तलिखित ग्रन्थ दिखाने से इनकार कर दिया था। जोधपुर के लम्बे प्रवास में अच्छे-खासे काम के बावजूद वे अप्रत्याशित मुश्किलों में पड़ गये। अन्ततः उन्हें रियासत छोड़कर बीकानेर जाना पड़ा।

जोधपुर के महाराजा सुमेरसिंह नादान थे। राजकाज उनके चाचा सर प्रताप चलाते थे, जो शायद इसी के लिए ईडर रियासत की बादशाहत छोड़ आये थे। महकमा तवारीख के गुमानसिंह खीची की शिकायत पर उन्होंने तैस्सितोरी को अपना काम समेट लेने को कहा। जोधपुर में तैस्सितोरी के सहायक रहे पोकरण निवासी उदयराज उज्ज्वल के एक संस्मरण (1956) के अनुसारः (तैस्सितोरी के काम की) 'सफलता से महकमा तवारीख के सुपरिंटेंडेंट खीची गुमानसिंहजी और उनके अहलकारों को ईर्ष्या हुई। गुमानसिंह जी फौजी थे, विद्वान तो थे नहीं। वे लोगों के बहकावे में आ गये। वे सर प्रताप के बड़े भरोसेमन्द और कृपापात्र थे। उन्होंने सर साहब के कान भरे। फिर बड़े साहब (पॉलिटिकल एजेंट) से पत्राचार कर तैस्सितोरी के लिए हुकुम जारी कर दिया गया कि, जोधपुर से अपना काम हटा लो। साहब (तैस्सितोरी) को इस हरकत से बहुत अफसोस हुआ।'

अपने खास सहायक किशोरदान को तैस्सितोरी बीकानेर साथ ले गये।

उदयराज उज्ज्वल के मुताबिक, 'मारवाड़ (जोधपुर) का एक विद्वान और जागीरदार (किशोरदान) बीकानेर जाकर तैस्सितोरी के साथ काम करे, यह बात भी महकमा तवारीख वालों को सुहाई नहीं। न खुद काम करें, न दूसरों को करने दें!...नतीजा यह हुआ कि किशोरदानजी के पास सर प्रताप का हुकुम पहुँचा कि महकमे में आकर काम करें, वरना आपकी जागीर जब्त कर ली जाएगी। इस पर किशोरदान को जबरन सौ रुपये की नौकरी छोड़कर तीस रुपये माहवार पर (महकमा) तवारीख में जोधपुर लौटना पड़ा।'

तैस्सितोरी को जोधपुर बहुत रास आया था। डायरी में उन्होंने इसका उल्लेख किया है। वहाँ अपने जमे-जमाए काम के उजड़ जाने से वे बहुत आहत हुए। लेकिन सार्वजनिक तौर पर उस अप्रिय प्रसंग की वजह उन्होंने शायद कभी नहीं बताई। उदिने (इटली) में उनके भानजे गुइदो पियानो के पास रखे एक पत्र से इस पर कुछ रोशनी पड़ती है, जो उन्होंने डॉ. ग्रियर्सन को 28 अक्तूबर, 1914 को लिखा था: 'जोधपुर के असरदार लोगों में इतनी रंजिशें हैं कि सबको खुश रखना नामुमकिन है। अपने सहायक के रूप में पंडित रामकरण (अत्यन्त कुशाग्र मारवाड़ी) को रखकर मैंने बहुतों की नाराजगी मोल ले ली है।' ये वही पं. रामकरण थे, जिन्होंने 1901 में राजस्थानी का व्याकरण लिखा।

जोधपुर से विदाई की घड़ी की बेचैनी का अनुभव उन्होंने बीकानेर में अपनी इतालवी डायरी में 29 फरवरी, 1916 को लिखा: 'जोधपुर! रेगिस्तान के मोहपाश! अब समझा हूँ कि तुमने मुझ पर कैसा जादू डाला! यादों की कैसी घुमड़न और बेचैनी! मनोहर गलियों की मन में जाने कितनी छवियाँ हैं, जानी और पहचानी हुई गलियाँ; रंग-बिरंगे चटक रंगों में लोगों के झुंड, घूँघट के पार इत्र की खुशबू बिखेरती, पायल झनकाती स्त्रियाँ। जोधपुर! मेरी धमनियों के राज-रोग!'

राजपूताना में काम की मुश्किलों का अन्दाजा तैस्सितोरी की उक्त डायरी और पत्रों से होता है। जैन मुनि विजयधर्म सूरि को वे गुरु का मान देते थे। उन से इटली से पत्राचार कायम था; मुनि की पत्रिका 'जैनशासन' वे वहाँ मँगाते थे। जोधपुर पहुँचकर वे उनके प्रत्यक्ष सम्पर्क में आ गये। मुनि सूरि को जोधपुर 'गेस्ट हाउस' से 13 सितम्बर, 1914 को अपनी सधी और सुलेख हिन्दी (यहाँ जस-की-तस उद्धृत) में तैस्सितोरी लिखते हैं:

'गये हफ़ते में मैं नागौर गया था. जाने का सबब यह था कि नागौर में दिगम्बरों का एक बड़ा भंडार कि जिसमें आसपास 10 हज़ार पुस्तकें हैं एक भट्टारक के अधिकार में हैं—ऐसे सुनने में आया था; और यह भी सुना था कि वह भंडार सदा ही बन्द रहता है और उसका अधिकारी भट्टारक जो है, सो भंडार खोलने

को इनकार दे रहते हैं। इस वास्ते जोधपुर दरबार के हुकुम की चिट्ठी लेकर उधर गया था, परन्तु राज्य के हुकुम होने पर भी उस भट्टारक ने कुछ नहीं दिखलाया. अफ़सोस की बात है कि इतनी पुस्तकें जो बेशक प्राचीन और अमूल्य हैं, कीड़ों का भोजन होने वाली हैं।'

आपका आज्ञाकारी भक्त

(इतालवी में दस्तखत)

मगर हस्त-ग्रन्थों के अध्ययन में कुछ जगहों से तैस्सितोरी को अप्रत्याशित सहयोग भी मिला। 'दरबार' के रुक्के के बावजूद जिस दरवाजे से उन्हें या उनके सहायकों को लौटना पड़ा, वहाँ मामूली निजी हवालों से ही ग्रन्थ मिल गये। एक सहायक रामदयाल उज्ज्वल के पचास वर्ष पहले दिए गये वक्तव्य के अनुसारः 'अप्रैल 1915 में (सहायक की) नियुक्ति के फौरन बाद मैं फलोदी गया। वहाँ पहले कई लोग जा चुके थे, पर एक भी पोथी हाथ नहीं लगी थी। वहाँ के मथेण जवाहरमलजी मेरे दादा को जानते थे। वहीं के मनसुखदासजी गुचिया ने उनसे मेरा परिचय कराया। मथेण बोले, 'नाथूरामजी का पोता और वह भी आपके साथ आया है, मना करने की गुंजाइश नहीं है।' बेशुमार पुस्तकों का गट्ठर उन्होंने सामने रख दिया। कहा कि आपकी उम्र तक पुस्तकें खत्म नहीं होंगी, हो गयीं तो सोजत-नागौर के जतियों (यति, जैन प्रचारक) को भी लिख दूँगा। एक-एक कर पोथी मैं उनसे लेता और नकल उतरवाकर लौटा देता।'

तैस्सितोरी ने लिखा है कि ज्यादातर ग्रन्थ उन्होंने इसी तरह माँग कर जमा किए या उनकी प्रतियाँ करवाईं। बहुत-सी प्रतियाँ खरीदीं भी। एशियाटिक सोसायटी को भेजे गये एक प्रतिवेदन में उन्होंने लिखा है, 'कुछ (हस्तलिखित प्रतियाँ) तो एक-एक रुपये में मिल गयीं, जबकि उनकी नकल उतरवाना दस-बारह रुपये में पड़ता!...मुश्किल यही है कि हर रचना के कई पाठान्तर मिल जाते हैं, जिनमें कुछ अशुद्ध होते हैं।'

तैस्सितोरी की दिलचस्पी डिंगल के साथ राजस्थानी लोकगीतों में भी थी। वार-त्योहारों से सम्बन्धित लोकगीतों की एक कॉपी तैस्सितोरी की हस्तलिपि में मैंने बीकानेर अभिलेखागार में देखी। सोसायटी को प्रस्तुत 1916 के प्रगति ब्योरे के परिशिष्ट में राजाओं की तारीफ में गाए जाने वाले गीतों के उद्धरण हैं। 'ढोला-मारू रा दूहा' भी उन्हीं की खोज थी। काव्य के अलावा गद्य-कृतियों (ख्यात, बात, वंशावली आदि) का संकलन भी उन्होंने बड़ी संख्या में किया था। इनमें मुहणोत नैणसी री ख्यात (ख्याति भरा इतिहास) प्रसिद्ध ग्रन्थ है। सोसायटी के एक सूचीपत्र में 'मारवाड़ रा ओखांणा' (कहावतें) संकलन की जानकारी भी मिली।

बीकानेर में 'राजस्थान भारती' (1957) में दर्ज एक प्रत्यक्षदर्शी के संस्मरण से पता चलता है कि तैस्सितोरी हिन्दी के अलावा राजस्थानी भी सहजता से बोलते थे। हालाँकि बीकानेर में उनकी बोली पर जोधपुर का 'लहजा' छाया रहता था, जहाँ उन्होंने राजस्थानी बोलना शुरू किया।

एशियाटिक सोसायटी में अपनी काबिलियत की धाक तैस्सितोरी ने पहले ही साल जमा दी थी, जब राजपूताने की पाँच महीने की आरम्भिक यात्रा से लौटकर दिसम्बर, 1914 में उन्होंने अपनी विस्तृत कार्ययोजना (स्कीम) पेश की। लगे हाथ तब उन्होंने जयपुर, जोधपुर, बीकानेर, नागौर, बूँदी, रतलाम, उज्जैन आदि स्थानों से हस्तलिखित ग्रन्थ जुटाकर एक विगतवार सूची बना दी। 'वचनिका' पर काम शुरू कर दिया। सबसे अहम बात यह कि डिंगल और पिंगल पर महामहोपाध्याय हरप्रसाद शास्त्री की भ्रामक धारणा का उन्होंने साहस के साथ खंडन किया। आगे जाकर सोसायटी के अध्यक्ष बनने वाले शास्त्री संस्कृत के विद्वान थे। उन्होंने ही राजपूताने में चारणी साहित्य के अध्ययन की पहल की थी। उनकी रिपोर्ट 1913 में छपी, जिसके आधार पर तैस्सितोरी ने अपना अध्ययन शुरू किया। शास्त्री का मानना था कि डिंगल और पिंगल राजस्थानी भाषा के दो काव्य-रूप हैं। तैस्सितोरी ने साफ किया कि दोनों जुदा भाषाएँ हैं। डिंगल सृजन की स्थानीय भाषा है, पिंगल (राजस्थानी मिश्रित) ब्रज-भाषा। उन्होंने इस पर भी जोर दिया कि डिंगल 'चारणों की बनावटी भाषा' नहीं है और कविता में भाट से चारण ज्यादा ओज रखते हैं। 'चारणों की रचनाओं का साहित्यिक मूल्य है, हालाँकि उनका पेशा अब ढलान पर है और राजपूत शौर्य के ये होमर गाँवों में आज मुफलिसी की जिन्दगी जी रहे हैं।' तैस्सितोरी को लगता था कि शास्त्री के 'ब्राह्मणवादी रुझान' वाली अध्ययन पद्धति वैज्ञानिक कम है।

तैस्सितोरी की साहित्यिक समझ देखने के लिए 'वेलि क्रिसन रुकमणी री' की टीका का जायजा ही काफी होगा। सोलहवीं सदी में रची गयी तीन सौ पाँच छन्दों वाली 'वेलि' की उन्हें आठ हस्तलिखित प्रतियाँ मिलीं। सहायकों की मदद से उन्होंने कृति को एक रूप देने की कोशिश की। रचना के बारे में वे कहते हैं कि सिद्ध चारणों ने 'वेलि' को असरदार भाषा में पाँचवें वेद या उन्नीसवें पुराण की 'घोर अतिरंजित' संज्ञा भले दे डाली हो, 'समुचित' भाषा में इतना जरूर कहा जा सकता है कि 'पृथ्वीराज की यह छोटी-सी रचना डिंगल साहित्य का सबसे परिष्कृत काव्य है; काव्य-कौशल का अनूठा रूप जिसमें, आगरा के ताजमहल की तरह, बारीकी का विस्तार अपनी सादगी में अभिव्यंजित है और अनुभूति की गहराई, विधा की निर्मलता में गुम्फित है।' तैस्सितोरी चारणी साहित्य की महिमा से अभिभूत थे। 'वेलि' एक राजपूत की रचना थी। इस पर अपनी टीका में उन्होंने साफ किया:

'इतना परिष्कृत काव्य किसी राजपूत की रचना है, यह देखकर हैरान न हों। ...हम बड़ा अन्याय करेंगे अगर यही सोचें कि राजपूत एक संवेदनहीन योद्धा होता है। वह रणभूमि में योद्धा होता है, लेकिन अमन की घड़ी में नितान्त अलग व्यक्ति।'

आम राजाओं की तरह पृथ्वीराज राठौड़ 'पीथल' की अकबर के दरबार में हाजरी थी, इनके बावजूद वे जुझारू महाराणा प्रताप के खैरख्वाह थे। कूटनीतिक विवेक को परे रख दें तो 'पीथल' गहरे सौन्दर्य-प्रेमी थे। 'वेलि' पढ़ते हुए आपको कालिदास और जयदेव की याद आएगी। हेमन्त के आगमन पर 'वेलि' का एक छन्द है:

निहसे वूठौ घणा विणु नीलाणी
वसुधा थलि थलि जल वसइ।
प्रथम समागम वसत्र पदमणी
लीधे किरि ग्रहणा लसइ।।

मेघ गरजते हुए बरस रहे हैं और हरियाली से रहित स्थानों पर जल भरा हुआ है। जैसे प्रथम समागम के समय किसी स्त्री के सारे वस्त्र उतारे हों और शरीर पर केवल अलंकार सुशोभित हों।

तरु लता पल्लवित तृणे अंकुरित
नीलाणी नीलाम्बर न्याइ।
प्रथमी नदिमै हार पहरिया
पहिरे दादुर नूपुर पाइ।।

पेड़ों और लताओं पर नये पल्लव आ गये हैं, तृणों के अंकुर फूट पड़े हैं। पृथ्वी पर हरियाली ऐसे छाई है, जैसे किसी नायिका ने हरा परिधान पहना हो। पृथ्वी (रूपी नायिका) ने नदी रूपी हार धारण किया है और पैरों में मेढक रूपी नुपूर।

(डॉ. पुरुषोत्तम आसोपा का अनुवाद)

पृथ्वीराज गोस्वामी तुलसीदास के समकालीन थे। अपनी समालोचना में इस सम्बन्ध में तैस्सितोरी ने महत्त्वपूर्ण स्थापना की है कि सोलहवीं सदी में धार्मिक भावनाओं के उद्रेक ने पूरे देश को घेर रखा था: धुर पूरब में एक ब्राह्मण अपने काव्य में राम की भक्ति (मानस) में लीन था और पश्चिम में एक राजपूत कृष्ण की लीला (वेलि) के मंगल गान में। तैस्सितोरी कहते हैं: 'यह ज्ञान की जगह भक्ति का पुनर्जागरण था; हालाँकि काव्य में एक तरफ (तुलसी) तपोमय संयम केन्द्र में था, दूसरी तरफ (पीथल) विषयासक्ति में।'

'वेलि' में एक छन्द (291) में पृथ्वीराज कहते हैं कि उनकी रचना के 'बीज' भागवत (पुराण) में हैं। इस पर तैस्सितोरी अपनी टीका में 'वेलि' और भागवत पुराण

के कई अंश आमने-सामने रख देते हैं। यह साबित करते हुए कि ताने-बाने को छोड़कर दोनों में बहुत बड़ी दूरी है।

अध्येता के नाते तैस्सितोरी की ऐसी विद्वत्ता के प्रमाण उनके पत्रों में भी मिलते हैं। कामकाजी पत्रों को छोड़कर बाकी पत्र ज्यादातर हिन्दी और अंग्रेजी में हैं, कुछेक राजस्थानी में। वे हाथ से लिखना पसन्द करते थे। उनकी लिखाई और भाषा की सहजता देखकर आप अभिभूत ही नहीं, भावुक भी हो सकते हैं। साफगोई के साथ टकसाली लिपि, करीने की वाक्य-संरचना और उर्दू शब्दों में नुक्तों तक का समुचित प्रयोग। संस्कृत और हिन्दी की शिक्षा उन्होंने फ्लोरेंस में पायी। राजस्थानी और गुजराती का ज्ञान वहाँ विश्वविद्यालय में रखे हस्तग्रन्थों का अध्ययन करते हुए खुद अर्जित किया। हिन्दी लिखने का अभ्यास भी वहीं शुरू किया, पर हाथ जोधपुर पहुँचने के बाद खुला। पाँच साल में उनकी हिन्दी कितनी रवाँ हो गयी थी, इसका अन्दाजा उनके पत्रों से बखूबी हो जाता है।

हिन्दी में तैस्सितोरी का पत्राचार कई लोगों से हुआ होगा। लेकिन भारत में जैन आचार्य विजयधर्म सूरि के नाम लिखे पत्र ही ज्यादा सुरक्षित रह सके। इटली में कुछ पत्र तैस्सितोरी के भानजे पियानो के संग्रह में हैं और भाषाविद् डॉ. ग्रियर्सन और पुरातत्त्वी जॉन मार्शल आदि से हुआ पत्राचार लन्दन की इंडिया ऑफिस लाइब्रेरी के दस्तावेजों में।

जैनाचार्य उद्भट विद्वान थे और अनेक विदेशी शोधकर्ताओं से उनका नियमित सम्पर्क था। 1910 में इतालवी पत्रिका 'जर्नल एशियाटिक' में आचार्य की एक योजना श्रीयशोविजय ग्रन्थमाला पर छपे एक समीक्षा-लेख को पढ़कर शायद तैस्सितोरी उनकी ओर उन्मुख हुए। भारतविद् प्रो. जेकबी ने भी उन्हें आचार्य को पत्र लिखने की सलाह दी। आचार्य ने—जो तब बनारस में थे—तैस्सितोरी के पहले ही पत्र के जवाब में 'प्राकृत मार्गोपदेशिका' भेजी और अपनी पत्रिका 'जैन शासन' के अंक भी। यह सम्पर्क आगे प्रगाढ़ होता गया। भारत आने पर तैस्सितोरी ने 'गुरु' की संक्षिप्त जीवनी भी लिखी।

शुरू में उन्होंने आचार्य को अंग्रेजी में पत्र लिखे। लेकिन बाद में हिन्दी का अभ्यास शुरू कर दिया। राजस्थानी को लेकर काम करने की इच्छा उदिने से लिखे पत्रों में साफ है। 23 जुलाई, 1913 के एक (अंग्रेजी) पत्र में वे लिखते हैं कि मैं कहीं राजपूताने में ही नौकरी पाना चाहता हूँ, ताकि मारवाड़ी और ढूंढ़ाड़ी के साहित्य पर काम कर सकूँ, जो हस्तलिखित ग्रन्थों में छुपा पड़ा है। 'मैं अच्छी तरह जानता हूँ कि गुजराती और राजपूताना की भाषाओं को जितना महत्त्व दिया गया है वे उससे कहीं ज्यादा सुन्दर और महत्त्वपूर्ण हैं।' राजपूताना में नौकरी ढूँढ़ने के अपने प्रयासों की जानकारी देते हुए उस पत्र में तैस्सितोरी ने लिखा थाः 'मैं फिलहाल

पच्चीस वर्ष का हूँ और अविवाहित हूँ। यह मेरी प्रतिज्ञा है कि शादी करूँगा तो किसी भारतीय लड़की से, अन्यथा नहीं।'

16 अक्तूबर, 1913 को उदिने से तैस्सितोरी ने हिन्दी में पत्र लिखा। लिखाई सुलेख थी, भाषा कुछ कच्ची मगर प्रभावशालीः 'गुरु महाराज! जब आपका गुजराती में लिखा हुआ कृपापत्र मेरे हाथ आया, तब जो आनन्द मुझको हुआ सो किस तरह मुझसे कहा जावेगा?' दूसरे पृष्ठ के अन्त मेंः 'इतना ही मतलब हिन्दी में लिखकर, आगे जो शेष है, सो अंग्रेजी में लिखता हूँ क्योंकि अभ्यास न होने से मुझको हिन्दी या गुजराती में लिखना कठिन है। लेकिन मेरी यही आशा है कि जब मैं हिन्दुस्तान में हूँगा, तब इन दोनों जबानों में जल्द प्रवीण हूँगा।...'

भारत आकर उनका हिन्दी का अभ्यास निखरता गया। भाषा में अनुवाद की जगह हिन्दी का स्वभाव झलकने लगा। वे सन्धि और समास का प्रयोग सहजता से करते थे। जोधपुर से 4 जनवरी, 1915 का पत्र देखिएः

'उपाध्याय श्रीइन्द्रविजयजी की सेवा में,

'आपकी भेजी हुई उदैपुर की गजल मिली. यह पुस्तक सिंधी टेकचंदजी ने बनारस से मेरे पास भेजी है. वे यहाँ नहीं आये. और यशोभद्रसूरि के सम्बन्ध में दीपविजय कविराज को लिखा हुआ अंश भी मुझको मिला. मैं आपकी अनुपम कृपा के लिए अंतःकरण से धन्यवाद देता हूँ.

'अत्यन्त शोक के साथ लिखा जाता है कि मेरा छोटा भाई, जो सेना में नौकर था, पर्वत से गिरकर मर गया. ईश्वरेच्छा. क्या किया जाए.

'मैं नौ तारीख शनिवार को प्रातःकाल रवाना होकर फालना करीब दो बजे पहुँचूँगा और आशा है कि शाम को आपके पास पहुँच जाऊँगा.

'पूज्यपाद आचार्यवर्य श्रीधर्मविजयसूरिजी के चरणों में मेरा प्रणाम निवेदन करें.'

कई पत्र तैस्सितोरी के काम की ललक और लगन जाहिर करते हैं। सुराणा समुदाय के अतीत की पड़ताल की जद्दोजहद में 16 दिसम्बर, 1916 को उन्होंने बीकानेर से आचार्य इन्द्रविजय को लिखा थाः

'...गये दिनों में मैं देसणोक और जांगलू की तरफ दौरे में गया था, और मोरखाणो भी गया था, जहाँ सुराणों की कुलदेवी सुसाणीजी का एक पुराना मन्दिर है। और सुराणों का कुछ वृत्तान्त उक्त 'महाजनवंशमुक्तावली' में मिला, और दूसरे किसी ग्रन्थ में सुराणों और सुसाणीजी का कुछ और वृत्तान्त होवे, तो आप कृपा करके फिर भेजें। बड़ी कृपा होगी। और उक्त मन्दिर में एक संवत् 1229 का लेख मिला, सो इस माफ़िक है।'

'सं. 1229 श्री. देव्या सुसाणोविचैत्ये संप्ताप्ती सह/लाकोट आगती भोइलाहिणिं जावजीव द्रेविआ हि/तः

'सो उसका क्या मतलब है? मैं जानता हूँ कि किसी ने मन्दिर के वास्ते कुछ दान दिया जिसका लेख है। परन्तु लेख में ऐसे शब्द आते हैं कि जिनका अर्थ मालूम नहीं होता।...'

आचार्य विजयधर्म सूरि और उनके 'भक्त' तैस्सितोरी के बीच मांसाहार पर भी दिलचस्प पत्राचार हुआ। आचार्य ने सतत सहयोग और सौम्य बर्ताव से तैस्सितोरी का दिल जीत लिया था। लेकिन उन्हें वे पूर्ण शाकाहारी नहीं बना सके। आचार्य की यह शायद भावुक जिद थी। तैस्सितोरी ने उन्हें इटली से (अंग्रेजी पत्र) लिखा कि 'मेरी शाकाहारी बन जाने की उत्कट इच्छा है, लेकिन मेरे लिए यह भारत पहुँचने के बाद ही सम्भव हो पाएगा।' कलकत्ता पहुँच कर उन्हें लगा बोर्डिंग हाउस में रहते यह सम्भव नहीं होगा। गुरु को उन्होंने फिर लिखा, '...वह दिन शीघ्र आएगा जब मैं इस थोड़ी-सी (सामिष) मात्रा का भी त्याग कर दूँगा, पर उसके लिए मेरा अपना रसोइया होना चाहिए। मेरा खयाल है राजपूताना में व्यवस्था कर लूँगा।'

श्रेष्ठ शाकाहारी वह है जो शाकाहार को किसी पर थोपे नहीं। स्वाधीनता आखिर दूसरे की आजादी की रक्षा है, महज अपनी नहीं। आचार्य ने राजपूताना में तैस्सितोरी से शाकाहार का इसरार शायद जारी रखा। एक रोज, 19 अगस्त, 1914 को, मनुस्मृति की बहस में तैस्सितोरी ने कुछ विनय के साथ गुरु के मत का सप्रमाण खंडन कर दियाः 'आपके लिखे हुए सब विषयों से मैं सहमत हूँ। आपके और मेरे मत में केवल इतना ही अन्तर है कि मेरे विचार से मनुस्मृति में केवल अविधिपूर्वक मांसभक्षण का निषेध है, क्योंकि मनुस्मृति के अध्याय 3, श्लोक 268-270, और अध्याय 5, श्लोक 26-33 में विधिपूर्वक मांसभक्षण के लिए विधान है और अध्याय 5, श्लोक 35 में विधिपूवक मांसभक्षण न करने वालों के लिए दंड भी लिखा है।'

कम लोगों को मालूम होगा कि भारत में तैस्सितोरी नियमित रूप से डायरी लिखते थे। यह निजी डायरी उस डायरी से अलग है, जिसमें वे अपने सर्वे के कामकाज, खर्च, नियुक्तियों, खतो-किताबत के ब्योरे लिखा करते थे। मातृभाषा इतालवी में लिखी निजी डायरी उनके व्यक्तित्व को समझने का बेहतर जरिया हो सकती है। जोधपुर छोड़ने की कसक का एक डायरी-अंश आप ऊपर पढ़ आये हैं। डायरी में 298 पृष्ठ हैं। 24 मार्च, 1914 को नेपल्स से भारत के लिए रवाना होने के साथ उन्होंने यह डायरी लिखनी शुरू कर दी थी। यह सिलसिला बीकानेर में 5 नवम्बर, 1919 तक निर्बाध चलता रहा। उसी रोज वे लम्बी छुट्टी के बाद इटली से लौटे थे। लौटते ही बीमार पड़े और पखवाड़े बाद उनकी मृत्यु हो गयी।

चुनिन्दा सामान के साथ डायरी उनके पिता तक पहुँची। डायरी के पन्ने जर्जर थे। तैस्सितोरी की बहनों एलेना और अंतोनिएता ने मेहनत कर पूरी डायरी की शब्दशः नकल उतार कर रख ली।

डायरी पढ़कर महसूस होता है कि तैस्सितोरी कितने संवेदनशील और संकल्प से भरे इनसान थे। उनकी कामकाजी भाषा तटस्थ थी, लेकिन डायरी में जगह-जगह कविता की खनक है। चीजों, घटनाओं और लोगों को देखने का उनका तरीका पैना मगर सरल था। कलकत्ता में, जब वे बेसब्री से राजपूताना रवानगी के लिए प्रतीक्षा कर रहे थे, उनकी मुलाकात कविगुरु रवीन्द्रनाथ से हुई। 6 मई, 1914 को वे लिखते हैंः 'चन्द्री ने मेरी मुलाकात कवि रवीन्द्रनाथ टैगोर से करवायी। कुछ देर मेरा उनसे वार्तालाप हुआ। वे चश्मा पहनते हैं। उनकी लम्बी दाढ़ी के केशों में सफेदी ज्यादा है।...उनकी अत्यन्त मधुर आवाज सुनकर मैं अभिभूत हुआ हूँ।' ऐसे ही आचार्य विजयधर्म सूरि, पं. रामकरण, किशोरदान बारहठ और जॉन मार्शल से पहली मुलाकात का जिक्र भी डायरी में दर्ज है। साथ ही जोधपुर विवाद का नाटकीय घटनाक्रम, बीकानेर के दिन, घर-गाँव की याद, ऊँट की सवारी और तम्बुओं के रैन-बसेरे वाली यात्राओं का रोमांच, पुरातत्व सन्धान, इटली से भाई की मृत्यु की खबर, विश्वयुद्ध में इटली की शिरकत और उदिने पर दुश्मनों के कब्जे आदि के अनेक ब्योरे, जिन्होंने उनके जीवन को मथा।

डायरी का सबसे दर्दभरा पन्ना 16 मई, 1919 का है। तैस्सितोरी छुट्टी लेकर उदिने पहुँचे। बस्ती के कासीगाना मार्ग पर अपने सारे परिवार से मिलने को वे बेताब थे। घर पहुँचे तो वहाँ कोई नहीं मिला। माँ सात दिन पहले चल बसी थी। तैस्सितोरी डायरी में लिखते हैं—'मैंने इस शोक समाचार पर कोई बाहरी प्रतिक्रिया व्यक्त नहीं की। हे माँ, यह शान्त प्रतिक्रिया तुम्हारी प्रार्थनाओं का नतीजा रही होगी। कितना व्यग्र था कि आखिरी सफर से पहले मैं तुम्हारे दर्शन कर सकूँ। तुम्हारा अभिवादन करूँ। कल फ्लोरेंस में पिताजी और बहनों से मिलूँगा। रुके हुए आँसू तब बह निकलेंगे। हम मिलकर विलाप करेंगे और एक-दूसरे को सान्त्वना देंगे।'

तैस्सितोरी के भानजे गुइदो पियानो के संग्रह की डायरी में तैस्सितोरी की खींची हुई साढ़े चार सौ तस्वीरें भी हैं। पहली तस्वीर मार्च 1914 की है, आखिरी अगस्त 1919 की। सम्पर्क में आने वाले लोगों के अलावा इनमें राजपूताने के मेलों, यात्रा के शिविरों, महलों, गाँवों और जन-जीवन की छवियाँ हैं। तस्वीरों का यह संग्रह तैस्सितोरी के व्यक्तित्व की अलग भंगिमा प्रस्तुत करता है।

डॉ. सुनीतिकुमार चटर्जी ने 1956 में बीकानेर में हुए तैस्सितोरी स्मृति समारोह में कहा था कि उन्नीसवीं सदी तक, जब खड़ी बोली हिन्दी का विकास नहीं हुआ था,

उत्तर भारत में डिंगल, पुरानी ब्रज और अवधी भाषाओं ने ही साहित्य की मशाल थाम रखी थी। कहना न होगा, तैस्सितोरी के कारण डिंगल को साहित्य में बड़े पैमाने पर प्रतिष्ठा हासिल हुई। लेकिन लगता है कि अब वह फिर भुला दी गयी है।

डिंगल राजस्थानी का सबसे दुरूह रूप माना जाता है। लेकिन तैस्सितोरी ने डिंगल साहित्य में इतिहास का भी सन्धान किया। हालाँकि पाँच साल की अवधि में उनको ज्यादा अवकाश नहीं मिला, लेकिन बीकानेर का जो इतिहास उन्होंने वाचिक साहित्य की मदद से लिखा, वह उनके दृष्टिकोण को पुष्ट करने के लिए काफी है। यह समझना भूल होगी कि वे साहित्य को इतिहास समझते थे। चारण काव्य ऐतिहासिक चरित्रों और घटनाओं के इर्द-गिर्द रचा जाता था, वे उसकी मदद से इतिहास के उलझे हुए तार जोड़ना सम्भाव्य समझते थे। बराबर इस अहसास को सामने रखते हुए कि चारणी काव्य-रचनाएँ अकसर अतिरंजित होती हैं।

इस प्रसंग में एशियाटिक सोसायटी के लिए अक्तूबर 1918 में सम्पादित दूसरी कृति पर नजर डालें। सोसायटी की पत्रिका में सूजा बीठू की रचना 'छन्द राव जैतसी रौ' पर तैस्सितोरी की टीका उनकी मृत्यु के एक साल बाद छपी। सन् 1533 में रची गयी यह काव्य-कृति बीकानेर रियासत के बारे में उपलब्ध सबसे पुराना दस्तावेज है। इसे पढ़कर साहित्य से इतिहास का सम्बन्ध और दूरी दोनों समझे जा सकते हैं। रचना में बाबर के बेटे कामरान (रचना में 'कामरो') को बीकानेर से खदेड़ने की दास्तान है। कामरान की फौज ने लाहौर से भटनेर (हनुमानगढ़) के रास्ते बीकानेर पर धावा बोला। बीकानेर के (तीसरे) राजा जैतसी के हाथों उसकी हार हुई। तब तक मुगलों की सल्तनत ने देश में पूरे पाँव नहीं पसारे थे।

'छन्द' में युद्ध के बारीक–हालाँकि इकतरफा–वर्णन के साथ जैतसी के साथ हरावल दस्ते में लड़ने वाले एक सौ नौ घुड़सवारों का जिक्र उनके घोड़ों के नाम सहित दर्ज है। तैस्सितोरी लिखते हैं, 'छन्द की मामूली भूलों और अतिरंजना को छोड़ इस कृति का ऐतिहासिक महत्त्व असन्दिग्ध है।' वे दूसरी अतिरंजना की तरफ भी इशारा करते हैं कि मुगल इतिहासकार इस युद्ध का कहीं जिक्र नहीं करते, क्योंकि बाबर के बेटे की यह अप्रत्याशित हार थी। तैस्सितोरी लिखते हैं, 'यह बात कविता का मोल बढ़ा देती है, क्योंकि इससे भारत के इतिहास में रही एक और दरार पाटी जा सकती है।'

कविता में इतिहास की बारीक पड़ताल के बाद तैस्सितोरी कविता की समालोचना पर आते ही, दूसरे ग्रन्थों के सम्पादन की तरह, छन्द के प्रकार, पाठान्तर, वर्तनी और मात्राओं के भेद के ऐसे खुलासे में जाते हैं कि किसी भी भाषा-शास्त्री को उनसे स्पृहा होगी।

तैस्सितोरी ने एक दफा कहा थाः मैं अंग्रेज नहीं हूँ, न अंग्रेजों जैसा हूँ। जाने-माने इतिहासकार रामशरण शर्मा के मुताबिक 'तैस्सितोरी की इतिहास की समझ जेम्स टॉड और एके फोर्बेस के मुकाबले कहीं ज्यादा थी।' शर्मा यह भी कहते हैं कि तैस्सितोरी का विशाल ग्रन्थ-संग्रह राजस्थान के इतिहास लेखन में बहुत मददगार साबित हो सकता है। 'जहाँ तक मुझे जानकारी है, इस स्रोत सामग्री का अब तक कोई इस्तेमाल नहीं हुआ है।'

राजपूताने में तैस्सितोरी के काम पर एशियाटिक सोसायटी में रखे सालाना पाँच ब्योरों और इटली के पियानो संग्रह में राजस्थान के इतिहास को लेकर काफी सामग्री मौजूद है। सालाना ब्योरे अपने-आप में अहम दस्तावेज हैं। उनमें से गद्य और पद्य की कृतियों, शिलालेखों, लोक-मान्यताओं आदि के सहारे भाषा, स्थान, लोगों और शासकों के बारे में ऐतिहासिक सामग्री विवेचित है।

मसलन 1915 के सालाना ब्योरे (रिपोर्ट) में योजना की प्रगति की जानकारी के साथ जोधपुर और बीकानेर के शासकों के हाथों में झूलती रही 'फलोदी नगरी का संक्षिप्त इतिहास' दर्ज है। संवत् 1236 (सन् 1180) के एक शिलालेख और जोधपुर-बीकानेर में उपलब्ध हस्तलिखित ग्रन्थों के हवाले से वे नगर का पुराना नाम विजयनगर बताते हुए दो रियासतों की रंजिश के बीच फलोदी को लेकर मुगलों की बन्दरबाँट को साफ करते हैं। फलोदी प्रवास के दौरान वे निकट के गाँव कोलू जाते हैं और वहाँ हुए लोकदेवता पाबूजी की (पड़वाली) कथा में इतिहास के सूत्रों की पड़ताल करते हैं। प्रसंगवश, तैस्सितोरी पाबूजी पर लिखने वाले पहले लेखक थे।

इसी तरह, 1917 के सालाना ब्योरे में तैस्सितोरी जोधपुर और बीकानेर राजघरानों में आन-बान के नाम चली आती वरिष्ठता की बहस ('व्यावहारिक स्तर पर निरर्थक') का अपने तईं पटाक्षेप करते हैं। इस नतीजे के साथ कि राव बीका जोधपुर के राजा राव सूजा के बड़े भाई थे, लेकिन सम्भवतः अलग रियासत बसा लेने की वजह से बीका को जोधपुर का उत्तराधिकार नहीं मिला। कर्नल टॉड के बीकानेर के इतिहास को 'दोषपूर्ण' बताते हुए तैस्सितोरी अनेक पारम्परिक इतिहास-ग्रन्थों (बात, ख्यात, विगत आदि) और शिलालेखों का हवाला देते हैं। उनके मुताबिक बड़े भाई, जोधपुर के राजा राव सातल, की युद्ध में आकस्मिक मृत्यु के बाद बीका अपना दावा लेकर जोधपुर पहुँच गये थे, पर मेहरानगढ़ दुर्ग का द्वार उनके लिए खोला नहीं गया।

गुइदो पियानो के संग्रह में गद्य-पद्य की कृतियों, डायरी, पत्राचार, तस्वीरों और हस्त-ग्रन्थों के साथ तैस्सितोरी के हाथ से लिखे कुछ इतिहास के पन्ने भी हैं। इनमें अनेक अब तक प्रकाशित नहीं हो सके हैं। अंग्रेजी में 'बीकानेर का

कालानुक्रम' (73 पृष्ठ) और 'बीकानेर का इतिहास' (64 पृष्ठ) के अलावा उनमें एक हिन्दी पांडुलिपि भी है 'बीकानेर री कविता'। इसमें राजाओं पर चारण कवियों की रचनाएँ हैं। तैस्सितोरी की इच्छा इस काम को दो खंडों में प्रकाशित करवाने की थी; एक खंड में रचनाएँ और दूसरे में ऐतिहासिक सन्दर्भों और टिप्पणियों के साथ काव्य की टीका। जाहिर है, आकस्मिक देहावसान से कई अधूरी इच्छाओं की तरह तैस्सितोरी की यह इच्छा भी अपूर्ण रह गयी।

भाषाई विनोदप्रियता और हिन्दी-राजस्थानी के प्रति तैस्सितोरी के लगाव को जाहिर करने वाले एक प्रसंग के साथ यह दास्तान पूरी करें। जुगलसिंह खीची ने बीकानेर के शार्दूल राजस्थानी शोध संस्थान की पत्रिका के लिए यह संस्मरण 1956 में लिखा था। सदी के शुरू के वर्षों में वे आगरा के सेंट जोन्स कॉलेज में पढ़ाते थे। बीकानेर में घर था, जहाँ तैस्सितोरी से दोस्ती हुई। बाद में नोबल स्कूल के प्राचार्य होकर वे स्थायी रूप से बीकानेर लौट आये। खीची लिखते हैं, एक दफा राजस्थानी में रुझान का कारण पूछने पर तैस्सितोरी ने जवाब दियाः मेरी मातृभाषा की तरह राजस्थानी में भी 'ओ' और 'ई' का बाहुल्य है, जो मुझे आपकी तरफ खींच लाया! 'रात यहाँ जब 'रातड़ली' बन जाती है तो समझो गरमी में भी रस बरसाती है!' फिर अपनी मूँछ मरोड़कर हँसते हुए बोले, संस्कृत सीखा तब लिंग-भेद ने मुझे तंग कर डाला था। हिन्दी और राजस्थानी में भी इसका भूत मेरे पीछे पड़ा रहता है। शुरू में मेरी धारणा थी कि अकारान्त नाम पुल्लिंग और आकारान्त-ईकारान्त स्त्रीलिंग होते हैं। इसलिए मैं 'मेरा मूँछ और उसका मरोड़' बोलता था। एक बार मेरे मुँह से अमुक पुरुष की बहनोई भी निकल गया। लेकिन यह गलती मैं ही नहीं करता; एक बार कलकत्ते में ईकारान्त नाम की वजह से डाकिया मेरे अर्दली से पूछ बैठा थाः ये तैस्सितोरी कहाँ की रहने वाली है?

लघु उपन्यास

रिजक की मर्यादा

बात को केवल सुनने, लिखने, पढ़ने और याद रखने से कुछ नहीं होता। उसके मर्म को आचरण में बरतना ही बड़ी बात है। यह बात भी कुछ ऐसी ही है कि एक था भाँड़। तरह-तरह के स्वाँग लाने में ऐसा प्रवीण कि उसकी नकल के सामने असली रूप स्वाँग जैसा लगता। एक ही स्वाँग को कई दिनों तक रखता। जब तक वह खुद प्रकट नहीं करता, तब तक किसी को भी स्वाँग की पहचान नहीं हो पाती। वह सौ तरह की बोलियाँ जानता था। पंछी, जानवरों की आवाजें हूबहू अपने गले में बिठा लेता। खुद जानवर तक पहचान नहीं सकते थे कि कोई मनुष्य उनकी नकल उतार रहा है। सेठ, भील, शिकारी, सँपेरा, साधु, गूजर, साँईं, हनुमान, बन्दर एवं भिखारी के ऐसे स्वाँग लाता कि देखते ही बनता। जिस किसी ने भी उसका स्वाँग देखा, वह इस बात की ताईद करता कि एक चेहरे की बजाय उसके पास अनेक चेहरे हैं और बोलने के लिए एक कंठ के बदले उसके पास कई कंठ हैं।

एक बार वह भाँड़ एक पहुँचे हुए महात्मा का स्वाँग लेकर गाँव की सीमा से परे पहुँचा ही था कि पूरब दिशा में उसी रंग का बाना धरकर सूरज भी रैनादे के महल से बाहर निकला, जिसकी अभ्यर्थना में चारों ओर गुलाल-ही-गुलाल छा गया। हलके-हलके उजास से हवा ने उसकी आरती उतारी। शुभ्र धवल हंसों की पाँत ने पंख पसारकर उसकी बलैयाँ लीं। एक ठौर खड़े रहकर महात्मा ने सीस नवाकर उसे प्रणाम किया। कमंडल के पानी से तीन बार अर्घ्य दिया। फिर मन-ही-मन यह गुनगुनाते हुए आश्वस्त हुआ कि शकुन तो बहुत अच्छे हुए हैं। उसकी यात्रा भी शुभ होगी और सूरज की भी। शायद इसीलिए सूरज ने मुस्कराकर अपना मौन सन्देश अगणित पंछियों के कलख से व्यंजित किया तो महात्मा की गति का वेग किंचित बढ़ गया। सूरज के दमकते अन्तस् में भी महात्मा की सौम्य छवि अंकित हो गयी—बुद्ध की नाईं माथे पर घुँघराला मुकुट। सीने तक छितरी

हुई काली भँवर दाढ़ी। दूध के झागों-सी धवल बत्तीसी। सुगम्भीर नयन। गले में रुद्राक्ष की माला। बाएँ हाथ में कमंडल। दाहिने कन्धे पर झूलता हुआ उजला चँवर। पाँवों में चन्दन के खड़ाऊँ।

सूरज की यात्रा के साथ ही महात्मा की यात्रा समाप्त हुई। वे जिस गाँव के रामदुआरे में रातवासा लेना चाह रहे थे, उसकी सीमा कुछ देर पहले ही छूट गयी थी। संयोग की बात—गाँव का फलसा पार करते ही महन्तों की जमात से भेंट हो गयी। सबसे आगे पाँच हाथियों पर राज्य के पाँच प्रमुख महन्त जमे हुए थे। बाकी जमात के एक सौ तीन महन्त हाथियों के पीछे चल रहे थे। गाँव के कुछेक भक्त उन्हें फलसे तक छोड़ने आये थे। उससे आगे के लिए प्रधान महन्त ने साफ मना कर दिया था। राज्य के सबसे धनी सेठ की हिसाबी नजर महात्मा पर पड़ी। ऐसी भव्य मूरत के दर्शन तो पहली बार ही हुए। किसी भी भेखधारी संन्यासी की सेवा-बन्दगी का उसे शौक था। जमात वाले प्रधान ने तो चौमासा करने की हामी नहीं भरी। वे पहले ही किसी दूसरे सेठ को वचन दे चुके थे। अगले वर्ष सच्चे मन से मनुहार करने पर सेठ का मान रखेंगे। सेठ ने मन-ही-मन हिसाब लगा लिया कि अच्छा हुआ, महन्तजी ने उसकी बात नहीं मानी। ऐसे दुर्लभ महात्मा के दर्शन कहाँ पड़े हैं!

जब जमात के पीछे धूल उड़नी बन्द हुई तो सेठ ने कोहनियों तक हाथ जोड़कर पूछा, 'भगवन् आपका दूध...?' उसने आँखें तरेरकर सेठ का हुलिया परखा—चन्दनिया पगड़ी। गले में सफेद गमछा। कानों में बहुमूल्य मोतियों के लौंग। सफेद अँगरखी। सफेद धोती और हरे कसीदे की जूतियाँ। रूखे सुर में जवाब दिया, 'अभी तो मेरा जन्म ही नहीं हुआ, फिर कैसा दूध?'

गाँव के कुछ मोतबर दोनों के ईद-गिर्द खड़े हो गये थे। महात्मा के जवाब से सभी स्तब्ध रह गये। यह कैसा अजीब महात्मा है जो चार हाथ की भरपूर देह के बावजूद अभी अजन्मा है! आगे कुछ भी पूछने के लिए सेठ की हिम्मत नहीं हुई तो उसने सीस नवाकर चौमासा करने की अरदास की। इस बार महात्मा की आँखों में लाली उतर आयी। क्रुद्ध लहजे में दोहराया, 'चौमासा...और तुम्हारे यहाँ?'

सेठ ने हकलाते कहा, 'हाँ भगवन्! आपके चरणों की रज पड़ने पर मेरा घर-परिवार धन्य हो जाएगा।'

'तुम्हें पक्का भरोसा है?' महात्मा ने कटाक्ष करते हुए धीमे से कहा, 'तुम्हारे घर अञ्जल ग्रहण करना तो किसी भी भले मानुस के लिए अधर्म है! पड़ोस की भाँबी की तुमने इस लोभ में जमीन हड़प ली कि दोनों बेटों के लिए वहाँ शानदार हवेलियाँ बन जाएँगी? बेचारे पीढ़ियों से तुम्हारे असामी हैं और तुमने उसकी बहू के जापे पर कर्ज देने से मना कर दिया? यह तो गाँव के कुछेक भले आदमियों

ने उसे बचा लिया। वरना बेचारे का घर उजड़ जाता। और मुझसे हाथ जोड़कर चौमासा करने का ढोंग रच रहे हो! तुम्हारी छाया पड़े तो साँप भी मर जाय!'

पास खड़े सभी लोगबाग खुश हुए कि पहली बार किसी माई के लाल ने निर्मम बोहरे को खरी-खरी तो सुनाई। पर किसी ने भी मुँह खोलकर कुछ भी प्रतिक्रिया जाहिर नहीं की। भगवान का मुकाम कौन जानता है और उसे देखा भी किसने है? पर बोहरे की तिमंञ्जिली हवेली तो गाँव के बीच खड़ी है। जब भी जरूरत पड़ती है, गिड़गिड़ाने पर वही काम आता है, वरना गाँव का जीवन दूभर हो जाय। मारने वाला भी वही है, तारने वाला भी वही है। आज ही सेर को सवा-सेर मिला है, वरना जो भी सन्त-महन्त आता है, इसी की हिमायत करता है। हम सब तो बड़ी मुश्किल से अपना पेट भरते हैं, फिर इन मुस्टंडों को दान-दक्षिणा कहाँ से दें? ठाकुर और राजाजी की छाँव भी इन्हीं के सिर पर रहती है। ले-देकर बोहरे की शरण का ही आसरा है।

इर्द-गिर्द खड़े लोगों ने आँखें चुराते हुए महात्मा की ओर देखा तो उन्हें भगवे बाने में कोई देवदूत नजर आया। महात्मा ने रोष भरी दृष्टि से सेठ की ओर देखा और बिना कुछ कहे-सुने आगे बढ़ने के लिए कदम उठाया ही था कि सेठ ने उनके पाँव पकड़कर बेबस असामी की नाईं रोने के स्वर में कहा, 'भगवन्, भाँबी की सारी जमीन वापस कर दूँगा। रहने लायक मकान भी बनवा दूँगा...।-'

महात्मा ने शून्य में ताकते हुए मानो हवा को लक्ष्य करके पूछा हो, 'और भी कुछ...!'

सेठ ने भीगे स्वर में कहा, 'जैसा आप आदेश करें...।'

'जैसा मैं आदेश करूँ...!' महात्मा के गले से मुक्त हँसी की मानो बौछार-सी हुई। विद्रूप के भाव से कहने लगे, 'अब तक मेरे कहने से ही असामियों को बही मे कैद करते रहे और सख्त ब्याज की छुरी से उनका गला काटते रहे? यह बेशुमार माया मेरे कहने से अर्जित की है और मेरे कहने से ही हवेली की नींव दिलवाई है?' फिर न जाने क्या सोचकर झटके से पाँव छुड़ाते हुए बोले, 'मुझे जाने दो, तुम्हारे कारण इस गाँव की हवा में मेरा दम घुट रहा है। अधिक हुज्जत मत करो, वरना कमंडल का चुल्लू भर पानी ही शाप के लिए काफी है। बही में अंट-शंट हिसाब जोड़ते हुए जो दिमाग लगाते हो, इन गरीबों के लिए कुछ तो वैसा दिमाग लगाओ! क्या सारी माया साथ ले जाने की तरकीब सोच ली है?' फिर तीक्ष्ण दृष्टि से सेठ को बेधते हुए एकटक देखते रहे। उस दृष्टि का सामना करना सेठ के वश की बात नहीं थी। झटके से उठकर दीन भाव से बोला, 'अब तक किसी ने ऐसा मार्ग भी तो नहीं सुझाया। काश! आप दस या पन्द्रह बरस पहले मिल जाते तो पाप का इतना बोझ नहीं चढ़ता। आपकी पवित्र देह को परस करने की धृष्टता

नहीं करूँगा, बस, पाँव की छाया को छूकर कसम खाता हूँ कि आज से किसी को उधार देने के लिए मना नहीं करूँगा, चाहे वापस आये, चाहे न आये। ब्याज के नाम पर एक कौड़ी भी वसूल नहीं करूँगा। आज आपने मेरी आँखें खोल दी हैं। अब आपके आदेश बिना ही वह सब कुछ करूँगा जो दीन-दुखियारों की मंशा हो। जब चरणों के परस से कुछ ही देर में इतनी समझ आ गयी तो चार महीनों में तो सुमति का भंडार ही भर जाएगा।'

आँखों के सामने जो भी स्वप्नवत् घटित हुआ, सेठ के अतिरिक्त गाँव वाले भी तो देख-सुन रहे थे। उनकी समझबूझ भी तो उनके पास ही थी। एक किसान के स्वाभिमान को थोड़ी ठेस लगी तो वह झट से बोल पड़ा, 'हम कोई मँगते नहीं हैं! अपनी मेहनत की कमाई खाते हैं। वाजिब ब्याज वसूल करते रहिए, कलम के दाँव-पेंच बन्द कर दीजिए, आपका एक पैसा भी नहीं डूबेगा।' फिर महात्मा की ओर देखकर कहा, 'आप भी जाने क्या सोचकर देर से आये! यदि दो महीने पहले आ जाते तो जमात के लफंगों को पीटपाटकर तीसरे दिन ही भगा देते। पैसा खर्च हुआ सो हुआ, उसकी परवाह नहीं, पर लुटी हुई इज्जत वापस नहीं आएगी। खैर, हम तो पीढ़ियों से इसके आदी हैं, चाहे ठाकुर के कारिन्दे हों, चाहे महन्तों की जमात हो, चाहे रामदुआरे के मुस्टंड संन्यासी हों और चाहे बनियों के बिगड़ैल लाड़ले हों। पराधीन मानसु ढोर से भी गया-गुजरा होता है। आप में कुछ असली महात्मा के दाने नजर आये। हम सबकी इच्छा है आप सेठजी के यहाँ चौमासा कीजिए। यदि अब भी आपकी इच्छा न हो तो आप जहाँ जाना चाहें, वहीं साथ चलकर पहुँचा देंगे। अब बताइए आपकी क्या इच्छा है?'

भला शंकर भाँड़ उस प्रश्न का क्या जवाब देता? और तो सभी अनजान थे, पर उससे तो अपनी औकात छिपी हुई नहीं थी। उसकी आर्थिक व सामाजिक स्थिति दयनीय असामियों से भिन्न नहीं थी। उसे क्या पता था कि भाँड़ की थोथी हेकड़ी का ऐसा अकल्पनीय परिणाम होगा! भयंकर उलझन में फँस गया। पिछले कई दिनों से इसी गाँव के प्रसिद्ध रामदुआरे में चौमासा करने की सोच रहा था। आज घर से भी यही विचार कर महात्मा का बाना धारण किया था। उसके पुरखे भी फकत मन बहलाने वाले भाँड़ नहीं थे। हालाँकि कमाई तो इसी धन्धे से करते थे। यही उनका जातिगत पेशा था, लेकिन उसकी मर्यादा को उन्होंने कभी अनदेखा नहीं किया। और शंकर तो उन सबसे हटकर अपने ढंग का अकेला ही ऐसा भाँड़ था कि विभिन्न स्वाँगों का बाना धारण करने पर उनकी रूह भी काया में जज्ब कर लेता था। उसकी मनःस्थिति, उसके संवेग और उसके परम्परागत संस्कार प्राप्त कर लेता था। धीरे-धीरे उसकी चेतना के अनजाने ही उसकी जीविका साधन की बजाय उसका साध्य बनने लगी थी। लेकिन यह सब सोचना-समझना तो फकत

उस तक ही सीमित था। निकटतम परिजनों को भी अपना मन खोलकर दिखाने में भी परहेज करता था। जब अच्छी तरह पारंगत हो जाएगा तब कुछ भी छिपा नहीं रह सकेगा। अभी तो सीखने का अभ्यास चल रहा है। पर आज तो बात-बात में इतना बेढब नतीजा हो गया कि उससे समेटा नहीं जा रहा था। अजीब दुविधाजनक माहौल खड़ा हो गया था। लेकिन मन की अतल गहराई में वह काफी-कुछ सन्तुष्ट था कि बड़े-बड़े साधु-सन्त भी अपने प्रवचनों से जो प्रभाव उत्पन्न नहीं कर सकते, उसने केवल बाना धारण करके अपनी वाणी और अकृत्रिम अभिनय से ऐसी आशातीत सफलता प्राप्त कर ली। क्या इस स्वाँग को आगे चलने दे या इसी वक्त उसका भेद प्रकट करके भाँड़ की तरह बगलें बजाकर बखसीस की याचना करे? लेकिन बात इतनी आगे बढ़ गयी थी कि उसे सँभालने का कुछ भी उपाय नहीं सूझ रहा था। यदि स्वाँग का भेद प्रकट करता है तो इन असहाय असामियों की भावी दुर्दशा के लिए वही जिम्मेदारी होगा। मामूली बखसीस के बदले इन सबकी जान साँसत में पड़ जाएगी। यदि वाल्मीकि के उनमान सेठ का मन भी हमेशा के लिए बदल जाय तो यह अनहोनी बात नहीं होगी। उसके सामने केवल दो ही रास्ते थे—या तो वह कैसा भी खतरा झेलकर इस अग्नि-परीक्षा में कामयाबी हासिल करे या क्षमा-याचना के साथ अपनी बखसीस लेकर चलता बने! जस-तस गुजारा तो हो ही जाएगा। जिस तरह कीचड़ के सूअर अपने हाल में मस्त रहते हैं, मोहल्ले के श्वान अपनी गुजर-बसर करते हैं, क्राँव-क्राँव करते कौए अधमरे पशुओं के घाव नोचते हैं। इस गाँव के असामियों का अपना भाग्य है। उसका अपना भाग्य है। बाकी सब बाने तो अपनी जगह ठीक हैं, उनकी मरजाद तो रखनी ही चाहिए। पर सबसे बड़ा बाना है—स्वयं मनुष्य का अपना। उसी की मर्यादा सबसे बड़ी है। बाहर से दिखने वाले मनुष्य को भीतर से भी मनुष्य होना चाहिए। बरसों पुराना सपना आज बिजली की नाईं आँखों के सामने कौंध गया। उसे जलने दे या जलने से बचा ले। भीतर तूफान जैसा हाहाकार मचा था!

सेठ और आसपास के लोग अविचल भाव से महात्मा के निर्णय का इन्तजार कर रहे थे। बीच में छेड़ना उचित नहीं समझा और न उनकी हिम्मत ही हो रही थी। जब उनका धीरज भरभराने लगा तो उनसे चुप नहीं रहा गया। वरना वे तो पीढ़ियों से धीरज के ही प्राणी थे। सिवाय चुपचाप सहने के अलावा दूसरा कोई चारा भी नहीं था। अभागा सेठ तो अकस्मत् लगे झटके से उबर ही नहीं पाया। वह तो प्रस्तर प्रतिमा की तरह अविचल खड़ा रहा। एक दबंग बोहरा जो सेठ का विरोधी था उसने बिना लाग-लपेट के पूछ लिया, 'आप इतने गहरे विचार में क्या डूब गये? आपकी इच्छा हो सो करें। हमने आपको बाँध तो नहीं रखा है!'

महात्मा ने चौंककर इधर-उधर देखा। सचमुच उसे इतनी देर तक खामोश

नहीं रहना चाहिए था। वह अब पूरे होश-हवास में था। उसने मन्द-मन्द मुस्कराते कहा, 'आप सभी निश्चिन्त रहें, मैं यही गाँव के रामदुआरे में चौमासा करूँगा।'

इस बार सेठ ने अगवानी करते टोका, 'अब आप से क्या कहें! छिपाने से हमारा पाप और बढ़ जाएगा। यह आपके रहने लायक स्थान नहीं है...आपकी इच्छा हो तो मेरी...!'

'अब तुम्हारी हवेली से मुझे कोई परहेज नहीं है, लेकिन जहाँ राम का निवास है, उसे रहने के काबिल तो होना ही चाहिए। अब तो मैं इसके अलावा कहीं और रहना नहीं चाहूँगा।'

एक बुजुर्ग और अनुभवी किसान ने अपनी सहमति दरसाते कहा, 'लगता है इस गाँव के दिन बहुरेंगे। जब आपने यह तय कर लिया है तो आपको किसी भी सूरत में अकेला नहीं रहने देंगे। मेरे सात लड़के हैं—एक-से-एक तगड़े और होशियार। बिल्कुल वैसे ही नौ भतीजे हैं, एक-से-एक बढ़कर लठैत। वे हरदम, आपके साथ रहेंगे...।'

महात्मा ने सिर हिलाते प्रतिवाद किया, 'जिसका जी चाहे मेरे साथ रह सकता है, पर मुझे लठैतों की बजाय सीधे-सादे आदमियों की सङ्गत चाहिए। मैं भेड़ियों के बीच रहने तो नहीं जा रहा हूँ...!'

सभी की यही अन्दरूनी इच्छा थी कि वही बुजुर्ग जरूरी बातों का खुलासा करे। वह उनकी अबोली इच्छा भाँप गया था। दो कदम आगे बढ़कर कहा, 'कुछ मनुष्य भेड़ियों से भी बदतर होते हैं। मेरा इशारा उधर ही था, अब तो आप भी समझ गये होंगे...।'

'मैं तो पहले से ही समझा बैठा हूँ।' महात्मा ने गरदन हिलाते कहा, 'फिर इन भेड़ियों को अब तक जमने क्यों दिया?'

'सारी बातें एक साथ क्यों जानना चाहते हैं? कल दूज का नया चाँद उगेगा। जब आपने हामी भर ली तो हर रात कुछ-न-कुछ उजास बढ़ता रहेगा।'

महात्मा मन-ही-मन बुजुर्ग के इशारों को अच्छी तरह समझ रहे थे। यही सब सोचकर तो उन्होंने इसी निर्दिष्ट गाँव में चौमासा करने का निर्णय लिया था। मनुष्य के सहज विवेक की तो उनमें कोई कमी थी नहीं। अदेर जवाब दिया, 'लेकिन पूनम के बाद तो उजास फिर घटना शुरू हो जाता है, इस सच्चाई को भूलने से भी काम नहीं चलेगा। कोई भी सन्त-महात्मा चाहे कितना ही पहुँचा हुआ हो, वह पहले मनुष्य है फिर साधु या महर्षि। मनुष्य की आदिम प्रवृत्तियों पर लगाम कसना आसान नहीं है। बिना आजमाए अन्धी आस्था रखने से ही सारा गड़बड़झाला होता है। मेरे भगवे बाने के नीचे भी मनुष्य की काया है। आप लोग भूल सकते हैं, पर मैं सोते हुए भी नहीं भूलना चाहता। लेकिन मेरी चेष्टा हरदम यही रहेगी कि बाने की गरिमा किसी भी सूरत में न टूटने पाए।'

सेठ का हिसाबी दिमाग बहुत कुछ निष्क्रिय हो चुका था इसलिए बहस से बचते हुए उसने व्यावहारिक बात छेड़ दी, 'यदि रामदुआरे में ही चौमासा करना है तो अधिक रात करना ठीक नहीं। आपकी आज्ञा हो तो खाना घर से लाता रहूँ।'

आज्ञा देने की बजाय महात्मा ने भी सुझाव के बतौर कहा, 'जब यहीं ठहरना है तो बाहर से कुछ भी चीज मँगवाना क्या उचित रहेगा? मेरे लिए सोच करने की बिल्कुल दरकार नहीं, मेरी जरूरतें बहुत कम और मामूली हैं। हाँ, अब तो चल देना चाहिए।'

रामदुआरा गाँव से बाहर इसी दिशा में था। जहाँ खड़े थे, उससे कोई सौ कदम दूर। चलते-चलते वह बुजुर्ग किसान जाने क्या सोचकर आगे निकल गया। तेज-तेज चलते हुए उसने सबसे पहले दरवाजा खटखटाया। एक नौजवान चेले ने आने का कारण जानकर अपनी मरजी से ही जवाब दिया, 'राम-संन्यासियों के अलावा यहाँ दूसरे पन्थ का कोई साधु नहीं ठहर सकता।' उस बुजुर्ग ने उसकी बात का कुछ भी जवाब नहीं देकर अन्दर घुसने की कोशिश करते कहा, 'अभी तुम्हारे दाँतों से माँ के दूध की सुगन्ध आ रही है, अपने काम-से-काम रखो।'

तब तक दूसरे लोगबाग भी आ गये थे। सभी अन्दर घुसने लगे। तो सामने महन्तजी खड़े थे—बलिष्ठ कदकाठी। ठहरी हुई प्रौढ़ावस्था। उभरा हुआ सीना। लम्बी भुजाएँ। बुजुर्ग को पहचानते ही थोड़ा सहमे। सारी स्थिति को भाँपने में अधिक समय नहीं लगा। हाथ का इशारा करते हुए कहा, 'आइए, अन्दर आइए।' गाँव वालों के रहते महात्मा ने अपनी ओर से कुछ भी पंचायती करना मुनासिब नहीं समझा। पर बूढ़े किसान ने बिना लागलपेट के सीधा सवाल किया, 'मेरा कहना काफी नहीं हो तो अपने बेटों और भतीजों को बुलवाऊँ!'

फिर तो न किसी को कुछ कहने की जरूरत पड़ी और न किसी को बुलाने की। महन्त की आज्ञा मिलते ही नये महात्मा के लिए एक साफ-सुथरा हवादार कमरा खुल गया। लकड़ी के पाट पर धुला हुआ बिस्तर लग गया। टिमची पर पानी की मटकी और मिट्टी का अबोट करवा। रामदुआरे में चार घड़ी रात ढले तक अखंड रसोई चलती रहती थी। तरह-तरह के स्वादिष्ट व्यंजन। फिलहाल तीन संन्यासी थे और पैंतीस संन्यासिनें। दो-तीन विशिष्ट संन्यासिनों को कानाफूसी करते देखा तो बुजुर्ग ग्रामवासी ने कहा, 'हम दो के अलावा यहाँ कोई व्यक्ति खाना नहीं खाएगा और वह भी एकदम सादा, रूखी चपाती और बिना छौंक की दाल, बस।'

अब कहीं महन्त को बोलने के लिए बाध्य होना पड़ा, 'आपकी यह मनमानी नहीं चलेगी। जो हम खाएँगे, वही मेहमानों को खिलाएँगे। नहीं तो अनशन करना बेहतर समझेंगे।'

'तो फिर यही अच्छा रहेगा।' महात्मा ने मुस्कराते कहा, 'मैं तो अनशन का आदी हूँ। दूसरे या तीसरे दिन अनशन करता ही हूँ। लेकिन अभी तो कड़ाके की भूख लगी है। आठ कोस पैदल चलकर आया हूँ। पर खाऊँगा वही जो बाबा ने बताया।' फिर सेठ और गाँव के लोगों की ओर देखकर कहा, 'अब आप लोग पधारें। रहने की अच्छी व्यवस्था हो गयी। सिर्फ बाबा मेरे साथ रहेंगे...।'

'तब तो सारा गाँव ही आपके साथ समझिए।' एक मोतबर ने गुमान के साथ कहा।

किसी ने भी आगे विवाद नहीं किया। सभी चुपचाप राजी-खुशी चल दिए, मानो जीवन के किसी नये दायरे में प्रवेश करने जा रहे हों। आज की साँझ सूरज अस्त होने की बजाय इस गाँव में फिर से उदय हुआ।

लेकिन महात्मा की आँखों में नींद की बजाय बवंडर मचा था। चार महीने की जुदाई सुनकर पारबती के होश उड़ गये थे। धीरज रखने की भरपूर कोशिश के बावजूद उसकी आँखें भर आयी थीं। गला रुँध गया था। फिर भी विदाई की वेला अपनी बची-कुची हिम्मत बटोरकर उसने मुस्कराने की भरसक चेष्टा की तो होंठों पर मलिन्-सी झाँईं उभर आयी। वह आँसुओं से अधिक करुणा-जनक थी। बड़ी मुश्किल से बोल पाई, 'तुम घर की चिन्ता मत करना, मैं रात-दिन मजूरी करके जस-तस गाड़ी खींच लूँगी। शरीर का जतन रखना'। महात्मा को पता था कि घर में चार जून से अधिक आटा नहीं है, फिर भी बच्चों की चिन्ता परे हटाकर उसके शरीर का जतन मना रही है! ऐसी मरदानी औरत लाखों-करोड़ों में भाग्य से मिलती है। इस गाँव में पग धरते ही अनेक असामियों को कितनी आशाएँ बँधी थीं! आशा है तो सब-कुछ है। वह भी तो अपने रिजक की चरम-सफलता की आशा बचपन से सँजोये हुए है। आज उसका तनिक आभास हुआ। उसके भीतर भी सूरज से कम प्रचंड सगति नहीं है। जब उसकी पहचान हुई तो अब पीठ दिखाना कायरता की पराकाष्ठा होगी? उसकी वजह से ही सेठ के पड़ोसी भाँबी को फिर से जिन्दगी मिली है। यह कोई कम पावना है? सौ घरों की चिन्ता न करके फकत एक घर की चिन्ता के लिए ही हरदम खटते रहना, दन्द-फन्द करना, यह कोई जीने को रंग-ढंग है? पारबती के आँसू और उसकी मलिन मुस्कान उसे सदैव आगे बढ़ने का हौसला दिलाते रहेंगे। दुःखों के साये में इतनी उम्र गुजर गयी, तो चार महीने गुजरते क्या देर लगेगी? उसके भीतर का अन्धड़ बहुत कुछ थम गया था। बाबा जैसे अनुभवी बुजुर्ग सवेरे तक पहरा देते रहेंगे। उनके बेटे और भतीजे उसके लिए मरने-मारने को आमादा हैं। और जान-पहचान सिर्फ एक घड़ी की और वह भी आधी-अधूरी। इस देश में साधु के बाने के प्रति कितनी श्रद्धा है! अब तो उसकी मर्यादा हर हालत में निभानी होगी। इस तरह फँसना ही तो

उबरना है! उसकी पलकों पर बैठी नींद को इसी क्षण की प्रतीक्षा थी। और वह निमिष भर में उनके भीतर ऐसी दुबकी कि उचटने का नाम ही नहीं।

बाहर भीषण हो-हल्ला सुनाई पड़ा तो आराम से सोती निद्रा को अकस्मात् जगना पड़ा। महात्मा उनींदी आँखों से बाहर आये तो आँगन में एक अजीब ही माहौल नजर आया। रामदुआरे के सभी संन्यासी अपना-अपना सामान बाँधे हुए कहीं और जाने को तैयार खड़े थे। बाबा महन्तजी के निहोरे कर रहा था कि उन्हें कहीं अन्यत्र जाने की जरूरत नहीं है। ये महात्मा तो चार महीने के बाद वापस आएँ कि नहीं आएँ। गाँव वालों ने आपके लिए ही यह रामदुआरा बनवाया है।

लेकिन महन्तजी किसी शर्त पर मानने को तैयार नहीं हुए। वे एक ही बात बार-बार दोहरा रहे थे कि राम के 'भजन' में एक घड़ी का खलल भी वे बरदाश्त नहीं कर सकते। सारी रात सूखी निकल गयी। परसों ही समाचार आ गये थे कि बाण-गंगा पर राज्य के तमाम संन्यासी इकट्ठे हो रहे हैं। जाने की इच्छा तो हो रही थी, आज पक्का मन हो गया। कई चमत्कारी राम-संन्यासियों के दर्शन का इससे अच्छा मौका कब मिलेगा?

बाबा ने गम्भीर समस्या को गम्भीरता से ग्रहण किया था। उसी लहजे में पूछा, 'तब दो दिन के लिए सारा सामान क्यों ढो रहे हैं? संन्यासिनों के 'भजन' में बाधा न पड़े तो उन्हें खाँमखाँ क्यों तकलीफ दे रहे हैं, यहीं रहने दें।' महन्तजी ने थोड़ा नरम रुख अपनाया। कहने लगे, 'हम संन्यासी तो जस-तस बरदाश्त कर लेते, पर खुले दरवाजे के कारण ये एक पल भर के लिए भी 'भजन' नहीं कर सकीं। यदि दरवाजा खुला नहीं रहे तो हम रहने के लिए दुबारा विचार कर सकते हैं।'

लेकिन बाबा का रुख नर्म नहीं हुआ। साफ शब्दों में कहा, 'रामदुआरे के कपाट हरदम खुले रहने चाहिए। अब तक बन्द रहे, उसका पछतावा भी कम नहीं है। मैं भी नहीं चाहता कि आपके 'भजन' में अड़चन पैदा हो।'

'तो हमें जाने दीजिए...!'

'जैसी आप सब भक्तों की इच्छा।'

दोनों टुकुर-टुकुर देखते रहे और सारे राम-भक्त बरसों का ठीया छोड़कर अपना-अपना असबाब लेकर राजी-खुशी प्रस्थान कर गये। प्रत्येक भक्त के कन्धे पर सामान का बोझ भी कम नहीं था। 'भजन' की चिन्ता भी कम नहीं थी! आखिर 'भजन' के बिना मनुष्य जीवन की सार्थकता ही क्या है?

बाबा के मन में जो काली-कलूटी बात रात से ही घुमड़ रही थी, उसे महात्मा की ओर मुँह करके कहने की हिम्मत नहीं हुई तो मुँह फिराकर कहना उचित समझा, 'अब आपको क्या बताऊँ, कैसे बताऊँ, पर बताना जरूरी है, नहीं तो आप अँधेरे

में रह जाएँगे। मुँह गन्दा हो तो हो! घर में गंगाजल पड़ा है, दो-चार बार आचमन कर लूँगा। आजकल अपने रामदुआरों, मठ-मन्दिरों और उपासरों का जो रंग-ढंग बिगड़ा है, जिसके कारण धरम और ईश्वर के प्रति भी भरोसा उठता जा रहा है। मेरे मना करने पर भी गाँव के कुछ नौजवान खुले दरवाजे से छत पर चढ़ गये। चुपचाप टोह रखते रहे। ये महन्तजी और कुछेक रामसंन्यासी राम के 'भजन' की खातिर पहले भी अच्छी तरह पिट चुके हैं। गाँव की औरतों का मसला था, इसलिए भीतर-ही-भीतर दबा दिया। गाँव के ये मुटियार सारी रात चौकसी नहीं रखते तो शायद हम दोनों की हत्या भी हो सकती थी। इस रामदुआरे के लिए यह कोई नयी बात नहीं है। बस, थोड़े में समझ जाइए। इस गाँव की रंगत दूसरे गाँवों से कुछ अनोखी है। कई बातें कहने-सुनने के लिए नहीं होतीं। सिर्फ समझने के लिए होती हैं और उस 'समझ' को भीतर-ही-भीतर गहरा ओटना पड़ता है, जिसे अपने मन में भी याद करने पर उबकाई आने लगती है। जब उलटी होने के आसार होने लगते हैं तो उसे दबाकर रखना असम्भव है। बाहर निकलने पर ही शान्ति मिलती है। इसीलिए राजा कर्ण की वेला यह सुमिरन करना पड़ा, बुरा मत मानिएगा। महन्त, ठाकुर, राजा और बनिये सभी एक-से-एक बढ़कर हैं। और न गाँव के वासी भी दूध के धुले हुए हैं। समझ नहीं पड़ता कि इस राह पर चलते-चलते मिनख कहाँ पहुँचेगा? सच, महात्माजी कभी-कभार इस डर के मारे बस जान ही नहीं निकलती। निरलज्ज की तरह जीने की मजबूरी के अलावा दूसरा कोई चारा नहीं है।'

बाबा के जाने पर महात्मा भी नित-नेम से निवृत्त हुए। रामदुआरे में सब माकूल इन्तजाम था। उनके अपने बुगचे में तीन भगवे भेस थे। छोटी-मोटी जरूरतों का सामान था। रक्खी में कुछ देशी औषधियाँ और जड़ी-बूटियाँ थीं। बाल तो जन्म से ही घुँघराले थे। दाढ़ी सात महीने पहले बढ़ानी शुरू कर दी थी। दूसरा वेश पहनकर, बालों में कंघी करते हुए गुसलखाने से बाहर निकले तो आँगन में बाबा के साथ सेठजी और कल वाले मोतबरों के अलावा बहुत सारे लोग-बाग खड़े थे। महात्मा पर निगाहें पड़ते ही सबकी बाँछ खिल उठीं, जैसे किसी लम्बित अभियान में यकायक सफलता मिल गयी हो। सेठ को बेहद उतावली थी। वह आगे बढ़कर महात्मा को दंडवत् करने लगा तो महात्मा एकदम पीछे सरक गये। तनिक रोष के आवेग में कहने लगे, 'सबका सब कसूर साधु-सन्त, यती, पुजारी या महन्तों का ही नहीं होता, कुछ कसूर भक्तों का भी होता है। अन्धी आशा व बहरी श्रद्धा के वशीभूत भक्तगण उन्हें कन्धों पर चढ़ाए फिरते हैं, तो वे क्यों नीचे उतरकर जमीन पर चलेंगे। कोई भी व्यक्ति इतना बड़ा नहीं, जिसे दंडवत् किया जाय, जिसके पाँवों का परस किया जाय। और न कोई व्यक्ति इतना छोटा है, जो चरण स्पर्श करने के लिए ही पैदा हुआ हो, पंडे-पुजारियों को दंडवत् करते-करते ही वह इस दुनिया से कूच

कर जाता है जो समाज आँखें होते हुए भी अन्धा हो, स्वस्थ कानों के बावजूद बहरा हो और मस्तक होते हुए भी जड़वत् हो, उसका कोई उपचार नहीं है। और कहाँ तलाश करने जाऊँ, मेरा अपना ही उदाहरण सामने है। आप मुझे जानते ही कितना हैं, कल साँझ को ही संयोग से मुलाकात हुई और मेरे प्रति आपकी श्रद्धा उमड़ पड़ी। फिर मेरा माथा खराब हो तो क्या मैं अकेला ही इसका जिम्मेवार हूँ, और आपका कोई कसूर नहीं? मनुष्य को बाद देकर जब बाने की पूजा होने लगती है, तभी ऐसे 'भजनों' का श्रीगणेश होता है! पानी की तरह मनुष्य भी नीचे की ओर लुढ़कता है, ऊँचा चढ़ने के लिए वह अक्षम है। साधना, तपस्या और निरन्तर परिश्रम से अक्षमता–सामर्थ्य में बदलने लगती है। आप सबसे मेरी हाथ जोड़कर प्रार्थना है कि आइन्दा कोई छोटा-बड़ा व्यक्ति मुझे न दंडवत् प्रणाम करे और न मेरे पाँवों की ओर हाथ बढ़ाए। क्या पता मैं भी एक अधम व्यक्ति होऊँ। बाने को बाद देकर ही आदमी की पहचान होनी चाहिए...!'

बाबा का सबसे छोटा बेटा बड़ा मुँहजोर और उजड्ड था। वह जिसे चाहता उसके लिए प्राण देने को भी उद्यत रहता और जिससे नफरत करता उसके प्राण लेने को भी आमादा रहता। महात्मा आगे भी कुछ कहने जा रहे थे कि उसने बीच में टोकते हुए सीधा प्रश्न किया, 'फिर आपने क्या सोचकर या बाना धारण किया? इसके रहते बाने को बाद देना आसान नहीं है। और इसे धारण करने वाले व्यक्ति को अलग करके देखना तो और भी मुश्किल है। दोनों को एक समझने से ही भरम पैदा होता है।'

महात्मा के अधरों पर बाल्य-सुलभ मुस्कान थिरक उठी। उम्र में काफी छोटा होते हुए भी उसके प्रति सम्मान की भावना दरसाते हुए बोले, 'बहुत अच्छा सवाल पूछा है तूने। लेकिन इसके जवाब की खातिर चार महीने इन्तजार करना होगा। अभी जवाब देना किसी भी दृष्टि से उचित नहीं है। तब तक इस भेद को मुझ तक ही सीमित रहने दो। लगता है तुमने किसी से ढेर सारी विद्या ग्रहण की है?'

गाँव में किसी को भी इस गुप्त भेद का पता नहीं था, फिर महात्मा ने देखते ही इसका सुराग क्यों कर लगा लिया है? हैं तो सचमुच दिव्य-दृष्टि वाले ही। तनिक सकुचाते हुए बोला, 'इसे विद्या तो क्या कहूँ, जो भी सीखा गाँव के सबसे बुजुर्ग देवासी बाबा से ही सीखा। दो कम सौ वर्ष की अवस्था में अचानक उनकी मृत्यु नहीं हुई होती तो वाकई बहुत-कुछ सीख लेता। उनके बचे-खुचे ज्ञान या विद्या को अब अपनी भेड़ों के बीच रहकर सीख रहा हूँ। लेकिन इस सीखने की शुरुआत तो है, पर इसका कहीं अन्त नहीं है।'

बाबा को दोनों की बात अच्छी जरूरी लग रही थी, लेकिन बातों से पूरा नहीं पड़ता। बीच में टोकते बोला, 'कोरे-मोरे थूक बिलौने से जिन्दगी चलती हो

तो हाथ में कस्सी या हल की मूठ कोई नहीं थामता! बातों से पेट भरता हो तो हम भी आपके साथ जुड़ जाते। यों भी इस गाँव की बदनामी काफी है कि पंडे-पुजारियों का किंचित भी सम्मान नहीं करते। सेठजी ने आपके साथ सबका खाना बनवाया है। रामदुवारे में ही पाँतें बिछेंगी। समझ नहीं पड़ता कि राम-संन्यासियों की विदाई का खाना है या आपके आगमन का?'

महात्मा को ऐसा महसूस हुआ कि उनके मन पर कोई भारी बोझ आन पड़ा हो। झिझकते हुए कहने लगे, 'भूल मेरी ओर से ही हुई है और वह भी छोटी नहीं, काफी बड़ी। मुझे शुरुआत में ही बता देना चाहिए था कि मैं स्वयं-पाकी हूँ। अपने हाथ से ही पकाकर खाता हूँ। और अपने काम के लिए किसी पर भी निर्भर नहीं रहता। सच कहूँ तो रोज खाने जैसा कोई लफड़ा भी नहीं है। मुझे क्षमा कीजिएगा, जब भी जरूरत समझूँगा, इसी रामदुआरे में दो टिक्कड़ सेंक लूँगा। मेरा पन्थ कुछ और ही है, दूसरे पन्थों से मेल नहीं खाता।'

सेठजी तो भीतर-ही-भीतर कटे जा रहे थे, मानो उनकी नस-नस में दीमक चिपक गयी हो। कदीमी संस्कार आसानी से मिटते नहीं हैं। मिटने का आभास भले ही हो, पर बहुत गहराई में उनका अस्तित्व कायम रहता है। महात्मा के सामने जो भी कबूल किया था, उससे मुकरने की नौबत नहीं आयी थी। वे अपनी कसम पर कायम थे। परिवार में उनका कोई विरोध नहीं था। लगभग सभी सहमत थे। बस, इतना ही ऐतराज था कि इतनी जल्दबाजी नहीं करनी चाहिए थी। पड़ोसी भाँबी को उसकी पूरी जमीन सौंपने का सन्देश दे दिया था। आज सुबह भी पाँच-सात असामी हवेली पर हिचकते-हिचकते आये थे। पर उन्होंने खुले मन से जो माँगा उधार दिया, बिना ब्याज के। पर चेहरे पर रौनक और तृप्ति की झलक नहीं थी। और न पछतावे जैसी बात ही थी। निपट उदासीनता, जैसी उनकी इच्छा के परे मजबूरी में यह सब घटित हो रहा हो। आदत या बान की ताकत भी तो प्रकृति की शक्ति से कम नहीं होती।

बाबा के होंठ कुछ कहने के लिए खुले ही थे कि मनचले बेटे का मुँह बन्दूक की नाल के उनमान खुल गया, 'आपके लिए भले ही खाने का लफड़ा हो, न हो। शायद आपने कई सिद्धियाँ भी हासिल कर ली हों। भूख, निद्रा या काम को जीत लिया हो। मगर हम तो साधारण गिरस्ती हैं। घर चलाने के लिए जमकर मेहनत करते हैं, चार बार खाना खाते हैं और गहरी नींद में बेसुध हो जाते हैं। सुना ही होगा कि चमगादड़ों के पाहुनों को छत से औंधा लटकना पड़ता है। हम आपको औंधा लटकाने के लिए तो नहीं कह रहे हैं। हमारे गाँव का यही कायदा है कि मेहमान भूखा रहे तो हम भी नहीं खाते। अब आपको जो निर्णय करना हो, कर लीजिए।'

उस लट्ठमार तर्क के बाद महात्मा को निर्णय करने की छूट ही कहाँ रह गयी थी! और न महात्मा को वैसी छूट ही चाहिए थी। वे तो अपने हुनर की कला आजमा रहे थे। उसके मन में खुशी भी कम नहीं थी, अवसाद भी कम नहीं था। एकदम विरोधी मनःस्थितियों के बीच अधर झूल रहे थे। आँखों से जो कुछ भी दिख रहा था, कानों से जो भी कुछ भी सुनाई दे रहा था, उससे एकदम उलटा मन के भीतर आन्दोलित हो रहा था। और आन्दोलन भी दो विपरीत प्रवृत्तियों में—एक तरफ उल्लसित हर्ष की भावना थी, दूसरी ओर विषाद का अवसन्न भाव था। महात्मा से जल्द ही जवाब सुनने की सबको अप्रत्यक्ष उत्सुकता थी। भीतर के आलोड़न को दमित करके सहज वाणी में बोले, 'मेरी बात को न मजाक में ले और न शिष्टाचार की श्रेणी में बरतें। यह मेरे मन की आवाज है कि बाबा के लड़के को अपना गुरु बना लूँ। इसके स्वभाव की तुलना में न किसी बाने का कोई मोल है और उम्र का कोई मायना है। बाबा! बेटों और भतीजों के हिसाब से आप बड़े भाग्यशाली हैं। कौन किसके लिए नींद बेचकर जागरण करता है, सो ये रात भर मेरी सुरक्षा में मुस्तैद रहे। और मुँह से एक फूटा आखर भी नहीं जतलाया। आज तो इस मनचले बेटे के साथ ही खाऊँगा।'

उसे तो कुछ भी एतराज नहीं था, पर बाबा इसके लिए तैयार नहीं हुए। लाड़ के लहजे में कहने लगे, 'आपको तो बड़प्पन है, पर यह शैतान किसी की लगाम नहीं मानता। कब क्या आफत न्योत लाए, पता नहीं। यह चाहे तो आपकी दाढ़ी में भी तिनका खोज सकता है! ज्यादा मुँह लगाने से आपे में नहीं रहेगा। अपनी काकी (माँ) के अलावा मेरा भी लिहाज नहीं रखता।'

आज के खाने में दाल-बाटी और चूरमे के अलावा जाने किन-किन भावनाओं का स्वाद जुड़ गया, जिसके कारण सबको ऐसा महसूस हुआ, जैसे पहली बार ही खाना खा रहे हों। सेठ भी मन-ही-मन कुछ ऐसा अनुभव कर रहे थे मानो आज इस अतिरिक्त खर्च से उनकी पोते-बाकी कम होने की बजाय काफी बढ़ गयी हो! ऐसा विचित्र अहसास उन्हें कभी नहीं हुआ। इच्छा तो ऐसी खुदबुदा रही थी कि रजवाड़े की तमाम रैयत को इसी तरह एक साथ बिठाकर महाभोज की मांगलिक शुरुआत करें। और बाद में भी इसके दौर का सिलसिला चलता रहे तो उसकी खुशी का जायका ही अजीब होगा। मन के किसी छोटे-से घोंसले में इस तरह की खुशी चहक रही थी कि बेशुमार माया का किंचित सदुपयोग आज ही हुआ है!

रोजमर्रा घटित होने वाला अकल्पनीय परिवर्तन भी कितना सामान्य प्रतीत होता है, जैसे कुछ हुआ ही नहीं हो। चार प्रहर का अनन्त उजाला देखते-देखते किस तरह दुर्भेद्य अन्धकार में बदल जाता है और चार प्रहर के बाद वही असीम अँधियारा उजाले के रूप में जगमगाने लगता है। युग-युगान्तर से यह ढर्रा बिना

किसी अपवाद के चला आ रहा है, इसमें आश्चर्य या कुतूहल जैसी बात ही क्या है? लेकिन उस गाँव में पीढ़ियों से चलते आ रहे ढर्रे में महात्मा के आने से जो अकिंचन-सी हरकत हुई वह सबको अपूर्व आश्चर्य जैसी सम्मोहक लगी, मानो निष्कम्प स्थिर सरोवर में लहरें-ही-लहरें मचल उठी हों।

महात्मा समेत अन्य ग्रामवासी रामदुआरे की खुली छत पर दूज के उगते चाँद को निहार रहे थे। सबने गरदनें घुमा-घुमाकर महात्मा का प्रदीप्त चेहरा देखा और मन-ही-मन एक अज्ञात-सी खुशी महसूस की। पर बाबा आकाश के भाल पर अंकित तिलक को एकटक देख रहे थे। कुछ देर बाद सोचते हुए बोले, 'नौ वर्ष पहले बैसाख के नये चाँद के चारों तरफ ऐसे ही जलमंडल का घेरा था। उस बरस सारे राज में इतनी बरसात हुई कि दूर-दूर तक कोई कोना सूखा नहीं रहा। समय-समय पर मन-चीती बरखा होती रही तो फसलों के ढेर लग गये। इस वर्ष भी ऐसे ही आसार नजर आ रहे हैं। बड़े शुभ-मुहूर्त में आप घर से चले हैं।'

खुशी की उस विगत चर्चा में भी सेठ का मुँह उतर गया। गहरी आह भरकर बोला, 'पर किसानों को क्या हाथ लगा! उनकी अँतड़ियाँ तो वैसी ही कुलबुलाती रहीं...।'

बाबा के बेटे से चुप नहीं रहा गया। अदेर मन की बात उगल दी, 'वह सब आपकी बहू और ठाकुर की लाठी का चमत्कार था..!'

सेठ ने दृढ़ संकल्प के उन्मुक्त आवेश में कहा, 'इस बार उम्र भर के कर्मों का पिरास्चित कर लूँगा।'

बाबा ने महात्मा की ओर नजर घुमाई, वे अपने ही खयाल में खोए थे। अकस्मात् इस तरह चौंके, मानो बीच में झपकी आ गयी हो। फिर बाबा के चेहरे पर उत्कीर्ण सलवटों की गिनती करते हुए जाने क्या सोचकर बोले, 'आप सबकी अनुमति हो तो पूनम की चाँदनी तक मौन रखना चाहता हूँ। भूख लगे तब अपने हाथों के टिक्कड़ से काम चला लूँगा। और भूख न लगने पर नागा करूँ तो आप बुरा नहीं मानें तो मुझे काफी सन्तोष होगा। एक बार आप सबके कहने का मान रख लिया और वाकई अनोखी तृप्ति हुई। कुछ वैसी ही तृप्ति, जो ठेठ बचपन में माँ का दूध पीने पर होती थी।'

बाबा ने दुनिया देखी थी। सहज भाव से कहने लगे, 'आप जैसा उचित समझें, वही करें। आपकी खुशी में ही हम सबकी खुशी है। ऐतराज करने पर कुछ घाटे में ही रहेंगे, फिर वैसी बात करें ही क्यों?'

सेठ का मन अब थोड़ा-थोड़ा निथरने लगा था। मुस्कराने की चेष्टा करते हुए बोला, 'यदि एतराज करने से घाटे की बजाय लाभ अधिक हो तो एतराज क्यों नहीं करें?'

बाबा को जो कहना था, कह चुका। उसने आगे कुछ भी सोचने की जरूरत नहीं समझी। पर बाबा के लड़के से रहा नहीं गया तो उसने कहा, 'मेरे खयाल से तो हमें लाभ की बजाय कल्याण की अधिक जरूरत है। लाभ का तो पहाड़ा ही खोटा है।'

कहें-सुनें कुछ भी, सबकी निगाहें रह-रहकर बाँके चाँद की ओर अपने-आप ही चली जाती थीं। उसे कुछ देर रोकने की इच्छाओं का मान रखे बिना ही वह क्षितिज की गोद में छिप जाने को उत्सुक हो रहा था, सो हो ही गया। लेकिन उसके आसपास चमकते दो सितारे अपने पहरे पर वैसे ही तैनात रहे।

सबके जाने पर बाबा का बेटा पीछे रह गया तो उसने महात्मा से कहा, 'आपको एकान्त पसन्द हो तो शान्ति से एकान्त में रहें, पर हमें तो एकान्त काटता है, मानो निपट अकेले हों, कोई भी हमारे साथ नहीं है। इसलिए हम लाठी या हथियार से काफी आश्वस्त रहते हैं। किसी-न-किसी के सहारे बिना, जाने क्यों हम निश्चिन्त नहीं हो सकते। पर आपको चिन्ता करने की रत्ती भर भी जरूरत नहीं है। हम गाँव में सोते-जागते कहीं भी रहें, हमें आपके पास ही समझिए।'

महात्मा को लगा, जैसे स्वयं अँधेरा उन्हें आश्वस्त कर रहा हो। बोले, 'सो तो ठीक है रे!' उन्होंने दृढ़ भाव से कहा, 'सभी चिन्ताओं से मुक्त होने के लिए यह बाना धारण किया है। बार-बार मरने की चिन्ता छोड़कर जो मनुष्य छोटी-बड़ी उम्र में सिर्फ एक बार ही मरना जानता है, वही सच्चे माने में जीता है और उसका मरना तभी सार्थक होता है। जब इस गाँव में 'चौमासा' करना तय कर लिया है तो आप लोग जो ठीक समझें, वही कीजिए, मैं विवाद क्यों करूँ? पर तू तो बिना बाने भी पहुँचा हुआ साधु है, जहाँ मुझे पहुँचने में काफी बरस लगेंगे! यह मुँह की बात नहीं, मेरे मन की बात है।'

'मुँह से बोले बिना, मन की अपनी कोई पहचान नहीं होती!'

वे कुछ देर तक उसके चेहरे की तरफ एकटक देखते रहे। फिर एक दीर्घ निःश्वास छोड़ते हुए बोले, 'होती है रे, मन की पहचान तो हमेशा शब्दों से परे ही होती है। कुछ बातें सिखाने से नहीं आतीं, अनुभव से आती हैं। क्या तूने किसी बौद्ध भिक्षु से तो चुपचाप दीक्षा नहीं ली?'

उसने जाते-जाते ही एक फिकरा कसा, 'मुझे भी आपके लिए कुछ ऐसा ही शक हो रहा है!'

'झूठ, सरासर झूठ!' उन्होंने उच्च स्वर में प्रतिवाद किया, 'इसकी पड़ताल तो चार महीने के बाद ही होगी कि तेरा शक एकदम गलत है। मैं तो अपनी जीवन्त काया से ही दीक्षित हुआ हूँ।'

'तो फिर आपका शक भी एकदम गलत है। मेरी काया में आप जितना दम

नहीं है। मैंने जो कुछ भी सीखा, कुदरत से सीखा है—बरखा-बादलों से, टीले-पहाड़ों से, नदी-नाले और झरनों से, आँधी-तूफान से, भेड़-बकरियों से, कबूतर-कमेड़ी से, बबूल-खेजड़ी से। और गायों के दूध से जितनी सीख मिलती है, उतनी उनके गोबर से भी मिलती है। बाबा को भी अब तक ये बात नहीं बताई। वरना बावला समझकर वे दो-तीन वर्ष पहले ही मेरा ब्याह कर देते। उनके खयाल से सब बीमारियों की एक ही राम-बाण औखद है—ब्याह! बहू की संगत से किसी भी मनचले का माथा ठीक हो जाता है। उनका वश चले तो वे आपका भी बाना उतरवाकर सात फेरे दिला दें। मेरा कहा मानें तो उनसे दूरी रखना ही ठीक है।' यह हिदायत देकर वह रामदुआरे से चल दिया। पर महात्मा उसके अन्तिम शब्दों पर गौर करने लगे कि दूसरों से दूरी रखो, न रखो, कुछ फर्क नहीं पड़ता। लेकिन अपने-आपसे दूरी रखना ही तो सब बुराइयों की बुनियाद है। बरस बीत जाते हैं आदमी को अपने से मिले हुए, तभी तो अपने और पराए के बीच खाई बढ़ती रहती है। आदमी अपने बारे में जैसा महसूस करे और दूसरों के बारे में वैसा ही सोचे तो फिर किसका किससे झगड़ा, कैसा अपराध और कैसा अत्याचार! लेकिन यह सीधी दिखने वाली बात ही तो सबसे कठिन है!

ऐसी निराली बातें सोचते-सोचते महात्मा के लिए जगना भारी पड़ रहा था। कल भी अच्छी तरह सोना नहीं हुआ। उसकी कसर तो निकलेगी, भरी-पूरी नींद आ जाय तो गनीमत है। सुख तो क्या, सुख जैसी थोड़ी-बहुत बात तो नींद में ही बनती है। जागने पर तो गरीबों के लिए दुःख-ही-दुःख है। पाँच-सात करवटें बदलते ही वह गाढ़ी नींद में सो गया और भोर की वेला प्यास लगने पर ही उठा। कैसी शानदार चीज है यह नींद भी! गरीबों की सहोदरा। दो करवा पानी पीया तो लगा कि नस-नस में तरावट छा गयी।

मौन-व्रत के कारण वह बाहर से तो बिल्कुल खामोश था, लेकिन भीतर-ही-भीतर बतियाने लगा तो रुकने का नाम ही नहीं। अपने-आप से इस तरह बतियाने का तो पहला ही मौका था। सचमुच इसकी तो चाशनी ही अलग है! फिर भी लोगों से बातचीत किए बिना जी भरता नहीं। जब बस्ती के साथ रहना पड़ता है तो आपस में दो बोल कहे-सुने बिना चैन नहीं पड़ता। पर अपने-आप से रूबरू होने पर जो बातें उपजती हैं, वैसी बातचीत में नहीं उपजतीं। जो पहली बात उसके दिल में फड़फड़ाने लगी उसकी तो गुंजार ही निराली थी। तभी तो प्राचीन ऋषि-मुनि मौन साधकर दुनिया भर की बातें बता गये जो थूक उछालने पर कभी उजागर नहीं होतीं। रह-रहकर उसके मन मे एक नयी बात घुमड़ने लगी कि जब दुनिया का हर व्यक्ति भाँड़ है तो विधाता ने अलग से भाँड़ों की जात क्यूँ बनाई? जो आदमी जैसा दिखता है, वैसा होता नहीं! जैसा होता है, वैसा दिखता नहीं!

असली बाने में कोई नहीं मिलता, सब अपना-अपना स्वाँग पहने हुए हैं! बाहर दिखने वाले मुखौटों के नीचे असल चेहरे का पता ही नहीं चलता। जो बन्दा राजा दिखता है, क्या पता वह भीतर से भिखमंगा ही हो! और भिखारी दिखने वाला बन्दा वास्तव में राजा हो! डकैत के बाने में क्या आदि-कवि वाल्मीकि का रूप छिपा हुआ नहीं था? जो सैनिक वीर योद्धा का कवच ठसाए होते हैं, वे ज्यादातर कायर ही निकलते हैं, भले ही उनके एक हाथ में तलवार और दूसरे हाथ में भाला ही क्यों न हो?

महात्मा के भीतर इस स्वाँग का जो अनुभव खदबदा रहा है, वैसा एहसास तो उन्हें कभी नहीं हुआ। असल व्यक्ति की रूह को भीतर उतारने पर भी, कहीं-न-कहीं यह चेतना बनी रहती थी कि वह भाँड़ का अभिनय कर रहा है! पर इस बार तो यह भरम होने लगा कि वह स्वाँग के भीतर भी महात्मा है! फिर यह कला कहाँ हुई, यह तो काफी-कुछ असलियत है! कलावन्त का दरजा बड़ा है या महात्मा का? इसका अन्तिम फैसला कौन करे? उसके वश की तो यह बात नहीं है! शायद कभी-कभार एक ही दिन में व्यक्ति-विशेष, गाँव, समाज या देश के बीच ऐसा घटित हो जाता है, जो सामान्यतया बरसों तक घटित नहीं होता। उफ्फ! कैसी औंधी-औंधी बातें उपज रही हैं! कहीं पागलपन की शुरुआत तो नहीं है! लेकिन पागलपन का तो माजरा ही बड़ा बेढब होता है। यदि पागलपन मे ऐसे-ऐसे अजीब खयाल आते हों तो समझदार की जरूरत क्या है? मनुष्य की समझदारी ने ही दुनिया का बेड़ा गर्क किया है। तब तो समझदारी की बजाय पागलपन ही बेहतर है! क्या पारबती को भी एकान्त में ऐसी औंधी बातें उपज रही होंगी? बेचारी को इतनी फुरसत ही कहाँ है? यह सब तो फुरसत के चोंचले हैं! फिर...यह मन्थन नाम की क्या बला है? यह उसी की तो हलचल नहीं है? अब समझ में आया, यही तो मन्थन है...मन्थन! फुरसत मिली तो उसका दाँव लग गया!

...मनुष्य की उम्र के लिए समय का वह मायना नहीं है जो पेड़, पहाड़ या पंछी-जानवरों के लिए है। जो बादल घड़ी, डेढ़ घड़ी या पाँच घड़ी में बरसकर प्यासी धरती को जल-मग्न करके खाली हो जाते हैं, उनकी उम्र के किस मापदंड के द्वारा निर्धारित हो? आज एक दिन की अवधि में जो अनुभव हुए वे अब तक सारी उम्र में कभी नहीं हुए। तो महात्मा की जिन्दगी के इस एक दिन की अवधि क्या चौबीस घंटे ही मानी जाएगी? राजकुमार सिद्धार्थ से गौतम-बुद्ध बनने का जो अल्पतम अन्तराल है, उसका परिणाम शताब्दियों और युगों से भी ज्यादा है!

महात्मा का मन्थन जारी था—जन्म, बचपन, जवानी से यही माथा उनकी गरदन पर मौजूद है। पर उसमें ऐसी हलचल तो कभी नहीं हुई! क्या बाने का रंग भी मन या मगज पर असर करता है? या भीतर की रंगत का बाने पर भी

प्रभाव पड़ता है? फिर ये महन्त और रामसंन्यासी असली भजन को छोड़कर जाने किस 'भजन' में तल्लीन हो गये? फिर असल भेद की पड़ताल क्योंकर हो? बड़ा पेचीदा मसला है! आसानी से सुझलना सम्भव नहीं। सुलझाने की कोशिश करने में इस किस्म के मसले जल्दबाजी में नहीं सुलझते। समय सबसे बड़ा गुरु है। बरगद का नन्हा बीज भी तो समय पाकर कितना विशाल रूप धारण कर लेता है? मनुष्य के तकाजे की बजाय उसकी तरकीब का असर तो काल एवं स्थान पर पड़ता ही है। पैदल यात्रा की बजाय बैलगाड़ी, घुड़सवारी और अन्त में उड़नखटोला या विमान—यह सब मनुष्य की उपज या कल्पना का ही तो परिणाम है! काश! आठ-दस बरस पहले महात्मा का स्वाँग लाता तो उसका परिणाम कुछ और ही होता! चलो, अब भी देर नहीं हुई। जब जागे तभी सवेरा!

लेकिन उसके परिवार की खातिर सवेरा न जाने कब होगा? चार दिन के बाद पारबती और लड़कों की क्या दुर्दशा होगी, भगवान भी नहीं जान सकेगा! गरीबों का ध्यान रखने की उसे वेला ही कहाँ है? घर की याद आने पर तो यह चौमासा युग से भी बड़ा हो जाएगा! इस कष्टदायक याद को भुलाने में ही सन्त के बाने की मर्यादा है। फिर तो स्वाँग की बजाय, घर-परिवार छोड़कर असली साधु बनने में क्या अड़चन है? जन्म से तो कोई साधु होता नहीं। बढ़ती उम्र के साथ वैसा बोध होने पर वैराग की भावना उत्पन्न होती है। साधु बनने जैसी असह्य परिस्थितियाँ ठेठ बचपन से ही थीं। पर कला के प्रति आस्था के कारण अपने रिजक से बँधा रहा। दुःखों से घबराकर भागना तो कायर की नाईं रणखेत से भागना होता। किसी भी बाने को धन्धा बनाना तो अधर्म की पराकाष्ठा है। ठाकुर, राजा, बादशाह या सिकन्दर बनना तो बहुत आसान है पर बुद्ध या ईसा मसीह बनना तो लगभग असम्भव है! अपना घर फूँककर कबीर बनना भी कितना मुश्किल है! मनुष्यों की दुनिया में हर व्यक्ति की अपनी-अपनी मुगति और अपना-अपना निवारण है। तब उसे भी अपने हुनर के बीच ही मुक्ति की राह खोजनी होगी।

मौन के पन्द्रह दिन क्या बीते, मानो पन्द्रह जुग बीते हों। यह तो ऋषि-मुनियों की ही बजर छाती थी जो बरसों तक मौन को झेलते रहे हैं। बेचारे आम गिरस्त को बस्ती के बीच रहना है तो बोल-बतलाए बिना एक घड़ी भी नहीं चल सकता। आपस में माँग-ताँगकर ही जस-तस दिन तोड़ने होते हैं। कल भोर से ही जबान का बन्धन टूट जाएगा। तब घड़ी-आध-घड़ी बखान, प्रवचन या उपदेश जैसा ज्ञान बघारना ही होगा। पर इस रामदुआरे के रामसंन्यासियों ने 'भजन' और बाने की सारी साख-पैठ ही खो दी है। इस गाँव के अनुभवी लोगों को कोरे-मोरे वचनों से बहलाया नहीं जा सकता। वरना साधु-सन्तों से सुनी हुई ऊँची-ऊँची बातें—क्या आत्मा की, क्या परमात्मा की, क्या पिछले कर्मों के अनुसार सुरग-नरक की, थूक

के साथ घुली हुई हैं। मजे से चौमासे की बरखा के उनमान उनके बोल बरसते रहेंगे! पर ये जूने बाट-बटखरे इस बस्ती की हवा में चलेंगे नहीं। अपनी आँखों से रामसंन्यासियों के ओछे करतब देख चुके हैं, वे कानों सुनी थोथी बातों पर हरगिज विश्वास नहीं करेंगे। बढ़ऊ का छोटा लड़का तो राजभर के महन्तों से भिड़न्त करे जैसा है! इस तरह के औंधे-सीधे विचारों में डूबते-उतराते महात्मा को नींद आ गयी।

जागने की वेला से करीब डेढ़-दो घड़ी पहले अचानक रामदुआरे में हो-हल्ला सुनाई पड़ा तो महात्मा हड़बड़ाकर उठे। जो कुछ भी सुना-देखा वे धक्क से रह गये। बढ़ऊ के मझले भतीजे को पवन डस गया था। काला-स्याह। करीब पाँच-छह हाथ लम्बा। ऊपर की कलाई जितना मोटा। फन बुरी तरह कुचला हुआ। दिसा-फरागत के लिए जाते समय ढोंगी महन्तों के चाल-चलन पर विचार करने में ऐसा खोया कि सपाट मारग में बिछा नाग भी उसे नजर नहीं आया। पूँछ पर चमरौधे का भरकम वजन पड़ा तो जहरीली फुफकार के साथ ही टखने की बाजू में जैसे अंगार गड़ा हो! माटी के करवे को उछालकर लाठी का सहारा लिया। एक ही भरपूर लट्ठ से स्याह मौत की कमर टूट गयी। फन बुरी तरह कुचल गया तो मोहल्ले वालों को जगाता हुआ सीधा रामदुआरे में आया। फिर कैसी ढील! बढ़ऊ के छोटू ने कुचले साँप को आँगन में फेंक दिया। महात्मा को चकचक सुनने का वक्त ही कहाँ था। उन्हें तो एक-एक पल परतख मौत से जूझना था। होश-हवास को पूरी तरह ठिकाने रखकर झोली से उस्तरा निकाला। भीड़ को दूर हटने की सानी करके दंश को चारों ओर गहरा-ही-गहरा चीर डाला। बिजली की गति से दंश वाला पाँव घुटने पर रखा! जिस तरह अर्जुन के लिए पानी में तैरती मछली की आँख के अलावा सब-कुछ ओझल हो गया था, उसी तरह महात्मा के लिए दुनिया में दंश के सिवाय कुछ भी चेतना शेष नहीं थी। छोटू माटी की परात दोनों हाथों में थामे झुका खड़ा था। देखते-देखते लहू का रंग नीला पड़ता गया। छोटू की आँखें लहू के रंग को टोह रही थीं और समूचा मन गिनती दोहराने में निमग्न था। जैसे समस्त दुनिया के प्राण उस गिनती के अंकों में अटके हों! इक्कीसवें कुल्ले के रंग में थोड़ी लालिमा घुमने लगी थी।

मूर्च्छित भतीजे की आँखें क्या उघड़ीं, जैसे अम्बर से एक साथ दो सूरज ताक-झाँक रहे हों। होंठों से अस्पष्ट फुसफुसाहट सुनाई पड़ी, ''मौ...त...को...जला...दो।' बढ़ऊ और बड़े लड़के ने एक साथ जवाब दिया, 'जला दी।' तीनों भुवन में मानो यही एकमात्र शुभ-समाचार था जो वायुमंडल में सर्वत्र व्याप्त हो गया।

कुछ देर तक महात्मा आँखें मूँदकर ध्यान-मग्न बैठा रहा। अचानक विद्युत की गति से उठा। झोली में से दो जड़ी-बूटियाँ निकालीं। खरल में महीन बाँटकर कटोरे में मिलाईं, जो गाय के घी से भरा था। अब जहर चूसने की कोई जरूरत

नहीं थी। घी में चाँदी का चम्मच काफी देर तक घुमाकर सरवण की पीठ थपथपायी। कटोरा मुँह के पास ले जाकर कहा, 'एक ही साँस में पी जा बेटा, पेट एकदम निर्मल और शुद्ध हो जाएगा।' सरवण को मामूली मूर्छा के बीच ऐसा लगा मानो उगता सूरज आकाशवाणी सुना रहा हो। आधी पलकें उघाड़कर चारों ओर देखा—गाँव के सभी मोतबर और सेठ-साहूकार घेराबन्दी किए उत्साहित खड़े थे। फिर भी आशंका की मद्धिम ज्योति उनकी आँखों से छिटक पड़ी थी। उसका हौसला भी एकदम बढ़ गया। कटोरे के लिए हाथ बढ़ाया तो महात्मा ने पुचकारते कहा, 'मेरे हाथ में ही रहने दे, वही शुभ रहेगा।'

फिर आँखें मूँदकर कटोरे से घी पीने लगा सो महात्मा ने एक-सौ आठ गिनती सम्पूर्ण की तब तक कटोरा एकदम साफ। कुछ ही देर में उसका साँस घुटने लगा। माथा चकराने लगा। महात्मा को मनवाञ्छित परिणाम का अनुमान हुआ। कुछ जोर देकर उसकी पीठ सहलानी शुरू की। चार-पाँचेक हाथ फिरते ही ताँबे ही छोटी परात छोटू ने सरवण के सामने की और उधर वमन की भरपूर परनाल परात में गिरी। फिर एक और। फिर दूसरी। तीसरी। चौथी परनाल आधी-अधूरी। फिर विराम। गुनगुने पानी से खूब कुल्ले किए। वमन मामूली हरी थी।

महात्मा ने स्वयं अपने हाथों से ही लहू, वमन और कुल्ले के बासन अबोट बालू रेत से साफ-सूफ किए। बाबा के साथ अन्य गाँव वालों ने बार-बार पुरजोर आग्रह किया तो महात्मा ने आखिरी मीठी डांट पिलाते कहा, 'हर व्यक्ति का अपना-अपना काम और उसका अपना-अपना महातम है। मेरा काम मुझे ही करने दो। बस्स, पूरा ध्यान लगाकर देखो, समझो।' फिर किसी ने चूँ तक नहीं की। तत्पश्चात् महात्मा मन-ही-मन मन्त्र पढ़ते रहे। बीते समय का स्मरण करते रहे। पाँच बरस पहले सँपेरे का स्वाँग लाए, तब एक पूरे वर्ष तक अनेक सँपेरों की संगत की थी। उनकी विद्या, कला सीखी थी। हुनर सीखे थे। फिर तो साँप पकड़ने और पूँगी बजाने में उनका कोई सानी नहीं थी। सारे राज्य में घूम-घूमकर सँपेरे का स्वाँग बताया। कैसे भी जहरीले साँप का काटा, चन्द साँस रहते भी उनके पास आ गया, मौत को मजबूर होकर खाली हाथ लौटना पड़ता। भाँड़ के स्वाँग के हुनर की बखसीस तो राजी-खुशी सगर्व स्वीकार की। पर 'पवन' के उपचार की अनगिनत मोहरें इस सहज-भाव से लौटाईं कि किसी ने किञ्चित भी बुरा नहीं माना।

महात्मा ने अन्तरबोध से आँखें खोलीं—फीकेपन के बावजूद सरवण के अधरों पर जीवन की मुस्कराहट खिल रही थी। महात्मा का रोम-राम उल्लास से छलक उठा। होंठों से मन्त्र फूटा, 'आखिर मैं बच गया! बच गया। ऊपर वाले की ऐसी ही इच्छा थी।' न चाहने पर भी सरवण के मुँह से छिटक पड़ा, 'मैं तो केवल आपको जानता हूँ। किसी भी ऊपर वाले या नीचे वाले को नहीं जानता...।'

'क्षमता के अभाव में जान भी नहीं सकोगे...!'

'कोई पछतावा नहीं। यह नया जनम सिर्फ आपकी वजह से ही मिला है। अब दूसरे झंझट में नहीं फँसकर, आजीवन आपका चेला ही बना रहूँगा...।'

'ना रे सरवण, तुम कुछ भी समझो! मैं तो स्वयं गुरु की तलाश में हूँ। जब भी वैसा मौका मिला, उसे ही निशंक अपना गुरु बना लूँगा। किसी को भी चेला बनाऊँ, उतनी योग्यता मुझमें नहीं है।' उस क्षण-विशेष में जाने क्या सोचकर महात्मा की आँखें भर आयीं। भीगे कंठ से बोले, 'गुरु बनने की योग्यता होती तो कटे-फटे और राख हुए नागराज को जिन्दा नहीं कर देता? जीने का मोह साँपों को भी कम नहीं होता। पृथ्वी पर प्रत्येक प्राणी का जीवन, मनुष्य जितना ही महत्त्वपूर्ण है। मनुष्य की मनमानी ही सब-कुछ नहीं है। उसकी धारणाओं में अनेक दोष हैं रे सरवण...। छोड़ो, इन हवाई बातों को।' फिर बाबा की ओर देखते हुए बोले, 'मनुष्य की जून मिली है तो जहाँ तक बन पड़े, उसी की सीमा में रहना चाहिए। अभी छोटी-मोटी एकाध घटी और है! सरवण को तीन पखवाड़ों तक अन्न का दाना भी नहीं देना है। यह मेरे पास रामदुआरे में ही रहेगा। तब तक इसे आक चरने वाली बकरी का ही दूध पीना है, पानी की तरह। इसके साथ-साथ मैं भी तीन पखवाड़ों तक वैसे ही दूध का आहार करूँगा।'

चारों ओर खड़े हर व्यक्ति की दृष्टि का महात्मा को आभास था। सबसे आगे के घेरे में खड़े मायापति सेठ की एकटक नजर भी महात्मा से छिपी हुई नहीं थी। न उसके भीतर का तूफान भी उनसे छिपा था। उनकी दृष्टि बैसाख के सूरज की नाईं प्रखर थी। भीतर के अप्रत्याशित आलोड़न से उनकी नस-नस काँप रही थी। स्वाँग के दौरान असंख्य निगाहों से उनका पाला पड़ा था। यह दृष्टि तो अपने ढंग की नितान्त अकेली थी। जिसके फगत दो ही परिणाम हो सकते थे—सर्वथा पागलपन या निखालिस पहुँचवान। यदि उसकी उपेक्षा की गयी तो यह सेठ बुरी तरह पागल हो जाएगा। संवेदना के मरहम की इसे सर्वोपरि आवश्यकता है। फिलहाल तटस्थता का भाव भी इसे सहन नहीं होगा। पहले वाले झटकों से उबर जाय तो भी गनीमत है। जब महात्मा ने कुछ क्षण तक उसकी ओर मार्मिक दृष्टि से देखा तो वह भीतर से हिल उठा। उसके रूखे होंठ हिले, 'क्या सरवण की बजाय वह नागराज मुझे डस लेता तो क्या आप इसी तरह मेरा भी उपचार करते या घृणा से दुत्कार मुझे झिड़क देते कि मुझ 'एक' को बचाने से हजारों के प्राण साँसत में पड़ जाएँगे। तब गणना का हिसाब ही आपके लिए एकमात्र नैतिक होता। एकदम सच बताए बिना मैं उम्र भर सामान्य नहीं हो सकूँगा। क्योंकि मैंने अब तक झूठ का ही व्यापार किया है, निखालिस झूठ का!'

सचमुच महात्मा की चेतना के परे ही सेठ के प्रति उनके मन में किञ्चित

करुणा उत्पन्न हो गयी। फिलहाल उसे इसी उपचार की आवश्यकता थी। सहज भाव से कहा, 'क्यों नहीं...? तुम्हारे मन में ऐसी शंका नहीं होनी चाहिए। फिर तो मेरा मनुष्य होना ही निरर्थक होता!'

उस भीड़ में सेठानी, उसका इकलौता पुत्र और पुत्र-वधू सहित सारा परिवार मौजूद था। सेठ ने अतिशय विन्रमता के सुर में हाथ जोड़ते कहा, 'आपकी खरी झिड़की से पहली बार मेरी अकल ठिकाने आ गयी। मेरे मन में माया के प्रति सूई की नोक बराबर भी मोह नहीं बचा है! मेरी अपार माया का आपके हाथों द्वारा ही सदुपयोग होना चाहिए, मेरी पहली और अन्तिम इच्छा यही है। आपके अलावा मुझे ईश्वर का भी एतबार नहीं। यदि उस में दया-माया होती तो कुमति की बजाय सुमति प्रदान करते। सैकड़ों साधु-महात्मा और मुनियों के प्रवचन सुने। पर एक का भी आँचरण मुझे तनिक भी प्रभावित नहीं कर सका। उलटे उनके प्रति दिन-ब-दिन मेरी घिन बढ़ती गयी। पर आपको देखते ही मेरे भीतर-बाहर का सब-कुछ बदल गया। ठीक उसी प्रकार कि सूरज उगने पर अभेद्य अँधेरा उजाले में बदल जाता है। यही हाल मेरे सभी घरवालों का हुआ है। अब हम सबका उद्धार करना आपके हाथ में है। आप नहीं माने तो सारी माया को आग लगा दूँगा। क्योंकि मैंने तो सारी उम्र माया को जोड़ना ही सीखा है, फकत जोड़ना ही। खर्च करने का एक भी गुर नहीं जानता। आप शायद ही विश्वास करें कि हम सबने अब तक चुपड़ी रोटी तक नहीं खाई। मनुष्य होकर जोंक की जिन्दगी जी है! जो भी मेरी पेढ़ी पर चढ़ा, उसका अपनी बहियों के अनुसार इतना ही खून चूसा है, जितना कि ब्याज और मूल चुकाने के लिए वह जिन्दा रह सके।'

मायापति सेठ के अचीते, अप्रत्याशित और अकल्पनीय निवेदन से महात्मा की आन्तरिक दुर्दशा का पार नहीं रहा। अब तक अनेक स्वाँग लाया, ऐसी दुर्गति का तो सपना भी नहीं आया। ऐसा लगा कि वह आकंठ कीचड़ के भीतर धँस गया हो!

गाँव के अधिकांश मोतबर टुकुर-टुकुर खुली आँखों से सपने की बजाय, प्रत्यक्ष घटित होते देख रहे थे, जो स्वप्न से भी ज्यादा अविश्वसनीय था। वैसा क्रूर, जालसाज और जालिम बोहरा राज्य भर में कोई दूसरा नहीं था, जिसके मुँह से अकल्पनीय बोल निकल रहे थे! क्या कानों सुनी बातें कभी सच नहीं होतीं? लेकिन वे तो सुनने के साथ-साथ आँखों से भी देख रहे थे। सही बात जानने-समझने के लिए इससे बड़ा और क्या प्रमाण हो सकता है। अब तक का सारा देखा-सुना एक घड़ी में ही मिथ्या साबित हो सकता है। यह तो अनहोनी की सीमा से भी बाहर की सच्चाई है। हो सकता है, यह सेठ का नया दाँव-पेच ही हो! साँप का भरोसा किया जा सकता है, पर बनिए का भरोसा नहीं किया जा सकता! फिर भी भरोसा करने

के लिए और क्या पुख्ता तथ्य चाहिए। बाबा का धीरज चुक गया तो सेठ की ओर देखकर पूछा, 'सेठजी, पूरे होश में तो हैं। भाँग जमाकर तो नहीं आये! यह क्या अंट-शंट उगल रहे हो। यदि कोई दूसरा ढोंगी महात्मा होता तो आपकी माया का शानदार सदुपयोग करने के निमित्त अभी हाथोंहाथ आपकी माया मँगवा लेता। आपका यह नाटक राम जाने क्या नया गुल खिलाएगा...?'

सेठ के सर पर मानो कोई सूखा जूता पड़ा हो। आहत स्वर में पूछा, 'नाटक...? ...नाटक फिर कैसा? आत्मा की सच्चाई प्रकट कर रहा हूँ। अब तक जो कुछ किया, वह सब नाटक था—लेन-देन, क्या ब्याज-बट्टा और क्या व्यापार। आज जो कुछ भी बोल रहा हूँ, वह सच्चाई के अलावा कुछ भी नहीं है। विश्वास न हो तो अभी मेरे पास पाँखलों सहित गाड़ी और दस-बारह पट्ठे भेजो। देर किस बात की। अभी सारी माया महात्माजी के चरणों में चढ़ा देते हैं। फिर ये जानें और मेरी कमाई का कूड़ा-करकट जाने...। चलो, अभी मेरे साथ चलो...।'

छोटू ने महात्मा की ओर देखते पूछा, 'क्या आज्ञा है...? जो भी मंशा हो निस्संकोच बताएँ...।'

महात्माजी अपने परिवार की भयंकर दुर्दशा के बारे में मन-ही-मन सोच रहे थे। छोटू के प्रश्न से एकदम चौंके। दूसरे ही क्षण मुस्कराकर बोले, 'मुझे सेठ की कमाई का किञ्चित भी लोभ नहीं है। यदि तुम सबकी मंशा हो तो मँगवा लो। मैं तो उधर देखना भी नहीं चाहूँगा।' अब कहीं महात्मा को सेठ पर भरोसा होने लगा था। समझाते कहा, 'राम का दुआरा है, उस पर क्यों कालिख पोतना चाहते हो...?'

इस बार सरवण ने व्यंग्य से मुस्कराते कहा, 'इसकी तो आप चिन्ता ही ना करें। कोयलों और रामदुवारों पर कोई भी कालिख नहीं पोत सकता! अब तक सेठजी की अपार माया के बारे में सुना-ही-सुना था। आज आँखों से भी देख लें कि इनके पास कितनी माया है...?'

कोरे थूक उछालने में कोई सार नहीं। अपने संकल्प से विचलित नहीं हो जाएँ, इसलिए सेठ ने रवाना होते हुए कहा, 'आओ मेरे साथ। अच्छे काम में देर करना ठीक नहीं।' बाबा के बेटों और भतीजों पर ही गाँव के मोतबरों का सर्वाधिक विश्वास था। वे अपनी मरजी से ही सेठ के पीछे-पीछे चुपचाप चल दिए। और उधर महात्मा ने आँखें मूँदी तो स्मृति फुफकारने लगी। अपनी पत्नी पारबती के आँसू पोंछते हुए उसे समझाया था, 'जिसने चोंच दी है, वह चुग्गा भी देगा! इतनी उम्र बीत गयी, फिर चार महीने तो चुटकियों में बीत जाएँगे। इस बार साल भर की बाजरी तो मिल ही जाएगी। मेरे हुनर पर तुझे इतना भी भरोसा नहीं? तू चिन्ता करेगी तो चौमासा बिताना मेरे लिए भारी पड़ जाएगा।...आखिर पारबती ने तो

उन्हें मुस्कराकर ही विदा किया था। पर उसकी दर्द भरी मुस्कान महात्मा का पीछा ही नहीं छोड़ रही थी। उसे झटककर दूसरे ही ध्यान में निमग्न हो गये। जब सेठ का इतना कायाकल्प हो गया है तो बखसीस में क्या कमी रखेगा! महात्मा ने पलकें तो नहीं उघाड़ीं, पर अपना ध्यान अवश्य बँटा लिया था। भोले महादेव एक दिन सुधि तो लेंगे ही लेंगे। जब उसकी भक्ति में कमी नहीं है तो अपनी सुधि में क्यों कमी रखेंगे? कितना शानदार हुनर दिया है, जिसका पूरे देश में कोई सानी नहीं। यह क्या कोई कम नेमत है! देवों-के-देव महादेव से ज्यादा आसा रखना भी तो ठीक नहीं...!' महात्मा ने अब अलग ही दिशा में सोचना शुरू किया—सच है कि सोचने-विचारने का काम दिमाग ही करता है। पर यह क्यों जरूरी है कि वह हर क्षण सोचता ही रहे! उसे भी विश्राम की आवश्यकता है। कभी-कभार न सोचना भी दिमाग के लिए जरूरी है! दिमाग को सूना रखना भी एक तरह की साधना है! आज ऐसा ही अचीता अवसर आया है, जब सोचना एकदम ही बन्द रखना होगा। पूरे चौमासे तक यही साधना करनी होगी। लेकिन यह सम्भव क्योंकर हो! जीवित व्यक्ति का जागृत-अवस्था में कुछ-न-कुछ सोचना अपरिहार्य है। चाहे परिग्रह के बारे में सोचे, चाहे अपरिग्रह के बारे में। चाहे उत्सर्ग के बारे में सोचे, चाहे त्याग के बारे में। महात्मा की आँखें तो मुँदी हुईं थीं, पर कान तो पूरी तरह खुले थे। पास बैठे सरवण ने सोचा—शायद महात्माजी समाधि में जाने का भरसक प्रयत्न कर रहे हों। वे प्रतिमा के उनमान पाट पर अविचल बिराजमान थे।...कि इतने पाँवों की आहट सुनकर उसने दरवाजे की ओर देखा—मुस्कान से आप्लावित छोटू के कन्धे पर चाँदी की पेटी थी। आह्लादित भाव से कुछ कहने के लिए उसके होंठ खुले ही थे कि सरवण ने हाथ हिलाकर ऐसी स्पष्ट मुद्रा बनाई कि महात्माजी समाधि में हैं, उन्हें किसी भी प्रकार का व्यवधान न पहुँचे। छोटू के लिए आगे कुछ भी समझने की जरूरत नहीं थी। अदेर जूते खोलकर नंगे पाँव धीरे-धीरे आगे बढ़ा और महात्माजी के सामने बिना किसी आवाज के पेटी रख दी। फिर दरवाजे के पास ही नंगे पाँव खड़ा हो गया। किसी के कन्धे पर चन्दन की पेटी थी, किसी पर आबनूस की, किसी पर शीशम की, तो किसी के कन्धे पर बुगचे। एक-एक करके उसने सारी माया समाधिस्थ महात्मा के सामने बिछा दी। सबसे पीछे सेठ, सेठानी और दोनों बेटे आये। सभी हाथ जोड़कर महात्माजी के सामने खड़े हो गये, मानो वे मुँदी आँखों से भी साफ-साफ देख रहे हों!

जब सेठ के लिए धीरज रख पाना असम्भव हो गया तो हाथ जोड़कर अतिशय विनम्रता के साथ बोला, 'भगवान, इस नागिन माया को अपनी पिटारी में रखकर मुझे मुक्ति दिलवाइए। अब मुक्ति के अलावा मेरी दूसरी कोई चाह नहीं है। सभी घरवालों की यही आकांक्षा है—मुक्ति, केवल मुक्ति! बड़े-बड़े पहुँचवान साधु-महात्माओं

के दर्शन किए, पर आपके आचरण का हम पर ऐसा असर पड़ा मानो हमारा नया जन्म हुआ हो...!'

महात्मा ने मुक्ति के आगे की बात सुनी ही नहीं। आधी पलकें उघाड़ व्यंग्य की तीखी मुस्कान छिटकाते बोले, 'मुक्ति!...मैं तुम सबको मुक्ति दिलावाऊँ, जिसके लिए मैं सात बरस से भटक रहा हूँ और वह निगोड़ी आज दिन तक मेरे नजदीक तक नहीं फटकी! उसकी खोज तो स्वयं को ही करनी पड़ती है, किसी के दिलवाने से नहीं मिलती। यह हींग, हल्दी नहीं है, जो किसी हाट-बाजार में मिलती हो।' फिर महात्मा ने साम्ने दमकती माया की ओर देखा—चाँदी की पेटी में अमोलक जवाहरात भरे थे। लकड़ी की पेटियों में चाँदी-सोने की ईंटें अंगारों की तरह दमक रही थीं। खुले बुगचों में लालें और मणियाँ चौंध फेंक रही थीं। घर की दयनीय हालत का ध्यान आते ही अन्तस में जैसे ज्वालामुखी फूटा हो! जिसकी लपट उसके होंठों पर कौंधी, 'बावले सेठ, मुक्ति सौदेबाजी से नहीं मिलती...!'

'जानता हूँ भगवन्....!'

'फिर वही भगवन्-भगवन् की टेर, मैं तो बहुत मामूली इनसान हूँ। आइन्दा मुझे भगवन् कहकर उसे लांछित मत करना...!'

'जो आज्ञा महात्मन्...! अब इस ठगिनी माया को जैसा चाहें ठिकाने लगाइए!'

महात्मा ठहाका मारकर हँसे! हँसते-हँसते ही कहा, 'मैं तो स्वयं ठिकाना ढूँढ़ रहा हूँ, फिर इसे किस ठिकाने लगाऊँ, तुम्हीं बताओ...?'

सेठ ने गुमान के लहजे में कहा, 'आप चाहें तो इस माया से सोने का बेजोड़ मन्दिर बन सकता है। उसी में उम्र भर बिराजिए...'

महात्मा ने सहज भाव से समझाना ही उचित समझा, 'एक ठौर बैठने की मेरी आदत नहीं है। मैं तो हरदम मनुष्य के हाव-भाव, उनका व्यवहार देखने का इच्छुक रहता हूँ। और क्षण-क्षण में परिवर्तित प्रकृति को निरखने में मुझे अनहद आनन्द मिलता है। रही बात सोने के बेजोड़ मन्दिर की...! सचमुच, तुम्हारे मुँह से ऐसी हलकी बात सुनने की मुझे आशा नहीं थी। तुम्हें और तुम्हारे घरवालों को इतना तो इल्म होना चाहिए कि भगवान या कोई भी देवी-देवता को सोने के मन्दिर-फन्दिर तो मनुष्यों का अपना ही शगल है, जिसका भगवान से कोई वास्ता नहीं। शायद ईश्वर या परमेश्वर ने मोहर या मणि की अब तक सूरत भी नहीं देखी हो। मनुष्यों के प्रपंच से उसका क्या सरोकार!'

सपरिवार सेठ के अतिरिक्त चौधरी बाबा, उसके सभी लड़के व भतीजे और गाँव के छह-सातेक मोतबर निर्जीव से खड़े थे। प्रतिमाओं के उनमान। ऐसी वीतराग महात्मा न तो देखा और न सुना। वीतराग के साथ-साथ पूरा दार्शनिक और बेजोड़ विद्वान। यकायक चौधरी बाबा की देह में तनिक हरकत हुई। होंठ फरफराए, 'सुना

था कि सेठजी के पास अनगिनत माया है। यह तो अनगिनत से भी ज्यादा है। चुपड़ी रोटी तक खायी नहीं, फिर माया का इतना ढेर लगाने की जरूरत क्या थी? और अब महात्माजी के चरणों में मुक्ति चाहते हैं! मेरी समझ में तो कुछ नहीं आता!'

महात्मा जैसी समाधि से जागे हों। चौंककर कहा, 'मेरी तो समझ ही पंगु हो गयी। कुछ भी नहीं सूझता...!'

बाबा के लाड़ले छोटू ने मुस्कराते कहा, 'मेरी समझ तो पीपल के पत्ते की नाईं झूमने लगी है। यदि इस माया को ठिकाने लगाने की योग्यता किसी में नहीं है तो मैं तैयार हूँ! आप सबकी आज्ञा चाहिए।'

छोटू की बात सुनकर महात्माजी ठठाकर हँसे। बाकी सब उपस्थित लोगों के संग सेठजी को भी हँसी छूट गयी। महात्माजी ने हँसते-हँसते ही कहा, 'तेरी तरह इस अपार माया को ठिकाने लगाने वाले तो लाखों मिल जाएँगे। पर इतनी माया जोड़ना मुश्किल है। फिर भी सेठजी से पूछ ले। वे जैसा चाहें, करें। मेरी तरफ से पूरी छूट है।' यह कहकर महात्मा ने फिर आँखें मूँद लीं। मगर मुँदी आँखों के सामने वह माया और भी प्रत्यक्ष होकर उन्हें मोहने लगी। अप्सराओं के उनमान विभिन्न मुद्राओं में हाव-भाव दिखाने लगी। अकस्मता पारबती की दयनीय मुद्रा सामने प्रकट होकर कहने लगी, 'तुम तो अपना यश बढ़ाने में खोए हो और अध-भूखे बच्चे रोटी के टुकड़ों को तरस रहे हैं। तन ढाँपने की खातिर कपड़े-लत्ते या फटे-पुराने चिथड़े भी होते तो निःशंक मजूरी के लिए टापरे से निकल पड़ते।...शर्म के मारे टाटी के पीछे दुबके रहते हैं। जजमान राजी-खुशी कुछ भी दें तो मना क्यूँ करते हो? हेकड़ी का ऐसा ही गुमान था तो कुँआरे ही रहते! मैं तो भूख की आदी हो चुकी हूँ। लेकिन बच्चों की खातिर कुछ तो दया विचारो। ऐसा प्रण तो भगवान राम भी नहीं निभा सकते थे। फिर...?'

महात्मा ने बन्द आँखों से जो भी नजारा देखा-सुना तो वे भीतर-ही-भीतर दहल उठे। चौंककर आँखें क्या उघाड़ी, मानो दो उनींदे तारे जागने पर मचल उठे हों! आँखों के सामने माया ज्यों-की-त्यों खुली पड़ी थी। पारबती के बोल फिर कानों में गूँज उठे। जाने कहाँ से महात्मा के अन्तस में दुर्वासा ऋषि की रूह चेतन हो उठी! क्रोध में उफनते बोले, 'इन फुफकारते साँपों को फिर से अपनी तिजोरियों में बन्द करो। इसके सिवाय इनकी कोई दूसरी ठौर नहीं है! इतनी भी क्या जल्दी है! कुछ तो धीरज रखना था। चौमासा बीतने पर तुम्हारी यही भावना बनी रही तो पुख्ता जवाब दूँगा। चलो, जल्दी करो, इस ठगिनी माया को जहाँ से लाए, वहीं ले जाओ। यह पाप की कमाई वहीं शोभा देगी!'

बाबा का इशारा मिलने के बाद कैसी ढील...! विद्युत गति से सब काम

निपट गया। कुछ देर रामदुआरे में मसान-सी शान्ति बनी रही। लेकिन जो जीवित व्यक्ति वहाँ उपस्थित थे, उन्हें वे शान्ति मानो नोंचने लगी हो।

चौधरी बाबा के अलावा किसी की हिम्मत नहीं थी, जो उस असहनीय शान्ति को भंग करे। एक लम्बी आह भरते कहा, 'इतने लोगों ने एक साथ एक ही अकल्पनीय सपना देखा और वह टूट गया।'

सेठ के दिल पर एक चोट-सी लगी। उसने दृढ़ स्वर में कहा, 'इसके लिए दुःख करने जैसी कोई बात नहीं। मेरे लिए तो यह माया अब धूल के समान है। महात्माजी के चौमासे तक मेरे यहाँ अमानत के रूप में पड़ी रहेगी। फिर यह अकल्पनीय सपना बाबा साकार करना चाहें तो मेरी ओर से कोई बाधा नहीं होगी। महात्माजी की संगत से जो आत्मबोध मुझे हुआ है, उसकी तुलना में यह माया, तिनके बराबर भी नहीं है।' वे आगे भी कुछ कहना चाह रहे थे कि छोटू बीच में ही बोल पड़ा, 'और इस तिनके को हथियाने में इतनी उम्र गँवा दी! जिसके लिए आपने क्या-क्या पाप नहीं किए...?'

सेठ ने मुस्कराते जवाब दिया, 'तभी तो आत्मबोध हुआ है! और आत्मबोध भी ऐसा जिसके लिए सौ-सौ वर्ष के सात जन्म भी थोड़े हैं अपने अनुभूत सत्य को समझाना चाहूँ तो भी समझा नहीं सकता। और बिना आत्मबोध हुए, तुम लाख समझना चाहो, तब भी समझ नहीं सकोगे...!'

छोटू ने उतावली प्रकट करते कहा, 'मैं समझना भी नहीं चाहता, इसलिए कि मैंने कोई दुष्कर्म या पाप नहीं किया है...!'

बाबा ने स्नेह के स्वर में डपटते कहा, 'छोटे मुँह बड़ी बातें न बनाओ, छोटू! इतनी बेशुमार माया जोड़कर, तिनके की तरह त्यागने का माद्दा है तुम्हारा...?'

'इतनी माया जोड़ने की जरूरत क्या है...?' छोटू ने एकदम मुनासिब शंका की।

'सबकी जरूरतें एक-सी नहीं होतीं, यह समझना तो मुश्किल नहीं है।' बाबा के स्वर में कोई कड़वाहट नहीं थी।

'लेकिन आज ये झीनी और गहरी बातें मेरी समझ में ही नहीं आतीं...। आपकी उम्र आने तक शायद अपने-आप समझ सकूँ।' छोटू की अपनी समझ थी।

'तब यह देखने के तिए शायद ही मैं जिन्दा रहूँ।' मानवीय मजबूरी के प्रति स्पष्ट संकेत था।

बाप-बेटों में अकसर ऐसी नोक-झोंक चलती रहती थी। बाबा अपनी इच्छा से सबको बढ़ावा देते थे कि बेटे, भतीजे या और भी कोई रिश्तेदार जूतियाँ समान होने पर मित्र की नाईं बातचीत कर सकते हैं। तभी बड़ी उम्र की सार्थकता है।

उधर महात्मा अपने ही दरिया में डुबकियाँ लगा रहा था। माया के प्रति मोह

तो उसे रंचमात्र भी नहीं था। लेकिन विदाई के समय घर की जो दुर्दशा देख आया था, उसे यहाँ भी अनदेखी करना उसके वश की बात नहीं थी। उसकी शारीरिक उपस्थिति तो रामदुआरे के चौक में थी, मगर उसका मन घर के इर्द-गिर्द ही मँडरा रहा था। आशा का सम्बल एकमात्र यही था कि इस बार बखसीस में कोई कमी नहीं रहेगी। तब पारबती और बच्चों की खुशी का पार नहीं रहेगा। चौमासे का एक-एक दिन धकियाना उसके लिए काफी मुश्किल हो रहा था। सचमुच वह एक पहुँचे हुए साधु का स्वाँग लाया है, तो उसके बाने की मर्यादा उसे रखनी ही चाहिए। घर-परिवार के प्रति इतनी आसक्ति रखना उचित नहीं है। किन्तु साधु के बाने में है तो शंकर भाँड़ ही! तब एक सामान्य मनुष्य के नाते कुटुम्ब से इतना लगाव तो पूर्णतया संगत है। ऐसे भले और नेक मोतबरों की संगत भी सौभाग्य से मिलती है। पारबती कौन-सी कम सयानी और समझदार है! उसने मुँह से कुछ भी कहा हो, पर अपने बस रहते बच्चों को कष्ट नहीं उठाने देगी। खुद भूखी रह जाएगी, मगर बच्चों को अपने हाथ से निवाला देती रहेगी! सूरज के उजाले में उसके हाथ जितनी भी धूप आएगी, वही उसका असली पावना है। तत्पश्चात स्वाँग के प्रति महात्मा का एकात्म स्थापित होने लगा। कैसी भी स्थिति में सहज या सामान्य रहना ही साधु के लिए मर्यादा-जनक है। फिर तो देह के साथ उसका मन भी वहीं रमने लगा।

समय की बलिहारी कि उसकी गति हर प्राणी मात्र के लिए एक-सी रहती है। समय की गति के साथ ताल मिलाते हुए जब युग-के-युग समाप्त हो जाते हैं तो चार महीने बीतने में क्या वक्त लगता! स्वाँग की अवधि पूरी होते ही पहुँचे हुए महात्मा ने अपना भेद प्रकट किया। भाँड़ की नाईं गाल बजाते उसने दयनीय स्वर में याचना की, 'गरीब के हुनर पर खुश होकर बखसीस करें अनन्दाता! मैं तो आपके चरणों का शंकर भाँड़ हूँ।' यह कहकर उसने बगलें बजाईं। गाल बजाए। हाथ जोड़े। देखने वाले मोतबरों के मोहभंग की प्रतिक्रिया अलग-अलग मचली। सेठ और उसके घरवालों को अपनी आँखों पर भरोसा ही नहीं हुआ। मौत से भी भयंकर सच्चाई थी! सारा हिसाब ही उलट गया! भगवान करे उनके बैरी-दुश्मन को भी ऐसा बुरा सपना न आये। जिसे परमेश्वर समझा, उसके मुँह से यह क्या सुन रहा है? नहीं-नहीं, ऐसा हरगिज नहीं हो सकता। नाकुछ भाँड़ की क्या बिसात जो अपार माया को धूल की नाईं ठुकरा दे! हतप्रभ होकर भीगे स्वर में कहा, 'मेरी परख के बहाने आप कोई दूसरी लीला तो नहीं रच रहे हैं? काश! यह देखने-सुनने के पहले हमेशा के लिए मेरी आँखें बन्द हो जातीं, कान बहरे हो जाते।'

तब उसने सेठ और अन्य मोतबरों को विश्वास दिलाने के लिए अपनी कलाई उघाड़कर बताई। नीले रंग में साफ खुदा था—संकर भाँड़! जो सारे देश में विख्यात

है। चौधरी बाबा तो यह रहस्य उजागर होते ही फूला नहीं समाया। उसके रोम-रोम से कलियाँ चटखने लगीं। उसकी पीठ थपथपाते कहने लगा, 'शाबाश रे शंकर, कमाल कर दिया तूने! सारे देश के साधु-महात्मा मिलकर भी तेरे नाखून की होड़ नहीं कर सकने। तेरे त्याग का दुनिया भर में कोई मुकाबला नहीं। आज जैसा गर्व मुझे कभी महसूस नहीं हुआ।'

छोटू ने कुछ भी कहने के पूर्व अतिरेक श्रद्धा में बहकर उसके पाँव छुए। फिर खुशी छलकाते बोला, 'आज से ही तुम मेरे परम गुरु हो। एक ऐसे अलौकिक ज्वार में बह गया कि ज्यादा बकबास करने से उसका आनन्द कम हो जाएगा!'

बाकी मोतबर या दर्शक तो स्तब्ध रह गये। जैसा नाम, वैसा ही स्वाँग। किसे भी आभास तक नहीं हुआ। सेठानी और दोनों लड़के तो सर्वथा गूँगे ही हो गये। मगर स्वयं सेठ की मनःस्थिति का किसी के लिए भी अनुमान लगाना सम्भव नहीं था, 'शंकर भगवान की ठौर शंकर भाँड़!! यह क्या तमाशा हुआ? मोहभंग की स्थिति टूटी तो सेठ एक अजीब ही दुविधा में फँस गया। भला कौन सन्त, साधु या महात्मा इतनी माया को ठुकरा सकता है? बही के हिसाब की तरह उसके सामने सब स्पष्ट हो गया! चौधरी बाबा ने बिल्कुल सही मूल्यांकन किया। भिखारियों से भी बदतर होते हैं ये भेखधारी संन्यासी! कुछेक पहुँचे हुए सन्तों की तो बात ही निराली है। तब यह भाँड़ किस श्रेष्ठ सन्त से कम है? लेकिन सेठ को मोहभंग का सदमा भी तो कम नहीं लगा! जिसका निमित्त भी यह भाँड़ ही बना है! कहाँ शंकर भगवान और कहाँ शंकर भाँड़! सारे घरवालों की भक्ति एवं त्याग बेकार गया। नासमझ भाँड़ ने कैसा भरम-जाल फैलाया! पाँवों के नीचे की जमीन ही खिसक गयी! अब कहाँ पाँव टिकाए? सेठ अपनी असली स्थिति में आये, शायद न भी आये, उसके पहले थोड़ा सोच-विचारकर बोला, 'मैंने तेरे पाँवों में बेशुमार माया भेंट की थी। लेकर चम्पत हो जाता तो मैं अपना परम सौभाग्य समझता। तेरे नाम की माला जपता। पैरों में बिखरी माया को ठोकर मारकर, अब हुनर की बखसीस के लिए हाथ फैला रहा है! गाल बजा रहा है! मैं माया सौंपकर मूरख बना और तू ठुकराकर! तुझे यह क्या औंधी सूझी...?'

निमिष भर के लिए शंकर भाँड़ ऊहापोह में उलझ गया। वह सही कूता नहीं कर सका कि आँखों के सामने बिखरी हुई माया का महत्त्व अधिक है या संन्यासी के इस बाने का? प्रत्यक्ष जाल की बजाय अदृष्ट जाल का बन्धन अधिक मजबूत होता है! पारबती की अवसन्न सूरत को अनदेखा करके उसने संन्यासी के बाने में आँखें गड़ाईं। सामने का कोहरा कुछ-कुछ छँटने लगा था! गाल बजाते हुए कहने लगा, 'हुजूर, आपको जो बात औंधी नजर आ रही है, वह मेरे लिए एकदम सीधी

है। धूप की तरह साफ है कि उस समय साधु का बाना धारे मैं माया के लिए मन ललचाता तो महात्मा का वेश लज्जित होता! उस पर धब्बा लगता! वह मेरे लिए अधर्म की कमाई होती! मैं भाँड़ हूँ, कोई, ठग, ठाकुर या राजा नहीं हूँ। फकत अपने हुनर की बखसीस का हकदार हूँ! हराम की कमाई से मेरी सात पीढ़ियाँ उजड़ जातीं। और न नवाब-बादशाहों की नाईं मुझे हराम की कमाई पचती है! आप धोखे में आ गये तो क्या, मैं तो धोखे में नहीं था! सही स्थिति मुझ से तो छिपी हुई नहीं थी!' अपने ही मुँह से उच्चारित उन्मादक शब्दों को अपने ही कानों से सुनने का प्रभाव किसी भी तेज मदिरा से कम नहीं होता।...लेकिन...लेकिन इतनी बड़ी अपार माया को ठुकराने का सपने में भी मौका कहाँ मिला था! पछतावा तो अब भी नहीं है। रंचमात्र भी नहीं है। मेरे लिए ऐसा करना ही न्याय-संगत था। ऐसे आचरण का जितना मद होना चाहिए, उतना हुआ कहाँ? सामान्य मानुस के लिए इस तरह ठुकराने की बात तो दूर, वाकई बड़े-से-बड़े देवी-देवता तक इस प्रलोभन में तत्काल फँस जाते। तब सेठजी के मतानुसार पहुँचे हुए सन्त संन्यासियों को भ्रष्ट होने में किञ्चित भी देर नहीं लगती। फकत अपने हुनर की मर्यादा रखने के निमित्त ही मैं अदम्य प्रलोभन पर नियन्त्रण रख सका। यह मेरी माँ के दूध का ही प्रताप है। आज तो भोले महादेव ने मेरी लाज रख ली। वरना मेरी तो औकात ही क्या है? लेकिन कुछ देर बाद घर की वास्तविक स्थिति का भान होते ही उसे ऐसा महसूस हुआ मानो चलते-चलते अकस्मात् ठोकर लगी हो। लड़खड़ाते ही सँभल गया! हाथ जोड़कर बोला, 'चार महीने से घरवाले बुरी तरह बाट जोह रहे हैं। राज्य के जाने-माने भाँड़ को खुले हाथ से बखसीस दें प्रभु, बच्चों की भूखी-प्यासी अँतड़ियाँ आप सबको आसीस देंगी...।'

वह आगे भी कुछ कहना चाहता था कि सामने खड़े लोगों की समवेत जय-ध्वनि सुनकर वह भौंचक्का रह गया। ऐसा तो सपना भी देखने की जाने-अजाने उसने कभी चाह नहीं की थी। यदि सुयोग से पारबती आज यहाँ मौजूद रहती और अपने कानों से यह जयनाद सुनती तो दुःखों के बावजूद उसकी खुशी तारों के बीच पहुँचकर टिमटिमाने लगती। भला ऐसी गरीबी किसके भाग्य में बदी है! उसे तो इस जयनाद के बहाने कुबेर का खजाना ही मिल गया हो!

चौधरी बाबा ने उसकी ओर दो कदम आगे बढ़ाए ही थे कि मदोन्मत्त छोटू ने छलाँग मारकर शंकर भाँड़ को बाहों में भरकर उठा लिया। लड़खड़ाती वाणी में बोला, 'इस दुनिया का कोई प्रभु है तो तू ही है! मेरा सौभाग्य है कि मैं उससे गले मिल रहा हूँ।'

शंकर भाँड़ को तो बखसीस-वखसीस सब बिसर गया। उस पर भी पागलपन तारी होने लगा था। उसने आवेश में आकर कहा, 'छोड़ रे छोटू, यह क्या पागलपन

कर रहा है...?' आप सबने रामदुआरा खाली करवाकर मुझे जिस मान-सम्मान से अपनाया, उसका एहसान सात जन्म तक भूल नहीं सकता।'

चौधरी बाबा ने तेज स्वर में कहा, 'बस, हम लोग ही कृतघ्न हैं, जो सरवण के प्राण बचाने का अहसान कभी याद नहीं रख सकेंगे। अपने मुँड़ से फिर कभी ऐसा जहर उगला तो मुझ-सा बुरा नहीं होगा...!'

छोटू ने अदेर बाबा की बात उससे पहले ही पूरी कर दी, 'तूने बाबा का गुस्सा देखा नहीं है। दुनिया भर के लोगों से एकदम निराला...! स्नेह जब अपनी सीमा लाँघ जाता है तो वह बाबा के गुस्से का रूप धारण कर लेता है, समझा...'

'मुझ भाँड़ में इतनी समझ ही कहाँ है छोटू...! भला भाँड़ का समझ से क्या सरोकार! मैं तो फकत आत्मा के इशारे पर ही सारे काम करता हूँ...ज्यादा मगज-मारी करना जानता ही नहीं! अब तक मेरी आत्मा ने भूल-चूक से भी गलत इशारा नहीं किया।'

रामदुआरे में खड़े लोगों ने अच्छी तरह समझ लिया कि शंकर भाँड़ यश, कीर्ति, प्रशंसा और जयनादों से परे है, बहुत परे...! इन सब ऊँचे मसलों में निपट गँवार है। यह तो मनुष्य-प्रजाति की नस्ल ही विरल है, जो लुप्त होने के कगार पर खड़ी है! इससे कुछ भी कहना-सुनना बेकार है!

कहाँ तो सेठ अपने असली रूप को पाने की खातिर भरसक चेष्टा कर रहा था कि शंकर के मुँह से अपने लिए 'प्रभु' का सम्बोधन सुनकर वह एकदम परास्त हो गया। एक नये ही आत्मबोध से उसका साक्षात्कार हुआ। यदि उसमें बुद्ध बनने की तनिक भी अलौकिक क्षमता होती तो दुनिया दूसरे बुद्ध को निस्सन्देह पा लेती! मगर बेचारे शंकर भाँड़ में वैसी क्षमता सौ-सौ कोस तक नहीं फटकी, वह तो अपने स्वाँग को ही एकमात्र निर्वाण समझता है। यदि गँवारों के सिर पर सींग होते तो देखते ही पहचान हो जाती। मगर सौभाग्य या दुर्भाग्य से उनके सिर भी अन्य मनुष्यों की तरह ही होते हैं!

उस नये आत्मबोध के बहाने मानो सेठ का अभी-अभी नया जन्म हुआ हो! पिछले सारे कर्म, लोभ-लालच और अमिट परिग्रह की प्रवृत्ति जाने कहाँ लुप्त हो गयी। आनन्द भाव से कहने लगा, 'इतने बरस अन्धा ही रहा। आज तूने मेरी आँखें खोली हैं। इनकी तो ज्योति ही निराली है। मेरे पास जो भी कूड़ा-करकट था उससे आज पीछा छूटा। इस कीचड़ को ही तू अपनी बखसीस मान ले! खुशी-खुशी तेरे घर पहुँचा दूँगा...तभी मेरे एकत्रित पापों का प्रायश्चित होगा...।'

सहसा शंकर भाँड़ के मुँह से हँसी की बाढ़ ही उमड़ पड़ी। उसी हँसी के बहाव में बोला, 'मेरे जजमान! आप मुझे जितना नादान और गँवार समझ रहे हैं, उतना नहीं हूँ। मनुष्य होने के नाते थोड़ी-बहुत बुद्धि तो मुझ में भी है! आपके

पापों को सहेजने की न तो मुझमें हिम्मत है और न उन्हें जीवन भर ढोने की ताकत! जरूरत से ज्यादा माया को अपनाकर मैं इनसान की बजाय शैतान बन जाऊँगा! एक भी नया स्वाँग लाने की कला तक नष्ट हो जाएगी! फिर मेरे जीने का मायना ही क्या रह जाएगा? हाथी की झूल हाथी पर ही शोभा देती है! जीने के लिए कम-से-कम जरूरतों से ज्यादा मुझे एक धेला भी नहीं चाहिए। सच बताऊँ, मेरी चाह यह भी नहीं है कि सारी पूर्ति आप ही करें। राजी-खुशी जो भी सीख देंगे, मेरे लिए वही सर्वस्व है। अब घरवालों से एक पल की जुदाई भी मेरे लिए असहनीय है। न इन बेकार की बातों का अन्त ही है। बस, इससे ज्यादा मुझे कुछ भी अरदास नहीं करनी...!' इतना कहकर शंकर ने एकदम चुप्पी साध ली। यह जञ्जाल खतम हो तो अपने गाँव की राह लगे।

कुछ देर तक किसी से कुछ भी जवाब देते नहीं बना। मानो अपनी-अपनी जिह्वा कहीं गिरवी रखकर आये हों। यह क्या माजरा हुआ...? खुली आँखें भी सपना देखती हैं, आज ही पता चला! सबसे बड़े आश्चर्य की बात कि सभी ने एक साथ ही सपना देखा! और उस स्वप्न की सच्चाई को समान भाव से सभी ने महसूस किया कि मनुष्य-जीवन की सार्थकता इस रूप में कभी प्रत्यक्ष नहीं हुई!

अधिक देर तक चुप रहना चौधरी बाबा के लिए सम्भव नहीं हुआ तो धीर-गम्भीर स्वर में बोले, 'सुन रे शंकर, हम सबने खून-पसीने की कमाई से अब तक एक सौ आठ मोहरें जोड़ी हैं। सोचा था कि किसी खास मौके पर उनका उपयोग करूँगा! इससे बढ़िया मौका और कब आएगा। इसके साथ-साथ यह भी सुन ले कि इन चार महीनों में तूने हम सबका जो उपकार किया है, उसका बदला चुकाने की बात सोचना भी पाप होगा। बातों का वाकई अन्त नहीं है। यह फूल-पाँखड़ी कबूल कर और घरवालों के बीच जल्दी-से-जल्दी पहुँच। मेरी अपनी सवारी की घोड़ी है, सरपट पहुँचेगा...। आराम से पहुँचेगा।'

जाने क्यों आज उसकी जबान से जजमान की बजाय एक दूसरा ही सम्बोधन निकला, 'नहीं बाबा, मैं कुदरत और पंछी-जानवरों से बतियाता हुआ पैदल ही जाऊँगा। इतनी सीख की तो मैं कल्पना भी नहीं कर सकता। हाथों की बजाय अपनी आत्मा से कबूल करूँगा! आज पहली बार हमेशा स्मृति में सजाने-सँवारने लायक कई बातों से साक्षात्कार हुआ। इससे बड़ी पूँजी और क्या हो सकती है?'

'लच्छेदार बातों का अन्त नहीं है...।' इतना कहकर छोटू ने रेजी की सिली बन्द बींदड़ी बाबा के हाथ में रखी। काफी वजनदार महसूस होने पर बाबा ने दूसरा हाथ भी नीचे रख दिया। फिर अकृत्रिम भाव से कहा, 'नहीं छोटू, मैं इस योग्य नहीं हूँ, तू ही अपने परम गुरु को दक्षिणा चुका दे।' बाबा की एक खास आदत

थी कि वे बेटों और भतीजों को घरेलू नामों से सम्बोधित करते थे। छोटू ने बिना कुछ कहे-सुने अदेर दक्षिणा सौंप दी।

गाँव की सीमा तक सभी उपस्थित मोतबर मुक्त भाव से महात्मा को विदा करने आये। अपनी-अपनी खोज में निकला हर व्यक्ति अपने-आप में ही गोते लगा रहा था। बाहर से चुप होने पर भीतर उथल-पुथल मच रही थी। महात्मा के चौमासे ने बरसों से ढर्रे पर चलते एकरस जीवन को आलोड़ित कर दिया था। पूर्ण सन्तुष्टि के बीच असन्तुष्टि के बीज अंकुराने लगे थे। बाबा के आन्दोलित अन्तस में सुहाता तूफान साँय-साँय कर रहा था। गाँव की सीमा आते ही बाबा ने महात्मा को सम्बोधित करते हुए कहा, 'सुन रे शंकर तुझे तो अपनी राह इसी तरह आगे बढ़ना है। मगर हमारा कदीमी मारग छूट गया! नयी पगडंडी तलाश करनी होगी। तू नहीं जानता कि तेरे आचरण ने हम सबके दिल में क्या-क्या कबाड़ा कर दिया है! आराम से रूढ़ियों के ताने-बाने में ग्रथित जीवन जी रहे थे कि अचानक उसमें बाधा उपस्थित हो गयी। अब किधर जाएँ, फिलहाल कुछ भी समझ में नहीं आ रहा है। जो कुछ भी हुआ ठीक ही हुआ। इस घिनौनी जिन्दगी की बजाय, दुःखों से भरी जिन्दगी निश्चित रूप से बेहतर होगी। यह अनुमान तो होने लगा है। आराम से तेरी यात्रा कटे, तेरे घर में खुशहाली हो, हम सबकी यही कामना है।'

बाबा के चुप होते ही सेठ ने चार कदम आगे बढ़कर कहा, 'मुझे तो अब सबसे पहले माया के कूड़े-करकट को ठिकाने लगाना ही है। आगे की राह भी खोज ली है। तेरी संगत और तेरे साफ़-सफ्फाक आचरण से जो आत्मबोध हुआ है, मेरे वश रहते, सार्थक करूँगा। इस दौरान कुछ भी काम हो, निस्संकोच बताना, तुझे मेरी कसम है...।'

इस बार शंकर की जीभ में हरकत हुई। पूरा एहसान मानते हुए कहा, 'निहाल कर दिया जजमान, निहाल कर दिया! मेरे हुनर का मान-सनमान जो यहाँ हुआ, वैसा कहीं नहीं हुआ। मैं अगले जनम तक भी भूलूँगा नहीं। इस जनम में तो पारबती की खुशी में ही मेरी खुशी है। आप जजमानों की मेहरबानी से पाँच-साल तो मौज-ही-मौज रहेगी। खाने-पहनने की चिन्ता नहीं। बच्चों के लिए एक गैया खरीद लूँगा। जय भोले महादेव की, अब चलूँ।'

जुदाई के समय सबकी आँखें छलछला आयीं। खुशी के आँसुओं से श्रेष्ठ वाणी न तो अब तक ईजाद हुई और न होगी। शंकर के विहँसते कदम गाँव की ओर तेजी से बढ़ने लगे। कुछ देर बाद ओझल होने तक सभी टकटकी बाँधे उसकी ओर देखते रहे। और ओझल होते ही जैसे वह सबके अन्तस् में समा गया।

विलक्षण चौमासे की अपूर्व स्मृतियों में खोया शंकर भाँड़ कुछ अजीब ही विचारों में खोया था कि राह की बायीं ओर एक गहर-घुमेर नीम की सघन हरियाली पर

उसकी नजर तैरने लगी। उस शीतल छाया में नहाए बिना आगे बढ़ने की इच्छा नहीं हुई। मोहरों की बींदड़ी को तने के पास रखकर वह चारों ओर घूम-घूमकर नहाने लगा। चाँदनी और छाया का स्नान ठंडक बरसाता है, जबकि धूप का स्नान ताप पहुँचाता है। बरसात में नहाने का तो आनन्द ही निराला है! भीतर-बाहर सब-कुछ भीग जाता है। बूँद-बूँद में मोती बिखरे रहते हैं।

छाँह की शीतलता से जब पोर-पोर परितृप्त हो गया तो गाँव के गलियारे हवा में तैरने लगे। तनिक झुककर बींदड़ी उठाई तो इस बार वह काफी भारी लगी। अगले ही क्षण कारण का बोध होते ही उसकी खुशी नीम के पान-पान में व्याप्त होकर झूमने लगी। भावना का वजन भी कम नहीं होता! मोहरों की बजाय अब उस बींदड़ी में पाँच साल की बाजरी थी। नमक, मिर्च, हल्दी व धनिया था। कपड़े थे। जूते थे, पारबती के लिए सोने की कंठी थी। गणेश व कार्त्तिकेय के लिए झरझरता हलवा था। छोटा-सा घर था। बाड़े में गाएँ थीं। बाँटा था। नागौरी बेलों की जोड़ी थी। विदा होते समय पारबती की आँखें भर आयी थीं। उसकी भीगी पलकों के मोतियों का मोल अब चुकता कर देगा। चौधरी बाबा के हाथों ऐसी बरखा होगी, इसकी तो दूर-दूर तक आस नहीं थी! और यह सेठ तो बिल्कुल मेरी ही तरह सनकी है। उसके आत्मबोध की बात सुनकर सभी घरवाले चकित रह जाएँगे। सरजू भाभी तो उसकी भक्त ही हो जाएगी...भक्त। छोटू जैसा दिलेर और बेबाक व्यक्ति सारे राज्य में नहीं मिलेगा।

कितनी ही लम्बी राह क्यों न हो, चलते रहने से आखिर कटती ही है। गाँव की सीमा में पाँव धरने के बाद घर की दूरी पार करना उसके लिए मुश्किल हो गया। वह तो अगले ही कदम, पारबती के ऐन करीब पहुँचना चाहता था। लेकिन उसकी मनचीती हुई नहीं। गलियारे से गुजरता हुआ, सबके जुहार झेलता हुआ, बिना रुके हुए तेज-तेज कदमों से आगे बढ़ रहा था। गाँव चौधरी की घरवाली ने मसखरी करते कहा, 'अरे शंकर, आज तो तेरे पाँव भी हँस रहे हैं! राजाजी से मिलकर आया है क्या? थोड़ा रुककर दही-सोगरे का कलेवा तो कर ले।'

शंकर ने साधु वाला भेख उतारा नहीं था। राह की जोखिम से बचने का इससे बढ़िया उपाय और क्या हो सकता था! उसने जटा को सहलाते कहा, 'नहीं भाभी यह तो मेरा अपना घर है, सौ बार कलेवा करूँ तो भी कम है। फलाँ गाँव के रामदुआरे में चौमासा करके आ रहा हूँ। इतनी बखसीस तुम्हारे देवर को कभी नहीं मिली। बच्चे, बाप के नाम को तरस रहे होंगे।'

'नहीं, पहले पारबती से मिलना। वह राम का नाम बिसरकर, तुम्हारा ही सुमिरन कर रही है।' शंकर पाँच-सातेक कदम आगे बढ़ गया था। इसलिए दोनों ही एक-दूसरे की मुस्कान देखने से महरूम रह गये।

आज दो घड़ी रात रहते पारबती की बायीं आँख फिर से फड़कने लगी थी, इसलिए झोंपड़ी के बाहर खड़ी वह जिसकी प्रतीक्षा कर रही थी, उस पर अकस्मात नजर पड़ते ही वह लाज के वशीभूत अन्दर चली गयी। शंकर भी उसके मन की बात ताड़ गया। अगले ही क्षण गणेश और कार्त्तिकेय खुशी में झूमते हुए बाहर आये। पिता को धोक देकर वे उससे लिपट गये। शंकर तो भौंचक्क रह गया—ऐसे उजले बुर्राक वेश? क्या बच्चे स्वाँग लाना सीख रहे हैं! कहीं सपना तो नहीं है! हमेशा अध-नंगे और अध-फटे ही रहते हैं। कभी जुगाड़ ही नहीं हुआ कि होली-दीवाली के दिन भी ये नये कपड़े पहन सकें! गणेश से धीरज नहीं रखा गया तो उसने ही पहल की, 'सरजू मौसी ने ननद के ब्याह पर हमारे लिए दो-दो जोड़ी कपड़े बनाए! आपके आने तक घर की सारी जिम्मेदारी उसने ही सँभाली। माँ को कुछ भी तकलीफ नहीं होने दी। मौसी हो तो ऐसी! सभी मौसियाँ तो मिलकर भी उसके पाँव की होड़ नहीं कर सकतीं। दिन में दो बार सँभालती।' पिता का आश्चर्य अब भी उसकी आँखों में सुरमे की नाईं मौजूद था।

पारबती का मौन उलाहना भी जब उससे छिपा नहीं रहा, तब सामने का प्रत्यक्ष नजारा तो दिखना ही था। उसमें भी उलाहने की कुछ-कुछ लालिमा छिपी हुई थी। काँसी की थाली में कुंकुम, चावल और गुड़ लेकर उसने पति की अभ्यर्थना की। किशोर बच्चों से कैसी लाज! उन्हीं के तो पिता हैं। जेठ लगते ही गये थे सो भादौं उतरने पर लौटे। चार महीने बाद घर की सुधि ली। ललाट के अरुणिम तिलक पर अक्षत चिपकाने के बाद पारबती ने पति के मुँह में गुड़ दिया। झुककर पाँवों का परस किया। नयी चुँदड़ी के झिलमिलाते सलमा-सितारों ने शंकर को सारे शुभ समाचारों से अवगत करा दिया कि कल शाम से ही उसकी बायीं आँख फड़की होगी सो सुबह तक बन्द होने का नाम नहीं। इसी शकुन के अचूक विश्वास पर उसने मेट से माथा धोया है। वही नया वेश पहना, जो सरजू भाभी ने छोटी ननद के ब्याह पर इसे दिया होगा। ऐसी भाभी पिछले जनम के पुण्य से मिलती है। और वह इतना निर्मोही कि घरवालों से मिलने की उमंग में उसके घर रुका तक नहीं और न कलेवे की मनुहार ही मानी। जिस दयनीय हालत में घर छोड़ गया था, उसकी कसैली याद कहीं भी चैन से रहने नहीं देती, चाहे इन्द्रलोक का ही बसेरा क्यों न हो! भला अपनों के साथ दिखावा करने की या डींग मारने की जरूरत ही कहाँ है? तभी तो भाभी ने जानकर ही दुबारा मनुहार नहीं की। दिखावा तो परायों के बीच होता है। कहते हैं कि औरत के पेट में बात नहीं खटती। सरासर गलत! इतना सब कुछ करने पर भी भाभी ने मामूली इशारा तक नहीं किया। टूटी-फूटी टपरी की जगह दो सुथरी झोंपड़ियाँ बनवा दीं। एक बच्चों के लिए, एक पारबती के लिए। आँगन और भींतों पर सर्वत्र सतरंगी माँडने, मानो आकाश का

इन्द्रधनुष नीचे उतरकर यहीं ठहर गया हो। भाभी और भैया का एहसान उतारने के लिए बना ही नहीं है। बरसात और हवा का एहसान उतरे तो इनका एहसान उतरे!

जब पति के मुँह से रामदुआरे में चौमासे की पूरी बात सुनी तो पारबती किञ्चित भी पछतावा न करके सचमुच खुश हुई। चाँद की सोलह कलाएँ चाँद को मुबारक हों, पर मानव-मन के आश्चर्य का भी कोई पार नहीं है। उसके भीतर अनगिनत कलाएँ अन्तर्निहित हैं। बिना किसी संशय के शंकर किस तरह इस अनहोनी पर विश्वास न कर सका, वही जाने। पास बैठे लड़कों ने भी शुरू से आखिर तक सम्पूर्ण वार्ता सुनी। कार्त्तिकेय से टोके बिना नहीं रहा गया। उसकी उम्र भीतर-ही-भीतर घुटने की नहीं थी। मामूली रूठने के स्वर में बोला, 'जीसा, जब सेठ ने खुशी-खुशी अपनी बेशुमार माया आपके चरणों में भेंट की तो उसे ठुकराकर आपने अच्छा काम नहीं किया। कुछ तो हमारा भी खयाल रखा होता। सामने की टेकरी पर हम भी ठाकुर जैसा गढ़ बनाते। घुड़साल में घोड़ियाँ रखते और फीलखाने में एक की बजाय दो हाथी। एक हथिनी और दूसरा उसका जोड़ीदार। ठाकुर के पास तो एक ही बूढ़ा हाथी है।' जब तक कार्त्तिकेय बोलकर चुप नहीं हुआ, तब तक पारबती अपने पुत्र की ओर एकटक देखती रही, जैसे किसी दुःस्वप्न के बोल सुन रही हो। जवाब में कुछ कहने के लिए गणेश के होंठ खुले ही थे कि माँ ने चुप रहने का इशारा किया। फिर मीठी डाँट पिलाई, 'बनिये के बेटे की संगत से ही तूने ये बुरी बातें सीखी हैं। खबरदार! कल से उसके साथ रहा तो...! चार आदमियों के निवास की खातिर इतने बड़े गढ़ की जरूरत क्या है? यदि ये भूल से भी अधर्म की कमाई ले आते तो मैं उसे घूरे पर फिंकवा देती...!'

इस बार उतावला गणेश बीच में ही बोल पड़ा, 'तो यह घूरे पर से सारा धन लेकर किसी दूर-दिसावर की राह चम्पत हो जाता।'

'तू मेरी बारी आने देता तब न...! मेरे सामने तो लूट-मार, चोरी-डाके की बातें करता है और यहाँ माँ और जीसा के पास दरियादिली छौंक रहा है?'

शंकर भाँड़ के मन में दो विपरीत विचारों के वातचक्र साँय-साँय बजने लगे। एक में अपार खुशी और आश्चर्य था। दूसरे में अन्तहीन अवसाद और घनघोर पछतावा। बच्चों के सामने सारी जिन्दगी पड़ी है। इस तरह की आत्मघाती खामखयाली के भरोसे राम-जाने ये कहाँ पहुँचेंगे? पहले इसकी हिदायत जरूरी है। बहू की ओर गौर से देखते हुए उसने कहा, 'पारबती, बाप की बजाय बेटे माँ से अधिक सीखते हैं। बच्चों की पहली गुरु माँ ही होती है। मैं तो अकसर बाहर रहता हूँ। तुझे ही इन बच्चों को अच्छी तरह सँभालना है। जब तू इतनी बदल गयी तो इन कच्चे लाड़लों को बदलने में कितना समय लगेगा? मुझे तेरे दूध का

पूरा भरोसा है। इससे पहले मैं यह जानना चाहता हूँ कि तेरा यह कायाकल्प कैसे हो गया? मैं तो डर के मारे सेठ की बेशुमार माया को ठुकराने की बात कहना ही नहीं चाहता था और तू उसे घूरे पर फेंकने के लिए तैयार हो गयी! कमाई की खातिर तू मुझे हरदम कोंचती रहती थी और आज आधी मोहरें भाभी को देने की बात कर रही है। आधी की बजाय सारी मोहरें उसे दे तो मुझे कुछ भी एतराज नहीं, पर तेरे इस अचीते कायाकल्प को देखकर बड़ा हैरान हूँ...!'

'इसमें हैरान होने जैसी कोई बात नहीं।' पारबती ने उसे बीच में टोकते कहा, 'रात का अनन्त अँधेरा सूरज निकलने के पहले ही नष्ट हो जाता है। कोई बरस नहीं लगते। घड़ी-पलक में सब सफाया हो जाता है! तुम्हारी भाभी ने मेरे लिए सूरज जैसा ही काम किया। वही मेरी गुरु है। तुम्हारे जाने के बाद तीन दिन तक रोटी-पानी का जुगाड़ नहीं हुआ तो मैं दोनों बच्चों को बरगलाकर आपघात करने को तैयार हो गयी। कुएँ के पास पहुँचते ही मैं बुरी तरह चौंक पड़ी, जैसे कोई भूतनी दिख पड़ी हो। मेरे पाँव जहाँ थे, वहीं चिपक गये। तुम्हारी भाभी ने अदेर पानी सींचना बन्द किया और भागती हुई मेरे पास आयी। गाल सहलाते मीठे सुर में पूछा, 'मुझे देखकर तू आगे बढ़ने की बजाय, चौंककर यहाँ खड़ी क्यों हो गयी?' उसकी अँगुलियों में ऐसा अपनापन और ऐसा दुलार था कि मैं बिलख-बिलखकर रोने लगी। रोते-रोते ही बोली, 'मुझ अभागिन के लिए तो मरना भी हाथ की बात नहीं रही! भूख के मारे देर-सबेर बाद में भी मरना पड़ता। बस, इतनी-सी बात में वह सब कुछ समझ गयी। कुछ भी उलाहना नहीं देकर मुझे कहा, 'यह मानुस जनम एक बार ही हाथ लगता है और तू उसे मिटाने को तैयार हो गयी? बाबली, सभी दिन एक से नहीं रहते। अमावस की रात के बाद भी दूज का चाँद उगता है। मुझे मिलेगा सो तुझे भी मिलेगा। मैंने भी दुःख का अँधियारा खूब सहा है, तब कहीं यह उजाला देखने को मिला है। इस घड़ी, ना ना, इसी पल से तेरी सारी चिन्ताएँ मेरी हैं। बाँटकर खाने-खिलाने से बड़ा सुख कोई है भला?' तब से उस मुँह-बोली बहन के घर में जो नहीं था, वह मेरे घर में था। बहन भी खुश, बहनोई जी भी खुश, मैं भी खुश और बच्चे भी खुश। पहले दिन जब बुगले की पाँख जैसे बुर्राक कपड़े इन्होंने एक साथ पहने तो इन्हें इतनी खुशी हुई, जैसे कुबेर का खजाना मिल गया हो। उम्र के साथ सब सीख जाएँगे, तुम चिन्ता ना करो। मेरी कूख से भी अधिक बाई के अन्न का मुझे भरोसा है, उसका साफ-सुथरा मन दाने-दाने में घुला है...'

माँ के मन की बदरिया अब तक पूरी बरसी नहीं थी कि गणेश ने बीच ही में जाने क्या सोचकर कहा, 'जीसा, देर करना ठीक नहीं, अभी इसी वक्त आधी मोहरें मौसी के हवाले कर दो। उसने क्या-क्या नहीं किया हमारे लिए...!'

कार्त्तिकेय ने भी अत्यधिक उतावली में गणेश की बात भी पूरी नहीं सुनी। 'क्यों, आधी ही क्यों सभी मोहरें मौसी को झटपट सौंप दो। हमारे तीन प्राणों का मोल, आधी मोहरों जितना ही है? वह हमें सहारा नहीं देती तो हम कबके मर गये होते...भूख से तड़प-तड़पकर। चलो माँ, तुम अपने हाथ से सारी मोहरें मौसी के चरणों में बिखेर देना, जिस तरह सेठजी ने महात्मा के चरणों में अपनी सारी माया बिछा दी थी!'

वसन्त ऋतु की बयार का ऐसा ही अद्भुत असर होता है कि मुरझाई कोंपलें फिर से फूटने लगती हैं, भाँति-भाँति के फूल टहनियों पर मुस्कराते हैं और अधजली दूब हरे गलीचे की नाईं पसरने लगती है। माँ-बाप के मन में बेटों का आकस्मिक परिवर्तन देखकर अधिक आश्चर्य नहीं हुआ, खुशी जरूर हुई कि यह बात तो उन्हें सूझनी चाहिए थी। लेकिन बच्चों के सहज निसर्गिक बोध का बड़े-से-बड़ा पंडित-ज्ञानी भी मुकाबला नहीं कर सकता।

कार्त्तिकेय के हाथ में मोहरों की बींदड़ी थमी हुई थी। धूल भरी राह पर दोनों बच्चे इस तरह चल रहे थे, मानो तलवों के नीचे गुलाब के फूल बिछे हों! मन में लहरें मचल रही थीं। घर का किवाड़ खुला था, मगर मौसी और मौसा कहीं दिखलाई नहीं पड़े। तब गणेश ने सुराग लगाया कि कबूतरों को दाना चुगाने की वेला हो गयी, जरूर बाड़े में होंगे।

वहाँ तो नजारा ही अनोखा था। मौसी के चारों तरफ कबूतर-ही-कबूतर। जवार के दाने चुगने में मगन। मौसा के इर्द-गिर्द मोरों का कबीला घेरा डाले नाच रहा था। पाँच-सातेक मोर छतरी ताने झूम रहे थे। मूमल बिटिया बारी-बारी से मोरों की कलंगियाँ सहला रही थी। मोरों की पाँखों में मूमल से भी अधिक खुशी थिरक रही थी, मानो उसके सहलाने से कलंगियाँ बढ़ रही हों। पास जाने पर पता चला कि कबूतरों के बीच नन्ही-मुन्नी चिड़िया बाजरा चुग रही थीं। धरती पर ऐसे नजारे देखने में ही नजर की सार्थकता है।

गणेश से नहीं रहा गया तो उसने बींदड़ी में बँधी मोहरें नचाते हुए कहा, 'मौसी, इसमें मक्की से भी चौगुने बड़े-बड़े दाने हैं, बताओ तो जानूँ!' गणेश को बहलाने की मंशा से मौसी कहने लगी, 'खोलकर देखे बिना कोई कैसे बता सकता है? मेरी आँखें भी तो तुम लोगों जैसी ही हैं।'

कार्तिकेय प्रतिवाद करते बोला, 'नहीं मौसी, तुम्हारी आँखों की तासीर ही दूसरी है। और कोई बता सके, न बता सके, तुम से कुछ भी छिपा नहीं रह सकता। बताओ न।'

मौसी ने दूध-सी धवल मुस्कान बरसाते कहा, 'घड़ी भर पहले ही रतन राईके ने मुझे सारी बातें बता दीं। सेठ और चौधरी बाबा के गाँव से ही ऊँट पर आया

था। हवा में चारों तरफ देवर के स्वाँग की ही बातें चल रही हैं। मैं तुम लोगों के आने की बाट ही जोह रही थी और तुम सचमुच आ धमके...।' मौसा से धीरज नहीं रखा गया तो उन्होंने बीच में टोकते कहा, 'पहेलियाँ बुझा रही है, बच्चों के सामने। साफ-साफ क्यूँ नहीं कहती कि बींदड़ी में एक सौ आठ मोहरें हैं।'

गणेश का मुँह उतर गया। मौसी को छकाने का ऐसा मौका बड़ी मुश्किल से हाथ लगा था, सो वह भी चौपट हुआ, जैसे सारी मोहरें एक साथ छिन गयी हों। मौसी भी अदेर उसके मन की बात ताड़ गयी। दाने उछालते-उछालते ही गणेश के पास आयी। ठुड्डी का परस करके कहने लगी, 'मेरी सारी चिन्ता मिट गयी और तू मुँह उतारे खड़ा है! तुझे तो फिरकी के उनमान नाचना चाहिए।' फिर बहन की ओर देखा और मुस्कराते बोली, 'जैसा सोचा, तू तो उससे भी बढ़कर निकली। कल ही भाँबियों के घरों में नौ चँवरियाँ मँडेंगी और पास में एक छदाम भी नहीं। मुझे पूछे बिना ही, राम जाने सब घरवाले क्यूँ बेफिकर हैं! अब कहीं जी को चैन मिला। भोले पञ्छियों ने मेरी लाज रख ली! जिसकी निमित्त तुझे बनना था।' इतना कहकर उसने बहन को कसकर गले लगा लिया। खुशी के मारे उसका गला भर आया। आँखें छलछला उठीं। पारबती का बाँध भी दरक गया। भीतर की खुशी जब सीमा लाँघ जाती है, तब वह सुबकियों के बहाने झूलने लगती है।

शंकर को अपनी मौजूदगी बोझिल जान पड़ी तो मौके पर उसे बहुत अच्छा बहाना सूझ गया। चौधरी की ओर देखकर बोला, 'राम के भरोसे तेल चढ़ीं सभी कन्याएँ कुँआरी रह जातीं, मगर भाभी के भरोसे गाँव में कोई दुःखी नहीं रह सकता। कहो तो उन सबको दिलासा दे आऊँ।'

चौधरी ने भी मीठी चुटकी ली, 'वे दुःखी ही कब हुए थे, जो उन्हें दिलासा देने की नौबत आये! पर चलने में नुकसान ही क्या है! चलो, मैं भी साथ चलता हूँ। जहाँ औरतों की पञ्चायती चलती हो, वहाँ मरदों को रुकना शोभा नहीं देता!'

कुदरत के काम में सूई की नोक के बराबर भी खामी नहीं रहती। आज के बाद कल तो हर सूरत में आना ही था। वैसा ही सूरज तो पहले कभी नहीं उगा! मानो नौ झोंपड़ियों का अँधेरा दूर करते हुए नौ सूरज एक साथ उगे हों। जो सोचा था उससे भी बेहतर समाचार मिले। आँगन-आँगन में ढोल गूँजने लगे। काँसी की थालियाँ झनझना उठीं। अनेक-अनेक सुरीले कंठों से गीतों की फुहारें छूटने लगीं। अठारह अपरिचित हाथ परस्पर क्या जुड़े मानो, जन्म-जन्मान्तर का प्रगाढ़ परिचय हो। इकलौती काया चाहे पुरुष की हो, चाहे स्त्री की, अपने-आप में कभी पूर्ण नहीं होती! दो के जुड़ने से धरती और आकाश का जुड़ना होता है, पानी और माटी का जुड़ना होता है, पूर्णिमा की चाँदनी और समन्दर का जुड़ना होता है! घर-परिवार

से बिछुड़ती हुई कन्याओं के आँसुओं में भविष्य की खुशियाँ छलक रही थीं। उनके रुदन में ही जीवन की समूची किलकारियाँ, खिलखिलाहट और खुशियाँ समाहित थीं। प्रजनन का मूल-मन्त्र अनुमोदित था। सृष्टि का चिर-मर्म उसी में अन्तर्निहित था।

समय की गति सर्वथा असम्पृक्त और निर्वैयक्तिक होती है। न किसी के दुःख में सत्वर और न किसी के सुख में मन्द! तीसरे दिन ही शंकर के आँगन में कड़े-आँवलों की खनक सुनाई पड़ी, जिसकी अलग ही पहचान थी। सबसे पहले बच्चों को उसका बोध हुआ। हाथ का कौर थाली में छोड़कर दोनों ही—सरजू-मौसी, सरजू-मौसी चिल्लाते हुए बाहर निकले। कानों सुनी झंकार आँखों जितनी ही सच थी। पुचकारकर पहले छाती से लगाया, फिर दोनों के घुँघराले बाल सहलाने लगी। शंकर-पारबती पर नजर पड़ते ही वह आगे बढ़ी। बिना किसी भूमिका के उसने सीधी बात करना ही उचित समझा, 'देखो देवर, अब घड़ी भर की ढील करना भी ठीक नहीं है। दोनों बच्चों को अपने हुनर में पारंगत करने के बाद ही तुम घर से बाहर जाओगे।'

शंकर ने भी बिना किसी लाग-लपेट के भाभी की तरह सीधी बात करना ही संगत समझा। पारबती की ओर देखकर कहने लगा, 'पहले इसे राजी करो भाभी, मुझे कहने में कोई सार नहीं। मैं तो साल भर से झींक रहा हूँ, यह मानती ही नहीं। कहती है, हाथों में ठीकरे लेकर बच्चों का भीख माँगना कबूल कर पुरखों का यह हुनर सपने में भी नहीं सीखने देगी। पहले ऐसा पता होता तो वह शादी के लिए साफ मना कर देती...।' भाभी ने पूरी बात सुनी ही नहीं, बीच में ही झिड़कते बोली, 'पता नहीं, तुम किस दुनिया में रहते हो? पारबती ने ही तो मुझे यह बात कही। खाँमखाँ किसी पर तोहमत मँढ़ना, क्या यह भी तुम्हारे हुनर में शामिल है?'

शंकर ने खीज का अभिनय करके पत्नी की ओर देखकर पूछा, 'पारबती, भाभी के मुँह से यह क्या अनहोनी बात सुन रहा हूँ...?'

पारबती ने निःसंकोच जवाब दिया, 'ठीक ही सुन रहे हो। पहले यह तो बताओ, तुम किस पारबती की बात कर रहे हो? वो पारबती कोई और होगी। सुना कि नहीं, पारस पत्थर का परस पाने के बाद, लोहा—लोहा रहता है? इतना भी नहीं जानते?'

बस, मौका मिलना चाहिए, शंकर मसखरी करने से नहीं चूकता। खुशी में बगलें बजाता हुआ बोला, 'लेकिन वह पारस पत्थर है कहाँ? एक बार मैं भी तो उसका परस करके आजमा लूँ।'

'यह तो मन में रहेगी देवर!' भाभी ने हाथ नचाते कहा, 'लेकिन तुम तो

पहले ही सौ टञ्च सोना हो, तुम्हें किसी पारस की जरूरत नहीं। पारबती के मुँह से हामी तो सुन ली, तीन महीने की मोहलत देती हूँ। जो भी हुनर जानते हो, उससे सवाया इन्हें सिखा दो। एक ही जीवन में सौ जून का आनन्द तो तुम्हीं ले सकते हो। बाकी हम सबको तो एक ही जून से सबर करना पड़ता है! बेचारे राजा-महाराजा भी एक ही जून जीते हैं!'

मौसी के मुँह से निकला एक-एक आखर निगलने के बाद बच्चों की खुशी का पार नहीं रहा। गणेश ने मौसी का हाथ झुलाते कहा, 'जब तुम्हारा भी यही मानना है तो हम भी जीसा की तरह सौ जून का आनन्द लेंगे। एक जून से बिल्कुल पार नहीं पड़ता। तुम अपनी आँखों से देख लेना, तुम्हारी आसीस रही तो हम सवा महीने में ही सब-कुछ सीख लेंगे—सब-कुछ।'

उस असीम आनन्द के बीच एक अचीता व्यवधान उपस्थित हो गया। बाहर से एक रुआबदार अपरिचित आवाज सुनाई पड़ी, 'शंकर भाँड़ का यही घर है?' सभी हड़बड़ाकर बाहर आये। सबसे पहले सरजू ने हामी भरी। आदर भाव के साथ घुड़सवार नीचे उतरा। पाँवों में हरे कसीदे की जूतियाँ। लट्ठे की सफेद धोती। सफेद ही कुरता। कानों में मुरकियाँ और साँकलियाँ। मटिया साफा। दो कदम आगे बढ़कर शंकर ने कहा, 'मैं ही शंकर भाँड़ हूँ, फरमाइए...।'

घुड़सवार ने तनिक घबराकर हाथ जोड़ते हुए उसके चरणों का परस किया। फिर आश्वस्त भाव से कहने लगा, 'फरमाएँगे तो राजाजी, मुझे तो फकत इतनी ही अरज करनी है कि शिव गाँव के रामदुआरे में महात्मा के स्वाँग की कीरत राज के कोने-कोने में फैल चुकी है। सेठजी का वैराग नहीं मिटा तो गाँव वालों से मशविरा करके उन्होंने सारी माया राज के खजाने में जमा करवा दी, गरीब-गुरबों की भलाई के लिए। मैं तो राज-दरबार का मामूली सेवक हूँ। भगवान झूठ न बुलाए, इतनी दौलत तो राज के खजाने में कभी नहीं जुड़ी। सच पूछो तो यह सब आप ही का प्रताप है। यदि आप उस अपार माया को नहीं ठुकराते तो राज का खजाना कैसे भरता? राजाजी की खुशी का पार नहीं है! चौधरी बाबा की हैसियत एक सौ आठ मोहरों से अधिक देने की नहीं थी, सो आपका जथाजोग मान रख लिया।'

'नहीं, नहीं!' शंकर भाँड़ ने उतावली में कहा, 'यह बात सच नहीं है। मैं नहीं माना तो सेठजी क्या करते...?'

'क्या करते?' घुड़सवार ने कुछ ठहरकर कहा, 'उन्हें वही करना था जो राजाजी ने किया। कम-से-कम हजार मोहरें तो देते।' फिर उसने घोड़ी से बँधे चमड़े के खलते की ओर इशारा करते कहा, 'कर्ण के समान दानी हमारे राजाधिराज की भला कौन बराबरी कर सकता है? एक हजार मोहरें आपको इनायत की हैं।'

शंकर भाँड़ को तनिक भी खुशी नहीं हुई। उसके चेहरे की रंगत बदल गयी।

आँखों में तनिक लाली उभर आयी। फिर भी उसने संयत भाव से कहा, 'भैया मैं भाँड़ हूँ, गलियारे का भिखारी नहीं! स्वाँग देखने के बाद कोई बखसीस दे तो ठीक, न दे तो ठीक। जिस जजमान की जैसी समझ। मैं कुछ भी हुज्जत नहीं करता। जो भी मिल जाता है, वही मेरा पावना है। सीस नवाकर कबूल करता हूँ, मगर बिना स्वाँग लाए ये हजार मोहरें भी मेरे लिए हराम हैं! आपको खाँमखाँ तकलीफ हुई। मैं हाथ जोड़कर माफी चाहता हूँ।'

सरजू के लिए तो कुछ भी नयी बात नहीं थी और शंकर के घरवाले तो इन सिरफिरी बातों के आदी हो चुके थे। पहले तो वाकई खूब तकरार होती थी, लेकिन सरजू की सीख व सहयोग के बाद पारबती और दोनों बच्चों का स्वभाव ही बदल गया। मनुष्य की एकाकी देह के भीतर न जाने कैसे-कैसे अनोखे स्वाँग छिपे रहते हैं! अब तो घरवालों के दिल में शंकर के प्रति गुमान की कोई सीमा नहीं रही। समझ, समझ का फेर है! लेकिन घुड़सवार की तो वैसी समझ थी नहीं। उसके अचरज की सीमा नहीं रही। कहाँ तो राज-दरबार के सभी छोटे-बड़े अमले, एक-एक मोहर के लिए तरसते हैं। क्या-क्या ओछी हरकते नहीं करते! उसके दिमाग की नसों में खुजली-सी मचलने लगी। अब कहीं राजाजी के रूबरू सेठजी की मनाही का सही मायना उसकी समझ में आया। उसने आश्चर्यमिश्रित आनन्द के स्वर में कहा, 'सेठजी ने खूब मना किया कि जब उसने अपने पाँवों के पास बिखरी बेशुमार माया को ठुकरा दिया तो ये ना कुछ हजार मोहरें किस गिनती में हैं! वह हरगिज कबूल नहीं करेगा। तब राजाजी ने मूँछों पर ताव देते हुए फरमाया—सेठजी, यूँ तो बड़े बुद्धिमान बनते हो, पर राजा और बनिए का फर्क समझ में नहीं आता। तुम्हारी माया ठुकराने की गुस्ताखी वह कर सकता है, पर मेरी बखसीस के लिए वह सपने में भी मना करने की हिम्मत नहीं जुटा सकता। भाँड़ को भी प्राणों का मोह कम नहीं होता। अब सोच लीजिए, सूली से उतरने के बाद आप कभी स्वाँग नहीं ला सकेंगे।'

फिर भी शंकर भाँड़ ने अपना आपा नहीं खोया। आपा खोने की स्थिति में भी नहीं था। कुछ देर चुप रहकर वह माकूल जवाब देने के लिए सोच रहा था। मगर पारबती को उसी वक्त उपाय सूझ गया। बोली, 'इसमें क्या तो सोचना और क्या समझना! यह तो सोचने-विचारने की बात ही नहीं है! किसी भी राजा-महाराजा के पुरखे अमर हुए हों तो आपके राजा भी अमर होंगे। एक दिन सभी को मरना है, क्या राजा और क्या रंक! सेठजी ने खूब सोच-समझकर मनाही की थी। आपके राजाजी देश के मालिक हैं, बहुत बड़ी हस्ती हैं। वे भले ही एक भाँड़ के द्वारा ठुकराई माया कबूल कर सकते हैं। मगर हमारी समझ छोटी है, बड़ी बातें हमारी समझ में नहीं आतीं। बस इससे ज्यादा हमें कुछ नहीं कहना।'

बेचारा घुड़सवार तो बड़े धर्म-संकट में उलझ गया। अब करे तो क्या करे? कुछ समझ में नहीं आया। ऐसी पोशाल तो उसे कभी नसीब ही नहीं हुई! उसने अपनी आँखों ने जो कुछ भी नजारा देखा-सुना, जिससे पहली बार उसके मन में साफ-साफ समझ बैठ गयी कि देश के स्वामी होते हुए भी इस भाँड़ की तुलना में राजाजी कितने छोटे हैं! वरना दरबारी समझ के अनुसार वह अपनी जहर-बुझी कटार से उसकी अँतड़ियाँ कभी बाहर निकाल देता! यह तो वाकई महात्माओं का भी महात्मा है। चुगली न भी करे, तब भी आँखों देखी सच्चाई सुनते ही सूली की सजा में कोई खामी नहीं रहेगी। सनकी राजा की समझ का कुछ भी एतबार नहीं।

और उधर मूमल का उतरा हुआ चेहरा देखा तो चौधरी सोचने लगा—सरजू इतनी देर तो कहीं नहीं रुकती। मगर फालतू बकवास किए बिना औरतें का जी नहीं भरता। फिर न तो खाविन्द की चिन्ता और न बेटी की। देवर के घर से उसका लगाव भी कुछ कम नहीं है। गणेश और कार्त्तिकेय को मूमल से कम प्यार नहीं करती। लेकिन अपने घर का भी कुछ तो खयाल रखना चाहिए। पर कहाँ? पिछले चार महीनों से गाँव की चिन्ता का घुन उसके मगज में कुलबुला रहा है। आज-कल तो नींद में भी बडबड़ाने लगी है। अच्छी बात है। मनुष्य ही मनुष्य के काम नहीं आएगा तो और कौन आएगा? सभी जानते हैं कि पहले घर में दीया जलाया जाता है, फिर मन्दिर में। पर उसकी तो तीन लोक से मथुरा ही न्यारी है। पहले दूसरों की चिन्ता करती है, फिर घर की। ऐसा खुला दिल तो रानियों का भी नहीं होता। कुछ भी हो ऐसे बन्दों के भरोसे ही दुनिया आज तक टिकी हुई है। ऊपरी मन से कुछ भी नाराजगी दिखलाऊँ, ऐसी दिलेर और दयावन्त घरवाली लाखों में एक मिलती है। आखिर सब्र नहीं हुआ तो चौधरी, बिटिया का हाथ पकड़कर उधर ही चला आया। घर के सामने मेला-सा लगा था। अपरिचित घुड़सवार को देखा तो उसी से पूछा। वैसी अन्होनी बात दोहराने का मौका जाने कब आये? उसने शुरुआत से लेकर सारी बात बड़े चाव से बताई, जिसे सुनकर चौधरी क्या समझा और क्या नहीं समझा, सो वही जाने। किन्तु उसने जो कुछ भी कहा उसे पास खड़े सभी लोगों ने सुना, 'अरे लाला, जो बात मेरी बिटिया भी सुनकर समझ सकती है, वह तेरे राजाजी की समझ में नहीं आयी? फिर कैसे राज चलाते होंगे? जब इसने हाथी लगी माया को धूल की नाईं ठुकरा दिया तो यह छोटी-सी बखसीस कैसे कबूल करेगा? इसका नाम शंकर भाँड़ है, शंकर। यह किसी देश का राजा थोड़े ही है जो किसी की ठुकराई माया को मँगते की तरह कबूल कर ले! इस बींदड़ी को खोलने की भी जरूरत नहीं, जैसे लाया है, वैसे ही लौटा देना। बीच में गड़बड़ की तो हम सब गाँव वाले गवाह हैं।'

घुड़सवार और अधिक ऊहापोह में डूबने-उतराने लगा। गाँव के कुएँ में ही शायद भाँग घुली हो! सब-के-सब सिरफरे हैं। कोई किसी से कम नहीं। गँवारों ने अब तक किसी राजा का रुतबा देखा नहीं है। तभी बच्चों के उनमान बहकी-बहकी बातें कर रहे हैं। लेकिन इन्हें समझाने की कोई युक्ति भी तो कारगर साबित नहीं हो रही है। राज-दरबार में तो उसकी गिनती काफी समझदारों में होती है। तभी राजाजी ने उस पर इतना भरोसा किया। पर यहाँ तो जैसे सारा मगज ही ठस हो गया लगता है। कुछ भी नहीं सूझता। शंकर भाँड़ को बचाने की खातिर सच्ची बात भी छिपानी होगी और झूठ घड़े भी तो क्या घड़े? राज-दरबार में झूठ और छल-कपट के अलावा कुछ भी तो नजर नहीं आता। पर यहाँ का अजीब माहौल देखकर झूठ बोलने की गुञ्जाइश भी तो नहीं बची। यदि इस राज में पानी बरसने की कुछ भी आस रखी जाय तो शंकर भाँड़ जैसी हस्तियों को हर सूरत में बचाना होगा। भले ही राज-दरबार के सारे अमले मर जाएँ। उनके जिन्दा रहने से ही राज के भले आदमियों को मरना पड़ता है। यहाँ की हवा में घुड़सवार की पैनी अक्ल भी छीजने लगी थी। तभी अकस्मात् उसे एक भूली हुई जरूरी बात याद आ गयी। राजदरबार का रुतबा जाने कहाँ विलुप्त हो गया। दबे-दबे स्वर में बोला, 'राजाजी ने किसी नये स्वाँग के लिए इसी घोड़ी पर आपको अदेर बुलाया है। मैं कोई ऊँट किराए कर लूँगा। स्वाँग का सारा तामझाम बाँधकर आपको राजदरबार में जल्दी से जल्दी पहुँचना है। आपका स्वाँग देखने के बाद ही अन्नदाता को चैन पड़ेगा। जो भी राज-दरबार में पहुँचता है, आपकी तारीफ किए बिना रहता ही नहीं। यों तो आपका नाम किसी से भी छिपा नहीं है। लेकिन शिव गाँव के रामदुआरे में चौमासा करने के बाद तो हवा को भी जैसे पाँखें मिल गयी हों। राज-दरबार में आपकी चरचा के अलावा दूसरी कोई बात जमती ही नहीं। घुड़सवारी तो अच्छी तरह जानते हैं?'

'खूब अच्छी तरह जानता हूँ, लेकिन भाई तीन महीने तक गाँव के बाहर निकलूँ तब न...। अपने बच्चों को सारी विद्या सिखानी है। इसके पहले तो वे तैयार ही नहीं हो रहे थे। अब वे मान गये तो मैं गाँव क्यों कर छोड़ सकता हूँ? कहीं भी जाऊँ मेरा मन तो हमेशा यहीं रहेगा। आधे-अधूरे मन से लाए स्वाँग में बात जमती नहीं है। मैं अब तक कभी बेमन से स्वाँग नहीं लाया। मेरी ओर से हाथ जोड़कर माफी माँगना। पुरखों की विरासत अच्छी तरह सँभलाए बिना मेरी मुक्ति नहीं होगी! तीन महीने बाद मैं पाँवों चलकर दरबार में हाजिर हो जाऊँगा। मेरा वचन है। जितने कहेंगे, उतने ही स्वाँग लाऊँगा।'

घुड़सवार का दिल गहरे तक पसीज गया। भीगे गले से बोला, 'आपकी खातिर मेरे प्राण भी काम आएँ तो अपना सौभाग्य समझूँगा। अपनी तरफ से समझाने में

कोई कसर नहीं रखूँगा। फिर भी राजाजी नहीं माने और आपको जबरदस्ती लिवाने के लिए दस-बीस सशस्त्र सैनिक भेज दिए तो...।'

'आप तनिक भी चिन्ता न करें।' शंकर ने सहज भाव से कहा, 'तब जूँझार का स्वाँग लाकर या तो मैं खेत रहूँगा या उन्हें खदेड़ दूँगा। मेरी मरजी के खिलाफ मुझे कोई नहीं ले जा सकता। चाहे राजा-महाराजा हो, चाहे नवाब-बादशाह! मैं अपनी मरजी का आप मालिक हूँ, उस पर मैं किसी का भी अंकुश नहीं मानता। मेरे माँ-बाप ने मुझे यह जनम-घुट्टी पिलाई है।'

घुड़सवार कुछ कहने को आतुर दिखा तो सरजू के पति ने आवेग में आकर कहा, 'शंकर के साथ मरने वालों की कमी नहीं है। गाँव के डंगर-मवेशी भी उसके साथ हैं। अपने राजाजी से साफ कह देना कि खूब सोच-समझकर कदम उठाएँ।' चौधरी की चुनौती सुनकर सबने उसकी पत्नी की ओर देखा। वह तो अविचल पाषाण मूरत की नाईं जाने किस सोच में मगन थी, किसी को कुछ भी सुराग नहीं मिल पाया। तब घुड़सवार की बन आयी। अतिरेक उत्साह में कहने लगा, 'तो फिर मुझ पर भरोसा रखिए। जीवन में पहली बार मैं अपने दिमाग से काम लूँगा। जिसका बूता यहाँ आने के बाद ही मैं कुछ-कुछ समझने लगा हूँ। राज-दरबार की जहरीली हवा ही ऐसी है कि वह देखते-देखते निरीह कबूतर को कौए में बदल देती है! पर यहाँ का माहौल देखकर माँ के दूध की लाज रह गयी। अब मैं हमेशा के लिए कबूतर ही बना रहूँगा। मुझे ठीक तरह बोलना नहीं आता। मेरे भीतर दबा बचपन फिर से अँगड़ाई ले रहा है, जिसकी खुशी के मारे राजाजी और उनका राज मुझे तिनके से भी बदतर लग रहे हैं। एक बार तो समाचार पहुँचाने के लिए मुझे जाना ही पड़ेगा। फिर जहाँ अञ्जल होगा, वहीं उम्र गुजार दूँगा! लेकिन मजबूरी की बजाय अपनी शर्त पर जीना चाहूँगा। जिसके लिए मैं आप सबका आभारी हूँ कि इस तरह की वाणी से पहली बार ही मेरा वास्ता पड़ा है।'

इतना कहकर जुहार करके उसने घोड़ी की लगाम थामी। वह जाने के लिए आगे बढ़ा ही था कि सरजू को चेत हुआ। जाने किसी अज्ञात लोक में विचरण करने के बाद वापस लौटी हो। आँखें फाड़कर इधर-उधर आश्चर्य से देखती रही। सहसा विदा होते हुए घुड़सवार पर उसकी नजर अटकी। फिर सुगम्भीर स्वर में जैसे आदेश दिया हो 'मोहरों के खेलते को यहीं रख जाओ। कुछ भी लाग-लपेट रखने की बजाय राजाजी को साफ कहना कि शंकर ने यह जोखम सरजू भाभी को सौंप दी है। सेठजी की कमाई का कुछ तो सदुपयोग हो। वहाँ तो राग-रंग और मौज-मस्ती में ही उड़ जाएगी। बरसों से मेरे मन में बसी साध अब फलती नजर आ रही है...।'

घुड़सवार ने आगे की बात पूरी सुने बिना ही मोहरों से भरा खलता सरजू

चौधराइन के पाँवों पर रखकर शंकर की ओर देखा। सकुचाते कहने लगा, 'आपके पाँवों में रखने की गुस्ताखी भूल से भी नहीं होगी, लेकिन कहूँगा वही जो सरजू भाभी ने कहा है। आपको एतराज भी हो तो मैं मानने वाला नहीं हूँ...।' शंकर भाँड़ ने बीच में ही अदेर टोकते कहा, 'मेरी मत मारी गयी है, जो सरजू भाभी की बात पर एतराज करूँगा! तुम्हें पूरी छूट है, चाहो तो यही कह देना कि मैंने आपकी मोहरें कबूल कर लीं...।'

उपस्थित सभी लोग-बाग अचरज भरी निगाहों से उसकी ओर देखते रहे। पारबती और सरजू को तो अपने कानों पर भरोसा ही नहीं हुआ। उनके भीतर की जिज्ञासा आँखों की राह फट पड़ना चाह रही थी। तब शंकर को मजबूर होकर कहना ही पड़ा, 'अपनी थोथी हेकड़ी में भाभी की चिन्ता मैं थोड़ी देर के लिए बिसर गया था। अब सारा चेत बिजली की नाईं आँखों के सामने जगमगा उठा है। थूक सनी जबान से कुछ भी उगलकर उसकी मरजाद घटाऊँगा नहीं। अब तो आँखों से साम्प्रत देखने भर की देर है।'

सो, उस गाँव के लोग देखते रहे और गाँव की काया-पलट होने लगी। जिसके पास जितनी जमीन थी, सब में कुएँ खुदने लगे। हाथोंहाथ। सभी एक-दूसरे से सहयोग करने को आतुर। अन्तस् में फड़फड़ाती उमंगों को मनवाञ्छित आकाश मिल गया था। आदमी अपनी स्वेच्छा से मेहनत करे तो क्या नहीं हो सकता! घर-घर में नागौरी बैल हुंकारने लगे। धुरी-धुरी पर भँवण घूमने लगे। लाव में बँधे हुए चड़स पहले कुओं में उतरने को बेताब फिर बाहर निकलने को उन्मुख। बादलों के भरोसे घर-घर में बीज सुरक्षित पड़ा था, वह खेतों की क्यारियों में लहराने लगा। जुलाहों के लिए पास के शहर से रंग-बिरंगा सूत आ गया। बैठकी के भीतर पावड़ियाँ खटाखट बजनी शुरू हो गयीं, मानो धरती के हीए में उल्लास मचलने लगीं। देखते-देखते भाँबियों की झोंपड़ियों में साड़ियों के थट जमने लगे। वहीं के बनिए उन्हें दिसावर में अच्छे भावों बेच आते और वाजिब मुनाफा रखकर, शेष पूँजी परिश्रम करने वाले हाथों पर रख देते। बही भी खुश और हाथ भी खुश! कुम्हारों के आँगन मे माटी गूँदने की भीनी-भीनी महक हवा को रिझाने लगी। प्रजापतियों के सुघड़ हाथों से घूमते चाकों पर गीली माटी अपनी काया का मनचीता आकार लेने लगी। उत्तप्त सूरज के उनमान आँवे सुलग उठे। रंग-बिरंगे बासनों के अम्बार खुशी में मुस्कराने लगे। ठाँव-ठाँव में तृषित कंठों को परितोष का पूर्ण आश्वासन था। सुथारों की खतोड़ में कुल्हाड़ी, बसोला, रन्दा, करौत, चौरसी, हथोड़ा, एरण और गिरमिट में परस्पर होड़ मचने लगी कि कौन कितना कारगर है? मनुष्यों की सुख-सुविधा के लिए कौन-कितना उपयोगी है? खुदाई की चौखटें और किवाड़ घरों की सजावट के साथ-साथ सुरक्षा प्रदान करने लगे। लुहारों की धमनियाँ चालू हो गयीं। एरण

पर हथौड़े की घमक का अपना निराला ही उद्घोष ठमकने लगा। आरण चेत उठे। सुनार चाँदी के गहनों पर अपने आखर उकेरने लगे। लखारों की सुरंगी कारीगरी लाख पर चित्रित होने लगी। बाड़े-बाड़े में गाएँ रम्भाने लगीं। बछड़े उछल-कूद मचाने लगे। दीवाली के स्वागत में झोंपड़ों की छाजन पर नये खारिए की महक हवा से बतियाने लगी। लगातार तीन साल के अकाल की मार से अधमरा गाँव हँसने-मुस्कराने लगा। धरती के कण-कण में प्राण सञ्चारित हो उठे। देखते-देखते हाथों की करामात से गाँव जी उठा। गोबर लीपी दीवारों पर माँडने चित्रित हो उठे। आँगन-आँगन में खुशियाँ थिरक उठीं। दीयों की जगमगाहट से लक्ष्मी की आँखें चुँधिया गयी होंगी। फिर भी गाँव की पहचान में उससे भूल तो शायद ही हुई होगी। गाँव की बदली हुई रौनक देखकर वह सितारों के बहाने टिमटिमाने लगी। सरजू और उसके पति की अबाध चौकसी हवा को भी मात करने लगी थी।

शंकर भाँड़ की खुशी और लगन का ओर-छोर नहीं था। उस गाँव में बहुरूपियों के पाँच घर थे। उनके बच्चों को भी कदीमी विद्या सिखाने में शंकर जाने-अजाने किसी तरह का दुराव नहीं रखता था। तरह-तरह के हाव-भाव, तरह-तरह की मुद्राएँ, तरह-तरह की बोलियाँ, तरह-तरह की विभिन्न आवाजें, तरह-तरह की चाल, तरह-तरह की दृष्टि और इन सबके साथ झीने-से-झीने अभिनय की वो-वो बारीकियाँ सिखाता कि उसे स्वयं अपनी कला पर अचम्भा होने लगता कि उसके आन्तरिक खजाने का कोई पार है भला! जाने कितनी तरह का मुस्कराना, कितनी तरह का हँसना, कितनी तरह का रोना, कितनी तरह का संकोच, कितनी तरह का रोष-आक्रोश उसकी देहयष्टि पर झलकने लगता, जिसका उसे भी पूरा अनुमान नहीं था। लेकिन इस बेजोड़ हुनर के बावजूद उसे पहली बार गहराई से महसूस हुआ कि प्रकृति के नगण्यतम स्वाँग का भी वह मुकाबला नहीं कर सकता। कुदरत तो कुदरत ही है! लाख भाँड़ मिलकर भी वातचक्र जैसा नाकुछ स्वाँग नहीं ला सकते। फिर आँधी, तूफान, बादल-बिजली, वर्षा, समन्दर, टीले और पहाड़ जैसे स्वाँग का तो सपना भी दूभर है! भाँड़ तो एक बार में एक ही स्वाँग ला सकता है, पर कुदरत तो एक साथ चींटी और हाथी दोनों का स्वाँग ला सकती है। कहीं भेड़ बनकर मिमियाती है तो कहीं शेर बनकर दहाड़ती है! रात को असंख्य तारों के साथ चाँद के रूप में मुस्कराती है। जब इच्छा हुई हँसिए के उनमान दूज का चाँद बन जाती है तो कुछ दिन बाद पूनम के गोल-मटोल चाँद का रूप धरकर चाँदनी बरसाती है। कभी चन्द्र-ग्रहण का स्वाँग लाकर समूची चाँदनी समेट लेती है तो कभी सूर्य-ग्रहण का स्वाँग लाकर अनन्त धूप निगल जाती है। कभी ज्वालामुखी तो कभी भूचाल। कहीं अनन्त हरियाली के रूप में लहलहाती है तो कहीं अपरिसीम बर्फ की उज्ज्वल चादर तान लेती है। यों कहने को तो वह प्रकृति-पुत्र है पर जीते-जी

एक कण का भी स्वाँग वह नहीं ला सकता। पर मानव-समाज का तो वह सिरमौर ही है। वह अनेक रूपों में जिन्दा रहता है। एक तरफ उसकी हीनता का भी कोई पार नहीं था तो दूसरी ओर उसके गर्व की भी कोई सीमा नहीं थी।

पारबती टुकुर-टुकुर अपने पति और बच्चों की लीलाएँ निहारती रहती तो उसे ऐसा महसूस होता कि दुनिया की तमाम खुशियाँ भी उसकी इकलौती देह के लिए कम पड़ रही हैं। पर साथ-ही-साथ पहले की खीज का औचित्य भी वह भूल नहीं पाती। उन दिनों की खीज भी स्वाभाविक थी और आज की खुशी भी स्वाभाविक है। रात के अँधेरे में आँखें साफ नहीं देख पातीं पर दिन के उजाले में सब-कुछ साफ दिखने लगता है। फिर आँखों को दोष देना कहाँ तक उचित है!

सूर्योदय की मांगलिक वेला। शंकर पारबती के साफ-सुथरे बाड़े में तीतरों का झुंड फुदक रहा था। एक ही लहजे में उनकी टिव-टिव ध्वनि मुखरित हो रही थी। पर उन्हें झोंपड़ी के भीतर दुबके तीतरों की बोली का कुछ भी सुराग नहीं लग रहा था, मानो वे अलग-अलग पिंजरों में बन्द हों और अपनी मुक्ति के लिए छटपटा रहे हों। बाड़े के तीतर दरवाजे तक आकर निमिष भर के लिए स्तब्ध रह जाते। फिर एक साथ टिव-टिव करने लगते। अकस्मात् झोंपड़ी के भीतर टिटहरियों की टीं-टीं सुनाई पड़ी। पहले तो तीतर चौंके, फिर एक साथ चुप हो गये। देखते-देखते बाड़े पर टिटहरियाँ मँडराने लगीं। चारों दिशाओं में टीं-टीं की आवाज गूँजने लगी। झोंपड़ी में बन्द टिटहरियों को बाहर बुलाने के लिए और भी जोर से कुरलाने लगीं। फलसे की ओर पीठ किए शंकर अपनी ही तन्मयता में खोया, वह अपूर्व कलरव सुन भी रहा था और देख भी रहा था। उसके पुलकित होंठों पर दीप्त मुस्कराहट इस तरह झिलमिला रही थी, गोया बाहर का मद्धिम-मद्धिम आलोक उसी की झाँईं हो।

अचानक उसके कानो में सरजू भाभी की उल्लसित आवाज सुनाई दी, 'देवर, ओ देवर, किस दुनिया में खोए हो? जरा मुड़कर देखो...कौन आया है?'

उस पुकार की अवहेलना उसके लिए असम्भव थी। क्षण भर से पहले ही वह अपूर्व सपना अनन्त शून्य में ओझल हो गया। वह बिजली की गति से मुड़ा। देखते ही पहचान गया मानो दूसरा सपना शुरू हुआ हो। अरे! ये तो वे ही सेठ-सेठानी हैं! जैन मुनियों का बुर्राक लिबास पहने हुए, गोया आकाश के पथ से धरती पर अभी-अभी उतरे हों। तीतर उसी भाँति आँगन में फुदक रहे थे। बाड़े के ऊपर टिटहरियाँ मँडरा रही थी। टिव-टिव की होड़ मची हुई थी। झोंपड़ी के भीतर टिटहरियों का कूजन बन्द हो तो बाहर कलरव रुके।

शंकर का इशारा समझकर पारबती बेटों को आवाज देने वाली ही थी कि सरजू ने टोक दिया, 'रहने दे, ऐसा नजारा और कहाँ मिलेगा?' फिर पारबती के पास आकर खुशी में बौराई-सी कहने लगी, 'वे ही सेठ-सेठानी हैं, जिनके गाँव

रामदुआरे में देवर ने चौमासा किया था।' पूरा विश्वास होते हुए भी जाने क्यों उसे भरोसा नहीं हुआ। यह कैसे सम्भव हो सकता है? उसके मुँह से फकत दो आखर ही उछल पड़े, 'ओह!' शेष प्रफुल्लता आँखों के साथ-साथ समूची देह से व्यक्त होने लगी। जीभ की क्षमता जिसके लिए कतई उपयुक्त नहीं थी।

चकारें देती टिटहरियों की कुरलाट सेठानी को असह्य जान पड़ी तो उसने विदग्ध विगलित स्वर में कहा, 'झोंपड़ी के भीतर टिटहरियों को बन्द क्यों कर रखा है, उन्हें आकाश में खुला उड़ने दो।'

तब सरजू ने खिलखिल हँसते हुए सारी बात संक्षेप में बता दी। दोनों के विस्मय की सीमा नहीं रही। क्या ऐसा भी सम्भव हो सकता है?

दोनों बच्चों ने उल्लास में सराबोर होकर उनके पाँव छुए तो वे पूर्णतया आश्वस्त हो गये। आशीर्वाद के रूप में उनके हाथ ऊपर क्या उठे मानो धरती आकाश को छूने लगी हो! सबकी आँखों में मोती चमकने लगे। उस अपरिमित आनन्द को व्यञ्जित करने का दूसरा कोई उपाय नहीं था। तीतर और टिटहरियों को जाने क्या भनक पड़ी कि हर्षातिरेक में पाँखें फड़फड़ाते हुए उगते सूर्य की ओर उड़ान भरने लगे। और जब तक वे ओझल नहीं हो गये सबकी आँखें उधर ही पीछा करती रहीं।

चारों तरफ परिव्याप्त मौन को आखिर साधु की वाणी ने उकेरा, 'शंकर! सरजू भाभी और तुमसे हम नयी दीक्षा लेने आये हैं!' शंकर पर जैसे वज्रपात हो गया हो। अवाक्-सा स्तब्ध उनके धूल सने नंगे पाँवों की ओर देखता रहा। उसकी आँखों के नीरव बोल से भी अधिक सम्प्रेषणीय थे। बोलने की खातिर थोड़ी चेष्टा की तो अदेर उसका गला रुँध गया। छलछलाती पुतलियों से दो आँसू गालों पर उतर आये। पता नहीं वे किस भाव-विशेष के सूचक थे? बड़ी मुश्किल से बोल पाया, 'दीक्षा? और मुझसे? चींटियों पर घन पटकना आपको शोभा नहीं देता, प्रभु!' गला भर आया तो उसने आगे की बात हाथों से पूरी करनी चाही। नीचे झुककर उनके चरण छूने लगा तो जैन मुनि ने उसे बीच में ही थाम लिया। भरभराए स्वर में बोले, 'पहले मेरी बात तो सुन, मेरी अकल घास चरने गयी है, सो तुझसे मजाक करूँगा। जीवन में इतना गम्भीर मैं पहले कभी नहीं हुआ।' जैन साधु ने सबसे पहले साध्वी की ओर देखा। फिर चारों तरफ नजर घुमाई। सभी पाषाण मूरतियों की नाईं अविचल खड़े थे। सरजू के अधरों पर यत्किञ्चित मुस्कान झलक रही थी, जिससे स्पष्ट था कि वह पूरी गम्भीरता से सबके मन की बात समझ रही है। पारबती तो जैसे वहाँ मौजूद ही नहीं हो। चौधरी सहज भाव से सबके मन को टोह रहा था। गणेश और कार्त्तिकेय असमञ्जस में थे कि बड़ों के बीच उन्हें पञ्चायती करनी चाहिए कि नहीं। इतने में सारस का एक जोड़ा लम्बी पाँखें

फड़फड़ाता हुआ सरजू की बगल में उतरकर चोंच उठाए उसके चेहरे की ओर ताकने लगा, तब कहीं उसे चेत हुआ। घबराई-सी बोली, 'अरे, ऐसी चूक तो मुझसे कभी नहीं हुई। गणेश बेटा, जल्दी से दूध का रामझारा तो भर ला। पहले मेरे बाड़े में गये होंगे। वहाँ नहीं मिली तो यहाँ आ गये।' तत्पश्चात पुचकारकर उनकी चोंचें सहलाने लगीं। दूध से भरा रामझारा लेकर सरजू ने उनके सामने धर दिया। अपनी वाणी में दोनों एक-दूसरे की मनुहार करने लगे कि पहले तुम पीओ, पहले तुम पीओ। मर्द-सारस टस-से-मस नहीं हुआ तो मादा-सारस ने उदास भाव से अपनी चोंच दूध में डुबो दी।

कुछ ही देर बाद उसने अपनी चोंच उठाकर पास खड़े साथी की ओर देखा। वह तब भी नहीं माना। शायद पुरुष का अहम् भाव आड़े आ रहा था। मादा-सारस को थोड़ी लज्जा महसूस हुई तो उसने चुपचाप अपनी चोंच दुबारा रामझारे में डुबो दी। सरजू ने निर्देश दिया, 'आधा दूध पीले वरना यह मानेगा ही नहीं।' सबके चेहरों पर खुशी की आभा दमकने लगी।

सारस ने ज्यों ही अपनी चोंच बाहर निकाली। गणेश और कार्त्तिकेय अदेर अपनी पीठ फिराकर एक साथ कलध्वनि करते हुए आगे बढ़ने लगे। सारस के जोड़े ने चौंककर इधर-उधर देखा। फिर वे भी उसका अनुकरण करते वैसी ही आवाज निकालने लगे। कुछ देर तक परस्पर होड़ मचती रही। आखिर सारस के जोड़े को अपनी भूल महसूस हुई और वे लज्जित होकर लम्बी उड़ान भरते हुए तालाब की ओर उड़ चले। बाकी सभी लोग खिलखिलाकर हँसे। मगर जैन साधु और साध्वी भौचक्के-से रह गये। शायद मन-ही-मन सोच रहे हों कि किसी भी लोक में स्वर्ग नाम की कोई चीज है तो यहीं है, यहीं है। सर्वथा अनिवर्चनीय था वह परिवेश!

शंकर के कानों में अब भी दीक्षा वाली अनुगूँज लहरा रही थी। अब और चुप रहना उसके लिए सम्भव नहीं था। दोनों अतिथियों की ओर देखकर कहने लगा, 'महात्मा का स्वाँग लाकर मैं तो आज भी गिरस्थी के कीचड़ में लिथड़ा हूँ और आप सब-कुछ त्यागकर संन्यासी हो गये! मौत का कोई एक रूप तो होता नहीं, मुझे तो जाने कितनी बार जीना-मरना होगा...।'

कुछ कहने के लिए साध्वी के अधर तनिक फरफराए कि मुनिवर बीच ही में बोल उठे, 'काश! ऐसी मौत हमें भी मिल पाती! अभी तो संन्यासी का वेश धारे तीन महीने ही नहीं बीते कि इस दिखावटी उजलेपन से जी उचट गया। गाड़ी धान की मुट्ठी बानगी, जितने भी उपासरों में घूमे हैं, इस सफेदी के भीतर छिपे काले धब्बे भी साफ नजर आने लगे हैं। गृहस्थ धर्म से ऊँचा कोई धर्म नहीं है, बशर्ते कि वह सलीके से जीया जाय। तुम्हारी तरह, सरजू भाभी की तरह, अब तो मैं यहाँ तक कहूँगा कि चौधरी की तरह। माया जोड़ना कोई बड़ी बात नहीं है, बनियों

के बाएँ हाथ का खेल है, पर उसका सदुपयोग लाखों-करोड़ों में कोई बिरला ही जानता है..।' शंकर ने प्रतिवाद करना चाहा तो मुनिवर उसे शान्त रहने का इशारा करते हुए आगे कहने लगे, 'भीतर-ही-भीतर घुटते धुएँ को आज रोक नहीं पाया। राजसी लिबास ठसाए भिखमंगों का जो घिनौना रूप देखने को मिला, उससे तो जीने की चाह भी मिटने लगी थी। तभी सौभाग्यवश तुम्हारे गाँव से लौटे घुड़सवार ने दरबारियों के सामने कुछ भी कहा हो, लेकिन हमें सही बात बता दी। पता-ठिकाना समझा दिया। पलक झपकते सारा उद्देश्य सूरज के उजाले की तरह स्पष्ट हो गया। अब तो इसी गाँव में सरजू भाभी और तुम्हारी छाँह तले फिर से घरवास करने की इच्छा हो रही है। बच्चों को भी यहीं बुला लूँगा। मनुष्य की जिन्दगी मिली है तो उसकी गरिमा के अनुरूप जीना सीखें। खरी मेहनत से कमाना सीखें और सबसे बड़ी बात कि सही तरीके से खरचना सीखें, तभी संचय का महातम है! तुम्हारी तरह माया को ठुकराना और सरजू भाभी की तरह माया को बरतना कोई मामूली बात नहीं है...।'

चौधरी ने अधीर होकर बीच में टोकते कहा, ''मामूली बात तो मुझ जैसा गावदी पति मिलना है और वह भी लाखों में एक। मैं राजी-खुशी छूट नहीं दूँ तो उसकी सारी नामवरी धरी रह जाय। क्यूँ झूठ कह रहा हूँ...?' सरजू ने कुछ भी विवाद नहीं किया। एक अजीब-सी धारोष्ण मुस्कान उसके अधरों पर कौंध उठी, उसी में उसका समूचा अन्तर-जगत् स्पष्ट हो गया। बातों की बजाय कर्म में ही उसकी पूरी आस्था थी। मुनिवर ने हँसकर आगे का सूत्र जोड़ा, 'एकाध अपवाद छोड़ भी दूँ तो करीब-करीब सभी सेठ-साहूकार और सभी राजा-महाराजाओं का जीना नाली के किलबिलाते कीड़ों से भी बदतर है! गीली लकड़ी के जलने पर धुँआ तो बाहर निकलेगा! हर किसी के सामने ऐसी घुटन दरसाई नहीं जा सकती। पागलपन का तुर्रा लगा और समझदार लोग कन्नी काटने लगते हैं। मूरखों की बजाय समझदारों ने ही इस दुनिया का सत्यनाश किया है। बीती अमावस की चार-पाँच घड़ियों के अँधेरे में सरूज की बातों को सुनकर जो चाँदनी छिटकी है, वैसी दुर्लभ आभा न तो किसी गुरुकुल में मिलेगी, न किसी आश्रम में और न किसी उपासरे में। अब कहीं मनचीती साँस आने लगी है। अफरा थोड़ा कम हुआ है। हाँ, अब एक आखिरी बात तुम्हारे सामने कबूल किए बिना मुझे चैन नहीं मिलेगा सरजू भाभी कि तुम्हारी सीधी-सादी बातें मेरी आत्मा में नहीं उतरतीं तो दान-पुण्य के संस्कारों का मुगालता कभी दूर नहीं होता। दान-पुण्य से भिखमंगे या गरीब आदमी गाछ-बिरछ की नाईं जिन्दा तो रह सकते हैं, लेकिन वे भीतर से पंगु हो जाते हैं। भीतर की ताकत ही सबसे बड़ी ताकत है, जिसे माया और सत्ता की राह अन्धे होकर चलने से कभी हासिल नहीं किया जा सकता। अन्धों की बजाय आँखों वालों को यह सच्चाई कम

दिखती है! अन्धापन केवल आँखों का नहीं होता, कई और बातों का भी होता है। यह मर्म अब कुछ-कुछ समझ में आने लगा है। संन्यासी होकर जिन बड़ी-बड़ी बातों से हमारे राजाजी को समझा नहीं सका, वह तुम्हारे घुड़सवार ने एक ही सीधे-सादे बोल में समझा दिया कि अदने भाँड़ की ठुकराई हुई माया को कबूल करके उन्होंने अच्छा काम नहीं किया। सारे राज्य में छिः छिः हो रही है, जिससे उनकी लालसाओं का कोढ़ उघड़ जाएगा। वंश-बेल को दीमक लग जाएगी। उसका तीर ऐसा ठिकाने लगा कि मैं तो भौंचक्का रह गया। दस और घुड़सवारों के साथ शंकर की ठुकराई सारी माया सरजू के पास आने वाली है। आसपास के कितने ही गाँव अपने बूते पर खड़े हो जाएँगे। उसका सही कूता जितना मेरा है, उतना सरजू का भी नहीं है।'

फिर तो कुछ भी अनहोनी बात नहीं हुई। सेठ-सेठानी ने जैन मुनियों का उजला लिबास और तामझाम छोड़कर फिर से गृहस्थ धर्म की दीक्षा ग्रहण कर ली, मानो पहली बार उनका हथलेवा जुड़ा हो। रतन-राईके के मुँह से पूरी बात सुने बिना ही दोनों बेटे राजी-खुशी माल-असबाब लादकर गाड़ियों पर रवाना हो गये। बेटों की बहुओं ने सास को फिर से सुहागिन का वेश पहनाया। ललाट पर सुहाग की बिंदिया और हाथों में लाख की सुरंगी चूड़ियाँ। गाँव की विधवा लखारी के हाथ की बनी। सरजू जब काँसी के थाल में आरती उतारने लगी तो सेठानी नयी दुल्हन की तरह लजा गयी। सेठजी को इतनी खुशी तो ब्याह की बेला भी नहीं हुई थी। उन्होंने करीब-करीब उन्मादित-सी अवस्था में सफेद धोती और सफेद अठकसी अँगरखी पर अपने ही कुशल हाथों पीली पगड़ी के पेच सँवारे। सरजू भाभी के मुनीम क्या बने, मानो दुनिया भर की दौलत उनके हाथ लग गयी हो। अपनी कहने के लिए वह एक छदाम का भी मालिक नहीं था, फिर भी उसके सुख-सन्तोष का वारापार नहीं था।

अँधियारे पख की तेरस का चाँद उगते ही उसी घुड़सवार के साथ दस सिपाही और आये। वे ऊँटों पर सारी माया लादकर आये थे, जो शंकर भाँड़ ने ठुकराई थी। उस परित्यक्त माया का ऐसा संक्रामक असर हुआ कि नये मुनीम के समाचार मिले नहीं कि उस गाँव की राह चारों दिशाओं से दौलत का जखीरा बढ़ने लगा। गाँव-गाँव में छाई बेलों के द्वारा, रंग-बिरंगे फूलों के द्वारा, निरन्तर बढ़ती हुई बहबूदी की महक सर्वत्र फैलने लगी। पाँवों से विकलांग स्त्री या पुरुष किसी भी जाति का क्यों न हो, उसके आँगन में कोल्हू घूमने लगे। तेल का विक्रय नये मुनीम के हाथ। दोनों बेटों-बहुओं के आठ हाथ उनके साथ और जुड़ गये। माटी के नये-नये बासन, लोहे के औजार और खिलौने, चाँदी के गहने, लकड़ी के हल, बैलगाड़ियाँ, चौखटें और किवाड़ों के नये-नये सुन्दर नमूने दिसावर जाने लगे। आसपास के

एक सौ आठ गाँव माला के मनकों की नाईं आपस में पिरोए हुए थे। न कोई छोटा और न कोई बड़ा। सभी समान। कोई भी बाशिन्दा न गरीब था और न अमीर। बड़े मजे से हर परिवार की जरूरतें अपनी ही मेहनत के पसीने से पूरी हो रही थीं। न किसी की अँतड़ियाँ कुलबुलाती थीं और न किसी की तोंद बढ़ी हुई थी! किसी की मेहनत को डकारने वाला कोई नहीं था। जिसकी मेहनत, उसी का फल! मुनीम की बही में सब का सही हिसाब था और बही के पन्नों पर चलने वाली कलम गला काटने की बजाय मरहम का काम करने लगी तो मुनीम की निस्वप्न नींद में कुछ भी कसर नहीं रही। पहले तो कई बार झिझक-झिझक उठते थे। अपने परिवार के अलावा उन्हें हर परिवार की वैसी ही चिन्ता सताने लगी। सरजू चौधराइन—किसी की भाभी, किसी की मौसी, किसी की बहन, किसी की बिटिया, किसी की चाची, किसी की जेठानी तो किसी की देवरानी। चौधरी के लिए सभी यही कहते हैं कि जेई तो काँटों का ही औजार है। मुश्किल काम में हर बखत मुस्तैद। हँसी तो वह कोख से ही लेकर जनमा था। औरतों की बीमारी व प्रजनन का जिम्मा पारबती का। हवा के उनमान सर्वत्र मौजूद रहती। शिष्याओं की बजाय गाँव-गाँव में उसे गुरुआनियाँ मिल जातीं। उनसे सीखती और उन्हें सिखाती। जो काम किसी के वश का नहीं, वह गणेश और कार्त्तिकेय उसे पार पटक देते। मूमल माँ का बायाँ हाथ। जिसकी जैसी योग्यता होती उसे वही काम मिलता। जाने अब तक गाँव-गाँव में ऐसे हुनरमन्द कहाँ छिपे हुए थे! खोज करने की भी जरूरत नहीं थी।

कैसी अजीब और अनोखी बात है कि पेड़ का तना, चारों और फैली डालियाँ, पान-पान में दमकती हुई हरियाली, फूल और फल तो सभी को नजर आते हैं। लेकिन किसी भी छोटे-बड़े गाछ-बिरछ को प्राणों का रस प्रदान करने वाली जड़ें धरती के अँधेरे में गड़ी रहती हैं, खुली आँखों से अदीठ! ठीक उसी तरह एक-सौ-आठ गाँवों की खुशहाली की जड़ में शंकर भाँड़ था, इसमें कोई सन्देह नहीं। उसे भी इस बात का एहसास तो जरूर था, पर अभिमान रत्ती भर भी नहीं। अपनी सुख-सुविधाओं की बजाय उसे अपने रिजक की मर्यादा का कुछ बेशी ही खयाल था।

मोहरों के खलीते वाले घुड़सवार ने गाँव-गाँव में नौजवानों को ऐसा माकूल प्रशिक्षण दिया कि जान-माल की सुरक्षा के लिए न सिपाही की जरूरत थी, न किसी सैनिक की। अपनी-अपनी पारी पर सभी मुस्तैद रहते। उन्हें ऐसी चिन्ता तो पहले अपने घर की भी नहीं थी। राज्य के किसी भी अन्य चोर-डकैत की हिम्मत ही नहीं पड़ती थी कि माला के मनकों की तरह पिरोए एक-सौ आठ गाँवों की ओर कड़ी निगाहों से भी देख ले।

सरजू भाभी के मुनीम सेठ को अपने गाँव की सुधि तो शुरुआत से ही थी, मगर काम-काज के मारे चाहने पर भी समय नहीं निकाल सके। एक दिन सरजू के पति को अपना काम सँभलाकर अकेले ही रवाना हो गये।

ज़िन सबसे काम था, उनमें केवल सरवण ही मिला। अब वह एकदम भला-चंगा था, पहले से सवाया परिश्रम करने लगा था। भला हो शंकर भाँड़ का कि उसे दूसरा जनम दिया। सरवण ने सेठजी को बताया कि उसके सिवा चौधरी बाबा सभी भतीजों, बेटों और गाँव के कुछ गराँडील नौजवानों को राज-दरबार फौज में भरती करवाने ले गये। आप सुनकर अचरज करेंगे कि ऐसा संयोग कभी-कभार ही जुड़ता है। दूसरे ही दिन दरबार में न्याय के लिए दो फरियादी आये। एक था कन्दोई और दूसरा था पंसारी। दोनों की दुकानें पास-पास थीं। कन्दोई ने फरियाद की कि उसके पड़ोसी ने मौका देखकर उसकी दुकान से चाँदी के हजार रुपये चुरा लिये। कन्दोई ने हाथ जोड़कर कहा, 'अन्नदाता, आपके खरे न्याय की तारीफ सुनकर यहाँ आया हूँ। अब दूध-का-दूध और पानी-का-पानी कीजिए। भट्ठी के पास आग में तपकर बड़ी मुश्किल से इतने रुपये जोड़े और इसने मेरी कमाई हड़प ली।'

पंसारी ने उसी क्षण प्रतिवाद किया, 'गरीब-परवर यह सरासर झूठ बोल रहा है। यह रुपये मेरी अपनी कमाई के हैं। रोज सौ-सवा-सौ रुपयों का गल्ला होता है। इस कन्दोई की बात पर तनिक भी एतबार न करें। आपके पास न्याय की बात मैंने ही सुझाई थी इसे। मैं चोर होता तो अपने मुँह से ऐसी बात क्यूँ सुझाता। आप जो भी फैसला करेंगे, मंजूर है।'

राजाजी ने काफी देर तक माथा लड़ाया, लेकिन कुछ भी बात नहीं सूझी। रुपयों पर किसी का नाम तो लिखा हुआ था नहीं। उन्होंने दीवान की ओर देखा और कहा, 'मेरा दिमाग और हौसला तो सिर्फ युद्ध में उजागर होता है। ये छोटे-मोटे काम तो तुम्हीं सलटाते हो। आज तुम्हारे दिमाग का पता चल जाता है। देखूँ कैसा खरा न्याय करते हो।'

सरवण ने मुस्कराते हुए आगे बताया कि इन मोटे आदमियों का मगज भी मोटा होता है। दीवान ने भी कुछ देर तक माथा खुजाया, परन्तु सब बेकार। कुछ भी समाधान नहीं सूझा। आँखें, नीची करके बोला, 'आप तो जानते ही हैं हजूर कि ये रुपये टन-टन की झंकार के अलावा और कुछ भी बोलना नहीं जानते।'

सरवण ने प्रफुल्लित स्वर में बताया कि सुयोग जुड़ता है तो किसी से पूछकर नहीं जुड़ता। दूर खड़े बाबा से रहा नहीं गया। जहाँ खड़े थे, वहीं से दबंग आवाज में बोले, 'दूसरे रुपयों की बात का तो पता नहीं, मगर ये रुपये तो बोलना जानते हैं। आपकी आज्ञा हो तो मैं इन्हें बुलवा दूँ।' राजाजी और दूसरे अमलों को बड़ा अचरज हुआ कि गाँव का यह गँवार बौरा तो नहीं गया! राजाजी की जिज्ञासा

चुलबुलाई तो हाथ के इशारे से बाबा को पास बुलाया और अदेर धमकाया, 'यदि नहीं बुलवा सके तो भरे दरबार में इक्कीस कोड़े लगेंगे। राज्य के काम में सोच-समझकर ही टाँग अड़ानी चाहिए।'

बाबा ने तुरन्त सहज-भाव से उत्तर दिया, 'मैंने बहुत सोच-विचारकर ही टाँग अड़ाई है, अन्दाता! यदि बुलवा दिया तो...?

'तुम्हें मुँह माँगा इनाम दूँगा।'

बाबा किसी भी काम में ढील करना जानते ही नहीं है। उनके कहे अनुसार ताँबे के बड़े भगोने में पानी भरवाकर, टन्-टन् की झंकार के साथ सारे रुपये उसमें डलवा दिए। भट्ठी की लपकती आग में खौलता पानी बर्दाश्त नहीं हुआ तो रुपयों को बोलना ही पड़ा। बाबा का इशारा पाकर भगोने को चबूतरे पर रखा। निमिष भर के बाद बाबा ने मुस्कराते कहा, 'यह देखिए अन्नदाता, रुपये साफ-साफ बता रहे हैं कि वे कन्दोई की खरी कमाई के हैं।' राजाजी ने जिज्ञासावश देखा—पानी पर स्पष्ट चिकनाई तैर रही थी। फिर तो उन्होंने अदेर बाबा की पीठ थपथपाकर कहा, 'वाह रे गँवार, तूने सब बुद्धिमान दरबारियों का पानी उतार दिया। अब तेरी जो मरजी हो सो माँग...।'

बाबा कुछ ऊहापोह में फँस गया। माँगने का काम कभी पड़ा नहीं था। ललाट में सलवटें डालकर सोचने लगा कि दरबार में फिर दो औरतों की आवाज सुनाई दी—फरियाद...फरियाद...अन्नदाता हम तो यहाँ कन्दोई और पंसारी से पहले खड़ी हैं। डर के मारे बोल नहीं सकीं। ऐसा ही खरा न्याय हमारे साथ भी करवाइए अन्नदाता! यह न्याय देखकर हमारा हौसला भी खुल गया।'...एक औरत ने ऊँची आवाज में कहा, 'मेरी सौत इस बच्चे को अपना बता रही है। यह सरासर झूठी है अन्दाता।' 'पहली' औरत के रुकते ही दूसरी औरत ने रोते हुए कहा, 'यह दुनिया भर की झूठी औरत है अन्नदाता। यह बच्चा मेरा है, मुझे ही दिलवाइए। मैं बच्चे की कसम खाकर कहती हूँ कि यह मेरी की कोख से जनमा है। यह मेरा है, सौ टका मेरा है, मुझे ही दिलवाइए, प्रभु! जब तक जीऊँगी, आपका नाम जपूँगी।'

दीवानजी कुछ कहने ही वाले थे कि राजाजी को एक उम्दा बात सूझ गयी। उन्होंने दीवानजी की ओर इशारा करते कहा, 'औरतों की बात को छोड़िए...बच्चे को नजदीक बुलाकर पूछिए, इसकी असली माँ कौन है! अभी पता चल जाता है...।'

दीवानजी ने पुचकारकर बच्चे को अपने पास बुलाया। आश्वस्त करते कहा, 'डरने की कोई बात नहीं, निशंक बता, तेरी असली माँ कौन है...बता बेटा...।' भोले बच्चे ने तुरन्त जवाब दिया, 'किस माँ ने मुझे जन्म दिया, यह तो मैं नहीं जानता, पर दोनों ही मेरा एक-सा लाड़-दुलार करती हैं! बारी-बारी से दोनों के ही पास रहना चाहता हूँ।'

'तो रहो न, कौन मना करता है। फिर यहाँ फरियाद करने क्यों आये..।' एक औरत ने तनिक आगे बढ़कर कहा, 'नहीं अन्नदाता, मेरी सौत उसे जहर दे देगी। डर के मारे रात को नींद नहीं आती। जिसे भी दिलवाना हो एक जनी को दिलवा दीजिए। रोज-रोज का झगड़ा तो मिटे।'

राजाजी का मन बहलाने की खातिर बड़ा मजेदार मसला था। अदेर तकाजा किया, 'तो दीवानजी, अब ढील किस बात की। फटाफट फैसला कीजिएगा।' तब दीवानजी ने उत्साहपूर्वक दोनों ही औरतों से पूछा, 'झटपट जाओ और दाई को बुलाकर लाओ। मैं डाँट-डपटकर उससे सच्ची बात उगलवा दूँगा...जाओ, फुरती करो... ।'

दोनों औरतों ने हाथ ऊपर की ओर उठाकर कहा, 'साँप डसने से अचानक दाई की मौत हो गयी, तभी तो यह झञ्झट खड़ा हुआ। वह जिन्दा रही, तब तक तो कोई बुदबुदा भी नहीं उठा। तीनों ही खुश थे... ।'

राजाजी ने ताली पीटकर हँसते हुए कहा, 'अब भी खुश रहो, कौन मना करता है...? दाई मर गयी तो क्या हुआ, हम तो जिन्दा हैं। जाओ और हमारी तरह खुश रहो।' और राजाजी खुशी के मारे फिर हँसने लगे... ।

दोनों औरतें एक साथ चिल्लाईं, 'नहीं...अन्नदाता नहीं... । जब हिम्मत करके राज के दरबार में आयी हैं तो खरा न्याय नहीं होने तक यहीं भूखी-प्यासी मरेंगी... ।'

राजाजी ने खुश होकर उदारतापूर्वक कहा, 'नहीं हम तुम्हें भूखी-प्यासी नहीं मरने देंगे। जब तक फैसला न हो, यहीं रहो। हमारी तरह तीन बखत खाओ-पीओ। आज का दिन तो बड़ा मजेदार रहा। एक ही दिन में दो फरियाद...! दीवानजी जल्दी माथा लड़ाओ... ।'

राजाजी तो कहकर मुक्त हुए। अब दीवान क्या माथा लड़ाए! सच जानने वाली दाई जिन्दा होती तो चुटकी में फैसला कर देते। कुछ देर तक गुद्दी खुजलाई, पर दिमाग तो जैसे ठस ही हो गया हो। यह गँवार कहीं फिर बाजी न मार ले। दबी जबान से बोले, 'हुजूर...तीन दिन की मोहलत दीजिए...ऐसा फैसला... ।' राजाजी गुस्से में उबलते बोले, 'नहीं, दीवानजी हरगिज नहीं... । मोहलत माँगते-माँगते तुम्हारी तो यह बान ही पड़ गयी है। नहीं...एक घड़ी की भी मोहलत नहीं मिलेगी। राज का खजाना तुम दरबारियों के मारे हरदम खाली रहता है। रानी मायके नहीं जाती तो तुम सबकी खैर नहीं थी। सब मिलकर मशविरा कर लो। फगत अधघड़ी की मोहलत देता हूँ, यदि समय रहते फैसला नहीं किया तो सबको निकाल बाहर करूँगा।'

सरवण ने आगे कहना शुरू किया, 'बाबा काठ की मूरत के उनमान चुपचाप

खड़े जाने क्या सोचते रहे। राज्य के बड़े-बड़े मुकड़दम—क्या दीवान, क्या सेनापति, क्या खजाञ्ची और क्या नगर-कोतवाल आपस में मशविरा करते रहे, पर बात एक तिल भर भी आगे नहीं बढ़ी। तब सभी सर झुकाए दरबार में आये। दीवान की हिम्मत नहीं हुई तो सेनापित ने डरते-डरते अरदास की, 'अन्नदाता, प्रसव के दौरान दाई के अलावा हम तो पास थे नहीं, तब कैसे पता चले कि किसकी कोख से इस बच्चे ने जन्म लिया। आपकी आज्ञा हो तो सरे-आम इन औरतों को कोड़े लगवाएँ। तीसरे कोड़े में सच्चाई सामने न आये तो अपना पद छोड़ दूँ...।'

सेनापति की बेहूदी बात सुनते ही राजाजी के रोम-रोम में चिनगारियाँ चटकने लगीं। सिंहासन से उठ खड़े हुए। गुस्से में हकलाते बोले, 'औरतों की पीठ पर सरेआम कोड़े...तुम्हारा दिमाग तो नहीं चकरा गया? ऐसी बात मैं सुनना भी पसन्द नहीं करता। इच्छा तो ऐसी हो रही है कि इसी बात पर तुम्हें देश-निकाला दे दूँ। मगर मायके से लौटने पर रानी मुझसे नाराज होगी...'

भीड़ में खड़ा एक कद्दावर नौजवान चिल्लाया, 'अन्नदाता, क्यूँ बेकार खीज रहे हैं। आपकी आज्ञा हो तो मैं खरा फैसला कर दूँ...'

अन्नदाता एकदम चौंके। उधर ही मुँह करके पूछा, 'तू कौन है रे...अचानक कहाँ से टपक पड़ा...?'

नौजवान ने मुस्कराहट दबाते कहा, 'बाबा के साथ ही आया हूँ। उनका सबसे छोटा लड़का हूँ। जब मैं यह झञ्झट मिटा सकता हूँ तो बाबा को दूसरी बार क्यूँ कष्ट दिया जाय...?'

राजाजी की सूरत पर फिर खुशी दमक आयी। पहले की तरह उसी लहजे में पूछा, 'यदि नहीं सलटा सका तो...!

'मैं अपनी मरजी से जबरदस्त दंड भुगत लूँगा। आप भी देखते रह जाएँगे।' राजाजी ने घबराते हुए कहा, 'नहीं नहीं, मुझे ऐसा कुछ भी नहीं देखना। अब इस फैसले को जल्दी सलटा। मैं तेरी अकल देखना चाहता हूँ...।'

छोटू ने तनिक मुस्कराते कहा, 'मुझ में अकल कहाँ, अन्नदाता। मैं तो गँवार बाप का सबसे छोटा बेटा हूँ। राज-दरबार में तो ऊँचे-ऊँचे मसले सलटाए जाते हैं, इन छोटी बातों में आप क्यों माथा लगाएँ...।'

इतना कहते ही वह तेज-तेज कदमों से औरतों के पास खड़ा हो गया। फिर सेनापति की ओर देखकर उसने कहा, 'थोड़ी देर के लिए अपनी नंगी तलवार मुझे दीजिएगा।' छोटू के कहने में न तो आदेश था और न कोई रुआब। फिर भी उसमें कुछ ऐसी ध्वनि थी कि वह उसकी अवज्ञा नहीं कर सका। राजाजी की गैर-मौजूदगी में निश्चित मना करता! ज्यों ही छोटू के हाथ में तलवार आयी उसने दो टूक लहजे

में कहा, 'तुममें से एक तो झूठी है ही। सच बता दो, वरना बच्चे के दो टुकड़े करके आधा-आधा सौंप दूँगा। सच नहीं बताने पर इसके अलावा कोई चारा नहीं। बोलो, मञ्जूर है!' जो असल माँ थी उसका तो बस साँस निकलना ही बाकी रहा। क्षण भर के लिए उसकी जबान ही तालू से चिपक गयी। तब तक दूसरी औरत को मौका मिल गया। उसने रुँधे गले से कहा, 'जब आपका यही फैसला है तो मैं नामंजूर करने की गुस्ताखी कैसे कर सकती हूँ...!'

तब छोटू ने तलवार ऊपर उठाई थी कि असल माँ बेटे के सामने खड़ी हो गयी। प्रचंड भय के मारे उसकी जबान तालू से छूट गयी। जोर से चिल्लाई, 'नहीं नहीं, मेरा बच्चा इसे ही सौंप दीजिए। जिन्दा रहेगा तो मैं इसकी सूरत देखकर ही खुश होती रहूँगी..। तलवार फेंक दीजिए। मैं हार मानती हूँ...।'

छोटू ठहाका लगाकर बोला, 'अन्नदाता, आपके आँगन में खड़े होने से ही मुझ गँवार की अकल थोड़ी-बहुत काम कर गयी। आप बच्चे का हाथ पकड़कर माँ को उसका बेटा सौंप दीजिए...।'

राजाजी उछलकर सिंहासन से नीचे उतरे और बावले की नाईं जोर-जोर से उसकी पीठ थपथपाई। फिर उतावली बाँहें पसारकर उसे गले लगा लिया। प्रौढ़ सेनापति को भी तनिक गर्व हुआ कि नंगी तलवार तो उसी की थी। सारे दरबारी सन्न रह गये। इतनी छोटी बात भी किसी की समझ में क्यूँ नहीं आयी?

सरवण ने अट्टहास लगाते कहा, 'संयोग की यूँ मनमानी होती है सेठजी! उस पर किसी का दबाव नहीं चलता। इसलिए कभी-कभार अन्धे के हाथ इसी तरह बटेर लगती है!' सेठ ने सुहानी मुस्कराहट के साथ कहा, 'सरवण, जीवन में पहली बार मेरा हिसाब इतना गलत हुआ है...! लगता है बाबा पूरा सठिया गया है। गाँव की बहबूदी का इतना बढ़िया संजोग जुड़ रहा था और बाबा ने सब गुड़-गोबर कर दिया। मुझे सपने में भी ऐसी उम्मीद नहीं थी।'

सरवण ने मुस्कराते कहा, 'आपका हिसाब आप जानें, मगर मुझे तो ऐसा लगता है कि आपके होंठों की बात है, मन की नहीं। बस, मुझे आगे कुछ भी पूछताछ नहीं करनी।'

'मुझे भी नहीं करनी। बस, रूखी चपाती और पानी में घुली हुई मिर्च और नमक...। तू तो सब जानता ही है! अब यहाँ ठहरने में कोई सार नहीं। खाना खाते ही शंकर भाँड़ के गाँव की राह पकड़नी है।' सरवण को सभी उथल-पुथल की तमाम जानकारी थी, पर उसने उधर तनिक भी इशारा नहीं किया और न सेठ ने ही सही बात बताई। अपने गाँव की बहबूदी के लिए पाँच सौ अमोलक मोती लाया था, बुगची में उसी तरह पड़े रहे।

शंकर भाँड़ के गाँव लौटने पर सबने बारी-बारी से पूछा, लेकिन सेठ की जबान

पर एक ही जवाब था, 'बाबा जरूरत से ज्यादा सठिया गया है और उसके बेटे-भतीजे भी उन्हीं पद-चिह्नों पर चल रहे हैं। मुझे बताते हुए बड़ा कष्ट होता है, इसलिए न पूछें तो ही अच्छा है।' तत्पश्चात् बाबा का नाम तक किसी के होंठों पर नहीं आया। लेकिन भीतर-ही-भीतर जानना सभी चाहते थे। दुनिया में अनहोनी का कोई पार है भला! मगर सरजू भाभी, शंकर और पारबती को सेठजी की बात बिल्कुल गले नहीं उतरी। फिर भी वे मन मारकर चुप रहे।

दूसरे दिन से ही सभी ने देखा कि गाँव से लौटने पर सुस्त होने की बजाय सरजू भाभी के मुनीम की क्षमता चौगुनी बढ़ गयी। बाबा के आचरण से हताश होने के बावजूद उनका जोश दिन-ब-दिन बढ़ता ही जा रहा था। जिसके फलस्वरूप माला के मनकों की नाईं पिरोए एक-सौ-आठ गाँवों की बहबूदी में आश्चर्यचकित प्रगति होती रही।

बाकी सारे राज्य के ज्ञानी-पंडित, सेठ-साहूकार, ठाकुर-ठेठर, नामजद सन्त-महात्मा दर्शन तो राजा-महाराज और नबाव-बादशाह का ही करते, पर शंकर भाँड़, विलक्षण मुनीम, सरजू, पारबती, गणेश व कार्त्तिकेय, मूमल, घुड़सवार और चौधरी से मिलने का लोभ संवरण कर पाना उनके लिए भी मुश्किल था। संयोग से मुलाकात हो भी जाती तो वे बाहर से प्रदर्शन कभी नहीं करते। ऊपरी मन से कहते—कहाँ, किसी में कुछ भी विशेष बात नहीं। इनसान की नाईं इनसान, वही दो हाथ-पैर, दो आँखें, दो कान और एक ही नाक। एक ही माथा और एक ही गरदन। एक ही बोली। मगर चेहरों पर अपार सुख-सन्तोष की झलक। जीने का साफ-सुथरा सलीका। राज्य की अन्य प्रजा के मन में उन सबके प्रति आव-आदर और विस्मय का भाव था। वह भी जाने-अजाने उसी राह के अनुकरण की हवस रखती थी। मगर माहौल अनुकूल नजर नहीं आता था। कोई-न-कोई अगुआई करने वाला आगे आये तो रैयत बेहिचक पीछे-पीछे चलने को तैयार थी, किन्तु अपनी मरजी से चलने की खातिर उसके पाँवों में वह उत्साह नहीं था।

राज्य के भ्रष्ट कारिन्दे, चोर-लुटेरे जाने क्यों शंकर से जलते थे। उसका बुरा करने की टोह रखते, लेकिन राजाजी जब-तब उसकी प्रशंसा करते। उसका हुनर देखने की ललक रखते। और उधर शंकर भाँड़ की उत्कट इच्छा थी कि एक बार देश के मालिक को भी अपना हुनर बताए। वचन जो दिया था। उसकी मर्यादा तो रखनी ही है। गणेश और कार्त्तिकेय के साथ बहुरूपियों के सभी लड़कों को अपनी विद्या सिखा दी थी। अन्य गाँवों की अपनी बिरादरी के लड़कों को दरबार से लौटकर उसी लगन से सिखाएगा, जिस लगन से अपने बेटों को सिखाया। इसमें तो दुराव रखने जैसी कोई बात ही नहीं है। अब सबके बीच उसे अपने जीवन की सार्थकता में कोई सन्देह नहीं था, जैसे कोई सुखद सपना चल रहा हो। पर

इस इकलौती आकांक्षा की चाह उसके मन में रह-रहकर खटक रही थी। आकाश में सूरज-चाँद के उनमान देश का मालिक भी तो एक ही है।

कोई आठ-दस दिन बाद आसपास के गाँवों की जिम्मेवारी सँभालने के बाद सरजू पारबती से मिलने शंकर के घर आयी तो पता चला कि पारबती तीन पखवाड़ों से बाहर गाँव-गाँव में औरतों से मिल रही है। बीच-बीच में समाचार मिलते रहते हैं। कार्तिकेय दौड़कर मौसी के पास आया। उछाह से बोला, 'बाकी लड़के आने ही वाले हैं। हम सबका हुनर देखकर जाना। तुम्हें बुलाने ही आ रहा था।'

'यह भी कोई कहने की बात है? इसीलिए तो आयी हूँ।' फिर शंकर की ओर देखकर बोली, 'तुम दोनों के लिए तो अलग रहने का ही जोग है। पहले तुम बाहर रहते थे। अब पारबती बाहर रहने लगी है। लेकिन जहाँ भी जाती हूँ, उसका बखान करते लोग-बाग अघाते नहीं हैं। गणेश-कार्त्तिकेय भी अच्छा खाना बना लेते हैं, फिर भी पारबती का विजोग तो अखरता ही होगा देवर!'

'नहीं भाभी, मैं तो ठेठ से इसका आदी हूँ। अपने हुनर में मगन हूँ। पहले एक घर की ही चिन्ता थी, अब उसे सैकड़ों घरों की चिन्ता है। यह क्या कम खुशी की बात है!'

'सो तो है ही।' इधर सरजू ने हामी भरी और उधर गणेश दूर से चिल्लाया, 'मौसी, सभी लड़के आ गये हैं। इधर आ जाओ।'

शेष सभी लड़कों में भी आत्म-विश्वास की कोई कमी नहीं रही, लेकिन शंकर के गुण तो उन्हें खून के साथ मिले हैं जिसका मुकाबला दूसरे लड़के क्योंकर करते? यों नकल उतारने में वे कम नहीं थे। अचानक मयूरों की केकाध्वनि एक साथ वायुमंडल में गूँजी तो आसपास के मोर भी मेह-आओ, मेह-आओ करने लगे। देवर-भाभी जाने किस लोक में पहुँच गये। कुछ ही देर बाद पाँच-सातेक मोर आँगन में उतरकर कूजन करने गले। सरसराहट के साथ सभी छतरियाँ तानकर नाचने लगे। फिर अपने हुनर में अति उत्साहित होकर उन्होंने कितने पञ्छियों की नकल उतारी—गुटरगूँ-गुटरगूँ, क्राँव-क्राँव, गायों का रम्भाना, घोड़ों का हिनहिनाना। सरजू ने आँखें मूँद लीं और एकाग्र भाव से सुनने लगी। जब हाथियों की समवेत चिंघाड़ और एक साथ दस शेरों की दहाड़ सुनी तो सचमुच उसके रोंगटे खड़े हो गये। देवर ने उसकी हिदायत का कितना मान रखा! आँखें खोलते ही उसने एक-एक बच्चे को गले लगाया। सबको चाँदी के पाँच-पाँच रुपये दिए। बच्चे तो मानो निहाल हो गये। शंकर भी शनैः शनैः इस लोक में लौट रहा था। सरजू भाभी सहसा पूछ बैठीं, 'तुम्हारी जात में औरतें स्वाँग लातीं तो मैं भी बड़े शौक से सीखती। कैसी विचित्र कला है, कोई मुकाबला ही नहीं!'

शंकर के वे क्षण धन्य हो गये। इतना बड़ा सम्मान! इसके सामने तो सेठजी की अमोलक माया भी उन्नीस लगती है! इस वक्त सेठ-सेठानी मौजूद होते तो उनकी खुशी चाँद को छूने लगती। गाँव में रहने लायक मकान तो उन्होंने बना लिया, मगर रहते कहाँ हैं? एक को भी खाने-पहनने की सुधि तक नहीं है। लेकिन गाँवों की कायापलट का भी कोई जवाब नहीं। जजमानों के यहाँ जाने कितने चौमासे किए, पर पिछले चौमासे का ऐसा वरदान तो नहीं जाना था। यदि कुमति के जाल में फँसकर सारी माया यहाँ समेट लाता तो सारा जीवन ही चौपट हो जाता! कितने लोगों के सुख का निमित्त बना हूँ—यह सब सरजू भाभी, सेठ-सेठानी और घुड़सवार के सहयोग का प्रताप है। इधर शंकर मन-ही-मन खुद से ही संवाद कर रहा था तो उधर सरजू की अपने-आप से बातचीत समाप्त ही नहीं हो रही थी। सहसा शंकर ने पुकारा, 'भाभी! आज तरह-तरह की बोलियाँ सुनने में जो आन्द आया उतना आनन्द स्वाँग दिखाने में कभी नहीं आया। तुम्हारा आदेश मानकर मैं जितना भी जानता था, वह सब तो इन्हें सौंपा ही, लेकिन जो नहीं जानता था, वह भी बहुत-कुछ सिखाया। तुम मानोगी, इस बात को?'

'क्यों नहीं मानूँगी? जब मैं स्वयं भी ऐसा अनुभव बार-बार कर रही हूँ कि मैं पहले जानती भी क्या थी? अब जो कुछ भी कर रही हूँ वह मेरे लिए सबका-सब नया है। अजाना है। मुनष्य जानता तो बहुत कम है, पर उसके अजाने भंडार की कोई सीमा ही नहीं है। यह सब तुम्हारी बदौलत हुआ है देवर, मैं सात जनम में भी तुम्हारा ऋण...!'

'चुप करो भाभी, चुप करो। इस तरह के पाप का भागीदार बनने की बजाय तो मर जाना बेहतर है। अपनी औकात मैं खूब समझता हूँ। चाँद और दीये की क्या समानता! अब भूलकर भी ऐसी बात सोचना तक नहीं। इन लड़कों का हुनर देखकर मुझे पुख्ता विश्वास हो गया कि ये अपने गाँव का नाम रोशन करेंगे। उसके पहले मेरी एकमात्र मंशा है—देश के मालिक को अपना स्वाँग दिखाने की। तत्पश्चात् संन्यासी का स्वाँग लाने की बजाय संन्यासी का जीवन बिताना। घर-परिवार और माया-मोह से मुक्ति और अपने भीतर के रहस्य-लोक को जानने की निरन्तर खोज! सच भाभी, हर मनुष्य के भीतर कितने स्वाँग छिपे पड़े हैं, जिनकी कोई गिनती ही नहीं, मगर पेट के आगे उधर किसी का ध्यान जाता ही कहाँ है! फकत पेट का स्वाँग दिखाते-दिखाते सारी उम्र गुजर जाती है और पता तक नहीं चलता। मैं तो जाति से ही भाँड़ हूँ। बाकी सारे लोग बहुरूपिए हैं। परिवार की खटर-पटर के स्वाँग में ही सारा जीवन होम देते हैं। सेठ-सेठानी और तुम जैसे कुछ बन्दे ही इसके अपवाद है। खैर छोड़ो, इन झीनी बातों का कोई पार नहीं है। अब जितना जल्दी हो सके, सेठ-सेठानी को, उनके बेटे-बहुओं को, घुड़सवार, चौधरी भैया और

पारबती को समाचार भेजकर, जहाँ-कहीं भी हों, जल्दी बुलाओ, उन सबसे मिलकर मैं राज-दरबार की ओर कूच करना चाहता हूँ।'

सरजू को ऐसा लगा जैसे शंकर की बजाय उसके भीतर छिपी किसी अदीठ रूह की छाया इतनी उतावली कर रही है। फिर भी उसने आश्वस्त भाव से कहा, 'परसों तक सबको बुला लूँगी। मुझे पूरी जानकारी है, तुम चिन्ता मत करो!'

शंकर ने कहना चाहा कि बात चिन्ता की नहीं, जबान की है। इच्छा की है कि एक बार हो ही आऊँ। लेकिन उसने कहा कुछ भी नहीं। राज-दरबार में स्वाँग दिखाने की कल्पना में खो गया।

सरजू भाभी की जानकारी भी कम नहीं थी। जो कहा, वही हुआ। एक के बाद एक सभी आ गये। पारबती सबसे बाद में आयी, साँझ की बेला। काम की थकान के बावजूद उसे खुशी भी कम नहीं थी। कल समाचार मिलने के बाद उसने नहाने की जरूरत भी नहीं समझी। आज आते ही सबसे पहला काम वही किया। तब तक शंकर आस-पड़ोस में मिलने चला गया।

तीन दिन तक सबके विभिन्न अनुभवों की झड़ी लगी रही। कोई भी अपने ब्योरे में कोताही करना नहीं चाहता था। शंकर, गणेश और कार्त्तिकेय को ऐसा महसूस हो रहा था जैसे किसी नयी दुनिया में जी रहे हों। परियों की कथाओं से भी ज्यादा विचित्र लग रही थी, यह आँखों देखी वास्तविकता। घुड़सवार ने तो यहाँ तक डींग मारी कि चन्द लुच्चे दरबारियों को छोड़कर राज्य की सारी प्रजा भी अब यही सपना देखने लगी है। बस, एक इशारे भर की देर है, सब उलट-पुलट हो जाएगा। आप विश्वास नहीं करेंगे कि दरबारियों के कारनामे से राज्य की फौज भी गले तक भर चुकी है। बुरी तरह उकता गयी है...।'

चौधरी की अधीरता से सभी अच्छी तरह वाकिफ थे। उससे रहा नहीं गया तो घुड़सवार की पूरी बात सुने बिना ही बीच में शंकर की ओर देखकर पूछा, 'क्यूँ रे शंकर, अब भी इस भरभरते राज-दरबार में स्वाँग दिखाने की हवस मिटी नहीं है? मैं तो सुनते ही भाँप गया कि दीमक लगे इस सिंहासन को अँगुली का एक परस ही काफी है। फिर तेरी इच्छा। मेरे अलावा तुझे मना करने की किसी में हिम्मत भी तो नहीं...।'

'मेरी हिम्मत है।' सरजू ने चुनौती भरी मुस्कराहट दबाने की चेष्टा करते हुए कहा, 'लेकिन किसी शुभ कार्य में टोकना मुझे अच्छा नहीं लगता। हम सबको राजी-खुशी विदा करना चाहिए, क्यूँ सेठजी?

सेठजी अपने ही हिसाब में खोए थे। चौंककर बोले, 'सरजू ठीक कह रही है। 'महात्मा' की मरजी का हम मान नहीं रखेंगे तो कौन रखेगा? क्या पता यह नया स्वाँग कुछ नया ही रंग दिखाए। मुझे तो मना करना मुनासिब नहीं लगता।' अपनी बान के विपरीत चौधरी मन मारकर खामोश रहा।

आस-पास के गाँवों में जिसने भी सुना वह शंकर भाँड़ के गाँव चला आया। पाँवों चलता एक भी बच्चा घर में नहीं रहा। अशक्त बुजुर्ग भी लाठी टेकते हुए गाँव की सरहद तक आये। सवा सौ बरस का एक बुजुर्ग तो खाट पर आया था। खाट से उठकर वह शंकर के पास पहुँचा। उसके माथे को सहलाते हुए कहने लगा, 'शंकर बेटे, मैंने उमर भर बड़े दुःख उठाए हैं। जीते-जी नरक भोगा है। मरने से पहले तुम लोगों ने मुझे सुरग के दरसन करा दिए। तुम्हारा गुण मानूँ उतना ही थोड़ा है! अपने गाँव का नाम और भी रोशन करके आना। मेरी यही आसीस है। सरजू बिटिया दूर के रिश्ते में मेरी पड़-पोती है। हमारे परिवार को तो उसने उबार लिया! उसकी तारीफ सुनता हूँ तो और भी जीने की इच्छा हो रही है। वरना मैं तो भर-जवानी में ही मरना चाहता था। ठाकुर के कारिन्दे खड़ी फसल काट कर ले गये। इसलिए कि मेरी शरण में आये हिरण को मैंने खेत में छिपा दिया था। बाद में पता चला तो मेरी पीठ पर कोड़े बरसाए। सवा मन का मुगदर रखकर आसोज की जलती अगन में आध घड़ी तक मुझे कूकड़ा बनाकर रखा। बेहोश होकर गिरने के बाद मेरा पीछा छूटा! भूख के मारे उस दिन आपघात कर लेता तो आज ये दिन देखने को कहाँ नसीब होते! सुना कि सेठ और सेठानी भी यहाँ मौजूद हैं। उन्हें फुरसत मिल गयी क्या? उनके भी दरसन हो जाते तो अच्छा रहता।'

'दरसन तो आप जैसे बुजुर्गों के करने चाहिए, बाबा!' यह कहकर सेठ-सेठानी ने भीड़ से निकलकर बाबा के पाँव छुए। बाबा ने भी भरकर उन्हें आसीस दी। अगले ही क्षण घुड़स्वार को पाँवों की तरफ झुकते देखा तो उनकी बाँछें खिल गयीं। आँखों में खुशी के आँसू छलक आये! फिर धुँधली नजर घुमाकर उसने चारों ओर देखा। उसका सीना सवा हाथ बढ़ गया। दुबारा आये दाँतों की वह मुस्कान ही अपूर्व थी। लम्बी साँस भरकर बोला, 'अरे यहाँ तो पोकरजी से भी बड़ा मेला भर गया!' फिर बाबा से बोला नहीं गया। विस्फारित आँखों से मेले का कूता करना चाहा, लेकिन कर नहीं सका।

चौधरी ने मूमल की डबडबाई आँखें देखीं तो उसे डपटकर कहा, 'पागल बिटिया, ऐसी खुशी के मौके पर अपसुगन कर रही है? इतना कहते उसकी भी आँखें भी भर आयीं तो साफे के पल्लू से पोंछने लगा। यह देखकर पारबती का हीया भी उमड़ पड़ने लगा तो उसने अदेर ओढ़नी के पल्लू से अपना मुँह ढाँप लिया। सरजू ने अचरज के लहजे में कहा, 'तुम लोगों को हो क्या गया है? इतना भी धीरज नहीं रख सकते?' उसका भी गला रुँध गया! जल्दी-जल्दी में आँखों तक ही घूँघट खींच पाई और भीड़ में गुम हो गयी।

अब शंकर के लिए भी वहाँ खड़ा रहना दूभर होने लगा तो सबकी ओर मुँह करके उसने हाथ जोड़े, सीस नवाया और पीठ फिराकर राज-दरबार की राह भारी

कदमों से आगे बढ़ा तो उसे ऐसा महसूस हुआ कि वह अपने-आप से ही बिछुड़ रहा है! टीले की ढलान उतरने के बाद शंकर की छवि ओझल हुई तब भी वे कुछ देर टकटकी लगाए उधर ही देखते रहे।

गाँव की राह वापस लौटती वेला सबके मन में एक-सी अनुभूति का उद्रेक हुआ कि शंकर की जुदाई से रीते होने की बजाय वे कुछ-न-कुछ संवृद्ध हुए हैं। घटने की बजाय उनमें कुछ-न-कुछ जुड़ा है। अब तो उनके गाँव का नाम हवा की नाईं सारी दुनिया में फैल जाएगा। सेठ-सेठानी की नाईं राजाजी भी उसका स्वाँग देखकर अपनी सुध-बुध बिसर जाएँगे। कहीं ऐसा न हो कि राजा-रानी भी अपने गाँव आकर बस जाएँ। फिर तो नित-हमेस उनके दरसन करने पड़ेंगे। काम-काज के मारे समय नहीं निकाल सके तो वे नाराज हो जाएँगे। अन्दाता की नाराजगी भला कौन सह सकेगा! अब जो हो, सो हो! सरजू, पारबती, मुनीमजी और घुड़सवार सब सँभाल लेंगे। अपनी बारी तक नहीं आएगी।

सरजू की दाईं और पारबती की बाईं हथेली परस्पर एक-दूसरी को आश्वस्त कर रही थीं। हथेलियों की अपनी वाणी में वे निःशब्द बतिया रही थीं। और वह सम्प्रेषण फकत कानों के ही भरोसे नहीं था। त्वचा का रोम-रोम उसे सुन रहा था। समझ रहा था। नितान्त सहज और नैसर्गिक आदान-प्रदान था वह। संन्यासी के स्वाँग की बजाय संन्यासी का जीवन जीना चाहेंगे...हुँ...ऊँ...। संन्यासी का जीवन फिर होता कैसा है? क्या कसर बाकी रही? घुड़सवार तक के लिए मना कर दिया! इसमें क्या एतराज था! पैदल चलने में तकलीफ जो होगी, उसका आनन्द क्या कम है! पर उन्हें समझाए कौन? फकत पारबती नाम से क्या होता है! किसी की पञ्चायती नहीं मानते। दुःख को सुख माने यही तो संन्यासी का खास लक्षण है! पारबती की हथेली मौन हुई तो सरजू की हथेली में कम्पन हुआ। फिर देवर और दूसरे लोगों में फर्क ही क्या है? इन्हीं गुणों के कारण तो उसे चाहती हूँ। तुम्हें तो सचमुच पति के रूप में साम्प्रत महादेव का ही अवतार मिला है। पारबती के होंठों पर एक अलौकिक-सी मुस्कान खिली ही थी कि उन्हें मुनीमजी की आवाज सुनाई पड़ी, 'जब शंकर की जुदाई मुझे भी खटक रही है, तब आप दोनों को तो ज्यादा ही खटकेगी। लेकिन उसकी गैर-मौजूदगी में हम सबको दुगुना काम करना है, ताकि वह लौटकर देखे तो अचरज के मारे कुछ बोल ही नहीं सके।'

दोनों को संयत होने में थोड़ा वक्त लगा। सहज होते ही पारबती ने जवाब दिया, 'उनके लिए सब बराबर है। जैसी रात, वैसा ही दिन। लेकिन हमें तो अपना काम करना ही है। उस तरफ से आप निश्चिन्त रहें।'

'नहीं पारबती, ये तेरे होंठों की बात है, मन की नहीं। तू मुझसे ज्यादा जानती है कि हम सब मिलकर भी शंकर के काम का मुकाबला नहीं कर सकते। उसमें

बुनियादी खामी एक ही है कि वह अपने काम का श्रेय लेना नहीं चाहता, इसे गुण मानो चाहे अवगुण।' पारबती कुछ प्रतिवाद करे उससे पहले ही उसके अधरों तक उछली निगोड़ी मुस्कान से सरजू की बात का पूरमपूर समर्थन मिल गया!

और उधर राज-दरबार की राह चलता शंकर अकेले की बजाय सहस्र रूपों में बदलता जा रहा था। एक पल खेजड़ी तो दूसरे पल बरगद। फिर नीम, पीपल, खिरनी, इमली, बबूल, आक या कैर। जिस गाछ-बिरछ या पौधे पर नजर पड़ती वह अविलम्ब उसकी रूह में समा जाता। हिरण देखने पर हिरण। मोर देखने पर मोर। नीलगाय देखने पर नीलगाय। चील देखने पर चील। हंस देखने पर हंस। कुरज देखने पर कुरज। सभी जीव-जिनावर, गाछ-बिरछ और झाड़-झंखाड़, एक-से-एक बढ़कर हैं। नहीं फकत मनुष्य योनि ही सबसे बेहतर नहीं, हर योनि का अपना वजूद, अपना आनन्द और अपनी तुष्टि है। चींटी अपने में मगन तो कुंजर अपने में मगन। चौरासी लाख योनियों से मुक्त होने की जरूरत क्या है? हर प्राणी का अपना जन्म, अपनी मृत्यु और अपनी मुक्ति है। फल-फूल की सौरभ और उसका रस ग्रहण करने वाले भँवरे की अपनी गुञ्जार है। रंग-बिरंगी तितलियों की अपनी थिरकन है! कि अकस्मात सघन खेजड़ी की छाँह तले फन ऊँचा किए काले साँप पर उसकी निगाह अटकी—सवा पुरस लम्बा। दमकता काला रंग। इसका भी अपना अस्तित्व है, अपनी फूत्कार, अपनी सरसराहट, अपना जहर, अपना दंश और अपनी मणि है। प्रकृति के अनगिनत जीव-जगत् में कोई भी प्राणी निरर्थक नहीं है! बस, मनुष्य की श्रेष्ठता इसी में है कि वह चाहे तो समूची कुदरत के साथ तादात्म्य स्थापित कर सकता है, अन्यथा वह भी एक जीव मात्र है!

सहसा अदीठ होते हुए भी उसकी आँखों के सामने पारबती की सूरत झिलमिला उठी। फिर तो कुदरत के हर दृश्य में उसे पारबती की छवि ही नजर आने लगी। उसके जोड़ की दूसरी सूरत भला कहाँ मिलेगी? अब तक तो उसे वैसी सूरत कहीं दिखलाई नहीं पड़ी। यह आँखों की तासीर का दोष है या उसकी समझ का? और सरजू भाभी? उसका तो सुभाव ही तीन लोक से न्यारा है! वह तो जैसे हर मानुस और प्राणी की जननी है। गणेश और कार्त्तिकेय? जन्म से पहले माँ-बाप की देह में कहाँ छिपकर बैठे थे? क्या मैंने और पारबती ने उसका रूप धरकर दुबारा जन्म नहीं लिया है?...और ये सेठ-सेठानी तो सबसे ही निराले! माया जोड़ना भी जानते है और छोड़ना भी। हर मानुस अपने-आप में विचित्र है। उसकी अपनी दुनिया है। और यह मूमल बिटिया? मानो गुलाब के मुस्कराते फूल ने सरजू भाभी की कोख से जन्म लिया हो। और सरजू का खाविन्द चौधरी, जैसे विधाता ने एक-दूजे के लिए ही उनकी सिरजना की हो। कभी-कभार विधाता का हिसाब एकदम सही बैठता है—सौ टञ्च सही। मैं पारबती के लिए पैदा हुआ। और पारबती

मेरे लिए। और यह घुड़सवार? कितना विश्वस्त और समर्पित! जैसे दूसरों के निमित्त ही इसका जीवन बना हो।...सहसा उसके कानों में अपने नाम की भनक सुनाई पड़ी। चौंककर उधर देखा। ऊँट की मोहरी खींचते हुए सवार ने पूछा, 'शंकर भाँड़ तुम्हीं हो क्या?' उसने फिर अचरज से आँखें फाड़कर उधर देखा। मुस्कराते हुए जवाब दिया, 'मेरे अलावा शंकर भाँड़ दूसरा कौन हो सकता है? मगर मेरा नाम तुम्हें कैसे मालूम हुआ? मैं तो आज दिन तक कभी तुमसे मिला नहीं।'

'तभी तो...।' सवार ने हँसते हुए कहा, 'राज-दरबार में यों ही बैठे-ठाले पगार नहीं मिलती। छाया देखकर आदमी पहचान लेता हूँ। अच्छा हुआ ज्यादा चक्कर नहीं पड़ा। महाराज-धिराज आपके कौल-मुजब कल से ही बाट जोह रहे हैं।' फिर उसने ऊँट झेकाते हुए आग्रह किया, 'चलो, बैठो ऊँट पर। दरबार जमा हुआ है।'

'नहीं, आप तकलीफ न करें और न ऊँट को तकलीफ दें। मैं पैदल ही आऊँगा। आपकी मुलाकात से मेरे सोचने का सिलसिला टूट गया। उसे बीच में ही छोड़ना नहीं चाहता। इसका आनन्द ही कुछ और है। स्वाँग लाने जैसा ही। आप पधारें मैं पीछे-का-पीछे आ रहा हूँ। मैं कोई भी काम अधूरा नहीं छोड़ता...।'

'अच्छा, यह बात भी बेजा नहीं है। पहले जाकर अन्दाता को खुशखबरी दे आऊँ। सभी दरबारी आपका स्वाँग देखने के लिए बेताब हो रहे हैं। बधाई सुनकर पाँच-सात मोहरें तो बखसीस में मिल ही जाएँगी। बीच में कहीं भी फँटने की जरूरत नहीं। राममहल का यही सीधा मारग है। घड़ी-सवा-घड़ी में ठेठ पहुँच जाएँगे।'

पुनः विचारों का ताँता जोड़ने में उस तनिक भी देर नहीं लगी—यह तो बड़ी पेचीदी बात हो गयी। पारबती नहीं होती तो क्या में आजन्म कुँआरा ही रहता? और यदि मैं नहीं होता तो पारबती किस से ब्याह करती? क्या वह भी उम्र भर कुँआरी रहती? और यही हाल सरजू भाभी और चौधरी का है। एक के बिना दूजे को बिन-ब्याहे की रहना पड़ता। नहीं नहीं, विधाता को सबका खयाल रहता है। वरना वह विधाता ही क्या? ऐसी भूल उससे हो ही नहीं सकती। फकत मेरे लिए ही उसने पारबती को सिरजा है और पारबती को मेरे लिए। चलो, यह जोड़ तो सही बैठ गयी। अब रही बात राज-दरबार की। किसका स्वाँग लाना ठीक रहेगा?. ..जब मेरा नाम शंकर है तो शंकर-भगवान का ही स्वाँग लाना संगत रहेगा। वैसी ही भरपूर कद-काठी, वैसा ही साँवला रंग और वैसी ही जटा है। जब जटा के बीच से गंगा उबकेगी तो राजाजी समेत सारे दरबारी चकित रह जाएँगे। असली साँपों का सिंगार देखकर कहीं राजाजी डर न जाएँ? रानी तो जरूर डरेगी। फिर भी नकली साँपों का स्वाँग मुझे से नहीं बन पड़ेगा। शंकर भगवान का स्वाँग लाए दसेक बरस हो गये। ठाकुर और ठकुरानी तो डर के मारे चीख उठे थे। तब से यह स्वाँग लाया

ही नहीं। देश के मालिक इतने कायर तो क्या होंगे! यह सबसे ऊँचा स्वाँग है। राजाजी भी क्या याद रखेंगे? कहीं हमेशा के लिए स्वाँग दिखाने के लिए नहीं रख लें? मैं मानूँ तब न...। ऐसी जबरदस्ती मुझे भगवान की भी मञ्जूर नहीं है। अच्छी तरह समझाने पर राजाजी भी समझ जाएँगे।...हठात् एक बारहसिंगा डरी और सहमी रफ्तार से उसकी शरण में आया। माथे पर सींगों का ताज! असली राजा तो यही है। सर झुकाकर उसके पास खड़ा हो गया। शंकर की सूरत भाँपते ही उसने अपने-आपको आश्वस्त महसूस किया। शंकर की पैनी दृष्टि से कुछ भी छिपा नहीं रहा। एक काला-भुसंड शिकारी हाथ में तीर-कमान लिये उधर ही दौड़ता आ रहा था। वह तीर चढ़ाने ही वाला था कि शंकर ने बारहसिंगे को अपनी ओट में कर लिया और जोर से चिल्लाकर बोला, 'खबरदार, जो इस निहत्थे पर तीर चलाया तो...! मेरा नाम शंकर भाँड़ है...तुम्हारे तीर से मैं मरने वाला नहीं हूँ।'

शंकर भाँड़ का नाम सुनते ही शिकारी थोड़ा चौंका। भीतर-ही-भीतर भयभीत या खुश हुआ, वही जाने। पास आते ही, इस तरह मुस्कराया, मानो कजरारी घटा में बिजुरिया चमकी हो। अधीर स्वर में कहने लगा, 'गाँव आकर दरसन करना चाहता था, मेरा बड़भाग कि जंगल में मिलना हो गया। अन्दाता का खासमखास अहेरी हूँ। बड़े-बड़े दरबारियों के लिए रात-दिन शिकार की टोह में भटकता रहता हूँ। आस-पास के काँकड़ में न हिरण छोड़ा, न खरगोश, न सूअर और न तीतर। हुजूर को इन्हीं का माँस ही पसन्द है। अब तो मरते शिकार का अरड़ाना सुनकर मेरा दिल भी पसीजने लगा है। पर कुलबुलाती अँतड़ियों के मारे दूसरी बात सूझती ही नहीं। भूखे बच्चों का बिलखना सुनता हूँ तो मन मारकर तीर-कबान उठाना पड़ता है। और उधर अन्दाता का आदेश न मानूँ तो सूली की सजा तैयार। तीन बार तो इक्कीस-इक्कीस कोड़ों की सजा भी भुगत चुका हूँ। करूँ तो क्या करूँ?'

शंकर को तत्काल स्वाँग की गुत्थी सुलझती नजर आयी तो वह निश्चिन्त हो गया। फिर शिकारी की ओर देखकर बोला, 'अब तुझे कुछ भी करने की जरूरत नहीं है। सीधे मेरे गाँव जाकर वहीं बस जाओ। सरजू भाभी को मेरा नाम लेकर कह देना, वह सब इन्तजाम कर देगी, तुम्हारी घरवाली और बच्चों का भी...!' वह आगे भी कुछ कहने जा रहा था कि शिकारी धीरज खोकर बीच ही में कहने लगा, 'मेरी आँखों की सौगन, कई बार मन में यह बात जँची, मगर डर के मारे अन्दाता से अरदास नहीं कर सका। रोज हिम्मत करता और रोज ही कल के लिए टाल देता। आखिर भगवान ने मेरी सुनी तो सही। जैसा मेरा जीव, वैसा सभी प्राणियों का जीव। शेर और साँप भी मरने से डरते हैं। अब तुम्हें कुछ भी समझाने की जरूरत नहीं। जब जागे तभी सवेरा! तुम्हें निमित्त बनना था सो बन गये।'

फिर किसी को कुछ भी कहने-सुनने की जरूरत नहीं पड़ी। आत्मबोध के

क्षणों का करिश्मा ऐसा ही होता है। घट-घट में बिराजे बुद्ध भगवान को मारना-जिलाना तो अपने ही हाथ में है। दोनों की आँखें नम हो आयीं। आँसुओं से बड़ा कोई गुरु नहीं होता। चुपचाप अपनी-अपनी राह चल पड़े। शंकर राज-महल के मारग और शिकारी अपनी ढाणी के मारग। जितनी जल्दी हो सके, बाल-बच्चों को लेकर वहाँ पहुँचना है।

समस्त दरबारियों के बीच राजा और रानी सोने के सिंहासन पर बिराजमान थे। दरबार थटाथट भरा हुआ था। राज्य की थापना के बाद ऐसा मजमा पहली बार ही जुड़ा था। सबकी आँखों में बस एक ही अविकल प्रतीक्षा थी। घड़ी भर पहले ही ऊँट-सवार से शंकर भाँड़ के आने की शुभ-सूचना मिल चुकी थी। जाने क्या होगा उसका हुलिया? प्रत्येक व्यक्ति की आँखों में अपनी-अपनी समझ के अनुसार उसकी छवि अंकित हो रही थी कि इतने में राज-दरबार के खुले द्वार पर बगले की पाँखों के सामने धवल वेश में एक जैन-मुनि के दर्शन हुए। बाएँ हाथ में चाँदी की छड़ी का चँवर। दाएँ हाथ में सुरंगे पात्र। सफेद-झक्क मलमल से आवृत्त। घुँघराले बालों का मुकट। मुँह पर मूमती बँधी हुई। नंगे पाँव। ज्ञान से प्रदीप्त आँखों में रोष की किञ्चित लालिमा। निशंक निर्भय गति से जब वे राज-सिंहासन के सामने खड़े हुए तो राजा-रानी ने श्रद्धानत होकर अदेर उनके चरणों में सर नवाया। फिर कोहनियों तक हाथ जोड़कर अविचल खड़े रहे। मजमे की समस्त भीड़ कठपुतलियों की नाईं खड़ी हो गयी, गोया उनके अदीठ धागे महात्मा की अँगुलियों से बँधे हों। चारों तरफ नयन घुमाकर उसकी ओर देखा तो जय-जयकारों के उद्घोष से हवा के रेशे मानो चिरने लगे। हाथ का इशारा मिलते ही सब एक साथ खामोश हो गये। तब मुनिवर ने सिंहासन की ओर मुड़कर आशीर्वाद की मुद्रा में चँवर सहित हाथ ऊपर उठाया और कड़कती वाणी में सीधा प्रश्न किया, 'राजन्! तुम अपने राज्य की प्रजा और प्राणियों के रक्षक हो या भक्षक? खबरदार, मेरे सामने झूठ बोले तो...! अपने मन में जो भी बात हो, मुझे वही बताना।'

शाप के भय से राजन की घिग्घी बँध गयी। रानी के जुड़े हाथों में थोड़ा कम्पन हुआ। राजा के गले कोई फन्दा फँस गया हो। हकलाते बोला, 'रक्षक हूँ, महात्मन्!'

'झूठ! सरासर झूठ! मेरे सामने झूठ बोलते हुए तुम्हें तनिक भी संकोच नहीं हुआ? साफ-साफ बताओ, तुम्हारी अँगुली में बबूल की तीखी शूल चुभे तो तुम्हें तकलीफ होगी कि नहीं?'

इस बार रानी ने दबे-दबे स्वर में जवाब दिया, 'जरूर तकलीफ होगी महाराज!' महात्मा ने रानी की ओर देखकर पूछा, 'तुम माँ की जात हो, सच-सच बताना। प्राणियों की देह में तीर बिंधने पर उन्हें सुख पहुँचता है या पीड़ा होती है?'

'पीड़ा होती है, असह्य पीड़ा होती है मुनिवर।'

रानी की ओर से मुँह फिराकर मुनिवर ने राजा से पूछा, 'बताओ, कभी-कभार सच बात भी तुम्हारे मुँह से निकलती है या नहीं?'

'निकलती है प्रभु!'

'क्या तुम्हें जंगल में उछलते-फाँदते हिरण या खरगोश सुन्दर लगते हैं या मिर्च-मसालों में लिथड़ी और आँच पर सीझती हुई उनकी अलग-अलग बोटियाँ?'

यह कहकर मुनिवर ने प्रदीप्त आँखों से दरबारियों पर निगाह फैलाई। सभी अपलक नजर गड़ाए सिंहासन की ओर ताक रहे थे। प्रश्न तो राजा-रानी से किए जा रहे थे पर श्रोताओं के दिलों की धड़कन बढ़ने लगी थी। राजा-रानी का क्या बिगड़ना है, बिगड़ेगा तो रैयत का ही। जैन साधु हो चाहे अरण्य के ऋषि-मुनि, सबकी कृपा-दृष्टि श्रीमन्तों पर रहती है। गरीब को कोई नहीं पूछता। राजा की ओर से जवाब नहीं मिला तो महात्मा ने तीक्ष्ण प्रश्नाकुल निगाह से उसकी ओर देखा। उसके ललाट पर पसीने की बूँदें स्पष्ट झलक रही थीं। मुनिवर को खुश करने की मंशा से राजा ने जवाब दिया, 'महात्मन् यह बात एक बच्चे से भी पूछिए, वह भी बता देगा कि जंगल में दौड़ते प्राणी बेहद सुन्दर लगते हैं।'

व्यंग्य की मुद्रा में मुस्कराते हुए मुनिवर बोले, 'लेकिन मरे हुए प्राणियों का माँस खाने में जो आनन्द मिलता है, उसका तो कोई मुकाबला ही नहीं! क्यों? मरे हुए प्राणियों में जान तो होती नहीं है! क्या यही राज-धर्म है? चहकते-उड़ते तीतरों का माँस चटखारे लेकर खाते हो?'

राजा-रानी ने अपराधी-भाव से स्वीकार किया, 'भूल हुई प्रभु, भयंकर भूल हुई।'

'भूल या पाप?' महात्मा की आँखों से चिनगारियाँ चटकने लगीं।

राजा-रानी ने विगलित कंठ से उत्तर दिया, 'भयंकर पाप हुआ महात्मन् क्षमा करें।'

'मैं तो क्षमा कर दूँगा, लेकिन तुम्हें अपनी मर्जी से प्रायश्चित करना होगा। बोलो मञ्जूर है तुम्हें?'

'हाँ प्रभु, मञ्जूर है। भविष्य में यदि किसी पञ्छी-जानवर का माँस खाने की हवस रखें तो अपने राजकुँअरों का माँस खाएँ।'

तब उन्होंने अदेर अपना दाहिना हाथ ऊपर उठाते हुए आसीस की मुद्रा में कहा, 'तथास्तु!'

और दूसरे ही क्षण उस बेजोड़ महात्मा ने राजा-रानी के चरणों में दंडवत् प्रणाम किया और एक ही झटके में मूम्ती हटाकर अपने गाल बजाए, फिर बगलें बजाते हुए कहने लगा, 'अन्दाता, मैं ही हूँ वह शंकर भाँड़, आपकी जूतियों का चाकर, जिसका स्वाँग देखने के लिए आप सभी बेताब हो रहे थे। अब तो खुश होकर

अपने श्रीमुख से बखसीस फरमाएँ, गरीब परवर! मेरे स्वाँग में कसर नहीं रही तो आपकी मेहरबानी में क्यूँ कसर रहेगी? बरसों से राजदरबार में स्वाँग दिखाने की इच्छा थी, सो आज पूरी हुई।'

राजदरबार पर तो जैसे आकाश गिर पड़ा हो। ऊपर का श्वास ऊपर। नीचे का श्वास नीचे। आँखें एक साथ ही पथरा गयीं। निमिष भर के लिए जाने किस के अदीठ श्राप से सभी दर्शक पाषाण प्रतिमाओं की भाँति जड़ हो गये! ऐसी भयावह स्थिति भाँपकर शंकर भाँड़ भी हतशून्य रह गया। चुपचाप स्थिर भाव से सिंहासन की ओर टुकुर-टुकुर देखता रहा। दीवान के साथ-साथ सभी दरबारियों की बुद्धि को जैसे काठ मार गया हो! ऐसा भयंकर दुःस्वप्न तो राज्य के कट्टर बैरी-दुश्मनों को भी न आये! किसी की कुछ भी समझ में नहीं आ रहा था कि यह क्या हुआ? जिस राजाधिराज ने माँस के बिना एक जून भी कौर नहीं तोड़ा, उन्होंने प्रायश्चित स्वरूप ऐसा संकल्प किया? किस उछाह से उसके स्वाँग का इन्तजार कर रहे थे और अन्त में यह गुजरी! राज्य का अधिष्ठाता जो अब तक किसी के सामने नहीं झुका, उसने भाँड़ के चरणों में माथा नवाया? शेर के सामने दहाड़ने वाले सिंहासन की घिग्घी बँध गयी और वह अनाथ की तरह हकलाया? तिस पर नालायक बखसीस की आस लगाए बैठा है?

होश आते ही सेनापति की बाँहें फड़कने लगीं। सुनहरे म्यान से चमचमाती तलवार निकालकर तैश में बोला, 'हूजूर, आपका आदेश हो तो अभी हरामजादे की गरदन उड़ा दूँ।'

अब कहीं रानी से पहले राजा की सुध-बुध लौटी। आश्चर्य से पूछा, 'क्यूँ, किस अपराध के लिए?

'अन्दाता से कैसा घृणित प्रायश्चित करवाया, उसके लिए।'

रानी की संज्ञा भी लौट आयी थी। क्लान्त आँखों की रंगत से ऐसा लग रहा था कि जैसे दस रातों से वह सोई नहीं हो! राजा की ओर देखकर उसने मुस्कराने की चेष्टा की तो उसकी सूरत और भी दयनीय हो गयी। उसकी मनोदशा सामान्य करने की मंशा से राजा ने कहा, 'यह तो हम लोगों की बुद्धि का नमूना है! सभी तीसमारखाँओं की कलई खुल गयी जो हमेशा बढ़-बढ़कर डींग हाँकते थे।' फिर राजा ने दीवान की ओर देखकर पूछा, 'इसके स्वाँग में कोई कमी हो तो बताओ। जैसी प्रशंसा सुनी थी, उससे भी बढ़कर स्वाँग लाया।'

शंकर की खुशी का पार नहीं रहा। उसने और भी जोर से बगलें बजाते हुए उद्घोष किया, 'जय हो, महाराजाधिराज की जय हो। इसे कहते हैं, खरा न्याय, दूध-का-दूध और पानी-का-पानी। आपकी दया से आज मुझे किसी बात का कमी नहीं है। मगर आपकी बखसीस ही तो मेरे हुनर का पावना है। यही मेरा सम्मान

है। मेरा पुरस्कार है। आपके दरबार में पहली बार स्वाँग लाया, आपकी जो मरजी हो, बखसीस फरमाएँ।'

रानी ने आशा भरी निगाह से राजा की ओर देखा। कुछ देर सोचकर राजा ने सिर खुजलाते कहा, 'समझ नहीं पड़ता कि तुझे क्या बखसीस दूँ? राज-सेठ की हवेली के स्वाँग में जो तूने माया ठुकराई, उतनी माया तो मेरे खजाने में, किसी दिन भी नहीं रही। फिर कुछ भी बखसीस देकर अपनी शान क्यों गँवाऊँ? दूसरी तरफ तेरी गुस्ताखी का नमूना कि तूने मेरी हजार मोहरें भी कबूल नहीं कीं? एक ओर तो इतनी हेकड़ी और दूसरी ओर बखसीश के लिए गाल बजाता है! यह पहेली मेरी समझ में नहीं आयी!'

शंकर के मन लायक समस्या थी। इसलिए निर्द्वन्द्व भाव से कहने लगा, 'हजूर, इस में पहेली जैसी कुछ भी माथापच्ची नहीं है। मैं अपने स्वाँग की बखसीस का हकदार हूँ, चाहे सवा रुपया ही क्यों न हो! मगर भीख चाहे करोड़ों मोहरों की क्यों न हो, मुझे रास नहीं आती। सबके हुनर की अपनी-अपनी मरजाद होती है, अन्दाता।'

राजा ने क्या सोचकर कहा, 'अच्छा, तूझे अपने हुनर की ऐसी ही मरजाद रखनी है तो अच्छी तरह कान खोलकर सुन...यदि बखसीस के बतौर तुझे अपना राज्य सौंपना चाहूँ तो मञ्जूर कर लेगा?'

सभी दरबारी एक ही झटके में चौकन्ने हो गये! रानी भी सकते में आ गयी! सनकी राजा का कुछ भरोसा नहीं। एक मामूली घुड़सवार के उकसाने पर अनगिनत माया वापस सौंप दी! कम-से-कम खजाने का मान तो उन्हें रखना चाहिए था। हजारों प्राण देने पर भी इतना बड़ा राज्य हाथ नहीं लगता, सो यह ना कुछ भाँड़ स्वाँग की बखसीस के बदले, गाल बजा-बजाकर अभी हथिया लेगा। आधी से अधिक प्रजा इसी घात में बैठी है। यह तो दीवान की चतुराई के कारण अब तक मामला जस-तस सँभल रहा है, वरना कभी बखिया उधड़ जाता। दीवान की चलती तो वह शंकर भाँड़ को सौ कोस दूर ही रखता। इतने होशियार राज-सेठ को धूल चटा दी और किसी को कुछ पता ही नहीं चला। दीवान आगे बढ़कर कुछ मन्त्र फूँकने वाला ही था कि शंकर ने इनकार करने की मंशा से गरदन हिलाते कहा, 'नहीं अन्दाता, राज्य के प्रपंच में स्वाँग की हवस ही मिट जाएगी! फिर मैं जीकर क्या करूँगा? इसकी बजाय तो मर जाना बेहतर है। आपको क्योंकर समझाऊँ कि किसी भी राज्य का लोभ मेरे हुनर से बड़ा नहीं है! मेरे बाबा ने मुझे यही घुट्टी पिलाई थी। बखसीस न भी मिले, मुझे इसका कोई मलाल नहीं। लेकिन मेरे रिजक को किसी भी तरह की जोखम हो, यह मुझे कबूल नहीं। आज पुख्ता नसीहत मिल गयी, बड़े लोगों के यहाँ स्वाँग नहीं लाऊँगा! कुमति सूझते क्या देर लगती है?'

भाँड़ की नादानी कहो चाहे थोथी हेकड़ी निपट स्वार्थी दरबारियों के जी-में-जी आया। वरना सनकी राजा तो अपनी धुन में राज खो चुका होता। यदि भाँड़ सिंहासन का बोझ उठा लें तो गाल और बगलें कौन बजाएगा? राज तो करने वाले ही करते हैं! अब जिसकी जो मरजी, चाहे जितना थूक उछाले!

चिकने घड़े पर छाँट लगे तो रानी पर दूसरों की बात का कुछ असर हो। वह तो हमेशा अपने ही दन्द्व-फन्द में मगन रहती थी। जो सुनना चाहती, वही सुनती। जो देखना चाहती, वही देखती। इसलिए वस्तुगत सच्चाई उसके लिए कुछ खास माने नहीं रखती थी। उसे तो अपनी कूख के जाए राजकुँअरों के अलावा न तो बखसीस की चिन्ता थी न किसी अन्य के सुख-दुख की। जो भुगते, वही जाने। जिसके जैसे करम! वह अपने करमों के बूते पर ही रानी बनी है। कोई माई का लाल उसके करम छीन नहीं सकता। लेकिन प्रायश्चित के नाम पर राजकुँअरों का माँस खाने की बात सोचना भी पाप है। जो हमने खुद अपने मुँह से इकरार किया! इससे छुटकारा तो मिलना ही चाहिए। उसने राजा की ओर देखकर सन्तप्त स्वर में कहा, 'इस फालतू की बकवास में राजकुँअरों वाली बात ही बिसर गये?'

'कहाँ बिसर गया?' राजा ने समाधान का सहज निवारण सोचते कहा, 'शंकर भाँड़ का स्वाँग खुलते ही, प्रायश्चित की समस्या ही कहाँ रही! मैंने तो मुनिवर के सामने अपराध स्वीकार किया था, शंकर भाँड़ से उस प्रायश्चित का क्या वास्ता? खाँमखाँ चिन्ता में घुल रही हो। मैं माँस खाऊँ, न खाऊँ, यह मेरी मरजी। दुनिया को कोई भी राजा किसी भाँड़ की धौंस नहीं मान सकता। उसकी बिसात ही क्या है? हाँ, अलबत्ता, मुनिवर की बात अलग थी। कुछ भी हो, वह था तो एक स्वाँग ही। स्वाँग की बात स्वाँग के साथ खत्म हुई!' फिर उन्होंने शंकर से पूछा, 'क्यूँ रे? तू ही बता मैं सही हूँ या गलत। तू कोई मामूली भाँड़ थोड़े ही है। सारे राज में मेरे बाद दूसरा नाम तेरा ही है। और तुझ पर मेरी मेहरबानी भी कम नहीं है, तभी तो राज-सेठ की अकूत माया बेहिचक तुझे सौंप दी।'

'इसके बारे में क्या कहूँ! इसकी असलियत आप से अधिक और कौन जानता है? मैं तो अपने हुनर के अलावा दुनियादारी की बातें कुछ समझता ही नहीं। मैं तो सचमुच जैन-साधु का स्वाँग लाया था, पर आप तो राजा का स्वाँग नहीं लाए थे। आप तो वास्तव में राजा हैं। प्रायश्चित की बेला भी राजा थे, अब भी राजा हैं। आपका करम-धरम आप जानें। उसके 'सही-गलत' का निर्णय करने वाला मैं कौन होता हूँ! मुझे इससे कुछ भी वास्ता नहीं। वास्ता रखूँ भी तो पार नहीं पड़ेगा। भाँड़ हूँ और भाँड़ ही रहना चाहता हूँ। मेरी कला ही मेरे जीवन का श्रेय है। वही मेरा धर्म है। आप देश के राजा हैं। न्याय-अन्याय के करता-धरता हैं। अपनी जिम्मेवारी को समझें-न-समझें, यह आपका दायित्व है।'

पके फल जैसी रानी की उम्र थी! सुन्दर थी। स्वच्छन्द थीं। रंग-महल के अलावा न्याय-अन्याय और दायित्व जैसी बेकार बातों के लिए सिर खपाने में उसकी कोई दिलचस्पी नहीं थी। वैसी समझ भी नहीं थी। चालू बात का रुख मोड़ने के लिए उसे एक पते की बात याद आयी। शंकर भाँड़ का स्वाँग देखने के लिए सभी दरबारी उत्सुक थे। वर्षा के बादलों की तरह उसकी बाट जोह रहे थे। मुनिवर के अचीते स्वाँग ने सब गुड़-गोबर कर दिया, वरना सबकी प्रबल इच्छा थी कि शंकर डायन का स्वाँग लाए। तीन दिन से चुड़ैल, सिकोतरी और डायनों की चर्चा चल रही थी। रानी ने उसी की ओर लक्ष्य करके कहा, 'देख रे शंकर, तू भी सिरफिरा कम नहीं है! तिस पर सेठ के यहाँ माया का लोभ छोड़ने के बाद तेरे दिमाग में सब जगह बादी छा गयी है। सूरज का तप-तेज भी शायद तेरे प्रताप से चमकता होगा? यह मुगालता छोड़। बीच में बिना पूछे जैन महात्मा के स्वाँग ने बड़ा झमेला कर दिया। खैर, जो हुआ सो हुआ। यदि डायन का स्वाँग ला सकता हो तो कल ही बता। मैं तुझे अलग से बखसीस दूँगी, जिसका तू अन्दाज नहीं लगा सकता। ऐसा शानदार स्वाँग लाना कि सबका मन बाग-बाग हो जाय।'

यह कहकर उसने गुमान भरी नजर से राजा की ओर देखा। उन्हें रानी का सुझाव बहुत पसन्द आया। अभी तक मुनिवर के स्वाँग और प्रायश्चित की कचौट मिटी नहीं थी। जब भी रानी को नयी बात सूझती है तो बहुत दूर की सूझती है, लेकिन उनकी नासमझी का तो कोई पार नहीं है। बात-बात की झोंक में एक अदने भाँड़ को बखसीस के बतौर पुरखों का राज्य तक सौंपने की खातिर तैयार हो गये। यह तो शंकर की भलमनसाहत या हेकड़ी कुछ भी कहो, उसने मना कर दिया। यदि वह हामी भर लेता तो वे किस मुँह से मुकरते! यह पिछले जनम में जरूर कोई चक्रवर्ती राजा या बादशाह रहा होगा।

रानी ने इशारा किया तो उन्होंने फिर शंकर से पूछा, 'क्यूँ, चुप क्यूँ रह गया? डायन का स्वाँग नहीं ला सकता हो तो साफ मना कर दे। इसमें हेठी लगने जैसी कोई बात नहीं, रानी से भी सवाई बखसीस दूँगा।'

शंकर ने जैसे उनकी बात सुनी ही नहीं हो। जाने किस ऊहापोह में फँस गया! कुछ देर तक मन-ही-मन सोचता-विचारता रहा। उसकी खामोशी से राजा को खुन्दक चढ़ गयी, लेकिन उन्होंने अपने आवेग पर नियन्त्रण रखा। सच पूछो तो शंकर के विलक्षण वजूद का दबदबा उन पर तारी होने लगा था। कोई छिपा देवता भाँड़ के बहाने अपनी लीला तो नहीं रच रहा है? सफेद लिबास में वह काफी भव्य लग रहा था। फिर भी मौके पर खीज न करे तो वह राजा ही क्या? उन्होंने सोने के सिंहासन को सहलाते हुए तकाजा किया। 'क्यों मुनिवर, कुछ तो जवाब दीजिए? जीभ कहीं तालू से चिपक तो नहीं गयी?'

अब कहीं शंकर को चेत हुआ। चारों तरफ देखने के बाद उसने सिंहासन की तरफ आँखें गड़ाईं। सुगम्भीर स्वर में कहने लगा, 'रानी साहिबा और अन्दाता का आदेश मैं मरकर भी नहीं टाल सकता। लेकिन राज के नामी-गिरामी भाँड़ की अरदास पर जरा गौर फरमाएँ, गरीब परवर। स्वाँग तो मैं दुनिया की हर चीज का ला सकता हूँ। पत्थर बनकर रास्ते पर बैठ जाऊँ तो कोई भी राहगीर यह शिनाख्त नहीं कर सकता कि वह पत्थर है या मनुष्य! आपकी दया से हमारे पुरखों को शिवजी का ऐसा ही वरदान फला था। मेरा शंकर नाम भी स्वयं औघड़ महादेव ने मेरी माँ को सपने में सुझाया था। इस कारण उनके प्रताप से डायन का स्वाँग लाना मेरे लिए कतई मुश्किल नहीं है। मगर देखने वालों के लिए यह स्वाँग बहुत महँगा पड़ेगा...।'

रानी ने उचककर उतावली में एतराज किया, 'तू महँगे-सस्ते की परवाह मत कर। चाहे जितना महँगा हो, हमारे खजाने में कोई कमी नहीं है...।'

'होने दे महँगा।' राजाजी ने उसे पूरा आश्वस्त करना चाहा, 'बेकार बातें न बनाकर, जल्दी स्वाँग दिखाए सो बात कर।'

शंकर हाथ जोड़कर कहने लगा, 'हजूर, पहले मेरी बात तो पूरी सुनें, फिर जैसा आदेश होगा, वही करूँगा। लेकिन स्वाँग के दौरान यदि मैं सब करतब पूरे न करूँ तो स्वाँग का रंग नहीं जमता। डायन के स्वाँग में किसी मनुष्य का पेट चीरकर उसके लहू का खप्पर न पीऊँ तो स्वाँग अधूरा रह जाएगा। गरीब-नवाज, मैं अधूरा स्वाँग नहीं लाता। स्वाँग के पहले और स्वाँग के बाद जजमानों का नाकुछ ताबेदार हूँ, पर स्वाँग के दौरान अपना होश-हवास एकदम भूलकर असली की जून में प्रवेश कर जाता हूँ। दूसरी बातों का मुझे कुछ ध्यान ही नहीं रहता। अन्दाता का आदेश हो तो हँसते-हँसते सूली पर चढ़ जाऊँ, मगर मेरी हाथ जोड़कर प्रार्थना है कि आप डायन का स्वाँग लाने के लिए मुझे माफ करें।'

शंकर के दबंग और बेबाक व्यवहार से राजा-रानी मन-ही-मन थोड़ा सहम गये। मुनिवर के स्वाँग का दबदबा भी पूरा मिटा नहीं था। और सेठ के वहाँ साधु वाला स्वाँग भी बेजोड़ था। उन्हीं बातों के चक्कर में राजा न तो नये स्वाँग का मरम ठीक तरह समझ पाया और न उसके परिणाम का सही अनुमान ही कर सका। और यों राजा होने के लिए मोटी बुद्धि भी जरूरी है! उसने दबे-दबे स्वर में पूछा, 'क्यूँ, तू डायन का स्वाँग क्यूँ नहीं ला सकता?' ऐसे पसोपेश में तो शंकर कभी नहीं फँसा। स्वाँग न लाए तो उसकी हेठी लगती है और लाए तो नाहक किसी मनुष्य को मरना पड़ेगा। डायन के मन में कोई दयामाया नहीं होती। अच्छी तरह समझाने के बाद भी उसने साफ-साफ खुलासा करते कहा, 'राम जाने उस वक्त कौन मेरे हत्थे चढ़ जाय? स्वाँग के बीच मुझे अन्दाता का भी खयाल नहीं रहेगा!

डायन के लिए रंक और राव सब बराबर हैं, चाहे उसका सगा भाई क्यों न हो? यूँ तो आपकी जूतियों का चाकर हूँ, पर अपने रिजक की मर्यादा से ऊँची मेरे लिए कोई दूसरी मर्यादा नहीं है। अब अच्छी तरह सोच-विचारकर जो भी आदेश फरमाएँ उसके लिए तैयार हूँ।'

दरबारियों के लिए मच्छर की नाईं काटने की खातिर बहाना खोजने की जरूरत नहीं पड़ती। तिस पर उस राज्य के दरबारी तो शंकर भाँड़ पर खार खाए बैठे थे। कहाँ तो उसके द्वारा ठुकराई अधिकांश माया उन सबके हाथ लगने वाली थी और कहाँ उसके द्वारा सिखाए घुड़सवार के मामूली ताने से हजूर ने सारी माया उसके गाँव पहुँचा दी! सरजू भाभी के नाम से आखिर उसने अपना उल्लू सीधा कर ही लिया। सभी दरबारियों को दीवान की बुद्धि पर भरोसा था। मौके पर उससे चूक होती ही नहीं थी। फिर ऊपर से एक-सौ-आठ गाँवों का नया झमेला। यदि ऐसा ही ढर्रा चलता रहा तो इस राज्य की नींवें तक उखड़ जाएँगी। ऐसा मनचीता अवसर न जाने कब आये? दीवान ने अदेर भाँड़ को झिड़कते कहा, 'तेरे खयाल से अन्दाता क्या बिना सोचे-समझे ही आदेश फरमाते हैं? तेरी यह मजाल?'

'क्यूँ बे, तेरी यह मजाल?' राजा ने विश्वस्त दीवान के बोल दुहराते कहा, 'मैंने तो अब तक ध्यान ही नहीं दिया। क्या मैं बिना सोचे-विचार ही आदेश करता हूँ?'

यकायक शंकर को कुछ भी मुनासिब जवाब नहीं सूझा। लगता है इस बार जरा घुमाकर बात करनी पड़ेगी। अतिशय विनम्रता से कहने लगा, 'नहीं अन्दाता, मुझसे ऐसी भूल सपने में भी नहीं हो सकती। सोचने-विचारने का काम तो गावदी रैयत का है। भला ईश्वर और राजा को सोचने की जरूरत? कल तो सूरज भी सोच-विचारकर दुनिया में उजास फैलाएगा! चाँद भी सोच-विचारकर चाँदनी बरसाएगा! सोच-विचारकर ही बादल बरसेंगे, फूल खिलेंगे और सोच-विचारकर ही हरियाली फूटेगी?'

राजा पर सिंहासन और मुकुट का नशा अजाने ही धीरे-धीरे चढ़ने लगा था। उसने तड़ककर कहा, 'तू यह क्या अंट-शंट बक रहा है? भला फूल और हरियाली से मेरी बात का क्या सरोकार? तेरा दिमाग तो ठिकाने है?'

दीवान की मनचीती अब पार पड़कर ही रहेगी। शायद हजूर भी शंकर भाँड़ के पिछले दबदबे को भूल चुके हैं। इनकी स्मृति भी बड़ी विचित्र है। कभी-कभार तो सुबह के भोजन की याद शाम तक भी नहीं रहती औ कभी-कभार ठेठ बचपन की बातें उन्हें इस तरह याद आ जाती हैं, जैसे घड़ी भर पहले ही गुजरी हों। कई बार तो सेज चढ़ी दासियों की सूरत भी भूल जाते हैं! और कभी-कभार उसकी पत्नी को भी रानी समझ बैठते हैं! यह उनकी समझ का नहीं, उनकी स्मृति का चक्कर

है! ऐसी बेजोड़ स्मृति की नियामत पचासों राजा-महाराजाओं में किसी भाग्यशाली को ही फलती है। राजा की देखादेखी दीवान ने भी मिलती मारी, 'अब यह बकवास बन्द कर। तेरी होशियारी कुछ-कुछ समझने लगा हूँ।' फिर राजा की ओर देखकर कहने लगा, 'हुजूर, ये तो रिजक की अटकल-बाजियाँ हैं। यदि भाँड़ इस तरह थोथा भरम न उपजाए तो वह भाँड ही क्या! फिर यह तो सबकी नजरों में सुविख्यात भाँड़ है। क्या पता बनिए की हवेली वाला स्वाँग दोनों की मिली-भगत ही हो! तभी तो कुछ समय तक जैन-मुनियों का वेश धरकर फिर से दोनों सेठ-सेठानी वापस गृहस्थ हो गये! बिजण-व्योपार के झीने गुर बनियों के अलावा और कोई नहीं जानता। तिस पर शंकर भाँड़ के दाँव-पेच जुड़ जाएँ तो क्या कहना! गड़ेरिन और डायन, ऊँटों पर चढ़-चढ़ खाए। आखिर कभी-न-कभी तो पोल खुलकर ही रहती है! आप रत्ती भर भी चिन्ता न करें अन्दाता!'

'हमें चिन्ता किस बात की है?' रानी ने गर्व से मुस्कराते कहा, 'हम सलामत रहें, हमारा राज्य सलामत रहे। चिन्ता करने वाली तो प्रजा ही काफी है। उसे चिन्ता से फुरसत मिले तो हमारी बारी आये! इसे समझाओ ज्यादा हठ करना ठीक नहीं है।'

'सब समझ जाएगा, सरकार। ये कमीन-कारू रोजी-रोटी के लोभ में जान-बूझकर समझना नहीं चाहते! मैं इनके लच्छन खूब पहचानता हूँ।'

अपने हुनर और स्वाँग के परे शंकर, दीवाने अदीठ जाल में फँसता जा रहा था। डायन के स्वाँग की खातिर अब इनकार करने की कोई गुंजाइश ही नहीं बची। दीवान ने उसकी ओर तर्जनी का इशारा करते कहा, 'मायापति सेठ को फँसाने के बाद अब राज-दरबार में भी वही तिकड़म चलाना चाहता है? इतना गुमान?' फिर राजा-रानी के सामने सर झुकाकर कहने लगा, 'रईसों के दरबार में बेचारे का अब तक काम नहीं पड़ा, इसलिए घबरा रहा है।' दीवान ने एकदम शंकर की ओर मुड़कर चुनौती के स्वर में कहा, 'जा, तेरी जो मरजी हो, वही करना। जरा देखें तो सही कि तू केलेजा चीरकर कैसे खप्पर भरता है? तुझे मालूम है कि नहीं...मनुष्य का कलेजा आटे का बना नहीं होता!'

दीवान की तेज-तर्राट समझदारी से राजा के मन की कली-कली खिल गयी। रुआब से बोला, 'हाँ, मनुष्य का कलेजा कोई आटे का बना नहीं होता। अब तो कल ही तुझे डायन का स्वाँग लाना पड़ेगा। मैं सामने पड़ जाऊँ तो मेरा भी कलेजा चीर डालना! मुँह से उफ्फ भी निकल जाय तो मेरे मुँह पर थूक देना! बोल, अब क्या बहाना बनाएगा?'

राजा, दीवान और दरबारियों को सत्ता एवं सिंहासन का नशा था। शंकर भाँड़ को अपने हुनर और अपनी अपूर्व कला की खुमारी थी! पीछे हटने की कोई गुञ्जाइश

नहीं बची। और वह बचना भी क्यों चाहेगा, जबकि वह डायन का स्वाँग लाने के लिए पूरमपूर पारंगत है। जाने-अजाने किसी भी आवेश के वशीभूत, वह विनम्रता का आँचल नहीं छोड़ेगा। सहज भाव से बोला, 'मेरी क्या बिसात कि मैं अमीर-उमरावों के आगे बहाना बनाऊँ? आप न मानें तो आपकी मरजी। लेकिन डायन के स्वाँग में किसी की आँतें बाहर निकल आयीं तो सौ ही गुनाह माफ है।'

'तो क्या इसके लिए अन्दाता से लिखत करवाएगा? हुजूर की जबान पर भी तुझे एतबार नहीं? ऐसी गुस्ताखी का पाठ तूने कहाँ सीखा?' दीवान की खुन्दक स्वाभाविक थी। सेठ की अपार माया हाथ से निकलने की कचोट अब भी गहरी खटक रही थी। लगते ही दाँव एक चाबुक और फटकारा, 'बेकार हुज्जत मत कर। डायन का स्वाँग नहीं जानता हो तो बात दूसरी है।'

इस लाञ्छन के बाद क्या सुनना बाकी रह गया था। भीतर ही तिलमिलाहट को दबाने की चेष्टा में अदेर गाल और बगलें बजाता बोला, 'जैसा अमीर-उमरावों का आदेश। स्वामी का स्वामी कौन?'

होंठों की खुसर-फुसुर हवा से भी तेज चलती है। राज-दरबार में चक-चक होते ही सारे नगर में अफवाह फैल गयी कि कल भाँड़ डायन का स्वाँग लाएगा। तीखे नखों से मनुष्य का कलेजा चीरकर खप्पर भरेगा। चतुर दरबारी रैयत के बीच से किसी को चुनकर डायन के सामने फेंक देंगे। सो इस डर से शहर की चिड़िया भी दरबार में नहीं फटकी। पर बेचारे दरबारियों को ऐसी छूट कहाँ थी! रानी, राजकुँअरियाँ, दासियाँ और राज्य के अमलों की पत्नियाँ झरोखों में बैठीं पल-पल भाँड़ की प्रतीक्षा कर रही थीं। अन्दाता के चारों तरफ चौक में बैठे समस्त दरबारी चौकस होकर इधर-उधर नजर घुमाने लगे। राजा-रानी की स्पष्ट हिदायत ही ऐसी थी कि जो भी गैर-हाजिर रहेगा, उसकी चमड़ी में नमक भरवाकर जमीन में आधा गड़वा दिया जाएगा। न पीने को पानी और न खाने को रोटी। यदि उसके भाग्य में इस तरह तड़प-तड़पकर मर जाना ही लिखा है, तो इसे कौन टाल सकता है? घड़ी बीती, पहर बीता, मगर डायन की तो भनक ही सुनाई नहीं पड़ी। आँखें पथराने लगीं। रानी ने अच्छी तरह सोने नहीं दिया तो राजाजी बीच-बीच में झपकियाँ भी लेते रहे! हलकी-सी आहट सुनते ही वे चौंक उठते। सहमी-सहमी आँखों से इधर-उधर देखते। डायन का तो अता-पता ही नहीं। सिंहासन के दाहिने पसवाड़े दीवान बैठा था। मूँछों में खुजली चली तो वह खुजलाते-खुजलाते बोला, 'अन्दाता, आपके डर से भाँड़ तो फरार हो गया लगता है। डायन का स्वाँग नहीं जानता तो मना कर देता।'

राजाजी ने ऊँघते-ऊँघते ही टिप्पा मारा, 'नहीं, शंकर भाँड़ फरार होने वाला बन्दा नहीं है। और मेरे राज्य में कितने दिन छिपा रह सकता है? आखिर कोई

छोटा-मोटा स्वाँग नहीं, डायन का स्वाँग है, तैयार होने में भी समय लगता है।' इतना कहते ही उनकी पलकें फिर झपकने लगीं। रानी ने एकाध बार चुपके-चुपके इशारा भी किया। लेकिन ऊँघ पर राजा का भी हुकम नहीं चलता। दीवान की पत्नी ने भेद भरी मुस्कराहट के साथ रानी की ओर दो-तीन बार देखा तो रानी के सुन्दर मुखड़े पर लाज की झाँईं उभर आयी! उचित मौका देखकर उसने कोहनी से धकियाया तो वे चौंककर उठ बैठे। हड़बड़ाकर चिल्लाए, 'पकड़ो, पकड़ो! वह मेरी ओर क्यूँ बढ़ रही है? पकड़ो!' आँखें फाड़कर घबराते हुए इधर-उधर देखा—कहीं कुछ भी नहीं। हँसने की बात तो जबरदस्त ही थी, लेकिन सभी दरबारी एक-से-एक आला समझदार थे! अँतड़ियों में उलझी हँसी होंठों तक उछली ही नहीं! चतुर दीवान ने वही बात फिर दोहराई, 'गरीब नवाज, आप मानें-न-मानें सजा के डर से या तो शंकर शहर में कहीं छिपा बैठा है या रात को भाग खड़ा हुआ। मूरखों का सरताज, हमें भी बनिया समझकर बरतना चाहता है। मगर भागकर जाएगा कहाँ? आपकी आज्ञा हो तो सौ कोड़े फटकराने के बाद ही पूछताछ करूँ।'

उनके मुँह से बरबस निकल पड़ा, 'पूछताछ? किस बात की पूछताछ? मुझे कुछ देर सोचने दो।' वे फिर से सिंहासन पर बिराज गये। कुछ देर बाद वे क्रमबद्ध खर्राटे भरने लगे। दीवान ने रानी की ओर देखा पर बाजू में बैठी पत्नी के सामने मुस्कराने की हिम्मत नहीं जुटा सका! फिर भी रानी के मुँह पर गुलाबी रंग की हलकी आभा झलक आयी!

क्षण-क्षण की असह्य प्रतीक्षा और ऊब के मारे सभी परेशान हो गये। आखिर सूरज भी तंग आकर डूबने की तैयारी करने लगा। दूसरे दिन भी वैसा ही अविकल इन्तजार और वैसी ही उकताने वाली नीरसता। दो दिन क्या गुजरे मानो दो बरस बीते हों। तीसरे दिन भी अल्ल सेवेरे दरबारियों को वैसी ही हाजरी देनी पड़ी। सूरज की पहली किरण के साथ ही अचानक हाथ भर लम्बी जीभ लटकाए जाने कहाँ से एक डायन फूँफाँ-फूँफाँ करती प्रकट हुई, किसी को पता तक नहीं चला! कहीं आकाश से तो नहीं टपक पड़ी! डायन के इस विकराल रूप की तो किसी ने कल्पना भी नहीं की थी। लटकती हुई जिह्वा से लगातर लहू टपक रहा था। बाल बिखरे हुए। नाखून इस कदर लम्बे और तीखे की पत्थर को भी चीर डालें! जिस स्वाँग को देखने की लालसा में राजा सहित सभी दरबारी पूरे दो दिन तक तरस रहे थे, उनका वीभत्स रूप देखते ही सारी बात भूल गये और जिधर इच्छा हुई, न हुई उधर ही हड़बड़ाहट में लपके, मानो प्रत्यक्ष मौत से पाला पड़ गया हो! भयंकर भगदड़ और खलबली मची। हो, न हो यह तो सचमुच ही कोई डायन आ धमकी। स्वाँग के बहाने बढ़िया मौका ढूँढ़ा। हरामी भाँड़ ने कहीं हत्यारिन डायन को सिखाकर तो नहीं भेज दिया? देखते-देखते दरबार एकदम सूना हो गया। राजाजी सबसे आगे

दौड़े। दो-तीन बार लड़खड़ाकर गिर पड़े, फिर भी पीछे मुड़कर नहीं देखा कि डायन कितनी दूर है? दूसरी बार नजर आ गयी तो मौत में कोई कसर नहीं रहेगी। गिरते ही वापस उठकर दौड़ने लगते। जिन्दगी में पहली बार दौड़ने का काम पड़ा था, जिसकी महिमा तो आज ही समझ में आयी! अब सुबह-शाम दौड़ने का अभ्यास करेंगे। किस वक्त क्या आफत आ पड़े! रानी और राजकुमारियों को भी दौड़ना सिखाएँगे। बेचारी दासियों को भी पीछे रखना ठीक नहीं।

चिड़ियों के झुंड पर पत्थर गिरते ही वे एक पल में जाने कहाँ उड़ जाती हैं, ठीक वैसा ही हाल दरबार में उपस्थित भीड़ का हुआ। मगर राजा का साला दौड़ नहीं सका। वह शराब के नशे में धुत्त वहीं जमा रहा। लोगों को दौड़ते देखकर उसने भी एक बार वैसा प्रयास किया। सहसा डायन के भयावह हुलिए पर उसकी नजर पड़ी। फिर तो बैरन जमीन ने जैसे जकड़ लिया हो! अपने-अपने प्राणों के अलावा किसी को दूसरा ध्यान ही कहाँ था! न दरबारियों को राजा का खयाल आया और न राजा को रानी एवं राजकुमारियों का। आप मरते बाप किसे याद आता है! राजा का साला पीपल के पत्ते की नाईं थर-थर काँपने लगा। सहायता की आस में इधर-उधर देखा। खून-सनी लम्बी जीभ पर दुबारा नजर पड़ते ही उसकी आँखें फटी-की-फटी रह गयीं। मुँह खुला सो वापस बन्द ही नहीं हुआ। डायन का किससे क्या रिश्ता! जो भी शिकार मिला, उसके भाग्य का! मौज-मस्ती में कुछ देर तक नाचती रही। फिर उधर ही भूखे चीते की तरह झपटी! न कोई मना करने वाला था और न कोई रोकने वाला। सीधी उसके सीने पर चढ़ बैठी। तीखे नाखूनों से उसका कलेजा चीर डाला। खून की धाराएँ फूट पड़ीं। पलक झपकते ही पूरा खप्पर भर गया। उबकती धार में दो-तीन बार मुँह मारा! सारा चेहरा लहू से लिथड़ गया। ही...ही...ही...करती जोर से हँसी। लेकिन उसकी सुर्ख हँसी देखने वाला वहाँ कोई नहीं था! इधर-उधर ताक-झाँक करके खून से भरा खप्पर गटागट पी गयी। फिर वापस नाचने लगी। लोहे के कड़े और लोहे के पायल खनक उठे!

सूने चौक में कुछ देर नाचने के बाद डायन रुकी। चारों तरफ गरदन घुमकार देखा। कोई हो तो दिखे! तब बेकार प्रतीक्षा करने में कोई सार नजर नहीं आया तो उसने गाल बजाते कहा, 'अन्दाता, मैं तो आप लोगों का नाकुछ भाँड़ हूँ! आपकी आज्ञा से डायन का स्वाँग लाया, पर देखने वाला एक भी मौजूद नहीं रहा। इसमें मेरा क्या कसूर? स्वाँग में कुछ भी कमी हो तो गुनहगार हूँ। गरीब-परवर अब भाँड़ को खुश होकर बखसीस फरमाएँ!' उसने फिर गाल वे बगलें बजाकर, भाँड़ होने की तसदीक की। अब तो उससे डरने की किसी को भी जरूरत नहीं थी!

स्वाँग का भेद खुलते ही दरबार में फिर खलबली मची। हर दरबारी को अपनी-अपनी बहादुरी का एहसास हुआ! भाँड़ से तो अब कोई भी निपट सकता

है! कितना ही कमजोर क्यों न हो! राज की ताकत ही तो सबसे बड़ी ताकत है! दीवान ने बिजली की तरह कड़कते कहा, 'हत्यारा, अब भी बखसीस माँगने की गुस्ताखी कर रहा है? पकड़ो, पकड़ो, कहीं भाग न जाए।'

बीसियों शूरवीर एक साथ गिद्धों की तरह झपटे! भाँड़ को रस्सियों से अच्छी तरह बाँध दिया। तुच्छ भाँड़ के लिए मूँछों पर ताव देने की दरकार ही कहाँ है? जब भी कोई चाहेगा, चुटकियों में मसल देगा!

राजा के साले ने इस लोक का भरपूर आनन्द उठाकर परलोक का आश्रय खोजा। सारे दरबारियों की फटी-फटी निगाहें उसे टोह रही थीं। बाहर निकाली आँतों से खून बह रहा था। फिर भी सबको आशा थी कि हमेशा की तरह नशा उतरने पर वह उठ बैठेगा। बलबलाते हुए शराब और दासियों की माँग करेगा! माँग पूरी न होने पर जो भी दासी सामने होगी, उसी के साथ अपनी वासना बुझाएगा। पर बड़े अचरज की बात कि सभी श्रीमन्तों की आँखों में खुशी की बजाय दहशत की छाया थी!

राजा की समझ में कुछ नहीं आया कि यह क्या झमेला है? भाँड़ को रस्सियों से क्यूँ जकड़ रखा है? उनका साला धरती पर इस तरह चुपचाप क्यूँ लेटा हुआ है? हमेशा की तरह आज हाथ-पाँव क्यूँ नहीं पछाड़ता? क्यूँ नहीं बड़बड़ाता?

दौड़ने से उनके पाँवों में असहनीय टीसें उठने लगी थीं, पर किसे भी उनकी परवाह नहीं! न कोई पाँव दबाने आया और न कोई माथा सहलाने! सब-की-सब दासियाँ कहाँ मर गयीं? ज्यादा लाड़-दुलार का परिणाम अच्छा नहीं होता। कभी-कभार थोड़ी सख्ती भी बरतनी चाहिए।

भाई की मौत का दुखद समाचार सुनकर रानी चंडी का विकराल रूप धारे दरबार में दौड़ी-दौड़ी आयी। लोगों ने समझा कि भाँड़ फिर कोई नया स्वाँग लाया! पर वह तो मजबूती से बँधा हुआ है। तब तो निःसन्देह रानी साहिबा ही हैं। भाई की लाश के पास बैठकर दहाड़ मारकर रोने लगीं। भाँड़ की वहशी सूरत पर नजर पड़ते ही दाँत पीसकर बोली, 'इस दुष्ट के लहू का खप्पर कुत्तों के सामने न डलवाऊँ, तब तक पानी की बूँद भी नहीं पीऊँगी!'

वापस दरबार जमा। हर कोई भाँड़ से बदला लेने की खातिर कसमसा रहा था। लेकिन देश के एकछत्र स्वामी को खून और लाश का बड़ा डर लगता था। बुद्धि ठस हो जाती थी। दिल धड़कने लगता था। इशारा मिलते ही साले की लाश रानी के महल में पहुँचा दी गयी। दरबारियों ने एक साथ गुहार मचाई, 'हुजूर, जुल्म हो गया! इस हरामजादे की गरदन अभी तक सलामत है! आपका आदेश मिलते ही इसके टुकड़े-टुकड़े कर डालेंगे!'

गाफिल राजा ने अबोध बच्चे के उनमान पूछा, 'क्यूँ, ऐसी क्या बात हुई...?'

'बात नहीं अन्दाता, प्रलय हो गया, प्रलय!' हर दरबारी को राजा की नजर में ऊँचा चढ़ने के लिए बेहद उतावली थी। ऐसा सुनहरा मौका जाने फिर कब आये! मरने वाला तो मर गया! लाख जतन करें, वापस जी नहीं सकता। देर-सबेर सबको मरना है! लेकिन जिन्दा रहने वालों को जीने का जुगाड़ करना ही पड़ता है! मगर दरबारियों की ओर से एक साथ उतावली करने पर राजा हतप्रभ हो गया। दौड़ने की थकान अभी तक मिटी नहीं थी। टाँगों पर अँगुली का परस होते ही टीस उठने लगती थी। दिल की घबराहट भी मिटी नहीं थी। बाकी सबको चुप रहने का इशारा करके उसने दीवान की ओर व्याकुल निगाह से देखा। दीवान ने धैर्यपूर्वक अपने हिसाब से सारी बात समझाई तो राजा अच्छी तरह समझ गया। आखिर राज्य के अमन-चैन की तमाम जिम्मेवारी उसी की है! गम्भीरता से बोला, 'जब तुम सभी कह रहे हो तो भाँड़ के लिए सूली का आदेश कर दूँगा। मगर क्यूँ? तुम सब-के-सब टुकड़ेल उस समय कहाँ मर गये थे? अकेले भाँड़ की इतनी हिम्मत क्यों कर हुई? हड़बड़ी में एक साथ दौड़ गये थे क्या?'

दरबारियों की बातचीत का लहजा कुछ दूसरा ही होता है। दीवान ने तपाक से हामी भरी, 'हाँ, अन्दाता के अमोलक प्राणों की खातिर आपके साथ रहना जरूरी था! आपको एक पल भी अकेला नहीं छोड़ा! हमारे मालिक तो आप हैं।' दीवान को झख मारकर फिर एक से गिनती शुरू करनी पड़ी। राजा समझने के आशय से गरदन हिलाता हुआ और चतुर दीवान बिना किसी झुँझलाहट के समझाता रहा। आखिर सारी दुर्घटना ध्यानपूर्वक सुनने के बाद राजा ने कहा, 'अच्छा तो यह बात है! हत्यारे भाँड़ को मौत की सजा मिलनी ही चाहिए। समझदार को इशारा काफी है! और तुम हो कि अबोध बच्चे की तरह मुझे समझाते ही जा रहे हो! नहीं नहीं, अब किसी भी सूरत में इसे माफ नहीं किया जा सकता। इसके लच्छन ही ऐसे हैं। अब देखता हूँ कि यह सूली की बखसीस कैसे ठुकराता है?'

भाँड़ की ओर से दरबार में कोई बोलने वाला नहीं था! धूप की तरह साफ-सफ्फाक बात में भी सारे दरबारी गूँगे की तरह खामोश थे! मगर शंकर के लिए खामोश रहना असम्भव था। उसके भीतर समन्दर हाहाकार मचा रहा था! परिणाम कुछ भी हो, उसे तो प्रतिवाद करना ही होगा। तनिक आवेश के सुर में बोला, 'अपने वचनों को इतनी जल्दी भूल गये? जब देश का स्वामी वचन की मर्यादा तोड़े तो दूसरा कौन उनका निबाह करेगा? बखसीस के बदले सूली की सजा? मुझे सपने में भी यह आशा नहीं थी कि आप इस तरह बदल जाएँगे!'

हर बात का जवाब देना राजा के लिए जरूरी नहीं होता। मगर सोचे बिना तो वह भी नहीं रह सकेगा! दौड़ने की थकावट और पिंडलियों की टीसें कम हुईं तो सोचने का मौका मिल गया। कोई बरस तो नहीं बीते, अभी परसों-तरसों की

बात है। भाँड़ तो बेचारा शुरू से ही मना कर रहा था। सबसे पहले रानी ने ही हठ किया कि वह डायन का स्वाँग लाए, जोरदार बखसीस देगी। उसने भी रानी से बड़ी बखसीस का आश्वासन दिया था। अन्त में दीवान की डाँट-फटकार ने उसे डायन का स्वाँग लाने की खातिर मजबूर किया था। उसने स्वयं अपने मुँह से 'सौ ही गुनाह माफ करने' का पुख्ता वचन दिया कि वह भी सामने आ जाय तो उसकी अँतड़ियाँ चीरकर लहू का खप्पर भर ले। पर ऐसा किसने सोचा था? बात से ही बात बढ़ती गयी और इसने तो सचमुच रानी के भाई की अँतड़ियाँ चीर डालीं! भला यह भी कोई स्वाँग हुआ? यह तो हत्या है, सरासर हत्या! और वह भी राज-दरबार में, राजा के सामने? सैकड़ों दरबारी जिसके चश्मदीद गवाह हैं। साले की मौत का सदमा भी कम नहीं होता! अब किस मुँह से रानी को समझाने की बात करे? माना कि शुरुआत में गलती रानी की ही थी। पर राजा-रानी तो गलतियों से परे होते हैं। ईश्वर से भी गलतियाँ कम नहीं होतीं, पर उसे सजा कौन दे सकता है? क्या सर्वज्ञ ईश्वर को स्वाँग के परिणाम का पता नहीं था? फिर सबको सुमति क्यों नहीं दी—कम-से-कम मुझको, रानी एवं दीवान को और स्वयं शंकर भाँड़ को। तब तो यह हादसा होता ही नहीं। हम तो महज खेल समझकर इसे बढ़ावा दे रहे थे और रानी के भाई को खाँमखाँ जान गँवानी पड़ी! देखते-देखते कितना बुरा कांड हो गया!

राजा तो सिंहासन पर बैठा बड़े मेज से सोचने का आनन्द ले रहा था। बरसों के बाद सोचने का ऐसा अचीता मौका मिला था। मगर भाँड़ के सामने तो दोहरी बखसीस की बजाय साम्प्रत मौत नाच रही थी। उसके लिए चुप रहना भयंकर घातक था। उसकी जीभ तो रस्सियों से बँधी हुई नहीं थी। निःशंक पूछा, 'हजूर की क्या आज्ञा है? आप तो न्याय के सिंहासन पर बिराजे हैं! जो भी फैसला सुनाना है, सुना दीजिए। संशय की ऐसी हालत में मेरे लिए इन्तजार करना बेहद कष्ट-दायक है!'

दीवान को ऐसे ही उचित अवसर की तलाश थी, तभी तो उसका सपना साकार होगा। मुँह बिगाड़कर पूछा, 'क्यूँ कष्ट-दायक है? हमने भी तो तीन दिन तक तेरे स्वाँग का इन्तजार किया था! बोल किया था कि नहीं?'

त्रासदी की उस दुर्दान्त घड़ी में भी भाँड़ के होंठों पर बरबस हँसी की लपट कौंध उठी, 'उस इन्तजार और इस इन्तजार में जमीन आसमान का अन्तर है! समझाने की लाख चेष्टा करूँ, आप समझ नहीं सकेंगे! मैं तो न्यायकर्ता के मुँह से फैसला सुनने का इच्छुक हूँ।'

फिर भी न्यायकर्ता के श्रीमुख से फैसले की कुछ भी फुसफुसाहट सुनाई नहीं दी। वैसे ही गुमसुम बैठे रहे। उधर रानी सब-कुछ जानते-बूझते अपने हठ पर अड़ी

थी कि भाँड़ की मौत के बाद ही उसके भाई की दाह-क्रिया होगी। भाई से बढ़कर भाँड़ कैसे हो गया? हम सबको अँधेरे में रखकर इसने अपनी मनमानी की है, इसे सूली की सजा मिलनी ही चाहिए, तभी उसके हिए की दाझ ठरेगी।

नादान राजा के पास न तो रानी की दाझ का कोई उपाय था और न शंकर भाँड़ की इच्छा का कोई निवारण! रानी की बात न माने तो आफत और वचन की मर्यादा न निबाहे तो आफत! राजा के जी को जाने कितने झञ्झट है! और उधर, शंकर भाँड़ डायन का स्वाँग लाने के लिए राजा का आदेश नहीं मानता तो उसके लिए भयंकर आफत थी। मान गया तो और भी बड़ी आफत में फँस गया! चारों ओर आफत-ही-आफत! अकेला राजा करे तो क्या करे? ऐसी विकट घड़ी में उसका दिमाग भी मानो कुन्द हो गया हो। कुछ काम ही नहीं देता! सहसा राजा के मन में एक शंका उपजी। भाँड़ की ओर देखकर पूछा, 'तूने मेरे साले का ही पेट क्यूँ चीरा? किसी और का चीर डालता तो कुछ भी परेशानी नहीं थी!'

लेकिन भाँड़ की परेशानी द्रोपदी के चीर की नाईं बढ़ती जा रही थी, 'गरीब परवर, आप सबको अच्छी तरह मालूम है कि मेरे आते ही आप सभी जान बचाकर भाग छूटे! आपकी जान सबसे अधिक मूल्यवान थी, इसलिए आपको सबसे आगे भागना पड़ा! फकत अन्दाता के साले नहीं भाग सके। मुझ पर नजर पड़ते ही उनकी जीभ बाहर निकल आयी। वे लड़खड़ाकर गिर पड़े।'

राजा अपने वचने की मर्यादा निबाहने के लिए मन-ही-मन कुछ उपाय सोचने लगा। तनिक आशा के भुलावे में उसके मुँह से अजाने ही निकल पड़ा, 'अच्छा, यह मामला इस तरह बिगड़ा? तुझे क्या पता होता तो शायद यह बेजा हरकत करता या नहीं करता, सच-सच बताना।'

'नहीं माई-बाप, स्वाँग के दौरान ऐसी कोई गुञ्जाइश नहीं रहती। इसीलिए तो मैंने इस स्वाँग के लिए बार-बार मना किया, पर कोई माना ही नहीं। आपने और रानी साहिबा ने तो जिद ही पकड़ ली थी, फिर मैं क्या जोर करता?'

राजा का दिमाग अब कुछ-कुछ काम करने लगा था! उतावली करते बोला, 'यदि ऐसी बात थी तो और ज्यादा मना करता या यह स्वाँग लाता ही नहीं! अपने गाँव लौट जाता। रानी के भाई की मौत बच जाती!'

दीए की बुझती लौ के उनमान भाँड़ के होंठों पर मद्धिम-सी मुस्कान दमक उठी, 'मेरी भूल हुई अन्दाता...और क्या कहूँ?'

पत्थर से तेल निकलना सम्भव है, पर राजा व अन्य दरबारियों से कुछ भी उम्मीद रखना बेकार है! वह गरदन झुकाकर खड़ा हो गया। अब राजा का धीरज भी ढहता जा रहा था। निरीह भाव से पूछा, 'तू ही बता रानी को क्या जवाब दूँ?'

उसने एक बार नजर उठाकर राजा की ओर दयनीय दृष्टि से देखा। होंठों

तक आयी हुई बात अदेर निगल गया। रानी का धीरज आहत साँप की तरह छटपटा रहा था। जोर से चिल्लाते कहा, 'इस हत्यारे की मौत ही मेरे सवाल का जवाब हैं। मुझे दूसरा कोई जवाब नहीं चाहिए। आप खाँमखाँ इस कमीन से अपनी जबान लड़ा रहे हैं! जल्दी हुक्म फरमाइए। नहीं तो मैं खुद आदेश करती हूँ।'

राजा के अहंकार को ठेस लगी। सिंहासन और मुकुट की गरिमा का खयाल आते ही तैश में आकर बोला, 'बड़ी आयी आदेश करने वाली! औरतों को मुँह लगाने पर ऐसी ही दुर्दशा होती है! सबसे पहले तूने ही तो बेचारे को इस स्वाँग के लिए उकसाया। तब तो बखसीस देने के लिए डींग हाँक रही थी।! और अब मेरी बजाय खुद मौत के आदेश का रुआब झाड़ रही है! तेरे भाई की हत्या के लिए सबसे ज्यादा तू और दीवान जिम्मेवार हैं! मैं अच्छी तरह सोचने के बाद फैसला करूँगा।'

डायन के स्वाँग जैसा ही सन्नाटा फिर छा गया। पर बड़े आश्चर्य की बात की शंकर भाँड़ उसी तरह निर्द्वन्द्व भाव से चुपचाप खड़ा रहा! उसके मुँह पर किसी तरह की कोई प्रतिक्रिया व्यक्त नहीं हुई। राजा, राज-दरबार, सिंहासन और मुकुट के बारे में उसकी जो भी ऊँची कल्पनाएँ थीं, वे सब ध्वस्त हो गयीं। क्या सोचकर आया था और क्या घिनौनी वास्तविकता उजागर हुई, गोया उसकी धारणाओं पर डाका पड़ा हो! अब तो उसे विवाद करने में भी शर्म महसूस होने लगी थी!

उस भयावह सन्नाटे का एक-एक क्षण बिताना भारी पड़ रहा था कि सहसा राजा के मुँह लगे राज-खवास ने हाथ जोड़कर अरदास की, 'हुजूर मुझे आज्ञा दें तो एक उपाय बताऊँ। आपके वचन की मर्यादा भी निभ जाएगी और रानीजी की बात भी रह जाएगी।'

फिर से सोचने में मशगूल राजा ने चहेते की नाईं की बात ध्यानपूर्वक सुनी ही नहीं। उसके मुँह से अजाने ही निकल पड़ा, 'यह कैसे? यह कैसे?'

राज-दरबार की बयार में तनिक आशा का संचार हुआ। सबकी आँखों में एक समान जिज्ञासा परिलक्षित हुई।

नाई ने गुमान भरे सुर में कहना शुरू किया, 'शंकर भाँड़ को रिजक की मर्यादा का इतना ही घमंड है तो इसे सती का स्वाँग लाने की आज्ञा फरमाएँ अन्दाता! डायन के स्वाँग में दूसरे का कलेजा चीरने से इसका क्या बिगड़ा? सती के स्वाँग में यह ऐसी ही मर्यादा निबाहे तो जानूँ!'

नाई का उपाय सुनकर सभी दरबारियों को अंग-अंग रोमांचित हो उठा। सबने एक साथ रस्सियों से जकड़े भाँड़ की ओर देखा। नाई का वह उपाय इतना अप्रत्याशित और अकल्पनीय था कि एक बार तो वह सिर से पाँव तक चौंक उठा! लेकिन दूसरे ही क्षण उसने स्वयं को नियन्त्रित कर लिया। लाना तो स्वाँग ही है—चाहे महात्मा का लाए, चाहे जैन-मुनि या डायन का और चाहे सती का! स्वाँग

लाना ही तो उसके जीवन का औचित्य है! उसका सर्वोपरि धर्म है! इसमें घबराने की बात ही क्या है! लेकिन यह उसके जीवन का आखिरी स्वाँग होगा! यह सोचते ही उसकी आँखों के सामने अपने गाँव की अनेक स्मृतियाँ झिलमिलाने लगीं!

बड़े मजे की बात कि जिसे सबसे पहले समझना चाहिए, उसे कुछ भी समझ में नहीं आया! फिर भी वह राजा था! राज्य के तमाम समझदारों का सिरमौर! समस्त रैयत का भाग्य-विधाता! रानी के समझाने पर अन्ततः वह बड़ी मुश्किल से समझ पाया। और समझते ही वह बेहद खुश होकर बोला, 'वाह रे पट्ठे, आज तूने मेरी भयंकर चिन्ता मिटा दी! सिंहासन की इज्जत बचा ली। बिना माँगे ही मैं तेरी तमाम आशाएँ पूरी करूँगा। तभी पता चलेगा कि मैं तुझे इतना क्यूँ चाहता हूँ!'

सबको खूब अच्छी तरह पता था कि राजा उसे इतना क्यूँ चाहता है? रानी और दासियों से भी यह भेद छिपा हुआ नहीं था! राजा ने अतिरेक खुशी के उछाह में भाँड़ की ओर देखा। उसके होंठों पर उपहार की अग्नि-शिखा स्पष्ट झलक रही थी! राजा ने सोचा कि शायद अपनी कला के गुमान में नाई की बात का मर्म वह ठीक तरह समझ नहीं सका हो। उसने प्रमुदित लहजे में कहा, 'तुझे हँसी छूट रही है? हँस ले। थोड़ी देर के लिए जी भरकर हँस ले। पर इस बार तू मना नहीं कर सकेगा! अब तेरी कोई बहानेबाजी नहीं चलेगी! सती का स्वाँग जानता तो है न...?'

'जानता हूँ सरकार।' भाँड़ ने उसी तरह मुस्कराते हुए अकृत्रिम भाव से कहा, 'अच्छी तरह जानता हूँ!'

'शाबास...!' राजा की खुशी पौने चार हाथ की सीमित देह में समा नहीं रही थी! रुआब से बोला, 'मगर सती के स्वाँग की खातिर एक घड़ी की भी मोहलत नहीं दूँगा। अभी इसी वक्त सबके देखते-देखते तुझे सती का स्वाँग लाना पड़ेगा! फिर तुझे तीनों स्वाँगों की शामिल ही बखसीस मिल जाएगी, ढेर सारी! तू डर मत!'

शंकर की मुस्कराहट तनिक भी म्लान नहीं हुई। उसकी वाणी में भी वैसी मुसकान घुली थी! सहज और शान्त भाव से कहने लगा, 'हजूर, डर तो चोरी और जारी का होता है! भला इसमें डरने की क्या बात...? आप से एक छोटी-सी अरदास है कि इस स्वाँग के बाद मेरी भस्म को किसी के हाथ मेरे गाँव पहुँचा दें। अपने बेटे गणेश एवं कार्तिकेय के साथ मैंने भाँड़ों के जिन बच्चों की दीक्षा दी है, उन्हें मेरी वसीसत सुना दें कि रिजक की मर्यादा सबसे बड़ी मर्यादा है! वे इसी तरह उसका पालन करें! भले ही सिंहासन का स्वामी अपने वचन की मर्यादा रखे, न रखे! साथ-ही-साथ सरजू भाभी, मेरी जोड़ायत पारबती, सेठ-सेठानी, चौधरी, मूमल और आपके भेजे हुए घुड़सवार को यह सन्देश पहुँचा दें कि मेरी चिता की आग

कभी बुझने न पाए! इससे बड़ी बखसीस मुझे और कुछ भी नहीं चाहिए! चिता में जलते हुए भी इस सुखद अवसान के लिए मैं आपका एहसान मानूँगा...!'

उसका इतना कहना हुआ कि अकस्मात दरबार में एक अचीता उपद्रव शुरू हो गया...! बन्धन मुक्त शंकर के कानों में चारों ओर से सुपरिचित कंठों की गर्जन सुनाई पड़ने लगी, मानो हजारों-हजार सिंह राज-दरबार पर चढ़ आये हों, 'चिता आपकी नहीं, इस सड़े-गले राज्य की सजेगी! खून की एक बूँद गिराए बिना ही सारी जाजम अपने-आप ही बिछ गयी!' उस गर्जन की प्रतिध्वनि उतनी ही बुलन्द, स्पष्ट, शान्त और निर्भीक थी!

बौराया शंकर देखता रहा और वह चारों ओर अपने ही साथियों से घिर गया—बड़े आश्चर्य की बात कि मूमल तक पीछे नहीं रही जैसे कोई प्रायोजित सपना दिखा रहा हो।...शिव गाँव के चौधरी-बाबा और छोटू ने मुस्कराते कहा, 'अब खरे राजा का स्वाँग लाइए! उम्र भर तक उतारिएगा नहीं! बाकी सब काम हम मिलकर सँभाल लेंगे...!' शंकर भाँड़ ने मन-ही-मन सोचा, अब इस अचीते घेराव से बचना मुश्किल है! अपने विवेक का आखिरी दाँव लगाया, 'इतनी जल्दी क्या है, साथ मिल-बैठकर विचार कर लेंगे...!'

मायाजाल

जाने कितना-कितना वक्त गुजर गया, जब मनुष्य सचमुच जिन्दा बच्चों को जन्म देता था। और वे बच्चे एक-एक पल बढ़ते हुए मरने के आखिरी पल तक जिन्दा रहते थे। बहुत-बहुत बरसों पहले सारी बात ही बदल गयी। माँ की कोख से जन्मा मुर्दा-शिशु साँस लेते-लेते जस-तस मसान की मञ्जिल तक पहुँच ही जाता है—बस, यही एक ठौर-ठिकाना बचा है, उसके स्थायी निवास का। बहुत-बहुत बरसों पहले ही मनुष्य की सारी बस्तियाँ मसान बन गयीं और हर मसान में अमृतमयी साँसें स्पन्दित हो रही हैं। बेचारा कुम्हार तो यों ही बैठे-ठाले, मिट्टी के बासन घड़ता-घड़ता मेरी कलम की चपेट में आ गया, अन्यथा हर आँगन, घर-द्वारे की यही गाथा है। मेरी इस अनोखी कहानी का कोई पाठक नहीं—सभी पात्र हैं! हाँ, जब सूरज की धूप पर कालिख पुतनी शुरू ही हुई थी, तब यह कहानी प्रत्येक घर की खुली ताक से भीतर दुबक गयी, सो अब बाहर निकलने का नाम ही नहीं लेती। कहानी खुद भी खुश है, हम तो और भी ज्यादा खुश हैं। वह कुम्हार भी खुश था, वह सेठ भी खुश था, वह डकैत भी खुश था और वह राजा भी खुश था। एक खुश नहीं था तो लछमन और उसकी बहू, जिनका गौना अभी बाकी है। बेचारे, जंगल के पञ्छी-जानवर मनुष्य-समाज की अदम्य खुशी का मर्म क्या जानें!

सचमुच अपनी किस्म का वह एक ही निराला गाँव था। मामूली-सी ऊँचाई पर आबाद, लेकिन सूरज की पहली किरण सबसे पहले उसे ही प्यार से सहलाती थी। कान में फुसफुसाकर हर रोज राजी-खुशी के समाचार पूछती थी। उस गाँव का तमाम पुश्तैनी इतिहास इस बात का साक्षी है कि चटकती चिनगारी, दहकते अंगार व लपलपाती लौ से वहाँ कभी आग नहीं लगी। मगर सेठ की माया के पुण्य से कुम्हार का घर तो जला सो जला ही, पर वह अशान्त क्षुधातुर ज्वाल आज दिन भी हर तुलसी के आँगन को उसी तरह जला रही है!

वाकई अपनी किस्म का वह एक अद्भुत ही गाँव था। अपनी हर जरूरत

को पूरा करने के लिए दो हाथ, दस अँगुलियाँ, जरूरत मुताबिक चलने के लिए... और कभी-कभार दौड़ने के लिए भी सीधे-सतर दो पाँव। जो टेढ़े-मेढ़े घुमावदार रास्तों पर नहीं, सरल रास्तों पर चला करते थे। हाथों की तरह पाँवों में भी पूरी दस अँगुलियाँ—समदरसी कुदरत खाँमखाँ पाँवों को क्यों नीचा दिखाए? पर वह सेठ अपनी माया के गुमान में गाँव वालों को तिमञ्जली हवेली बनवाकर नीचा दिखाना चाहता था, मगर उसकी मनचीती नहीं हुई। सभी हथकंडे काम में लिए, किन्तु गाँव वालों में फूट नहीं पड़ी। खालसे का गाँव था, वरना अकेला ठाकुर ही सेठ की मनोकामना पूरी करने के लिए सक्षम था। देश के मालिक राजा तक से धमकी दिलवाई, लेकिन अबूझ गाँव वाले नहीं समझे सो नहीं समझे। न मार से डरे और न मरने से। सभी, गाँव छोड़ने को तैयार हो गये। मगर जरूरत से अधिक ऊँचाई पर गाँव में हवेली की नींव के लिए राजी नहीं हुए। उनका तो बस एक ही तर्क था कि सेठ चाहे जितनी ऊँची...बीस, तीस या पचास मंजिली हवेली बनवाए, फिर भी आकाश से सूरज-चाँद और तारों से बहुत-बहुत नीची रहेगी। मुँह पर हाथ-डेढ़-हाथ का नाक बढ़ जाय तो क्या अच्छा लगेगा? बालिश्त भर कान लम्बे हो जाएँ तो लोग गधा-गधा नहीं कहेंगे? जिस आदमी के दाँत दो-सवा-दो अंगुल लम्बे हों तो उसे राक्षस कहकर नहीं पुकारेंगे?

सेठ ने तुरन्त हिसाब लगाकर समझाया, 'हाथ की अँगुलियाँ भी तो बराबर नहीं होतीं! कुदरत ने एक ही पञ्जे में कितना भेद किया है!'

सभी का मन एक था, सो एक साथ एक ही बात मुँह से निकालना चाहते थे, पर कुम्हारा ने पहल करके सबकी भावना दरसा दी, 'लेकिन सेठजी, आपकी अँगुलियाँ बेहिसाब छोटी-बड़ी नहीं हैं, उनका भी एक खास हिसाब है।'

'अरे, तुम गँवार लोग हिसाब-किताब की बात क्या जानो? जिस बात को समझते ही नहीं, उस बात का जिक्र करने से क्या फायदा?'

'फायदा!' अपने मिट्टी सने हाथों को फैलाते हुए कुम्हार ने आश्चर्य से कहा, 'आदमी की हर बात फायदे के लिए नहीं होती सेठजी!'

'फिर तू बासन क्यूँ घड़ता है? नुकसान के लिए? धान निपजाने वाली माटी को पैरों तले क्यूँ रौंदता है? नुकसान के लिए?'

'नहीं, भूख-प्यास मिटाने के लिए।'

'मगर सबकी भूख एक-सी नहीं होती। तुम गँवारों की भूख-प्यास का अन्दाता की भूख-प्यास से क्या मुकाबला?' सेठ ने राजाजी की तरफ हाथ जोड़ते संकेत किया।

'पेट की भूख-प्यास तो सबकी एक जैसी होती है सेठजी, मन की भूख-प्यास का हिसाब आप जानें।' कुम्हार आगे कहने लगा, 'कड़ाह की बात छोड़िए, क्या

आप पाँच सेर हलुवा खा सकेंगे? दो रोटियाँ तो ठीक तरह पचती नहीं, फिर दिन-रात क्यूँ हाय-तोबा मचाए रहते हैं? सन्तान होती तो बात समझ में भी आती।'

'नहीं समझोगे, तुम गँवार लोग सात जनम में भी नहीं समझोगे कि अमीरों की लालसाएँ क्या होती हैं? फिर बेकार मगजमारी करने से क्या मतलब?'

'मतलब, फिर वही मतलब!' कुम्हार की बरबस हँसी छूट गयी। उस सहज, निश्छल हँसी ने राजा का भी अंकुश नहीं माना। फटाक से होंठों के बाहर उछल पड़ी।

'और इस तरह बेकार हँसने से मतलब?' खाती ने कुम्हार की ओर देखते हुए परिहास के आशय से कहा, 'किसी भी लकड़ी को जरूरत मुताबिक ही छीलना चाहिए, नहीं तो...।'

'काफी नुकसान होता है।' सेठ ने खाती के मुँह की बात बीच में ही झपट ली।

अब राजा की दखलन्दाजी जरूरी थी। शिकार के बहाने एक-सौ-एक मोहरों का नजराना खजाने में जमा करवाने के बाद ही वे गाँव की रैयत को समझने की खातिर राजी हुए थे। राजा को प्रजा के बीच जरूरत से ज्यादा नहीं बैठना चाहिए, नहीं तो डर मिट जाता है। सेठ की ओर देखते हुए बोला, 'सेठजी, तुम भी कहाँ इन गरीबों से उलझ पड़े। छोड़िए, यह सब झञ्झट! इन लोगों के खयाल बुरे नहीं हैं। यदि तुम्हें ऊँची हवेली ही बनवानी है तो 'मदनपुरी' में बनवाएँ, मेरी इजाजत है।'

राजा की इजाजत पाकर भी सेठ ने खुशी से तुरन्त हामी नहीं भरी तो राजा को बड़ा नागवार गुजरा। तनिक रूखे स्वर में पूछा, 'क्यूँ, जवाब नहीं दिया? निहायत छोटे लोगों को और भी छोटा दिखाने से क्या फायदा! मेरे किले के नीचे चाहे जितनी शानदार हवेली बनवाओ।'

'और चाहे जितनी ऊँची?' न जाने क्या सोचकर कुम्हार ने आशंका प्रकट की।

राजा की तुनक-मिजाजी को जैसे भाले की नोक छू गयी हो। झटके से मुकुट हिलाते बोला, 'नहीं, तीन मञ्जिल से ऊँची नहीं।'

'बस, तीन मञ्जिल ही!' मिट्टी के बासन घड़ने वाले कुम्हार को सेठ के पके-पकाए मन की ठीक परख थी। मुस्कराते बोला, 'फिर करोड़पति सेठ की शान कैसे ऊँची रहेगी?'

'महाराज-धिराज से भी ऊँची, एक ना कुछ बनिए की शान? क्यूँ बे, तेरी यह मजाल! बोल, अब जीभ क्यूँ चिपक गयी?'

डर के मारे सेठ की गरदन नीची होते ही, राजा का गुस्सा और भड़क उठा।

तेज-तर्राट जलते स्वर में पूछा, 'क्या जवाब है तुम्हारा? जल्दी जवाब दो। सौ मोहरों का नजराना देकर, तुम क्या मेरी जबान भी बन्द रखना चाहते हो? समय पर राजा सच्ची बात नहीं पूछेगा तो और कौन पूछेगा?'

सेठ की जबान लड़खड़ा गयी। बड़ी मुश्किल से बोला, 'गरीब नवाज, मेरी ऐसी औकात कहाँ, जो...!'

राजा ने बीच में टोकते पूछा, 'यदि औकात होती तो क्या मुझसे बराबरी करता? किले से ऊँची हवेली बनवाता?'

'नहीं हुजूर, हरगिज नहीं! भला आपकी बराबरी कौन कर सकता है? तिस पर मैं एक अदना-सा बनिया! रुपयों का जुगाड़ होते ही आपकी छत्र-छाया में जरूर कुटिया बनवाऊँगा, गरीब-परवर!'

'याद रखना!'

'खूब याद रखूँगा हुजूर, यह बात कोई भूले जैसी है!' इतना कहते ही सेठ के हाथ अनजाने ही राजा के पाँवों की तरफ बढ़े। राजा का उफान तुरन्त बैठ गया। क्षमा करते बोला, 'नहीं नहीं, इतनी बड़ी भूल नहीं की तुमने कि मेरे पाँव पकड़ो। तुम्हारी शान भी कम थोड़े ही है। मेरे राज्य के करोड़पति सेठ हो, मैं तुम्हारा मान नहीं रखूँगा तो और कौन रखेगा?'

और हवेली की बात वहीं आयी-गयी हो गयी, मगर सेठ के मन की चुभन नहीं मिटी। रात भर करवटें बदलता रहा, पर नींद को उस पर रंचमात्र भी तरस नहीं आया। वह नितान्त अन्धी होती है। न अमीर में भेद करती है और न गरीब में। न राजा में और न रंक में। बल्कि गरीब और रंक का कुछ बेसी ही दुलार रखती है। कुम्हार तो अपने आँगन में बेसुध सोया था, पर उसकी हँसी सेठ को बुरी तरह जला रही थी। 'फायदा...फिर वही फायदा! हर बात फायदे के लिए नहीं होती सेठजी।' मैली-कुचैली माटी से मशक्कत करने वाला यह हरामी कुम्हार, सोने की दमक में क्या समझे? बहीखाते की लाभ-हानि में क्या समझे? पर इसे समझाना जरूरी है, नहीं तो बनिए की समझ, उसकी बही और उसके हिसाब का महत्त्व की क्या? सो भोर से कुछ देर पहले, सूरज की निगाह से बचता हुआ, सीधा कुम्हार के घर पहुँचा। चारों तरफ नीम-ही-नीम के आशीर्वाद में पगी झोंपड़ी मानो हवा में अधर झूल रही हो। छतरी ताने, अल्पनाओं के मोर—अब उड़ें, तब उड़ें। कुम्हार की गुनगुनाहट से सेठ की मन्त्रणा का तार तनिक ढीला हुआ। न पुकारने की जरूरत पड़ी और न किवाड़ खटखटाने की। सेठ को यकायक विश्वास नहीं हुआ—बरस आठ-दसेक का कृष्ण-कन्हाई अपने सुकोमल हाथ से चाक घुमा रहा था। और बीच में धरा था मिट्टी का ढेर-सारा लौंदा। बच्चे के सधे हाथ उसे सँवार रहे थे।

किसी अपरिचित पाँवों की आहट सुनकर कुम्हार व कुम्हारी दोनों ने चौकस होकर नजर उठाई। कुम्हार हड़बड़ाकर उठ बैठा, 'राम-राम सेठजी, राम-राम।'

कुम्हारी थोड़ा घूँघट खींचकर खड़ी हो गयी। चाक उसी तरह निर्बाध घूम रहा था, जैसे कभी थमेगा ही नहीं। सधे हाथ ऐसे कुशल–चाहें तो सूरज और चाँद को चाक पर सँवार लें।

सेठ ने राम-राम की राई-रत्ती उधार न रखकर तुरन्त लौटाते कहा, 'आँखों से नहीं देखता तो विश्वास ही नहीं होता। इतना अल्ल-सवेरे जगने की उम्र है...बच्चे की! ऐसे भारी बासन घड़ने की ताकत है बच्चे की! माँ-बाप हुए हो, कुछ तो रहम करो।'

बाल-गोपाल की भोली-पावन आँखें ऊपर उठीं। हाथ जोड़कर राम-राम किया।

'कोई दस-बीस नहीं, एक ही तो लड़का है तुम्हारे।' सेठ ने हिसाबी लहजे में कहा।

'सपूत तो एक ही सौ के बराबर होता है, सेठजी। और कपूत सौ भी किस काम के?' कुम्हारी के लहजे में माँ का अभिमान भी घुला था।

'तो क्या सपूत का इसी तरह दुलार करना चाहिए?

'क्या करें मानता ही नहीं!' कुम्हार ने हाथ झटकते कहा, 'हम से भी पहले उठता है, बाद में सोता है। हर काम में खेल जैसा मन लगाता है। न हो तो आप ही समझा कर देख लीजिए।'

'जब तुम्हीं मेरी बात नहीं समझे तो बच्चा क्या खाक समझेगा?'

'मगर हवेली की बात तो समझे जैसी थी ही नहीं सेठजी, आप नाहक नाराज हो रहे हैं।'

'तुम गँवार लोग कभी कुछ नहीं समझोगे! माटी का मोह तुम मरकर भी नहीं छोड़ सकते।'

'इसीलिए कि एक दिन सबको माटी की गोद में ही सोना है। फिर न कोई काम, न कोई धाम, पर मेरे खयाल से आप तो मरकर भी हिसाब-किताब नहीं छोड़ेंगे!'

कुम्हारी ने पीढ़ा लाकर सेठ के सामने रखा तो गरदन हिलाता बोला, 'मेरी बात नहीं मानोगे, तब तक न पीढ़े पर बैठूँगा और न जमीन पर।'

'मगर सेठजी, वह तो किसी के लिए भी मानने जैसी बात नहीं है।'

'भला हो तुम सबका कि तुम माने नहीं। वरना उम्र भर की सारी कमाई बरबाद हो जाती। उसी का बदला चुकाने आया हूँ। वचन दो, मानने जैसी बात तो मानोगे?'

'माटी के अलावा, कुम्हार पहले किसी को बचन नहीं देता। मानने जैसी बात होगी तो क्यूँ मना करूँगा?'

'अरे बावले, मानने जैसी बात नहीं होती तो उगते सूरज को साक्षी बनाकर क्यूँ बेकार तुम्हारे घर का चक्कर काटता, बोल?'

किन्तु बोलने से पूर्व कुम्हार को दो काम जरूरी सलटाने थे। सो सेठजी से ध्यान हटाकर उसने शान्त भाव से उगते सूरज को जल चढ़ाया। सर नवाया। माँ-धरती को साष्टांग दंडवत् करके सेठजी के पास आकर बोला, 'फरमाइए, सवेरे-सवेरे किस काम के लिए इतनी तकलीफ की।'

'तकलीफ होती तो आता ही क्यूँ? खुशी-खुशी उड़कर आया हूँ। बोल, मेरी खुशी घटाएगा तो नहीं?'

'पहले क्या जवाब दूँ? मानने लायक बात होगी तो जरूर मानूँगा।'

'पर तुम गँवार लोग, मानने लायक बात भी तो नहीं मानते।'

'तभी तो गँवार कहलाते हैं।' इस बार कुम्हारी ने जवाब दिया।

'क्या नाम है बेटे का?'

'लछमन।'

'लछमन! बड़ा मीठा नाम रखा है। बेटा, तू भी पास आकर सारी बात सुन ले, सारा दिन पड़ा है, काम करने को।'

'माफ कीजिए सेठजी, बीच में काम छोड़ने की आदत नहीं डालना चाहता। जो माँ कहेगी, बापू कहेंगे, उसे न मानना मेरे बस की बात नहीं है।'

'काश! ऐसा सपूत बेटा, मेरे भाग्य में भी बदा होता!'

'इसे आप ही का बेटा समझिए। सपूत बेटा अपने काम से सबको खुश रखता है।' यह कहकर कुम्हारी ने गुमान भरी निगाह से सेठजी की ओर देखा।

'बड़ी खुशी हुई, यह बात समझकर। पर समझने से ही दूसरों का कैसा भी सपूत बेटा, अपना नहीं हो जाता। अपना तो सदा अपना ही होता है।'

'यों तो अपनी देह भी अपनी नहीं होती सेठजी, अन्त समय साथ छोड़ ही देती है।' ये तमाम झीनी बातें कुम्हार ने माटी से ही सीखी थीं। आगे कहने लगा, 'अपनी देह हो तो बीमार पड़कर अपने को तकलीफ दे भला! सबको रोता-बिसुरता छोड़ हमेशा के लिए साथ छोड़े भला?'

'अब तू सवेरे-सवेरे, राजा कर्ण की वेला रोने-बिसुरने की बात मत कर। मैं हँसने-हँसाने की बात करने आया हूँ, समझा।'

उगते सूरज की हँसी के साथ, सेठजी की हँसी घुल-मिल गयी। हरे नीम पर बैठी चिड़ियाँ चहचहाने लगीं। गाय के रम्भाने की आवाज सुनकर, कुम्हारी भीतर जाने लगी तो सेठ ने पुरजोर आग्रह करते हुए कहा, 'दो बोल हैं, सुनकर चली जाना। क्या घर आये मेहमान का इतना मान भी नहीं रखेगी?'

'पर गऊ और बछिया, ये किसी की मान-मनुहार समझें तब ना?'

'तू तो समझती है?'

'हाँ, मैं तो समझती हूँ, पर गऊ का रम्भाना सहन नहीं होता। मेरा मन तो वहाँ लगा रहेगा। अभी लौट आती हूँ।'

'अच्छा, फिर यही ठीक रहेगा। तेरा पास रहना ज्यादा जरूरी है। तू कुम्हार की बात टाले-तो-टाले, मगर कुम्हार तेरी बात नहीं टालता। जल्दी आना।'

सेठजी आँखे गड़ाए, चित्र लिखे से सूरज के उजास को टटोलते रहे। आज उन्हें पहली बार महसूस हुआ कि दिन की सच्चाई व रात की सच्चाई में बड़ा भारी फर्क है। सूरज की किरणें सबको टुकड़ों-टुकड़ों में खंडित कर देती हैं। नीम का एक-एक पत्ता अलग-अलग नजर आ रहा है। समय हो तो कोई पूरी गिनती कर ले। डालियाँ अलग, तो तना अलग। आकाश अलग, तो सूरज अलग। झोंपड़ी अलग, तो उस पर चित्रित माँडने अलग। मिट्टी अलग तो चाक अलग। यह लछमन है, यह कुम्हार है, यह मैं हूँ। सबकी अलग-अलग पहचान व अलग-अलग हैसियत। पर रात के झीने अँधियारे में सब घुले-मिले नजर आते हैं। धुँधले-धुँधले स्वप्न की तरह! साँवली हरियाली न पत्तों से अलग नजर आती है, न डालियों से। तारों जड़ित आकाश धरती पर हुलसा-हुलसा दिखलाई पड़ता है। चिलचिलाती धूप में सब-कुछ बँट जाता है, बिखर कर अलहदा हो जाता है। और दिन भर का यही तमाम अलगाव रात के अँधियारे में एक-दूसरे से अविच्छिन्न होकर जुड़ जाता है। मजबूत सिली हुई बही की तरह! क्या ठीक है, क्या बेठीक है, कुदरत का करिश्मा तो कुदरत ही जाने। किन्तु दोनों सच्चाइयों में कितना...कितना फर्क है! आज के पहले यह सच्चाई इस तरह कभी समझ में ही कहाँ आयी! बहीखाते के हिसाब-किताब के अलावा कुदरत का हिसाब भी समझना जरूरी है! पर आज की तरह कुदरत कभी इस तरह खुलकर पेश भी तो नहीं आयी। शायद कुम्हार की झोंपड़ी के आसपास सच्चाई का माहौल ही दूसरा हो! कहीं आँखों की तासीर तो नहीं बदल गयी? कहीं-न-कहीं कुछ गड़बड़ जरूर है! गहराई से छानबीन करनी होगी। कुदरत के हिसाब में भी भूल-चूक होती है क्या? पर कल की हरकत के लिए कुम्हार का हिसाब तो दुरुस्त करना ही होगा। नहीं तो माया के जादू का क्या पता चले? माया का जादू सिर्फ बनियों के खाते में ही तो नहीं है! क्या इसका जोर माटी के बासन घड़ने वाले कुम्हार पर नहीं चलेगा? भीगने पर कौन-सी कम्बल भारी नहीं होती?

'मैं तो आ गयी सेठजी और आप कहीं दूर चले गये!' सेठजी ने चौंककर कुम्हारी की ओर देखा, वह सामने खड़ी थी। अपने पति से बिल्कुल भिन्न पहचान थी उसकी। माँ की कोख छोड़ने के बाद बेटा भी दिन-ब-दिन माँ से दूर होता रहता है!

'तुम लोगों की समझ पर विचार कर रहा था।'

'सबकी अलग-अलग समझ होती है, इसमें विचार करने जैसी क्या बात? अलग काया है तो उसकी माया भी अलग होगी!'

'वाह, तेरी समझ भी कुम्हार से कम नहीं है!'

'मैंने कम-बेसी की बात नहीं की, अलग-अलग की बात की है।'

'मान गया लक्ष्मी, मैं तेरा लोहा भी मान गया, मगर मैं अपना लोहा किसे मनाऊँ? कितना निरीह-लाचार हूँ मैं, अब ध्यान से मेरी बात सुनना। लछमन, तू काम छोड़कर मेरे पास नहीं आ सकता, तो मैं तेरे पास आ जाता हूँ। फिलहाल मुझे तेरे कानों की जरूरत है, हाथी माटी के लौंदे पर ही रख। कहीं बासन टेढ़ा-मेढ़ा न हो जाय। क्या घड़ रहा है, यदि बताने में एतराज न हो तो मुझे बता बेटा।'

'बिलोवना।'

'वाह, बिलोवने का तो ठाठ ही अलग है। बारम्बार मथे बिना मक्खन कहाँ, पर अभी नरम हाथ और नरम काया है, इससे ऐसा भारी काम न करवाए तो अच्छा है।'

सेठ ने घूरती आँखों से कुम्हार की ओर देखा तो उसे बरबस जवाब देना ही पड़ा। 'मन लगाने पर कोई भी काम भारी नहीं होता सेठजी, चाहे बच्चा हो या जवान। और न लगे तो कैसे भी गबरू जवान के लिए हलका काम भारी हो जाता है। तिस पर इस छोकरे को भारी काम ज्यादा आसान लगता है। जिस काम को शुरू करने में मुझे हिचक होती है, यह बेखटके पूरा कर लेता है। जितनी तारीफ करूँ, थोड़ी है। कहीं नजर न लग जाय!'

'टोटका कर ले, टोटका।' सेठ ने मुस्कराते हुए सलाह दी।

'वह तो रोज ही करती हूँ, सेठजी।'

'करती ही होगी, माँ का मन ऐसा ही होता है। दया-माया का मतीरा—एकदम नरम, मीठा और रसीला। एक बात पूछूँ, साफ-साफ निःसंकोच जवाब देना। हारे-थके राहगीरों के लिए प्याऊ बनवाना तो ठीक बात है न?'

'बिल्कुल ठीक बात है, इमसें किसे भी क्या आनाकानी हो सकती है!' कुम्हार के मुँह की बात झपटकर कुम्हारी ने तत्काल जवाब दिया।

'प्यास के मारे अधीर जातरी को ठडा पानी समय पर मिल जाय तो ठीक बात है न?'

'बिल्कुल ठीक बात है। उस समय पानी के अलावा तीन-लोक का राज्य भी मिल जाय तो किस काम का?' इस बार कुम्हारी के मुँह से बात छीनकर कुम्हार ने अविलम्ब जवाब दिया।

'मेह-आँधी या कड़कड़ाती धूप में किसी राहगीर को धर्मशाला का विश्राम मिल जाय तो कैसा रहे?'

'यह तो बहुत ही पुण्य का काम है, सेठजी। कहें तो सारे बासन घड़कर मुफ्त में पहुँचा दूँ!'

'यही आस लेकर तेरे पास आया हूँ। पर केवल बासन पहुँचाने से ही पुण्य का काम पूरा नहीं होगा। जिससे पूछा, उसी ने तेरा नाम सुझाया। पानी को ठंडा रखने वाले बासनों की तरह तेरा मन भी वैसा ही शान्त और निश्छल है। मुँह माँगी पगार से भी सवाई पगार दूँगा। उम्दा प्याऊ, टाँका और धर्मशाला बनवाने का जिम्मा मेरा और उसे ताजिन्दगी चलाने का जिम्मा तेरा, बोल, यह तो हवेली बनवाने जैसी बात नहीं है? पूरा भरोसा करके ही घर से चला था। शकुन भी शानदार हुए थे।'

कुम्हार की जबान जैसे चिपक गयी हो। बड़ी मुश्किल से बोला, 'मगर गाँव के लिए बासन कौन घड़ेगा?'

'कुम्हारों के पाँच-सात घर हैं...गाँव का काम अटकेगा नहीं।'

'पर इनके जैसे बासन, बीस-बीस कोस तक कोई घड़के तो बता दे!'

'मगर तेरे पति जैसा भला, नेक और खरा आदमी हो तो मुझे बता दे, उसे ले जाऊँगा।'

न पत्नी से कोई जवाब देते बना और न पति से। बोझिल शर्म से दोनों की आँखें झुक आयीं। इस बार उत्तर दिया, लछमन ने। वह सारी बात ध्यान से सुन रहा था। चाक की गति में सुर मिलाते बोला, 'मगर सेठजी, बासन घड़ना कोई मामूली बात नहीं है, परजापत का आसन है! ठंडा पानी तो हर कोई पिला देगा, उसमें नेकी और सच्चाई की क्या जरूरत?'

सेठ को ऐसे जवाब की उम्मीद नहीं थी। सुनकर आश्चर्य भी बहुत हुआ और खुशी भी। भीतर गहरे, बहुत गहरे अन्तस्तल में दबी उनकी लालसा को मानो अदीठ पाँखें मिल गयी हों। पारखी की सुतीक्ष्ण दृष्टि से उसका चेहरा घूरते बोला, 'तू अभी बच्चा है, नहीं समझेगा। उस एकान्त निर्जन प्याऊ और धर्मशाला में मुसाफिरों की हिफाजत के लिए तेरे बाप जैसा ही आदमी जरूरी है। वहाँ कच्चे-पक्के आदमी से काम नहीं चलेगा।'

'फिर बासन बनाने वाले हाथों को कैसे चैन मिलेगा? बापू जाएँ तो बापू की मरजी, मैं तो माँ के साथ यहीं रहूँगा।'

माटी में अमोलक नगीना यों हाथ लगता है! सेठजी मन-ही-मन जो हिसाब लगाकर आये थे, उससे कहीं ज्यादा सफलता मिलेगी। वे और गहरे पानी में गोता लगाने लगे। किनारे पर तो फकत कंकर ही हाथ लगते हैं।

'बेटा, तू अभी नादान है।' पिता का जी भर आया तो वह भीगे स्वर में कहने लगा, 'निहायत कच्ची उम्र है तेरी। मेरी बात का मर्म समझेगा नहीं। तू मुझसे

अलग रहने की बात सोच सकता है, पर तुझे छोड़कर मुझे इन्द्रलोक का राज्य भी नहीं चाहिए...।'

'और मुझे तुम्हें छोड़कर उस राज्य का लोभ है, क्यूँ?' पति को टोकते वह बीच में बोली, 'तुम मेरे बिना रह सकते हो, पर मैं तुम्हारे बिना एक पल भी नहीं रह सकती।'

'मगर मैं ऐसी बात कहूँ ही क्यूँ? जबान उधार तो नहीं ली है। मेरी तो पहली और आखिरी शर्त यही कि वहाँ तीनों को साथ रहना पड़ेगा। तुम्हें अलग करने का पाप अपने मत्थे नहीं ओढ़ूँगा।'

'लेकिन पीढ़ियों का यह ठौर-ठिकाना छोड़कर हम वहाँ जीएँगे कैसे? इसमें से किसी भी नीम की जड़ें उखाड़ कर आप उसे दूसरी जगह जिन्दा रख सकें तो हमें भी यह घर छोड़ने की बात करिए। आपका पुण्य आपके साथ है, हमारा पुण्य हमारे साथ है।'

'मगर मुझ से कहीं ज्यादा तू इस तथ्य को समझता है कि पेड़ और आदमी की बात एक जैसी नहीं है। फिर कुछ पेड़-पौधों की तो कटी हुई डालियाँ तक उग जाती हैं। आदमी चाहे तो कहीं रह सकता है। हम सेठ लोग दिसावर में रहते ही हैं।'

'आपको अपनी मिट्टी से, अपने पेड़-पौधों से, अपने पंछियों से कहीं ज्यादा धन व माया का लगाव है। मगर हमारी नजर में तो माया का माटी जितना भी मोल नहीं। हमें यहीं जीने दें, यहीं मरने दें। हमारे लिए तो हमारा गाँव ही स्वर्ग है, यहाँ का मसान ही माँ की गोद है।'

'अच्छा भैया, मेरी भारी भूल हुई सो पुण्य के काम की खातिर तुम्हारी शरण आया। न बनाऊँगा प्याऊ, न बनाऊँगा धर्मशाला। बस...मुझे अपना फैसला ही तो बदलना है।'

'हमारी खातिर अपना फैसला बदलें, यह तो अच्छी बात नहीं। हमें भी तो इसका थोड़ा बहुत पाप लगेगा।' कुम्हार ने अपने निष्पाप मन की सच्ची बात निशंक दरसा दी, पर सेठ के मन की पेचीदगियाँ ही निराली थीं। बेचारा कुम्हार उनकी थाह कैसे पाता! सेठ की बही में अनेकों गुर और दाँव-पेच थे। फिर एक दाँव फेंका, 'तो लादे मुझे तुझ-सा नेक आदमी! जो कहेगा, वही पगार दूँगा।'

'लेकिन मैं किसका जिम्मा लूँ। जबकि मनुष्य को अपनी छाया का भी विश्वास नहीं करना चाहिए।'

'तो क्या तुम्हार कारण यह पुण्य काम बन्द रहेगा?' कुम्हारी के नारी-मन की सहज प्रतिक्रिया स्वयमेव प्रकट हो गयी।

'सो तो रहेगा ही...और चारा भी क्या है? तेरा कुम्हार मानता नहीं और मुझे दूसरा आदमी जँचता नहीं।'

पति की ऐसी बेजोड़ खूबी सुनकर कुम्हारी के अन्तस् में गुमान की लहर दौड़ गयी। इतने बरस साथ रहकर खुद अपने पति को ठीक तरह कहाँ पहचान सकी! आज सेठजी ने पहचान बताई तो दोनों का ही सर घूम गया। कुम्हारी को लगा कि सेठ के इर्द-गिर्द फैली धूप का उजाला उसके ठेठ भीतर तक घुल गया है। बाहर की तरह उसका अन्तस भी आलोकित हो गया। इतने बरस तो वहाँ सघन अँधेरा-ही-अँधेरा फैला था। तनिक-सा होंठ काटती बोली, 'मगर आप पगार तो केवल इन्हें ही देंगे।' वैसी मुस्कराहट पहली बार ही उसके होंठों पर व्याप्त हुई थी! सेठ का मन थोड़ा-बहुत आश्वस्त हुआ।

'यह किसने कहा...तीनों ही कुछ-न-कुछ काम करोगे, तीनों को ही मनचाही पगार मिलेगी...इसमें कोताही करूँ तो मुझसे बड़ा धूर्त कोई नहीं। माँगो उससे दुगनी पगार दूँगा। एक बार माँगकर देखो तो सही, मेरी बात में कितना दम है!'

'पर मुझ में इतना दम नहीं। आप भरोसा करके मेरी गवाड़ी आये हैं तो निराश नहीं करूँगा। काम देखकर पगार बाँध देना। अब तक ऐसा काम किया भी तो नहीं।'

'काम तो स्वयं अपना गुरु होता है, मन हो तो सीखने में देर नहीं लगती। पगार तो पहले तय होनी चाहिए, बाद में किसी तरह का झञ्झट न हो।'

'न मैं झञ्झट करूँगा और न तेरा परजापत।' सेठ ने कुम्हारी की ओर देखते कहा, 'मैं यही सोचकर आया था, तुम लोगों ने मेरी लाज रख ली। जो कहेगी, वही पगार दूँगा, चाहे तो लिखत करवा ले।'

'आदमी की जबान लिखत से बड़ी है सेठजी, आप चिन्ता न करें। हमारी ओर से कोई हुज्जत नहीं होगी। मैं अपने पति को अच्छी तरह पहचानती हूँ। उसके पसीने की इज्जत मैं नहीं रखूँगी तो और कौन रखेगा? अपनी कोख पर भी मुझे पूरा भरोसा है।'

'एक भरोसा नहीं है तो मुझ पर।' सेठ किसी तरह की कोई शंका नहीं रखना चाहता था। हिसाबी सुर में बोला, 'मैं हुज्जत करूँगा, क्यूँ?'

'नहीं सेठजी आप हुज्जत क्यूँ करने लगे?' कुम्हारी शर्म से गड़ती-सी कहने लगी, 'आप तो बड़े आदमी हैं। बेशुमार माया है आपके पास। हम गरीबों से कोई गलती हो जाय तो माफ करिएगा। आप अपना काम शुरू करें, जिस दिन कहेंगे, उसी दिन चल देंगे। मरने पर भी तो घर-द्वार छूटता ही है, हम समझेंगे कि हमारा मरण ही हुआ।'

'मरण नहीं, नया जन्म, एकदम नया जन्म। एक बार जन्म तो पञ्छी-डाँगर भी लेते हैं। यह मनुष्य ही की खासियत है कि वह एक ही जीवन में चाहे जितनी बार जन्म ले सकता है!'

'आपकी मेहरबानी रही तो सब-कुछ ठीक होगा।' सेठ के इर्द-गिर्द फैला बाहर का उजाला कुम्हारी के भीतर और भी गहरा उतरने लगा। प्रत्यक्ष आँखों के सामने रवाना होकर ओझल होने के बाद भी कुम्हारी को ऐसा लगा कि वह सेठ सभी जगह व्याप्त होकर उसे घूर रहा है। वह गरदन घुमाकर जहाँ भी देखती उसे सेठ की प्रतिच्छवि नजर आने लगी—क्या चाके में, क्या मिट्टी के लौंदे में, क्या अपनी 'बाल-मूरत' लछमन में, क्या अपने पति कुम्हार में, प्रत्येक नीम के तने में, क्या झोंपड़ी के किवाड़ में और क्या झोंपड़ी पर चित्रित अल्पनाओं में। यह क्या माया हुई? कहीं यह सेठ सर्व-व्यापी भगवान ही का प्रतिरूप तो नहीं है? या किसी भूत-पलीत का प्रपञ्च है, यह सब! फटे मुँह और फटी-फटी आँखों से तनिक भय-विह्वल होकर यह सब देखती रही।

'क्या देख रही है, इस तरह चौकन्नी होकर?'

'सेठजी चले गये क्या?' कबान से छूटे तीर की तरह उसके खुले होंठों से यह प्रश्न सनसनाता निकल पड़ा।

'धत्, बावली, वे तो अब तक अपने घर पहुँच गये होंगे!' कुम्हार ने थोड़ा ठट्ठा करते जवाब दिया।

'फिर मुझे सब जगह सेठजी-ही-सेठजी नजर क्यूँ आ रहे हैं? लछमन और तुम भी मुझे सेठजी की तरह ही लग रहे हो! इस कच्चे बिलोवने में भी मुझे सेठजी नजर आ रहे हैं!'

'यह तेरे लिए कोई नयी बात नहीं है, गौने के बाद काफी समय तक मैं भी तुझे सब जगह नजर आता था। भूल गयी?' कुम्हार ने ठिठोली करते हुए तनिक छेड़खानी की, 'कहीं मन-ही-मन तू मेरे बदले सेठजी को तो नहीं चाहने लग गयी? यह माया का जाल ऐसा ही अदीठ और झीना होता है!'

'थूको अपने मुँह से! सात बार थूको।' कुम्हारी घबराकर पति के हाथों को झिंझोड़ती कहने लगी, 'तुम्हारे मुँह में जीभ के बदले अगन तो नहीं है? ऐसी ओछी बात तुम्हारे मुँह से निकली? मेरे लिए? गुस्सा तो ऐसा आ रहा है कि जीभ खींच लूँ।'

'तो खींच ले! यह भी मन में क्यूँ रखती है! बावली, मैंने तो मजाक किया था...मजाक! इतनी बड़ी हो गयी और मजाक भी नहीं समझती। तेरी ऐसी ही मरजी है तो खींच ले, फिर ऐसे गन्दे बोल मुँह से निकलेंगे ही नहीं।' कुम्हार ने जीभ बाहर निकालते कहा।

'फिर वही मजाक! मैं ऐसा मजाक सपने में भी नहीं सुनना चाहती। फिर कभी ऐसा मजाक किया तो मैं नीम से झूल पड़ूँगी, सच्ची!'

'इस बार माफ कर दे, मेरी लछमी, तेरे पाँव पड़ता हूँ।' यह कहकर सचमुच

नीचे झुकने लगा तो कुम्हारी उसे टोकते बोली, 'छिः छिः यह क्या तमाशा कर रहे हो, फिर वही ठिठोली! लछमन क्या समझेगा?' फिर वह हबड़बड़ाती चाक की तरफ दौड़ी। लछमन के सर पर हाथ फेरती कहने लगी, 'बस कर मेरे राजा बेटे। बहुत काम सलटा दिया, जुग-जुग जीओ मेरे लाड़ले। उठ, पहले कलेवा कर ले, फिर काम पर बैठना। आखिर एक दिन यह काम तो छोड़ना ही पड़ेगा! उठ!'

'बस, एक बिलोवना और, पूरे ग्यारह तो घड़ने दे। मुझे तो काम के अलावा कुछ भी अच्छा नहीं लगता। न कलेवा, न खाना।'

'उठ तो!' बेटे का हाथ खींचती बोली, 'बिना खाए यह काया कैसे पकेगी? तूने तो अभी से अपने बापू को मात दे दी। जो आता है वह तेरे ही बासनों की माँग करता है।'

'ऐसी जीत किसके भाग्य में बदी है लछमी! तू इसे मात कहती है? मेरा जीना सार्थक हो गया। एक ही जनम में मानो हजार-हजार जनम जी लिए मैंने! उठ मेरे लाड़ले उठ, माँ की बात टालना ठीक नहीं।'

'बापू, आप ही तो बार-बार कहते हैं हाथ का कोई काम अधूरा नहीं छोड़ना चाहिए। बस, थोड़ी देर...।'

'ना रे ना, तेरा काम कोई अधूरा नहीं रहता। वह तो शुरू होते ही पूरा हो जाता है! एक बात हमेशा याद रखियो बेटा, मैं न भी रहूँ तो अपनी माँ का कहा सपने में भी मत टालियो। ऐसी माँ पिछले करम अच्छे हों तभी मिलती है।';

कुम्हारी ने पूरी बात सुनी ही नहीं। पति को झिड़कती कहने लगी, 'छिः छिः सवेरे-सवेरे बासी मुँह यह क्या उगल रहे हो? तुम्हारे हाथों में चली जाऊँ तो अपना भाग सराहूँ। फिर ऐसी बात कभी जबान पर मत लाना, नहीं तो...।''

'क्या मेरी जबान खींच लेगी। बेचारी एक ही जबान को कितनी बार खींचेगी? यह तो एक दिन होना ही है। तुझ से सात बरस पहले पका, फिर पहले ही तो फूटूँगा। घड़ा बासन तो एक दिन फूटता ही है! इसमें अनहोनी कैसी? यदि पके हुए बासन सभी मौजूद रहते तो आज दुनिया में पाँव रखने की ठौर ही नहीं मिलती!'

'यह कौन नहीं जानता? मैं भी जानती हूँ, पर हरदम इसकी रट लगाना भी अच्छा नहीं! उठ बेटा, आज तीनों साथ बैठकर कलेवा करेंगे।'

'क्यूँ, आज ऐसी क्या नयी बात हुई?'

'इससे बड़ी और क्या बात हो, इस काली-कलूटी मिट्टी से तो पीछा छूटेगा। मेरी तो पिंडलियाँ ही जले ठूँठ की तरह...।'

'धत् पगली, ऐसे बोल मुँह से निकालने चाहिए। माटी से कभी किसी का पीछा नहीं छूटता। सोने-चाँदी के बगैर चल सकता है, मगर माटी के बिना नहीं चल सकता! माटी से छूत रखेगी तो चलेगी किस पर? मेरे सर पर? या आकाश में उड़ेगी?'

'हाँ उड़ूँगी, उड़ूँगी! मेरा बस चले तो जमीन पर पाँव ही न रखूँ!'

'मैं भी तुम्हारे संग उड़ूँगा, माँ।' लछमन हाथ धोते-धोते कहने लगा, 'मगर हवा में अधर चाक कैसे ठहरेगी? नहीं, मैं तुम्हारे साथ नहीं उड़ सकता। मैं तो वहाँ प्याऊ में भी बासन घड़ने का काम करूँगा। मुझे इसके सिवाय किसी काम में चैन नहीं मिलता।'

'मिलेगा रे, जरूर मिलेगा। हर काम में ऐसा ही चैन मिलता है, इस बात को अच्छी तरह गाँठ बाँध ले। यदि माटी का ही काम करना है तो वहाँ प्याऊ पर काम करने से मतलब? सोनार तो माटी नहीं घड़ते, दरजी तो बासन नहीं बनाते! उन्हें अपने काम से चैन नहीं मिलता क्या?'

'नहीं माँ, मैं सोनार का काम हरगिज नहीं करूँगा, मेरी बदनामी फैल जाएगी।' कुरते की चाल से हाथ पोंछते कहने लगा, 'दरजी के काम में पूरे कपड़े को फाड़ना, काटना, उसकी कतर-ब्योंत करना मुझे अच्छा नहीं लगता।'

'बस तू तो प्याऊ में ठाठ से बैठकर थके-हारे जातरियों को ठंडा पानी पिलाना, बस... ।'

'दिन भर बैठे-ठाले, पानी पिलाते रहना, यह भी कोई काम है, माँ!'

'यह तो बड़े पुण्य का काम है रे...मुँह माँगी पगार मिलेगी।'

'कोरी पगार से क्या बात बनेगी माँ, मैं बहुत बड़ा काम करना चाहता हूँ, बहुत बड़ा! चाक की तरह एक बार सारी धरती को घुमाना चाहता हूँ! आजकल रात को ऐसे ही सपने आते हैं।'

'जानती हूँ, मेरे लाड़ले, सब जानती हूँ। तेरे सपने मैं नहीं जानूँगी तो और कौन जानेगा?'

'बता, रात को मुझे क्या सपना आया और आज क्या आएगा?'

'सपने बताने से झूठे हो जाते हैं, मेरे लाड़ले, किसे भी अपना सपना मत बताना।'

'तुम्हें भी नहीं, बापू को भी नहीं।'

'नहीं, नहीं।'

'गणगौर-सी सुन्दर मेरी बहू को भी नहीं?'

'नहीं रे नहीं, बहू क्या माँ-बाप से भी बढ़कर हो गयी? अभी से बहू की याद आ रही है, बड़ा होकर तो हमें पूछेगा ही नहीं।'

'क्यूँ नहीं पूछूँगा, जरूर पूछूँगा। माँ, माँ की जगह है, बापू, बापू की जगह और बहू, बहू को जगह। तो उसे भी मना कर दूँ कि वह मेरे सपने में नहीं आये। वह कई बार सपने में चाक के पास बैठी...।'

'फिर वही बात, सपने फकत देखने के लिए होते हैं, बताने के लिए नहीं। भला हो धरमात्मा सेठजी का, मेरे सब सपने पूरे होंगे। मैं तो कई बरसों से केवल एक ही सपना देख रही हूँ...।'

'वह क्या माँ?'

'थोड़ा धीरज रख बेटा, उसे पूरा करके बताऊँगी। पहले बिरथा थूक उछालने से क्या फायदा...?'

'फायदा...फायदा।' कुम्हार ने जोर से ठहाका मारते कहा, 'तू भी आखिर सेठजी की तरह फायदे के चक्कर में आ गयी?'

'मुँह माँगी पगार जो मिलेगी।'

'पर मुँह तो अपना ही है, कोई माँगा हुआ तो नहीं है, फिर गैर-वाजिब...।'

'यह मुझ पर छोड़ो, मुझ पर।' पति को बीच में ही टोकते उसने उतावली में कहा।

जिस तरह सपने में कैसी भी बड़ी इमारत या किला एक क्षण में पूरा हो जाता है, उसी तरह गाँव से सात कोस दूर एक चौराहे के पास शानदार प्याऊ, एक टाँका, धर्मशाला और एक मकान देखते-देखते सम्पन्न हो गया। नकद-नारायण का जोर हो तो हर काम सपने की तरह सम्पूर्ण हो जाता है। यह केवल मनुष्य की ही विशेषता है वह नींद में सपने देखता है और खुली आँखों जागते हुए भी। अभागे ढोर-डाँगर तो क्या सपने सँजोते होंगे? यदि सपनों को भी सपने दिखलाई दें तो कैसा रहे? कुम्हारी कई बार इसी तरह की ऊल-जलूल उधेड़-बुन में खोई रहती थी कि एक रात ब्यालू से निवृत्त होते ही अचीते जञ्जाल की तरह सेठ दो रथ लेकर उपस्थित हो गया। जुहार करने के बाद अप्रत्याशित उतावली दरसाते बोला, 'सात जोशियों से पूछकर यह मुहूर्त निकलवाया है, बेकार देरी करने से टल गया तो तीन बरस के बाद ही यह मुहूर्त फिर आएगा। फकत आध-घड़ी की मंगल-वेला बाकी है। एक-दो बरस ही नहीं, पूरे नौ बरस तक हम सबकी मनोकामनाएँ पूरी होंगी, जो चाहेंगे, वही फलेगा।'

'कब चलना है?' कुम्हारी ने इस आशय से पूछा, मानो सेठ की बात सुनकर भी बिल्कुल नहीं समझी हो!

'सुना नहीं।' सेठ ने आवाज को और ऊँची करते हुए कहा, 'आध-घड़ी के पहले-पहले रवाना हो जाना है।'

कुम्हार सेठ की बात सुनकर भौंचक्का रह गया। कुम्हारी को भी यकायक

विश्वास नहीं हुआ कि कोई अपने मुँह से ऐसी बात कह सकता है और कोई अपने कानों से ऐसी बात सुन भी सकता है। मुँह से निकली हर बात का कानों तक पहुँचना क्यूँ जरूरी है? काश! कान भी आँखों की तरह बन्द किए जा सकते! अन्धकार का ऐसा डरावना रूप तो उन्होंने पहली बार ही देखा। कुम्हारी अविश्वास और अचरज के लहजे में बोली, 'क्या बात कर रहे हैं सेठजी, रात को पञ्छी भी अपना घोंसला नहीं छोड़ते।'

'यही तो फर्क है पञ्छी और मनुष्य में। मनुष्य जब चाहे अपनी इच्छा से कोई भी काम कर सकता है। इस वेला जैसा उम्दा कोई मुहूर्त नहीं है। चलना है तो यही सुनहरी घड़ी है। फिर मैं भी तो साथ चल रहा हूँ।'

कुम्हार को लगा कि उसके भीतर सर्वत्र काँटे-ही-काँटे उग आये हों। तिक्त स्वर में कहा, 'नहीं सेठजी, मुझे माफ करें, मैं नहीं चल सकता। आप तो बड़े आदमी हैं, कोई टोकने वाला नहीं। बस्ती के बीच इतना बड़ा हुआ हूँ, सबसे मिले बगैर नहीं जा सकता।' उसके स्वर में और कड़वाहट घुल गयी। 'मैं साँप नहीं हूँ, जो रात के समय अपनी बांबी छोड़ूँ।'

'भला तुम क्यूँ साँप होने लगे, साँप तो मैं हूँ, जो तुम्हारे भले की खातिर रात को भटकता रहता हूँ।' दोनों की ओर से प्रतिवाद का कोई आसार नजर नहीं आया तो सेठ का माथा ठनका, हालाँकि उन्हें इस प्रतिरोध का पूर्णतया अनुमान था। माथा तो लड़ाना है ही। कड़ुवाहट का घूँट पीकर सहज भाव से बोला, 'तभी तो तुम गँवार लोग कभी सुखी नहीं हो सकते। मेरे पास तो यों ही माया की कमी नहीं, सात पीढ़ियों तक नहीं खूटेगी। तिस पर औलाद का नाम तक नहीं। भला करूँ सो अपना है। वही साथ चलेगा। यदि अपनी कुम्हारी को एड़ी से चोटी तक गहनों से लदी देखना चाहता है तो बाकी सारी चिन्ताएँ छोड़। मेरी मजबूरी फकत यही है कि तेरे सिवाय कोई आदमी पसन्द ही नहीं आया। भैया, मेरे मुँह में तो एक ही जबान है। समझूँगा कि प्याऊ व धर्मशाला के नाम पर बेकार ही बीस हजार रुपये खर्च हुए!'

आज की रात न जाने क्या-क्या अविश्वसनीय बातें सुननी पड़ेंगी। इस आश्चर्य के नीचे पहले वाली तिलमिलाहट दब गयी। 'बीस हजार!' कुम्हार की आँखें कपाल तक ऊँची चढ़ गयीं। अनजाने ही फिर दुहराया, 'बीस हजार! कोई किला बनवाया है क्या?'

'वही समझ ले। एक धेला भी कम खर्च हुआ हो तो...मेरा सर और तेरी जूती! बोल, मञ्जूर है?'

'बस बस, अब चींटियों पर और तोप न दागें सेठजी! अमावस की रात होती तो भी ये बोल सुनकर चल पड़ता। मेरी घरवाली को गहनों की वैसी लालसा नहीं है।'

सेठ को अपनी कलम से ज्यादा अपनी बुद्धि व जबान पर विश्वास था। बोलने के साथ-साथ उसकी जबान सोचने का भी काम करती थी। एकलव्य का निशाना चूके तो उसका तीर चूके। सब बातों को भुलाकर कुम्हारी को कहना ही पड़ा, 'भला किस औरत को गहनों की लालसा नहीं होती? मगर लालसा पूरी न हो तो वह किस काम की?'

'बिल्कुल ठीक कहा तूने। लेकिन आज तू यह अनुमान नहीं लगा सकती कि तेरा लछमन कितना भाग्यशाली होगा? बड़ी-बड़ी आँखों में ललाई, सामने के दाँत कुछ बड़े और बीच में थोड़ी-सी दरार। कानों की लोल टके-सी मोटी। उभरा हुआ ललाट। आँख के नीचे बड़ा-सा मस्सा। तेरा यह लाड़ला किसी दिन छोटा-मोटा राजा न बने तो अनहोनी बात! किसी का गड़ा धन हाथ लगेगा या हीरे-मोतियों की बरखा होगी, आज कुछ नहीं कह सकता। समय आने दो। मुझ जैसे बनिए तो इसके सामने पानी भरेंगे...पानी!'

शब्दों के ऐसे नशीले प्रभाव का भी उन्हें कहाँ अनुमान था?

'आप तो जैसे कोई सपना दिखा रहे हो, इस सब लालच की जरूरत नहीं, बचन दिया है तो चलना ही पड़ेगा। जल्दी बताइए क्या-क्या साथ लूँ?'

'कुछ भी साथ लेने की जरूरत नहीं। पहने हुए कपड़े तो उतार नहीं सकते। माँ की कोख से कोई क्या साथ लेकर आता है? फिर तो अपना-अपना भाग्य है, वह तो साथ चलेगा ही। बाकी सारा सामान वहाँ सजा पड़ा है! यहाँ से दुगुना ...तिगुना! बरतन-बासन, कपड़े-लत्ते, पेटी-मजूस, बिस्तर-खाट सब कुछ। देखने के बाद भी मुश्किल से भरोसा होगा, अभी क्या-क्या गिनाऊँ?'

'फिर भी अपनी चिलम-स्यापी और तम्बाकू का गट्टा तो साथ लूँगा ही।'

'रहने दे।' सेठ ने आत्मीय मुस्कराहट के साथ कहा, 'तेरी बान जानता था, सब सराज़ाम माकूल है। क्या पता कौन-सी अपशकुनी चीज भाग्य के आड़े आ जाय, यहाँ का एक तिनका भी मत ले। जल्दी से तेरे भतीजे को गाय-गोरू और घर की चाबी सौंप दे, राजी-खुशी सँभाल लेगा। उसका भाग्य जी जग गया समझो। बैठे-ठाले ऐसी पुख्ता गवाड़ी हाथ लग गयी। जीएगा जब तक तुम्हारे नाम की माला जपेगा।'

'जैसी आपकी इच्छा। सचमुच आप आये तो बढ़िया शकुन लेकर ही, नहीं तो मरकर भी यह गवाड़ी रात के समय नहीं छोड़ता, चाहे जैसा ही मुहूर्त क्यूँ न हो!'

आज्ञाकारी भतीजे ने कोई जिज्ञासा या पूछताछ नहीं की, मानो उसके शरीर में सर्वत्र कान-ही-कान हों, मुँह में छोटी-बड़ी कैसी भी एक जबान तक नहीं। चाचा की सीख चुपचाप सुनता रहा और जवाब में गरदन हिलाता रहा।

सो सेठ की मन-वांछित मंगल-वेला के शुभ मुहूर्त में एक पल की भी देर नहीं हुई। लछमन को बिना जगाए माँ गोद में लेकर बैठ गयी। पिता भी गुमसुम सेठ के कहते ही पास सिमटकर बैठ गया। सेठ अकेला ही दूसरे रथ में बैठा। गाड़ीवानों के हाँकते ही दोनों रथ गणमण-गणमण गुड़क पड़े। नीमों पर बैठे पञ्छियों ने पाँखें फड़फड़ाकर करवट बदली और हलकी-सी चहचहाट की, मानो, बरसों के परिजन को भारी मन से अलविदा कर रहे हों। जब वे चुपचाप जुदा होना चाहते हैं तो बेकार विघ्न-बाधा क्यूँ डालें? माँ-बाप को तो खुली आँखों के सपनों के अतिरिक्त और कोई सुध-बुध ही नहीं थी। तो क्या लछमन भी नींद में कुछ ऐसा ही सपना देख रहा है? डालियों पर दुबके पञ्छियों ने एक बार फिर पाँखें फड़फड़ाईं। मानो पूरी सावचेती से उनके सपनों को सहला रहे हों।

न जाने क्या सोचकर कुम्हारी ने सर ऊँचा करके आकाश की तरफ दीन भाव से देखा—सभी परिचित-अपरिचित तारे उसके साथ चल रहे हैं। बरसों...बरसों से जाना-पहचाना तीज का चाँद भी उनके बिना गाँव में नहीं रह सकता! वह भी खुशी की चाँदनी छिटकाता उनके साथ चल रहा है। असंख्य-अनगिन सितारों से जड़ा पूरा-का-पूरा आकाश भी साथ निबाह रहा है। अच्छा है—चलो, सभी हमरे साथ चलो। मगर जमीन में गहरी जड़ें जमाए पेड़-पौधे, झाड़-झंखाड़ साथ नहीं चल सकते। एकदम मजबूर हैं वे। पर हाथ हिला-हिलाकर बेमन से विदा जो कर रहे हैं। हलकी-हलकी चाँदनी से पुता यह गहर-घुमेर अँधेरा तो अपना पूरा बोझा उठाए साथ चल रहा है। यहीं ठहर जाता तो अच्छा है। नहीं तो गाँव के भोले-भाले बच्चे सोएँगे कैसे? सुहागिन औरतें अपने पतियों की सेज पर आती जरूर सकुचाएँगी। इसे अपना ठिकाना नहीं छोड़ना चाहिए। लेकिन इसके रुकने से नवलख तारे भी रुक जाएँगे। तीज का चाँद भी रुक जाएगा। तो चलने दो, जो भी खुशी-खुशी साथ चलना चाहे। पास ही कहीं कुत्ते के भौंकने की आवाज सुनाई दी, जिससे सतर्क होकर दो-चार कुत्ते भौंक उठे। सभी की आवाजें पहिचानी हुई थीं। बेकार भौंक रहे हैं। इनके भौंकने से कोई नहीं रुकेगा। जिन्हें रुकना था, सब अपनी-अपनी ठौर जमे हैं। और जिन्हें साथ चलना है, वे चुपचाप साथ चल रहे हैं। काले-साँवले अँधियारे की ऐसी गाढ़ी प्रीत तो नहीं जानी थी! नहीं, नहीं इस अँधियारे की तो सदा-सदैव ऐसी ही प्रीत होती है। गहरी और गाढ़ी। यही कोई ग्यारह बरस पहले की सुहागरात, मगर लगता है जैसे जुग बीत गये हों या कल-परसों की अभिन्न प्रीत हो। एक अजानी प्रीत, पर कितनी-कितनी जानी-पहचानी। जैसे एक ही काया के दो हिस्से हों।

पीहर में गौने की वह पहली रात—लाख-लाख मोतियों जड़ा वह अमर सुहाग। सुहागरात के सहवास की पहली वेदना! जैसे उस वेदना में ही समूचे संसार का

एकमात्र आनन्द समाहित हो! नवलख तारों से जड़ित सारा आकाश ही हुलस पड़ा था उस पर, मगर फूल से भी हलका! उस चिर बन्धन में ही जैसे नारी-जीवन की मुक्ति हो! बन्धन बगैर मुक्ति कहाँ? पीड़ा बगैर अनहद आनन्द कहाँ? पीड़ा ...पीड़ा! लछमन के जन्म की वह प्रसव-पीड़ा, जैसे जनम-जनम उससे छुटकारा नहीं मिलेगा। काली-अँधियारी ओवरी से मानो जलता-सुलगता सूरज बाहर आया हो। कैसा था—वह कें-कें का चिर मधुर संगीत, जैसे चाँद की किरणें झंकृत हो उठी हों। सहसा कुम्हारी ने अपने पति से पूछा, 'क्या सोच रहे हो?'

'कुछ भी तो नहीं।' पति ने चौंककर छोटा-सा जवाब दिया।

'मुझसे ही दुराव, जरूर कुछ-न-कुछ सोच रहे हो। जब मैं बिना सोचे नहीं रह सकती तो तुम भला कैसे पत्थर बने रह सकते हो?'

'तू क्या मैड़ी वाली पहली रात के बारे में सोच रही थी?'

'तुम्हें कैसे पता चला?' कुम्हारी ने आश्चर्य से पूछा।

'तू आँखें बन्द रखती तो मैं कुछ भी नहीं जान पाता। उस रात भी तो तेरी आँखों में यही ज्योति थी।'

'तब भला मैं तुम्हारी आँखें देखकर तुम्हारे मन की बात क्यूँ नहीं भाँप सकती? मगर लछमन के जनम की पीड़ा का आनन्द तुम क्या जानो? मरद हो न! सुख-आनन्द में दूना हिस्सा और दुख-पीड़ा में दूर...बहुत दूर।'

'कहाँ दूर था—ओरी के बाहर तुम्हारी छटपटाहट सुन रहा था। उस वक्त मेरे दिल पर क्या गुजर रही थी, तुम क्या जानो? तुम्हारी प्रत्येक कराह मेरे कलेजे को करोत की नाईं काट रही थी। पीड़ा केवल जनने से ही नहीं होती। बिना पीड़ा का कष्ट ज्यादा गहरा होता है। इसका मरम तुम क्या जानो, स्त्री हो ना?'

'जरा धीरे, गाड़ीवान सुन लेगा?'

'क्या पता गाड़ीवान भी यही सोच रहा हो?'

'और सेठजी...?'

'वे तो शायद अपने हिसाब-किताब में उलझे होंगे। नींद में भी व्यापार किए बिना इन्हें चैन नहीं मितता होगा। अब सो जा मेरी लछमी, मेरी आँखे घुल रही हैं।'

'सच बताना, नींद में क्या सपना देखोगे?'

'जो सपना तू नहीं देख सकती, मैं वह सपना देखूँगा।'

'ऐसा कौन-सा सपना है, जो मैं नहीं देख सकती।'

'कई सपने हैं...ऐसे कई सपने हैं, जिन्हें केवल मर्द ही देख सकते हैं, औरतें नहीं देख सकतीं।'

'मुझे बताओगे ने?'

'नहीं, बताने से सपने झूठ हो जाते हैं!'

'मुझे क्या लछमन की तरह नादान समझ रखा है। मैं तुमसे बहलूँगी नहीं। मैं तुम्हें अपना सपना बताऊँगी, तुम मुझे बताना।'

'मुझे तो सपने याद ही नहीं रहते।'

'मुझे खूब याद रहते हैं। कहो तो ठेठ बचपन के सपने बता दूँ।'

'रहने दे, सपने तो नींद में ही सुहाने लगते हैं। सुनना अच्छा नहीं लगता। अब सोने दे मेरी लछमी, सोए बिना सपने कैसे आएँगे? उस रात भी तूने एक पल के लिए भी सोने नहीं दिया, दिन भर आँखें घुलती रहीं।'

'तुमने नहीं सोने दिया कि मैंने नहीं सोने दिया? मैंने तो शुरू से ही सोने के लिए कितनी चिरौरी की थी, पर तुम नहीं माने तो फिर मेरा क्या बस चलता...?'

'तूने बस चलाना ही कहाँ चाहा, वह तो केवल होंठों की बात थी, मन की नहीं।'

'मन होता कहाँ है, जरा सुनूँ तो...।'

'बताऊँ?'

'नहीं रहने दो। मुझे भी कसकर ऊँघ आ रही है, सोने दो।'

'सो जा, मजे में सो जा। उस रात की मस्ती अब कहाँ? न वैसी अधीरता और न वैसी बेचैनी!'

'कहाँ गयी वह अधीरता और वह बेचैनी?'

'अपने बच्चे में समा गयी!'

'क्या यह भी सुहाग की रात अपनी तरह नहीं सोएगा?'

'इसीलिए तो पहले खूब गहरी नींद निकाल रहा है। लगता है तू आज रात भी सोने नहीं देगी।'

'तो अब सो जाओ। देखें कौन पहले सोता है? अच्छा, एक बात तो बताओ लछमन क्या सपने देख रहा है?'

'धत् पगली, किसी के सपने कौन बाँच सका है?'

'तुम बाँच सकते हो, जरूर बाँच सकते हो। तुम्हें यों ही सब लोग परजापत नहीं कहते! बताओ, मेरी कसम।'

'बात-बात में कसम मत दिला। तेरी यह बान बहुत बुरी है।'

'तो फिर बिना कसम ही बता दो।'

'वह सपने में अपनी नन्ही बहू का घूँघट हटा रहा है और नन्ही बहू लाज के मारे हटाने नहीं देती। कहती है...अपना मुँह नहीं देखने देगी। लछमन कह रहा है कि वह मुँह नहीं देखना चाहता, चाँद देखना चाहता है! क्यूँ चाँद छिपा रखा है उसने घूँघट में?'

'धत्, यह नादान बच्चा ऐसे सपनों के बारे में क्या जाने? तुम अपने मन का मैल उसके सपने में क्यूँ देख रहे हो?'

'पगली, सपने उम्र नहीं देखते, हौसला देखते हैं, आशाएँ देखते हैं।'

'भला उम्र के बिना हौसला कहाँ से आएगा? आशाएँ कैसे पनपेंगी? अच्छा, मैं बताऊँ। इसे नौ महीने कूख में रखा है, मैं जानती हूँ, इसके सपने, इसकी आशाएँ, इसके हौसले!'

'नहीं रहने दे, मैं किसी के भी सपने सुनना नहीं चाहता, चाहे बेटा ही क्यूँ न हो! अब सोने दे बड़भागिन, सोने दे। गाड़ीवान भी क्या सोचेगा, कब से खुसुर-फुसर कर रहे हैं।'

'गाड़ीवान कुछ नहीं सोचेगा। हवा का रुख उलटा है, उसे कुछ भी सुनाई नहीं देगा। फिर जिसके मुँह होगा, वह तो बात करेगा ही अपनों से, वह क्या इतना भी नहीं समझता!'

'समझदार तो फकत तू ही है, बाकी कोई कुछ नहीं समझता। यदि ऐसी ही समझदार है तो मुझसे पहले सोकर बता दे।'

'शर्त बद रहे हो?'

'यही समझ ले। अब जो पहले बोलेगा, वह बाद में मरेगा।'

लाख बोलना चाहने पर भी कुम्हारी आगे कुछ भी बोल नहीं सकी। कुम्हार उसकी चुप्पी देखकर मन-ही-मन मुस्करा रहा था। मुस्कराहट थमने के बाद धीरे-धीरे उसकी चेतना के परे न जाने उसे कब नींद आ गयी। कुम्हारी को भी अपनी नींद का पता नहीं चला, वह तो उसके पहले ही सो गयी थी। आँख झपकते ही वह सपना देखने लगी, मानो वह बेताब सपना उसकी नींद का ही इन्तजार कर रहा हो। अपनी देह पर सोने के जगमगाते गहने देखते ही उसकी आँखें खुली-की-खुली रह गयीं। रोम-रोम नाचने-सा लगा। उसे विश्वास ही नहीं हो रहा था कि स्त्री की देह पर इतना गहना भी पहिना जा सकता है!

कांच में पति की सूरत दिखाई दी तो उसने चौंककर पीछे देखा। पति के चेहरे पर बिल्कुल हो खुशी नजर नहीं आयी। इससे ज्यादा और क्या खुशी हो सकती है? मगर ये तो सूनी-सूनी आँखों से उसके गहनों की टोह ले रहे हैं। सारी उम्र जिसने माटी से सर खपाया, वह सोने के गहनों का मोल क्या जाने? उसे तो सोना भी माटी नजर आ रहा होगा। आँखों की बान इतनी जल्दी थोड़ी ही बदल सकती है!

कुम्हार ने रूखे स्वर में पूछा, 'यह उम्र है, इतना गहना पहनने की?'

'गहनों का उम्र से कोई वास्ता नहीं। बच्चों को भी अच्छे लगते हैं और बूढ़ों को भी। और यों मैं भी इतनी बूढ़ी भी कहाँ हुई?'

'गहनों के लोभ से भला तू क्यूँ बूढ़ी होने लगी? लछमन की बहू बूढ़ी है! तुझ पर तो अभी जवानी ही कहाँ चढ़ी? चल उतार आधे गहने, बहू को पहनाऊँगा।'

'नहीं....नहीं उतारती। यह मेरा गहना है। तुम्हारी कमाई का है?'

'तभी तो कहता हूँ, आधा गहना उतार दे। बहू के कान में बाली तक नहीं और तू एड़ी से चोटी तक गहनों से लदी है!'

'लछमन अपनी कमाई से बहू को गहने पहनाएगा, ये मेरे गहने हैं, नहीं उतारती।'

'आखिरी बार कहता हूँ, उतार दे, नहीं तो मुझ-सा बुरा नहीं होगा।'

'क्या कर लोगे? अच्छी तरह कान खोलकर सुन लो, मैं भी तुम से कम नहीं हूँ, जरा हाथ लगाकर तो देखो।'

'क्या कर लेगी?'

'नीम पर झूलकर फाँसी खा लूँगी।'

कुम्हार जोर से ठहाका मारकर हँसा। चारों ओर उसकी प्रतिध्वनि गूँज उठी। हँसते-हँसते ही कहने लगा, 'अजीब बावरी है तू भी। गहनों की खातिर जान दे देगी? फिर आधे गहने ही बहू को क्यूँ नहीं देती?'

'नहीं दूँगी, एक छल्ला भी नहीं दूँगी।' सात जन्मों की साध बड़ी मुश्किल से पूरी हुई है और तुम हो कि बहू के लिए मेरे गहने छीन रहे हो? क्या माजरा है, जरा मैं भी तो सुनूँ? मरद जात का कोई भरोसा नहीं। कब किस पर मन अटक जाय?'

'क्या कहा चुड़ैल, जरा फिर से तो बोल, जबान के टुकड़े-टुकड़े कर डालूँगा। अब तक भोंदू की तरह चुप रहा इसलिए? ये गहने मेरे नहीं, सेठजी की कमाई के हैं, तभी तू आज मुझे ही आँखे दिखाने लगी। मैंने कुछ सोचकर आँखें बन्द कर रखी थीं, इसी से तू इतनी मुँह-जोर हो गयी? कौन नहीं जानता, तेरी इस कारस्तानी को? जरा धीरज रख, मैं तुझे और तेरे यार सेठ, दोनों को मिट्टी में मिला दूँगा, क्या समझ रखा है तूने...खोल, जल्दी खोल सारे गहने। अब आधों से बात नहीं बनेगी। तेरे लच्छन ही ऐसे हैं।'

'और तुम्हारे लच्छन?'

'मेरे लच्छन तू क्या समझेगी?'

'सब समझती हूँ, मरद की छाया का भी भरोसा नहीं किया जा सकता।'

'पर तुझे मेरा भरोसा है, खूब जानती है कि मेरा दुश्मन भी मुझ पर यह लाञ्छन नहीं लगा सकता।'

'जो भेद घर की औरत जानती है, वह दुश्मन नहीं जान सकता। पर तुम

आदमी तो बहुत ही नेक हो, मगर बहू के लिए गहने माँगोगे तो लाञ्छन जरूर लगाऊँगी।'

'तो रहने दे...सारे गहने अपने पास ही रख। बहू इतनी सुन्दर है कि उसे गहनों की दरकार नहीं। बदसूरत औरतों को ही गहनों का मोह होता है।'

'क्या कहा? अपनी बदसूरती छिपाने के लिए गहने पहनती हूँ? जब तुम्हारी ही नजर से उतर गयी तो क्या करूँगी गहने पहन कर? नहीं चाहिए मुझे एक भी गहना। लो...लो!'

गुस्से में एक-एक गहना खोलकर वह दनादन कुम्हार पर फेंकने लगी। कुम्हार ने कोई प्रतिरोध नहीं किया। वह खड़ा-खड़ा मुस्कराता रहा और उसने सारे गहने उतार फेंके। जब शरीर पर कोई गहना बाकी नहीं बचा तो उसने अपने जूते खोलकर उस पर फेंके। वह तब भी मुस्कराता रहा। चेहरे पर गुस्से का नामोनिशान तक नहीं। तब उसने बड़ा-सा पत्थर उठाकर उस पर फेंकना चाहा तो उसकी नींद उचट गयी। कुम्हार नींद में खर्राटे ले रहा था और लछमन उसकी गोद में उसी तरह बेसुध सो रहा था। उसे सपने का पता चल गया तो कितना नाराज होगा! नहीं, वह अपने सपने की किसी को भनक तक नहीं पड़ने देगी। पति के आग्रह बिना ही वह बहू को आधा गहना सौंप देगी। वह उसके लछमन की बहू जो है! पर पहले गहना तो हाथ लगे! कैसे नासमझ हैं, गहने का तो पता ही नहीं और लगे उसके लिए खाँमखाँ झगड़ा करने! लेकिन यह भला मानुस तो बेखबर सो रहा है! उसे मेरे सपने की भनक भी कहाँ मिली? क्या पता वह अपने सपने में यही हुज्जत कर रहा हो! वह सच्चाई और सपने का भेद बिल्कुल ही भूल गयी। या अपने ताजे सपने से वह इस कदर आक्रान्त हो चुकी थी कि उसे वास्तविकता का कोई भान ही नहीं रहा। पति को झिंझोड़ती कहने लगी, 'उठो उठो...क्यूँ बेकार छीज रहे हो। गहनों का तो अता-पता ही नहीं और चले मुझसे झगड़ा करने। तुम जो कहोगे, मान लूँगी, मगर पहले गहनों का जुगाड़ तो होने दो। उठो, उठो...तुम्हें मेरी कसम...।'

कुम्हार ने झिझककर कर आँखे खोलीं। झुँझलाकर कहने लगा, 'क्या बात-बात में कसम दिला रही है। किसके गहने? कैसा झगड़ा?'

'वाह! मुझसे ही चालाकी? ढलती रात झूठ बोलते कुछ तो संकोच करो। बोलो, गहने उतारने के लिए तुमने मुझसे हुज्जत की या नहीं?'

'हुज्जत! अरी बावली मैं तो तेरे लिए टोकरी भर गहना सर पर उठाए ला रहा था और तू गहने उतरवाने की बात कह रही है! तेरा मगज तो ठिकाने है?'

कुम्हारी की तरह कुम्हार भी सच्चाई और सपने का भेद बिल्कुल ही भूल गया था। लेकिन यह भेद आखिर कब तक भुलाया जा सकता था। सपनों की

गिरफ्त से मुक्त होते ही दोनों एक-दूसरे से आँखें चुराने लगे। थोड़ी देर बाद पत्नी का हाथ सहलाता कुम्हार कहने लगा, 'तू क्यों खाँमखाँ लाज में दुहरी हो रही है। यह जिन्दगी भी तो एक सपना है, आँखें मुँदें तब तक चलता रहेगा।'

'तब किसे सच मानूँ, बन्द आँखों के सपने को या खुली आँखों के सपने को?'

'जब तक सपना नहीं टूटे, दोनों ही सच हैं।'

'कितने पहुँचे हुए ज्ञानी हो तुम, आज पता चला!'

'तूने आज के पहले ऐसा सवाल पूछा भी तो नहीं। लोग मुझे परजापत यों ही नहीं कहते। सबसे गले मिलकर आता तो अच्छा रहता। पीछे न जाने क्या सोचेंगे?'

'सेठजी के आगे किसी का बस ही कहाँ चला? मुहूरत ही ऐसा निकला! लछमन को तो पता ही नहीं कि घर कितना पीछे छूट गया। जगने पर बड़ा ऊधम मचाएगा। सारी बात धीरज से तुम्हीं समझाना, मेरे बस का रोग नहीं।'

'तूने ही तो चलने की हामी भरी थी, मैं तो अड़ ही गया था। अब कहती है—तेरे बस का रोग नहीं।'

'लछमन की खातिर छाती पर पत्थर रखना पड़ा। तुम चिन्ता न करो, सब अच्छा ही होगा।'

'अच्छा तो होगा ही, नहीं तो मैं भगवान का भी कहा नहीं मानता।'

'सो तो खूब जानती हूँ। एक बात तो बताओ, देखो सच-सच बताना...तुम नहीं होते तो मैं ब्याह किससे करती?'

कुम्हार भी कई दिनों से यही सवाल पूछना चाहता था। आज मौका मिल गया तो बोला, 'और तुम नहीं होती तो मैं किससे ब्याह करता?'

'तुम तो जिस किसी का हाथ थाम लेते, पर मैं मरते दम तक कुँवारी ही रहती।'

'बस...बस रहने दे, ज्यादा डींग मारना ठीक नहीं...।'

'क्यूँ ठीक नहीं?' सेठ ने गले की पूरी ताकत से कहा, 'सभी औरतें ऐसी ही डींग मारती हैं।'

दोनों ही इस तरह सकते में आ गये, मानो कोई अचीती गाज गिरी हो। ऊपर का साँस ऊपर...नीचे का साँस नीचे! अपनी गुफ्तगू में खोए दानों पति-पत्नी इस बात को भूल गये कि सघन अँधियारे व नवलख तारों के साथ-साथ सेठजी का रथ भी पीछे चल रहा है। तीज का चन्द्रमा तो थककर कब का पीछे रह गया। तो क्या पीछे चलते सेठजी ने उनकी सारी बातें सुन लीं। यह तो सेंध लगाकर चोरी करने जैसी बात हुई। कुम्हारी बिफर कर बोली 'तो क्या इसीलिए खेह की परवाह न करके आप हमारी बातें चुपचाप सुनते रहे।'

'अरे नहीं, मैं तो अभी-अभी उठा हूँ। मेरे जगने की यही मंगल वेला है। मैं तो रवाना होते ही सो गया था। बस, आखिरी बात कान में पड़ी तो मुझसे रहा नहीं गया। मेरी सेठानी भी मुझसे कई बार यह सवाल पूछती है।

'आप क्या जवाब देते हैं?' कुम्हार अपनी उत्सुक जिज्ञासा पर तनिक भी अंकुश नहीं रख पाया। सेठ की जबान कलम से कहीं ज्यादा कारगर थी। किसी भी बँधे-बँधाए ध्यान से परे हटाना उसके बाएँ हाथ का खेल था। लापरवाही का भाव दरसाते बोला, 'हँस कर टाल देता हूँ, ऐसी ऊटपटाँग बातों को और क्या जवाब हो सकता है!'

'ऊटपटाँग कैसे? जरा मैं भी तो सुनूँ।' कुम्हारी ने चुनौती के लहजे में पूछा।

'दुनिया की किसी औरत में यह बात समझने का माद्दा नहीं है, फिर बेकार बकवास करने में क्या सार? देखो, तुम लोग रत्ती भर भी परेशान मत होना। बिना मतलब की बात तो कान के पास भी मुझे सुनाई नहीं पड़ती और अपने मतलब की बात मैं नींद में भी सुन लेता हूँ। सच बड़ा आनन्द आया, तुम्हारी बातें सुनकर। तुम्हारी गिरस्ती भी बड़ी मजेदार है। काश! माया का मोह छोड़कर मैं भी ऐसी जिन्दगी जी सकता। बड़ी डाह होती है, तुम लोगों से!'

'वाह! हमसे डाह करें जैसी क्या बात है, सेठजी? हम तो निहायत गरीब लोग हैं। हजारों, लाखों आदमी डाह करें जैसी ऊँची जिन्दगी तो आपकी है। भगवान की माया का कोई पार हो तो आपकी माया का पार हो।'

'नहीं समझोगे, हमारे मन की पीड़ा का दरद तुम नहीं समझोगे। क्या पता कौन गरीब है, तुम या मैं? अमीर होने के लिए माया का जोर ही काफी नहीं होता। तुम्हीं लोगों से यह बात मेरी समझ में आयी। सच पूछो तो तुम मेरे गुरु हो, गुरु! वही ऋण उतारने के लिए गुरु-दक्षिणा में यह प्याऊ और यह धर्मशाला बनवाई है। मौका दोगे तो और भी बहुत-कुछ सेवा करूँगा। मेरी आँखें खोलने का श्रेय केवल तुम्हें ही है...परजापत तुम्हें ही।'

'यह तो आपका बड़प्पन है।'

'क्या पता किसका बड़प्पन है? वक्त जैसा न्यायकर्ता दूसरा कोई नहीं। अभी से मेरी बात पर भरोसा मत करना। अनुभव तो वही कारगर है, जो अपना हो। केवल आँखों पर ही विश्वास करना चाहिए, कानों पर नहीं। सुनी-सुनाई बात से कई बार धोखा हो जाता है।'

'अब तो आपकी सीख से सारी उम्र समझना-ही-समझना है। काश! कुछ बरस पहले आपसे भेंट हो जाती तो मेरी जिन्दगी ही दूसरी होती। बड़े-बड़े साधु-संन्यासियों का पीछा करता हुआ, न जाने अब तक कहाँ पहुँच गया होता!'

'अब भी पहुँच जाएगा, तेरे पाँव सलामत रहें। पछताए जैसी कोई बात नहीं। भगवान के घर में देर है, मगर अँधेर नहीं। मरने से घड़ी भर पहले भी सच्चा ज्ञान मिल जाय तो क्या कम है!' फिर तीव्र झटके से हाथ का इशारा करते कहने लगा, 'देखो, वह रहा ज्ञान और पुण्य का ठाँव, सूरज जिसे नमन करने के लिए बेताब हो रहा है। लछमन को अभी मत जगाना, नहीं तो वह चक्कर में पड़ जाएगा।'

सूरज के आगमन की सूचना-मात्र से चारों दिशाएँ आनन्द से सराबोर होकर खिल उठी थीं। झीने-झीने उजियारे का अनन्त प्रवाह धीरे-धीरे समूची धरती पर छाने लगा था। अपने इकलाते पुत्र को वहीं सोता छोड़कर दोनों फदाक से जमीन पर कूदे। ओह! आज कितनी देर बाद जमीन से परस हुआ है! पाँवों को इतना बिछोह तो कभी झेलना नहीं पड़ा। कितनी ममता भरी है, माँ-धरती के परस में! सेठ भी अँगड़ाई लेता नीचे उतरकर उनके साथ चलने लगा। बैल या दूसरा कोई भी जानवर तो एक क्षण-भर के लिए धरती के अमृतमय परस से वञ्चित नहीं रहता। साँप, अजगर, गोह, नेवला, बिच्छू इत्यादि तो धरती की गोद में ही हरदम लेटे रहते हैं! धरती के परस से वञ्चित आदमी चाहे जितना उड़े, भटके वह अपनी सुख-शान्ति नहीं खोज पाएगा। आदमी की सुख-शान्ति न समुद्र में है और न आकाश में। उसे तो धरती की गोद छोड़नी ही नहीं चाहिए। धरती तो माँ से बढ़कर ममतामयी है। सूरज के मद्धिम उजाले में रथ से उतरते ही यह प्रखर आलोक कुम्हारी को पहली बार नजर आया। कुम्हार और सेठ अपनी जानें। अपना-अपना परस है, अपनी-अपनी आँखें हैं और अपनी-अपनी प्रतीति है!

कुम्हारी आँखें फाड़े उस सफेद-बुर्राक इमारत को जैसे भीतर-ही-भीतर उतारती रही। धरती की गोद से वह धीरे-धीरे उठ रही थी। चारों तरफ ऊँची दीवारों का अहाता खिंचा हुआ, मानो हिंसक जानवरों से इस जीवन्त इमारत को कभी क्षति नहीं पहुँच सकेगी। क्षण भर के लिए उसे ऐसा लगा कि ठीक उसी की तरह यह इमारत भी साँस ले रही है, देख रही है, सुन रही है! चाहे तो चल भी सकती है, दौड़ सकती है, आकाश में उड़ सकती है! कहीं यह स्वप्न तो नहीं है? उसने और अधिक आँखें फाड़कर इधर-उधर देखा...सेठ और कुम्हार दोनों उसके साथ चल रहे हैं। रथों की खींचते हुए बैल उसके पीछे आ रहे हैं। आगे के रथ में उसका लाड़ला सो रहा है। शायद किसी विचित्र सपने में खोया हो। और इधर उसकी माँ पाँवों पर आगे बढ़ती हुई, फटी-फटी आँखों से मानो सपना देख रही हो। सपने बगैर रात के समय वह अपना घर छोड़ती भला? मगर लछमन तो अभी नींद में ही सपने देखने का आदी है। जागते हुए सपना देखने के लिए अभी उसकी कच्ची उम्र है जबकि बड़ी उम्र वाले भी खुली आँखों सपना देखने के लिए सर्वथा अक्षम हैं। समय के साथ-साथ प्रतिक्षण धीरे-धीरे लछमन भी बड़ा होगा। काश! आज का

सूरज उगने के पहले यह एकदम बड़ा हो जाता। बीस बरस का गबरू जवान! तब उसके नयनों की तासीर बदल जाती! आखिर उसकी कोख तो अपनी तासीर दिखलाएगी ही। मगर आज तो उठते ही उसे न मालूम सब-कुछ कैसा-कैसा अव्यवर लगेगा।

कुम्हारी सूरज की दिशा में एकटक देखती रही। सोने की हँसली अन्तरिक्ष की कोख चीरकर बाहर निकली। धीरे-धीरे उसका आकार बढ़ने लगा। चारों तरफ उसकी कान्ति से प्रकाश-ही-प्रकाश फैल गया। मगर यह तो उसके आँगन वाली चिर-परिचित धूप नहीं है। अरे! यह तो सूरज ही दूसरा है। निपट अपरिचित और बेगाना! कहीं अपनी आग से सारी दुनिया को ही न जला दे। ओह! कुदरत के राज्य में भी ऐसा प्रपञ्च...ऐसा फरेब! तब किस पर भरोसा किया जाय?

'माँ...माँ...।' अकस्मात् लछमन की चीत्कार सुनाई पड़ी, मानो कानों की राह उबलता तेल गिरा हो। वह रथ की माँच पर खड़ा होकर विक्षिप्त-सा चारों तरफ विस्फारित नेत्रों से देख रहा था। जो कुछ, जैसा भी नजारा उसे दिखलाई पड़ा...उसकी पुतलियों में मानो शूलें गड़ गयी हों। वह बुक्का फाड़कर रो उठा, 'माँ, मेरा सूरज कहाँ गया? यह तो आग का गोला है गोला, मुझे भस्म कर देगा। कहाँ चले आये अपन? मेरा तो यहाँ दिल ही टूट जाएगा। अपने घर चलो माँ...घर चलो। कुम्हार ने दौड़कर उसे नीचे उतारा। उसकी आँखें भी भर आयीं। गाल पर चुम्मा देकर भरे गले से बोला, 'उस दिन तूने सारी बातें अपने कानों से सुनी थीं। बुरा लगा तो उस दिन कह देता, साफ मना कर देता। बचन दिया तो आना ही पड़ा। बचन तोड़ने से बड़ा पाप लगता है, बेटा! तू बड़ा होकर अपना बचन कभी मत तोड़ियो, तुझे मेरी यही सीख और यही वसीयत है।'

'मुझे कहा क्यूँ नहीं?' उसने सिसकियाँ भरते पूछा।

'तू सो रहा था बेटा, जगाना ठीक नहीं समझा।' कुम्हारी ने दुलार से बहलाने की चेष्टा की। 'मगर अब लगता है, जगाना ठीक रहता। गलती हो गयी, माफ कर बेटा।'

'लेकिन मेरा सूरज...मेरा सूरज कहाँ है? उसे पीछे क्यूँ छोड़ आये, चलो वापस, उसे लेकर आएँगे। उसके बिना मैं जी नहीं सकता।'

'दुनिया में सबके लिए सूरज तो एक ही है बेटा!'

'नहीं, यह मेरा सूरज नहीं है। यह तो मुझ पर हँस रहा है। मुझे चिढ़ा रहा है।'

'यह रहा तेरा सूरज, मेरी जेब में!' इतना कहकर सेठ ने बड़े लाड़ से हथेली में रखी सोने की मोहर उसकी ओर बढ़ाई। 'यह नन्हा सूरज भी आकाश के सूरज से कम नहीं है, इसे अपनी जेब में रख ले बेटा।'

सेठ ने जबरदस्ती उसकी इच्छा के प्रतिकूल हाथ में मोहर थमाई तो उसने जोर से फेंक दी और सुबकियाँ भरने लगा। बोलना चाहने पर भी उससे कुछ बोला नहीं गया। सेठ ने तनिक भी बुरा नहीं माना। हँसता हुआ कहने लगा, 'जैसा नेक और भला बाप, ठीक वैसा ही बेटा! बड़े पुण्य से ऐसा बाप मिलता है और उससे भी बड़े पुण्य से ऐसा बेटा!'

'उफ्फ! मेरा चाक...मेरा चाक कहाँ है? उसे भी साथ नहीं लाए? और मेरी माटी...माटी।' आँखों से आँसुओं की लड़ी टूट-टूटकर गिरने लगी।

'अन्दर चलकर देख सब-कुछ मौजूद है, सब कुछ। मैं तो पहले ही जानता था कि इकलौते बेटे का जी दुखाने से बड़ा पाप कोई दूसरा नहीं है।' सेठ ने पुचकारते कहा।

कुम्हार ने नीचे झुककर मोहर उठा ली। हथेली में रखकर अवाक् देखने लगा। मोहर ऐसी होती है? इतनी छोटी? पर नाम और जस कितना बड़ा! वाकई सूरज का ही टुकड़ा हो! कुम्हार के हाथ में, और सोने की मोहर! सचमुच, वह हाथ तो उसी का है? उसकी देह पर और किसका हाथ हो सकता है? जिसकी देह...उसी के सारे अंग...हाथ, पाँव, आँख, कान!

'देखूँ...!' अब वह मोहर कुम्हारी की हथेली पर थी, मगर कुम्हार फिर भी अपनी खाली हथेली को उसी तरह निर्वाक देख रहा था।

'नाम मोटा और दरसन खोटा।' वह इस तरह आँखें गड़ाकर देखने लगी, जैसे मोहर को आँखों से निर्विलम्ब खींच लेगी। मेंहदी से सौ गुनी अधिक खूबसूरत! हथेली की रंगत ही बदल गयी। कोरे-मोरे आकार से क्या होता है? आकार तो गोबर की थेपड़ी का बड़ा होता है....सूरज जितना, चाँद जितना! पर कहाँ चाँद और कहाँ थेपड़ी?

दिप-दिप करती सफेद इमारत न कुम्हार की आँखों में समा रही थी और न कुम्हारी की आँखों में। इतनी बड़ी इमारत को देखने के लिए और भी बड़ी आँखें चाहिए। यह कुदरत की बनाई चीज थोड़े ही है! कितने ही बड़े पहाड़ को एक आँख बन्द करके भी देखा जा सकता है, पर इस खिलखिलाती इमारत को आँखें फाड़कर भी आसानी से नहीं देखा जा सकता। ऐसा मकान रहने के लिए नहीं, केवल देखने भर के लिए होता है। उम्र भर देखते जाओ...देखते जाओ। किन्तु चाक पर नजर पड़ते ही आँखें जैसे बुझकर फिर से दीप्त हो गयी हों! माँ की आँखें छलछला आयीं। सेठ के पास ज़ाकर भीगी वाणी में बोली, 'सेठजी, आप तो साक्षात देवता हैं...देवता! हमारे बेटे का हम से भी ज्यादा खयाल रखा। हम तो भूल ही गये थे।'

'सन्तान वाले भूल सकते हैं? मगर निपूता पुरुष कभी नहीं भूल सकता।'

'आप इसे अपना ही बेटा समझें।'

'अपने माँ-बाप को छोड़कर मैं दूसरे का बेटा नहीं हो सकता।' पाँव पटककर वह आहत-शावक की तरह चिल्लाया। 'और यह चाक भी तो मेरा नहीं है। माँ, सब-कुछ जानते हुए, तू मेरा चाक पीछे छोड़ आयी?' फिर मुँह की अधूरी बात उसने आँसू बरसा कर जारी रखी।

सेठ ने जेब से दूसरी मोहर निकालकर उसे बहलाने की चेष्टा से कहा, 'तू जितनी बार रोकर चुप होगा, मैं उतनी ही बार तुझे एक मोहर दूँगा।' यह कहकर सेठ ने फिर उसी तरह उसके हाथ में मोहर थमाई तो उसकी ढीली मुट्ठी से नीचे खिसक पड़ी। पाँवों के पास।

'बेटा, तू अभी बच्चा है, समझता नहीं! सोने का इस तरह निरादर नहीं करना चाहिए।' कुम्हारी ने झुककर अँगुलियों के पोरों से वह दूसरी मोहर क्या उठाई, जैसे स्वयं धरती उसके साथ ऊपर उठ आयी हो। मगर लछमन सेठ के मुँह से मोहर का वैसा लालच सुनकर एक बार भी नहीं रोया। शायद बाहर का रोना जब्त करके भीतर-ही-भीतर रोने लगा हो। उसकी आँखें तत्काल खुल गयीं। सूखे स्वर में बोला, 'माँ, यह माटी तो काली है।'

'वह माटी भी तो काली थी बेटा, ऐसी ही काली।'

'कहाँ...?' वह माँ की तरफ आँखें उठाकर बोला, 'वह तो गुलाबी थी... गुलाबी।' फिर थोड़ा ठहरकर आशंकित भाव से पूछा, 'इस चाक पर भी क्या बासन घड़े जा सकते हैं?'

'क्यों नहीं घड़े जा सकते बेटा...तू कोशिश तो करके देख!' इस बार सेठ की बात उसे ज्यादा अखरी नहीं। पास ही पत्थर की कूँडी में पानी भरा था। वह तो फिर बिना किसी की आज्ञा-निर्देश के अदेर माटी भिगोकर उसे गूँधने लगा, मानो इसी काम का वादा करके उसे बुलाया गया हो।

'क्या घड़ूँ बापू?'

'जो तेरी मरजी।'

'कोई बात नहीं, मेरा सूरज तो पीछे रह गया, मगर यह सूरज भी उजाला देता है। इसे जल चढ़ाने के लिए आपकी खातिर सबसे पहले एक छोटा-सा कुम्भ घड़ लूँ।'

'जिओ मेरे लाल, जुग-जुग जीओ। तू मेरा बेटा नहीं बाप है, दादा है। मुझमें तो मरने तक ऐसी समझ नहीं आएगी।'

'एक बात और खुलासा कर दूँ, इस प्याऊ के सारे बासन लछमन ही को घड़ने होंगे। वैसा ठंडा पानी और किसी के बासनों में नहीं हो सकता। थके हारे मुसाफिर तुम्हें कितनी आसीस देंगे।'

‘पहले आपको और फिर हमें।’ कुम्हार ने तनिक संकोच से कहा।

‘मुझे क्यूँ, मैं तो निमित्त-मात्र हूँ। पुण्य तो उसका जो अपनी मेहनत से बासन घड़े, अपने हाथ से पानी पिलाए। आज मेरे मन की एक बहुत बड़ी साध पूरी हुई, तुम्हारा एहसान कैसे चुकाऊँगा?’

‘यह क्या बात कर रहे हैं सेठजी, आपका एहसान तो हम पर है।’

‘अपनी-अपनी समझ है भैया। यह न उधार मिलती है और न किसी हाट-बाजार में मोल।’

‘यदि ऐसा होता तो दुनिया भर की समझ आप लोगों की ही अंटी में दबी रहती, हम गरीब लोग उसकी झाँकी के लिए तरसते रहते।’

‘ऐसी बात नहीं है परजापत, ऐसी बात नहीं है। तुम लोग इसलिए गरीब हो कि तुम्हारे पास समझ नहीं है...समझे!’

‘ऐसी बात क्यूँ समझना चाहूँगा, जिसमें मेरा भद्दा लगे। ये बातें आप ही समझते रहिए।’

‘हम तो समझ ही रहे हैं, तभी तो तुम्हें समझा रहा हूँ, पर तुम हो कि समझना ही नहीं चाहते।’

‘ऐसा कह रहे हैं आप, अपनी जबान से? समझा तभी तो आपके साथ चला आया।’

‘सो तो है ही, सो तो है ही। अब एक नजर सारे मकान को तो देख लो, जो भी कमी हो पूरी कर दूँ।’

‘लछमन के लिए आप चाक और माटी तक नहीं भूले, तब और क्या कमी रह सकती है! मकड़ी के लिए तो जाला ही काफी होता है, सेठजी हम गरीबों के लिए तो वैसी झोंपड़ी ही काफी थी। ऐसी इमारत में रहने के हम आदी नहीं हैं।’

‘जन्म से पहले तो हम सभी नौ महीने अँधेरी कोख में रहने के ही आदी हैं, पर बाद में राजा को राजा जैसा निवास, अमीर-उमरावों को वैसा निवास। जिसका जैसा भाग होता है, वैसा ही निवास मिल जाता है। आज से पहले तुम्हें उसी झोंपड़ी में रहना था, मगर आज सारी बात ही बदल गयी। मैं तो खुद हैरान हूँ। पिछले जन्म का लेन-देन कुछ ऐसा ही होगा। कर्ज बाकी है तो चुकाना ही पड़ेगा, नहीं तो मेरी गति कैसे होगी? तुम यह न समझना कि मैं स्वार्थी नहीं हूँ!’

दुनिया में भगवान राम की कोई सत्ता है तो वह इन सेठजी के अलावा और कहीं नहीं! दया का दरियाव! करुणा का सागर! भलाई का समन्दर! सूरत भर देखने से सात जन्म के पाप धुल जाएँ। किसी चीज की कोई कमी नहीं—इफरात ही इफरात! ऐसा तो कोई वरदान भी नहीं फलता। टाँका ऐसा बड़ा कि कुएँ को ही मात करे। पहली ही बरसात में मुहाने तक भर गया। तीन बरस अकाल पड़े तो

भी पानी नहीं छूटे। और ऐसे साहूकार के रहते भला अकाल क्यूँ पड़ेगा? एक के बदले दो चौमासे हो जाएँ तो भी कम हैं। पाँच कमरों की धर्मशाला। रहने का मकान अलग। तीन परिवार आसानी से बस जाएँ। हवादार प्याऊ। बीस मटकियों का भरपूर परिंडा। एक साथ सौ बाराती भी आ जाएँ तो कमी नहीं पड़े। तीस खाट और तीस ही बिस्तर। सर्दियों की रजाइयाँ न्यारी, गर्मियों के खेस न्यारे। रसोई का भरपूर सामान। भाहारे में साल भर का अनाज...गेहूँ, बाजरी, मकई और ज्वार। जिस इलाके का जो जातरी आये, वैसा ही भोजन। ईंधन तक का पूरा सराजाम था।

लछमन अपने-आप ही में तल्लीन होकर बासन घड़ रहा था और उधर उसके जन्मदाता मगन होकर सब-कुछ निहार रहे थे।

कुम्हार ने पत्नी की कोहनी सहलाते कहा, 'सुन तो इस तरह सकते में आने की जरूरत नहीं...यह सपना नहीं, सच है सच!'

'कभी-कभार सच्चाई, सपने को भी मात कर जाती है। अरे! मैं भी कैसी बौरा गयी, मेरा लछमन तो अब तक भूखा है। झटपट रोटी बनाऊँ तो कहीं मुझे चैन मिले।'

'अकेला लछमन ही क्या, सभी भूखे हैं। कुम्हार भूखा है, मैं भूखा हूँ और तू भी भूखी है। बस यही एक बात तुझे खास तौर से समझाना चाहता था कि कोई मुसाफिर यहाँ से भूखा-प्यासा न जाय। वरना मुझे नरक में भी ठौर नहीं मिलेगी!' यह कहकर सेठ ने पीठ फिरा ली।

तब से उन चारों व्यक्तियों के अलावा कुम्हारी हर मुसाफिर के लिए खाना बनाती और सेठ अपने हाथ से सबको खाना परोसता, ठंडा पानी पिलाता। कुछ ही दिनों में बदलती बयार के साथ-साथ चारों दिशाओं में सेठ का नाम फैल गया। दुनिया में ऐसा धर्मात्मा सदियों में बिरला ही पैदा होता है। कुम्हार, कुम्हारी और लछमन के नाम की फुसफुसाहट भी धीरे-धीरे फैलने लगी थी। नेक आदमी न मिलें तब तक पुण्य का काम भी अधूरा रहता है। कुम्हार-कुम्हारी अब उस सपने में ही अच्छी तरह जीने लगे। भूल गये कि उनका भी कोई पुश्तैनी गाँव था, घर था, नीम थे और गाय-गोरू थी। सेठ ने यहाँ भी बढ़िया नस्ल की गाय मँगवा ली थी। काली गैया और काली ही बछिया। दूध के झागों से पीतल की चरी छलक-छलक उठती थी। लछमन सेठ के साथ बहुत खुश रहने लगा। माँ-बाप से भी अधिक उसका कहा मानने लगा। हर बात में वह लछमन का कितना खयाल रखता था! जाया-जन्मा बेटा होता तो न जाने क्या करता? शायद सीने में ही छिपा लेता!

सेठ को इसी मंगल घड़ी का इन्तजार था।

एक दिन कुम्हार-कुम्हारी आपस में बतिया रहे थे तो सेठ ने उन्हें एक ऐसे शुभ-समाचार की भनक सुनाई कि जवाब में उनके कंठ ही सूख गये। कुछ देर

तक दोनों से बोला ही नहीं गया। पाँवों के नीचे की जमीन डोलने-सी लगी। धूप का रंग बदलकर ठौर-ठौर साँवला हो गया। कुम्हार जैसे-तैसे ताकत बटोर कर बोला, 'नहीं सेठजी, यह नहीं हो सकता। एकाएक नादान लड़का है, इसके बिना हम जिन्दा नहीं रह सकते। इतना धन हमें कहाँ चाहिए? किस बात की कमी है यहाँ, सब ठाट है।'

'तुमने ठाट देखे कहाँ हैं? धन का तो फकत नाम-ही-नाम सुना है। बावले धन के लिए तो खुद भगवान भी तरसते हैं!'

'तरसते होंगे। हम तो आपकी दया से पूरे सन्तुष्ट हैं। और कुछ नहीं चाहिए।'

'आदमी होकर ऐसी हलकी वाणी मत बोल! आदमी को कुछ नहीं चाहिए तो क्या लकड़बग्घे को चाहिए, भेड़ को चाहिए, गधे को चाहिए, कौए-तीतर को चाहिए? तुम्हारा लड़का कितना भागधारी है, मैंने तो उस दिन ही बता दिया था। हीरे को जमीन में गड़ा मत रख, बाहर निकलने पर ही उसकी असली पहचान होगी। वह तो माँ के लिए दो टोकरी सोने-मोतियों के गहनों का सपना सँजो रहा है और तुम्हें उसकी परवाह ही नहीं। बाप के पाँवों में जब तक असंख्य हीरे-मोती कंकरों की तरह बिखरे नहीं रहेंगे, वह चैन की नींद नहीं सोएगा।'

कुम्हारी के सूने मस्तिष्क में रथ वाले सपने की याद बिजली की तरह कौंध गयी। बोली, 'इतने दिन आपने उसे यही पाठ पढ़ाया है?'

'यही तो उम्र है, पाठ पढ़ने की और वह शौक से पढ़ना चाहता है। मत रोको। उम्र भर पछताओगे।'

'और आप का पछतावा आपको नजर ही नहीं आता? हम तो सुनकर आज ही मरे जा रहे हैं और आपको कल के पछतावे की चिन्ता है। मरने पर किसी के कुछ भी साथ नहीं चलता सेठजी!' कुम्हार ने आखिरी दाँव आजमाया।

'पगले, जिन्दा आदमी को ही सब-कुछ चाहिए, सब-कुछ—चक्रवर्ती राज्य, चाँद, सितारे, तमाम धरती, हीरे-मोती, सोना-चाँदी, हवेलियाँ और बगीचे...सब कुछ। मुर्दे को तो कफन की भी जरूरत नहीं होती। यह भी जिन्दा आदमियों का मसला है। लछमन का भाग तो दिसावर में ही फलेगा। उसके हाथ ठंडा पानी पिलाने और चाक पर वासन घड़ने तक मजबूर नहीं रह सकते। लाखों-करोड़ों की माया का योग है, इसके हाथों में! कोई अचरज नहीं कि वह किसी देश का राजा बन बैठे!'

'कुम्हारा और राजा!' इस बार कुम्हारी ने व्यंग्य से तनिक मुस्कराते हुए कहा।

'राजा की कोई जात नहीं होती। राजा, राजा ही होता है।'

'जैसे उसके नाम का कोई खाली सिंहासन देखकर आये हैं!' कुम्हार भी अब थोड़ा-बहुत सहज होने लगा था। राजा का बाप बनने की लालसा ने उसके मन

पर जादू-सा असर किया। कहने लगा, 'वह खाली सिंहासन मुझे दिखा दें तो मैं भी विश्वास कर लूँ।'

'कदम-कदम पर उसके लिए सिंहासन बिछे हैं। देखने वाली आँख चाहिए। दसों अँगुलियों में चक्र, दोनों पाँवों में पद्म रेखा, उभरा हुआ ललाट...कितनी बार बताऊँ? यही सब विचार करके अपने साथ ले जा रहा हूँ। व्यापार में आधा हिस्सा रखूँगा...बराबर आधा। मेरा भाग्य भी उसके साथ चमक उठेगा। समझा?'

'आप समझाएँ तो कौन नहीं समझ सकता? मगर पहले लछमन से तो पूछ लूँ! हमारे विछोह में रो-रोकर वह पागल हो जाएगा।'

'पर मैं तुम-सा पागल नहीं हूँ। क्या उसका मन हुए बगैर ही मैंने इतनी बकवास की? समझाना तो तुम दोनों को ही जरूरी था।'

'वह समझ गया तो हमें समझना ही है।' क्या उसके जीवन में सोने का ऐसा सूरज भी उगेगा, जब उसकी देह उस रात के सपने की तरह सोने से लदी होगी! माटी घड़ने वाले कुम्हार को सोने का सपना भी नसीब कहाँ? मगर लछमन के वियोग में वह जिन्दा भी रह सकेगी कि नहीं! जिन्दा ही नहीं रहेगी तो सपने भी क्या खाक देखेगी! मुर्दा-माटी के लिए सपने नहीं होते, चिता होती है, आग होती है। विदग्ध निःश्वास भरकर बोली, 'माँ-बाप से बड़ी लाचारी और कोई नहीं!'

'है, उससे कहीं बड़ी लाचारी है। पति के लिए बहू की लाचारी और बहू के लिए पति की लाचारी। भूल गये अपने ब्याह की सुनहरी घड़ियाँ? उन चञ्चल रातों के अँधियारे की जगमगाहट भूल गये? तुम्हारे लाड़ले कृष्ण-कन्हाई की बस एक ही शर्त है...दुलहन से मिलकर दिसावर जाने की।'

'ओह! तभी उसने ससुराल की राह पूछी थी। दिसावर के रास्ते में ही पड़ता है उसका ससुराल। मैंने तो यही समझा कि आप बहू को आसीस देकर दिसावर जाना चाहते हैं।...यही पूरब की ओर पाँच-सात कोस।'

'मैंने सब पता कर लिया है। मगर तुम लोगों की इजाजत बगैर वह रवाना नहीं होना चाहता। सो खुशी-खुशी सच्चे मन से कल सवेरे ही इजाजत दे दो।'

'कल सवेरे?' दोनों के मुँह से शब्दों के बदले मानो लावा बिखरा हो।

'हाँ, कल सवेरे!' सेठ का स्वर एकदम धीर, गम्भीर और शान्त था। अविचलित लहजे में बोला, 'पूरे दो बरस तक ऐसा शुभ-मुहूर्त नहीं है। मैं खुद भी थोड़ा-बहुत पञ्चाग देखना जानता हूँ। वह माटी को छुएगा और वह सोना हो जाएगी...सोना!'

इस बार उन्हें न माटी की बात सुनाई पड़ी और न सोने की। कुम्हारी सर धुनते बोली, 'नहीं सेठजी, कल नहीं हो सकता। हरगिज नहीं हो सकता। मुझे माँ का कलेजा मिला है, इतना जल्दी उसे नहीं समझा सकती।'

'तुम्हारी मरजी! कल नहीं तो फिर कभी नहीं! अच्छी तरह घर में सोच-विचार

कर लो। तुम्हारे मना करने पर वह एक कदम भी आगे नहीं बढ़ेगा। उसने साफ-साफ मुझे बता दिया है। इसी डर से मेरे साथ नहीं आया। लड़के के भाग्य को मारना उसकी हत्या से भी बड़ा पाप है! समझे!'

अब किसी के लिए कुछ भी समझना शेष नहीं रहा। शायद माँ के आँसुओं से सेठ का दिल पसीज जाय। उनके पाँवों की तरफ हाथ बढ़ाती बोली, 'आपके पाँव पड़ती हूँ, सेठजी। फकत कल, कल के लिए मान जाइए।'

'मेरे मानने से कुछ नहीं होगा, भाग्य माने तब है! तेरे खयाल से क्या कल की रात बीतेगी ही नहीं? परसों सूरज उगेगा ही नहीं, क्यूँ?'

'नहीं, मेरी खातिर सूरज नहीं टल सकता। रात भी ढलेगी, सूरज भी उगेगा। खूब अच्छी तरह जानती हूँ। केवल एक दिन की मोहलत...बेटे को जी भरकर देख लूँ!'

'जो दस बरस नहीं देख सकी, वह एक दिन में क्या देख लेगी? महूरत होता तो मैं आनाकानी करता भला! तुम लोगों को फकत मुझ पर ही भरोसा नहीं है।'

'आप पर भरोसा नहीं होता तो पुरखों की छाया छोड़ते भला? बात भरोसे की नहीं, माँ के मन की है, आप दुनिया-भर की सब बातें समझ सकते हैं, केवल यही बात नहीं समझना चाहते।'

'छोड़ पगली, क्यूँ बेकार थूक उछाल रही है। जब ओखली में सर दे डाला तो मूसल से क्या डरना!' यह कहकर कुम्हार ने पीठ फिराली, मानो सेठ की तरफ झाँकने का उसमें माद्दा ही न हो।

'न तुम्हारा सर ओखली में है और न मेरे हाथ में मूसल है! यह अच्छी रही! कहो तो आज ही गाँव वापस पहुँचा दूँ।'

'नहीं सेठजी, जो श्वास बाहर निकल गया सो निकल ही गया, वह लौटाया नहीं जा सकता। अब तो यहीं के पेड़ों की छाया में बसर करेंगे...।' अकस्मात् लछमन की छाया पर नजर पड़ते ही वह संज्ञाविहीन-सी उधर दौड़ी। लिपटकर भीतर-ही-भीतर रोने लगी मानो कोख से जनम देकर उसे बाहर निकालना ही उसकी सबसे बड़ी भूल हो गयी! अब उसे सुधारा नहीं जा सकता।

लछमन की आँखें भी छलछला आयीं। भीगे सुर में बोला, 'माँ, तुम्हारी इच्छा नहीं है तो मैं सेठजी को अभी मना किए देता हूँ।'

'नहीं बेटा, तेरी इच्छा ही हमारी इच्छा है! तेरी खुशी ही हमारी खुशी है!'

'पर माँ, मैं तो आप दोनों की खुशी के लिए दिसावर जा रहा हूँ।'

माँ के अन्तस में सर्वत्र उजाला-ही-उजाला व्याप्त हो गया। मानो आकाश से ओझल होकर मन भीतर उदय हो गया हो...अस्ताचल का वह सूरज! उससे

पुनीत ठौर उसे और कहाँ मिलेगी? तत्पश्चात् बाहर रात का अँधेरा घिरते ही उसके रोम-रोम में झपकते तारों की तरह असंख्य आँखें खिल उठीं। उन्हीं हजार-हजार आँखों से अपने लाड़ले को निहारती रही, सूँघती रही, सुनती रही, परसती रही, फिर भी उसका जी नहीं भर रहा था। वह तो अपना, अपने से ही निराला बिछोह था! अपने ही अंश के बेटे को प्यार करने के लिए माँ की देह पर हजारों-हजार इन्द्रियाँ होनी चाहिए।

उफ्फ...बैरी दिन तो बाज की तरह एक क्षण में उड़ गया! क्या उसे भी दिसावर में व्यापार करने की उतावली है? दिन की तरह कलमुँही रात भी अदीठ पाँखों पर सवार होकर उड़ी जा रही है, तीव्र गति से उड़ी जा रही है। लछमन सोता रहा और वह उड़ती रात को थामने की भरसक चेष्टा करती हुई, उसे अपलक निहार रही थी। एक पलक भी झपी नहीं कि वह न जाने कहाँ ओझल हो जाएगा?

देखते-देखते एक पल में रात फुर्र-से उड़ गयी और हत्यारा सूरज अपना काला मुँह लिए धरती पर निर्लज्ज की तरह उदय हुआ ही! चारों तरफ कालिख-ही-कालिख पुत गयी या माँ की आँखों में रात का सारा अँधियारा उतर गया।

दूसरे गाल का बोसा लेते ही लछमन की नींद उचट गयी। हड़बड़ाकर उठ बैठा। 'माँ, थोड़ी देर धीरज रखती तो मैं दो टोकरी गहने तुम्हारे लिए अभी ले आता, दिसावर जाने के पहले ही। तुम्हें मालूम नहीं कि तुमने कितना नुकसान कर दिया! खैर, कोई बात नहीं, दिसावर जाकर, सब नुकसान पूरा न कर दूँ तो मैं तुम्हारा बेटा नहीं।'

'क्या मैं तुझे गहनों के पीछे प्यार करती हूँ? एक छल्ला भी नहीं लाएगा तो भी तू मेरा राजा बेटा ही रहेगा।'

खाना बनाते समय कुम्हारी एक अजीब ही दुश्चिन्ता में डुबकियाँ खा रही थी। न बेटे को पास रखना सम्भव था और न जुदा करना। क्या कोख में फिर से सुरक्षित नहीं रखा जा सकता? नहीं, यह तो अब बिल्कुल ही सम्भव नहीं! काश! वह सारी उम्र इसी तरह चूल्हे पर खाना बनाती रहे और लछमन सदा-सदैव इसी तरह पास बैठकर खाता रहे। सेठजी ने तो मन लगाकर ठीक तरह खाया ही नहीं, मानो माया की ममता ने ही इनका पेट भर जाता हो!

'बस, एक रोटी और मेरे लाल...।'

'नहीं माँ, अब तो एक कौर भी गले उतरा नहीं कि मेरो पेट फूट जाएगा...।'

'नहीं रे नहीं, माँ पहाड़ भी खिला दे तो सब हजम हो जाय...जरा ठहर, एक निवाला तो अपने हाथ से खिला दूँ।'

सेठ के कहने से कुम्हार ने दुबारा तकाजा किया तो बेटे का हाथ पकड़े माँ बाहर आयी। दूसरे हाथ में भाते का कटोरदान पूरा भरा था। किसी मन्त्र के

जोर से माँ का हाथ इसी तरह चिपका रह जाय और वे साथ-साथ चलते रहें... चलते रहें। पर सामने ही रथ खड़ा था। जुते हुए बैल भी यात्रा की उतावली कर रहे थे। सेठजी के सर पर गोल पीली पगड़ी बँधी हुई थी, मानो एक और नन्हा सूरज उनके सर से उदय हुआ हो। क्या एक सूरज की कालिख काफी नहीं थी? रोकर बेटे का अपशकुन कैसे करे? आज उसे पहली बार महसूस हुआ कि कभी-कभार आँखों के बदले सारा शरीर झार-झार रो पड़ता है और आँसू बरसाने वाली आँखें एकदम सूख जाती हैं। होंठ मुस्कराहट के बहाने रोने लगते हैं। उसे लग रहा था कि उसकी समूची देह आँसुओं में पिघलकर निःशेष हो जाएगी। मगर सेठ, गाड़ीवान, कुम्हार और लछमन को तो उसके होंठों पर मुस्कान ही खेलती नजर आयी।

बैलों के चलते ही रथ गुड़कने लगा। कुम्हार और कुम्हारी अनायास ही उसके पीछे चलने लगे, मानो किसी अदीठ डोर से बँधे हों। सेठ ने चुटकियाँ बजाते हुए धीरज बँधाना चाहा, 'रत्ती भर भी चिन्ता ना करियो, नौ बरस तो यूँ बीत जाएँगे, जैसे नौ चुटकियाँ बजी हों।'

'नहीं सेठजी, नहीं...दो-तीन बरस ही काफी होंगे। नौ बरस का नाम सुनते ही मेरे प्राण निकल जा रहे है। राम जाने नौ बरस कब आएँगे?...आएँ न भी आएँ।'

'क्यूँ नहीं आएँगे? समय किसी के लिए नहीं रुकता। देखते-देखते छन-पल में तुम्हारा लछमन दस बरस का हो गया। कुछ पता चला? इसी तरह नौ बरस बीतते भी कुछ पता नहीं चलेगा!'

'बेटा आँखों के सामने रहे तब बरस उड़ते क्या देर लगती है, पर बिछोह का तो एक पल भी बरस जितना लम्बा होता है।'

'कोई लम्बा-छोटा नहीं होता। इनके हिसाब में कभी कोई भूल नहीं पड़ती...बत्तीस घड़ी का दिन, तीन दिन का महीना और बारह महीनों का एक बरस...बता क्या देर लगी? एक भी बरस कम किया तो तुम दोनों के पछतावे का पार नहीं रहेगा।'

'आज ही कौन-सा पार है! सोते-बैठे किस जञ्जाल में फँस गयी?'

'मैं तो नौ बरस के बाद ही बात करूँगा, आज नहीं।'

'अब क्या बात बाकी रह गयी! बेटा, माँ के सामने दिसावर जा रहा है और वह लौटने की आस में जिन्दा रहेगी।'

बिछोह की उस अन्तर्वेदना के सामने प्रसव की पीड़ा कितनी नगण्य थी। उस पीड़ा में तो एक आनन्द भी अन्तर्निहित था, मगर यह वेदना तो निखालिस वेदना ही है। उस मंगल-घड़ी की शुभ वेला तो वह कोख से ही बाहर आया था, जिसकी उतनी पीड़ा थी और आज तो वह न जाने कितनी दूर कमाई के लिए

बाहर जा रहा है? पिता के मुँह से तो एक आह तक नहीं निकली जैसे बोलना ही बिसर गया हो। ऐसे संकट की वेला तो सारा शरीर ही हुँकार उठता है, जो कानों से सुनाई नहीं पड़ता।

काफी दूर चुपचाप चलते रहने के बाद सेठ को विवश होकर कहना ही पड़ा, 'भले आदमियों, ठेठ दिसावर तक साथ चलने का विचार है क्या? फिर पैदल चलने का कष्ट क्यूँ कर रहे हो, ऊपर ही बैठ जाओ। क्या और किसी के बच्चे दिसावर नहीं जाते? मैं गया ही था...फकत लोटा-डोर लेकर! आज लाखों की माया है, हीरे-मोती हैं, सोना-चाँदी है। मुझे तो किसी का सहारा भी कहाँ था? और तुम्हारे लछमन को तो मैं साथ ले जा रहा हूँ, व्यापार में बराबर का हिस्सा रखूँगा। फिर भी चिन्ता करो तो तुम्हारी मरजी...।'

दोनों के पाँव वहीं चिपक गये, जैसे धरती ने उन्हें जकड़ लिया हो, पर आँखों की गति को भला कौन रोक सकता है? उनका वेग तो और अधिक बढ़ गया। कभी लगता कि गाड़ी सहित लछमन एकदम पास आ गया, कभी लगता कि वह अकस्मात् बहुत दूर चला गया है! कभी आँखों के भीतर समा जाता तो कभी आकाश को छूता नजर आता। रथ से उड़ती खेह कभी गुलाल-सी नजर आती, कभी धुएँ-सी नीली और कभी काजल की तरह काली-स्याह तो कभी हरी! यह कैसा नजारा है? कैसा प्रपञ्च है? जीवन भर सोते-जागते क्या इसी तरह सपने देखते रहेंगे? जिन्दगी क्या यों ही गुजर जाएगी? हे राम! किस बुरी साइत में गाँव छोड़ा, जो बेटे का जिन्दा बिछोह झेलना पड़ा!

और उधर रथ में बैठे लछमन को यह भी एहसास नहीं था कि अभी उसके मन में जो गुजर रही है, वह क्या है...अथाह दुख या असीम आनन्द? वह स्वयं अपने-आप से ही सारा भेद छिपाना चाहता था, फिर कोई दूसरा उसकी टोह कैसे ले? माँ-बाप के पीछे छूटने में दुख भी कम नहीं था, पर निरन्तर आगे बढ़ने की खुशी भी कम नहीं थी। माँ-बाप के वियोग की कसक भी कम नहीं थी तो सेठजी के साहचर्य का सन्तोष भी कम नहीं था। अपने सुख की तो उसे रञ्चमात्र भी ललक नहीं थी, पर माँ-बाप के सुख की खातिर यदि उसे तारों के बीच भी पहुँचना पड़े तो बखुशी जाने को आतुर था।

माँ-बाप की आँखों से दूर-पास खिसकता हुआ रथ थोड़ी-देर में सर्वथा ओझल हो गया या अपना अस्तित्व खोकर व्याकुल आँखों में समा गया? दूरी का यह अभिशाप भी होता है? उससे पहले उन्हें यह एहसास ही कहाँ था? भोर, दुपहरी, साँझ और रात...उन्हें तो केवल समय का ही आभास था! कम-बेशी दूरी के अभ्यस्त होने पर भी उसके एहसास से वे नितान्त बेखबर थे। जानते हुए भी अनजान बने हुए थे।

दोनों ने ही न जाने क्या सोचकर कठपुतलियों की तरह गरदन घुमाकर एक-दूसरे की तरफ देखा। बीते हुए समस्त युगों के महाकाव्यों का निचोड़ उन निरीह आँखों से छलक पड़ने की कशमकश कर रहा था, लेकिन छलक नहीं सका, अन्यथा एक नये महाकाव्य की सृष्टि हो जाती!

'बस करो, बेटे की खुशी में ही हमारी खुशी है।' कुम्हारी धीरे से फुसफुसाई।

'तू भी तो धीरज रख, मुझे समझाने चली है! बेटे की खुशी से अलग माँ-बाप की खुशी नहीं होती। दस बरस बीते ज्यूँ नौ बरस और बीत जाएँगे।'

'कब बीत जाएँगे?'

'नौ बरस के पहले तो बीतने से रहे! तू आज से ही चिन्ता करने लगी तो बड़ी मुश्किल हो जाएगी।'

'मुझे अपनी चिन्ता नहीं, तुम्हारी चिन्ता है, लछमन की चिन्ता है।'

'और मुझे किसकी चिन्ता है, तू नहीं समझ सकेगी?'

'कैसे नहीं समझ सकूँगी, तुम्हें मेरी चिन्ता है, लछमन की चिन्ता है।'

'तो अब लौट चलें...!'

'किधर?'

'जिधर भी पाँव ले जाएँ।'

'प्याऊ की ओर या दिसावर की ओर?'

'कह तो दिया, जिधर भी पाँव ले जाएँ।'

'समझ से काम लो, पाँवों का क्या भरोसा, किधर बढ़ जाएँ? सेठ ने कुछ सोच-विचार कर ही तुम पर भरोसा किया था, चलो प्याऊ की ओर ही चलें!'

'चलो!'

पर 'चलो' की ताकीद के बाद भी वे दोनों वहीं खड़े रहे। शायद कुछ ऐसी ही भ्रान्ति हुई होगी कि वे सचमुच चल रहे हैं। कुछ वक्त और गुजर गया। कुम्हार, कुम्हारी की ओर चुपचाप देखता रहा और कुम्हारी उसकी ओर खोई-खोई दृष्टि से ताकती रही। बहुत-कुछ यह भी सम्भव है कि वे देखकर भी कहीं कुछ नहीं देख रहे हों या उन्हें आगे...बहुत आगे का भवितव्य दिखलाई पड़ रहा हो। धरती, हवा और धूप के आर-पार न दिखलाई पड़ने वाला परिदृश्य साफ-साफ ही नजर आ रहा हो। मानव-दृष्टि की यह नियामत कभी-कभार यूँ पीड़ा-जनक हो जाती है।

'चलती क्यूँ नहीं?'

'पहले तुम चलो, तुम ब्याह में आगे चले थे कि नहीं?'

'तो क्या अपना फिर से ब्याह हो रहा है? क्या बहकी-बहकी बातें करने लगी है? चल मैं आगे चलता हूँ, पीछे तो चल सकेगी?

'क्यूँ नहीं चल सकूँगी?'

'तो चल।'

और वे वाकई चलने लगे। कुम्हार आगे और कुम्हारी थोड़ी पीछे। कुछ देर तक चुपचाप चलते रहे। सहसा कुम्हारी रुककर बोली, 'अरे! किधर जा रहे हो? यह तो दिसावर का मारग है। प्याऊ तो पीछे रह गयी, जरा मुड़कर तो देखो...साफ दिख रही है।'

कुम्हार ने हतप्रभ निगाह से मुड़कर देखा। गहरा निःश्वास खींचकर कहने लगा, 'मेरी तो मति ही भ्रष्ट हो गयी! तू आगे चल। ब्याह की बात दूसरी है। तू जिस राह चलेगी, मैं तेरे पीछे-पीछे चलूँगा।'

'नहीं तुम आगे चलो।'

'मैं आगे चला तो राह भटक जाऊँगा।'

'कोई बात नहीं, तुम्हारे संग मैं भी राह भटकने को तैयार हूँ।'

वे फिर चलने को बाध्य हुए। मगर चलते हुए उन्हें बड़ा ही अटपटा लग रहा था। हमेशा की तरह दोनों पाँव उनके वश में नहीं थे। उनकी इच्छा के विपरीत पाँव अपनी मरजी से चल रहे थे। बायाँ पैर आगे बढ़ रहा था और दाहिना उन्हें पीछे खिसका रहा था। प्याऊ तक की दूरी पार करना उनके लिए बहुत मुश्किल हो गया।

प्याऊ के अहाते में घुसते ही कुम्हारी ने पूछा, 'वे कितनी दूर चले गये होंगे?'

'एक बार ओझल होने के बाद चाहे जितनी दूर समझ ले...एक कोस, दस कोस!'

'दौड़कर अपने लछमन को वापस नहीं लौटा सकते?'

'नहीं, अब तो नौ बरस के बाद लौटकर आएगा, तभी मिलना होगा।'

'अच्छा, तब तक मैं भी धीरज रखूँगी, तुम भी धीरज रखना। बेटा बड़ा आदमी बने तो किसे खुशी नहीं होती? बित्ता भर का छोकरा बहू से क्या बात करेगा? मैं तो सोच-सोचकर हैरान हूँ! नादान बहू पति के बिछोह का दरद क्या जाने, वह तो उल्टी खुश होगी! दिसावर से पायल मँगवाएगी। चुँदड़ी की माँग करेगी, बिन्दियों की माँग करेगी...गनीमत समझो, कहीं खिलौनों की माँग न कर बैठे! वहाँ कितने दिन रुकेगा, मैं तो कहना ही भूल गयी। तुमने कहा नहीं कि एक दिन से ज्यादा न रुके। वहाँ रात भर ठहरना क्या ठीक रहेगा? पहले खयाल आता तो साफ मना कर देती। गौने के पहले ससुराल में रुकना अच्छा नहीं!'

'और तुमने गौने से बहुत पहले समाचार नहीं भिजवाया था, अपनी मौसी के साथ?'

'तब मैं तो बहू से पाँच साल बड़ी थी। तुम्हारे बस की बात होती तो तुम रोज ही कुछ-न-कुछ बहाना बनाकर ससुराल चले आते।'

'तेरा मन रखने ही तो आता था, वरना मुझे तो काम-काज से ही फुरसत कहाँ थी?'

'अरे, रहने दो! चाँदनी या अँधेरी रातें काली नागिन-सी डसने को होतीं तो विस उतारने मेरे पास आते थे!'

'हाँ, आता था। खूब याद है मुझे भी। भूला मैं भी नहीं हूँ। मगर आज तो वे सारी बातें सपने से भी अधिक झूठी हो गयीं। क्या अपने बहाने कोई और मायावी तो हमारी जिन्दगी नहीं जी गया?'

'और आज की बातें भी कल इसी तरह सपने-सी झूठी हो जाएँगी। फिर क्यूँ कदीमी निवास ठुकरा कर यहाँ आये? क्यूँ लछमन को कमाई के लिए दिसावर भेजा? नाहक मायाजाल में फँस गये।'

'फँस गये सो फँस गये! अब आसानी से निस्तार नहीं! नींद के सपनों की तरह जीवन की रामायण पर भी किसी का वश नहीं चलता। भगवान रामचन्द्र का भी नहीं चलता तो अपना क्या चलेगा? समझी?'

'मैं तो तुम्हारे साथ-साथ ही समझूँगी। मगर प्याऊ के काम में स्वारथ के साथ परमारथ भी कम नहीं! अच्छा ही है, माटी और गधे की लीद से तो पीछा टूटा!'

इस तरह प्याऊ के पुनीत काम का पुण्य इकट्ठा करते-करते पूरा एक बरस लुढ़क गया। सेठ से भी अधिक कुम्हार-कुम्हारी की शोहरत फैली। एक बार विश्राम किया मुसाफिर चक्कर काटकर भी वहाँ आता था। कई यात्री तो प्याऊ में ठहरने के बहाने ही यात्रा करते थे। कुम्हार की मीठी-रसीली बातें, भीनी-भीनी खुशबू का ठंडा पानी और कुम्हारी के हाथ का सादा आत्मीय भोजन, मानो आँच पर चढ़ने के पहले उसकी आत्मा में पका हो। घर पहुँचने के बाद कई दिनों तक चर्चाएँ चलती रहती थीं।

इसी यश और कल्याणकारी काम के दौरान ऊँट पर सवार एक रोबीला जातरी वहाँ उतरा। लम्बी गठीली कद-काठी। इच्छा करे तो खाली हाथ शेर से भिड़ जाय। काली मूँछों की शान ही निराली थी! हाथ में काले म्यान की तलवार। जिस पर नजर पड़ते ही एक बार तो रूह काँप उठे। पर उसने खुशखबरी ऐसी सुनाई कि कुम्हार और कुम्हारी की बाँछें खिल गयीं। अत्यधिक खुशी में एकबारगी म्यान का परस करने की इच्छा हुई, पर वैसी हिम्मत नहीं जुटा पाए। जिस धर्मात्मा सेठ ने इस पुण्य-स्थल का निर्माण करवाया, वह कल-परसों यहाँ पहुँचने वाला है। भीतर उमड़ती खुशी की फुहार छोड़ते कुम्हारी ने पूछा, 'साथ में हमारा लछमन भी आएगा?'

'फिलहाल नहीं, लेकिन वह है मजे में। देखो तो पहचानने में थोड़ी देर लगे।'

'कैसी बात करते हो?' कुम्हारी हँसी का अमृत झलकाते बोली, 'उसकी छाया देखकर पहचान लूँ। पेट में दस महीने तक उसकी सूरत देखने को तरसती रही, पर पाँखों से बाहर आते ही पहचान गयी कि वह तो मेरे जनम-जनम का बेटा है। लछमन को नहीं पहचानूँगी तो माँ का दूध ही लजाया। हमें खूब याद करता है न?'

'नहीं।'

'नहीं?' जैसे दुनिया का समूचा अविश्वास कुम्हारी की उस आशंका में सुलग उठा हो।

'कभी भूले तो याद करे!' रहस्य भरी मुस्कान के साथ जातरी आगे कहने लगा, 'वह तो एक पल के लिए भी तुम दोनों को नहीं भूलता। उसका हीय तो मानो गंगाजल से ही बना हो। जैसी सुहानी सूरत, वैसी ही सुहानी बोली! उसके चरणों का ऐसा चमत्कार हुआ कि सेठजी तो निहाल हो गये...निहाल! एक ही बरस में दस बरस जितनी कमाई कर ली!'

'उन्होंने तो पहले ही भविष्यवाणी कर दी थी कि लड़का बड़ा होनहार और भाग्यशाली होगा। ये तो मानते ही नहीं थे। मैंने जी कड़ा करके बड़ी मुश्किल से भेजा। क्यूँ, बोलो, अब चुप क्यूँ हो?'

'इसीलिए कि तेरा झूठ छिपा रह जाय! तुझे तो साँझ का खाया ही सवेरे याद नहीं रहता, फिर बरस पहले की बात क्या याद रहेगी? उस दिन तेरा कहा मान जाता तो तू और तेरा लाड़ला माटी ही गूँधते रहते।'

'भले मानुस, क्यूँ सरासर झूठ बोल रहे हो? अभी तो सेठजी गवाह हैं, उनसे पूछ लेना। खैर, तुम खरे और मैं खोटी ही सही। तुम्हारी कीरत में ही मेरी कीरत है।' फिर जातरी की तरफ देखकर बोली, 'बीरा, तुमने ऐसी खुशखबरी सुनाई कि मेरा बस चले तो पूनम का चाँद तोड़कर तुम्हारे गले में पहना दूँ।'

'फिर चाँदनी रातें कैसे होंगी?'

'खूब होंगी! दूनी चाँदनी छिटकेगी! माँ के हाथ से कभी अनर्थ नहीं होता। अभी घड़ी-पलक में गुड़ की लापसी बनाकर खिलाती हूँ, तुम्हें। सेठजी के साथ गुदली खीर और मालपूए खिलाऊँगी। बहिन की विनती मानकर यहीं रहना, जाने की उतावली तो नहीं है?'

'बिल्कुल नहीं! उन्हीं के इन्तजार में आया हूँ। मिलकर ही जाऊँगा।'

'उन्हें जानते हो?' कुम्हार ने धीमे सुर में जिज्ञासा प्रकट की। वह अपनी ही खुशी में खोया था।

'नहीं, जानने की इच्छा हो रही है।'

'फिर मेरे बेटे की इतनी बातें तुम्हें कैसे मालूम हुईं?'

'वे तो हवा में घुली हुई हैं...हवा में। सभी जानते हैं।'

'मगर हमें तो तुमने ही पहली बार, यह शुभ समाचार सुनाया। बड़ी खुशी से ठहरो और उनके दरसन करके जाओ।' कुम्हार के स्वर में आग्रह का पुट था।

'दरसन तो मैं भगवान के भी नहीं करना चाहता और न मेरा भी कोई दरसन करना चाहता है। नाम सुनते ही आधे प्राण सूख जाते हैं।'

'क्या नाम है तुम्हारा?' क्षण भर पहले, खुशी के मारे कुम्हारी की आँखें अनजाने ही आधी मुँद गयी थीं, वे तुरन्त आश्चर्य से पूरी खुल गयीं।

'अब भी नहीं समझी? तुम माँ हो न?'

'लछमनसिंह?' कुम्हार के मुँह से मानो ज्वालामुखी पर्वत फटा हो। नाम उच्चारित करके ही वह ठेठ भीतर तक दहल उठा!

'मैं जानता था कि मेरा नाम सुनते ही तुम्हारी खुशी पर पाला पड़ जाएगा, इसीलिए दो दिन चुप रहा। मगर आखिर तो सारा भेद बताना ही है।'

'कैसा भेद? किस बात का भेद?' कुम्हारी का मुँह खुला का खुला ही रह गया।

'सब बता दूँगा। धीरज रखो। तुम्हें बताए बिना तो मेरा यहाँ आना ही अकारथ हो जाएगा।'

'मैं तो समझा था कि आप किसी बड़े ठिकाने के ठाकुर हैं। बड़े रईस हैं।'

''हाँ, रईस तो हूँ ही। और तुम्हारी शुभ-कामना रही तो जल्द ठाकुर भी हो जाऊँगा। बारह गाँव का ठाकुर। राजाजी की मेहर होने की वाली है। और सुन लो, तुम्हारा गाँव मेरा खास ठिकाना होगा।'

'हमारा गाँव?' कुम्हार ने अविश्वास भरी वेदना के साथ पूछा।

'हाँ, तुम्हारा गाँव! तुम्हारे अचरज से दुनिया की बातें नहीं टलतीं। जो होना है, वह होकर रहेगा।'

कुम्हारी थोड़ी-बहुत आश्वस्त हो चुकी थी। डरने से डर और बढ़ता है। उसके मुँह की ओर देखते बोली, 'उससे पहले अपना नाम बदल लो या मैं अपने बेटे का नाम बदल लूँगी।'

'नाम से कुछ नहीं होता, बहन, कुछ नहीं होता।' अपना निचला होंठ दाँतों से काटता लछमनसिंह कहने लगा, 'अपने पड़ोसी राज्य का राजा रामचन्द्र कितना लम्पट, क्रूर और हत्यारा है! और अपने देश के महाराज-धिराज। नाम भी जानती हो...युधिष्ठिर। कारनामे भी जानती हो। बड़े रईसों के ऐसे ही कारनामे होते हैं। या ऐसे ही अधम कारनामों वाले...राव-उमराव, ठाकुर, राजा और बादशाह कहलाते हैं। मिट्टी और मिट्टी के बासनों के अलावा भी दुनिया में बहुत सारी बातें हैं, न जानो तो ही अच्छा है। खाने के बाद अपने मतलब की बात पूरी समझाऊँगा।

केवल अपना मतलब पूरा करने के लिए ही सारा प्रपञ्च है...क्या धर्म, क्या ईश्वर और क्या धाम?'

'भैया, तेरे पाँव पड़ती हूँ, हमें और कुछ नहीं समझना, अब तक जो सुना-समझा वही काफी है। परमारथ की इस पावन ठौर को तो बख्शा होता? हाथ जोड़ती हूँ...सेठजी आएँ उसके पहले यहाँ से चले जाओ...दूर बहुत दूर।'

'उन्हीं के लिए तो यहाँ आने का कष्ट किया और तुम कहती हो चला जाऊँ! एक ही झटके में सौ पीढ़ियों का दरिद्दर दूर हो जाएगा! तुम्हारी चिरौरी सुनते ही चला जाऊँ...ऐसा बेवकूफ मैं नहीं!'

'मैंने तुम्हें भाई कहकर पुकारा और तुमने भी मुझे अपने मुँह से बहन कहा, मेरा इतना कहा भी नहीं मानोगे?'

'इसी कारण तो धर्म-संकट में पड़ा हूँ। तुम्हारे मुँह से 'बीरा' का बोल सुनते ही मेरा माथ तो उसी क्षण भन्ना गया था। तब से पशोपेश में उलझा हूँ...क्या करूँ...क्या न करूँ?'

'बस, एक ही काम करो कि तुम यहाँ से चले जाओ। मैं तुम्हारा मुँह नहीं देखना चाहती।'

'भाई का मुँह नहीं देखना चाहती? फिर मुझे भाई कहकर पुकारा ही क्यूँ?'

'तो यह डकैती का काम छोड़ दो...एक पल भी दूर नहीं रखूँगी। निरीह लोगों की हत्या करके, उनके पसीने की कमाई लूटते तुम्हें शर्म नहीं आती? बोलो, भगवान के दरबार में क्या जवाब दोगे?'

'तुम बहुत भोली हो, बहन! मैं भी डकैती के पहले तुम-सा ही भोला था। असली ज्ञान तो अब हुआ है। तुम्हारा भगवान...फकत गरीबों से ही जवाब-तलब करता है...न राजाओं से, न ठाकुरों से और न सेठों से। न महात्माओं से और न डाकुओं से। तुम्हारा भगवान तो इन्हीं रईसों का ढकोसला है, जो गरीबों को डराने के लिए पंडितों ने रचा है।' बोलना न चाहने पर भी मानो हृदय के दबे हुए उद्‌गार अपने-आप ही उसके मुँह से झर रहे थे। तनिक मुस्कराहट के साथ कहने लगा, 'पसीने की कमाई से तो पेट तक नहीं भरता, उन्हें क्या खाक लूटूँगा। उनके पास है क्या सिवाय पसीने की बदबू के? जिसके पास अपनी जरूरतों से ज्यादा पूँजी है...वह हरामी है! जितनी ज्यादा पूँजी है, उतना ही बड़ा हरामी है! चाहे उसे राजा कह लो, सेठ कह लो, ठाकुर कह लो। समझी?'

कुम्हारी के बदले इस बार जवाब दिया कुम्हार ने, 'इस छोटी-सी जिन्दगी में जाने क्या-क्या समझना पड़ेगा? जब से गाँव, चाक और माटी छोड़ी तब से न तो समझने की सीमा है और न कोई पार! हम अब कुछ भी समझना नहीं चाहते।'

'यह किसी के बस की बात नहीं! जब इस यात्रा पर चल ही पड़े हो तो अन्तिम सच्चाई तक पहुँचना ही पड़ेगा! ईश्वर, ईसू या खुदा का दूसरा नाम ही धन है, सोना है, माया है। आज की लूट से जो भी हाथ लगेगा, वह आधा 'ईश्वर' तुम्हें सौंप दूँगा! बोलो, मञ्जूर है?'

अनायास ही दोनों अपने कानों में अँगुली डालकर जोर से चिल्लाए, 'नहीं, नहीं हमें कुछ भी मञ्जूर नहीं! जो मञ्जूर किया, वही काफी है...सलामत रहे।'

लछमनसिंह फिर भी निराश नहीं हुआ। उसकी आशाएँ भी तो इसी तरह खिली थीं। पूर्ण विश्वास के स्वर में कहने लगा, 'तुम जानते ही नहीं कि तुम्हें क्या मञ्जूर करना है...असंख्य हीरे-मोती, मानिक-पन्ने, बेशुमार सोना-चाँदी...न जाने क्या-क्या? पता चला कि सेठ पीढ़ियों का सञ्चित पुण्य लेकर यहाँ आ रहा है! आधा तुम्हारा और आधा मेरा।' कुम्हारी की ओर लालसा भरी नजर से देखकर बोला, 'चाहो तो तुम हिस्सा कर देना, बहन की बात नहीं टालूँगा। बोलो मञ्जूर है... ?'

'नहीं-नहीं... ।' उन्होंने और जोर से इनकार किया। शायद उनकी चेतना के अजाने कोई अदीठ कमजोरी प्रवेश करने लगी हो।

'तुम यहाँ से चले जाओ...आँचल पसारती हूँ। या सेठजी के आते ही हम चल देंगे। हमें ऐसी ठौर नहीं रहना। हम भले, हमारा गाँव भला और हमारा चाक भला!'

'सो तो ठीक है...पर एक बात—कान खोलकर सुन लो, जीजाजी तुम भी...यदि सेठ के कानों में मेरे काम की भनक पड़ गयी तो मुझसा बुरा नहीं होगा।'

'क्या कर लोगे? जान से ही तो मारोगे?' कुम्हारी ने आगे बढ़कर, उसकी कमर में बँधी तलवार की ओर देखते कहा, 'हम अभी मरने को तैयार हैं। निकालो तलवार...बहन का ऐसा गला तुम्हें कहाँ मिलेगा?'

'नहीं, तुम पर मेरा हाथ नहीं उठ सकता!'

'तो मेरे पति को मारोगे? मेरे सामने?'

'नहीं, इससे मेरा कोई कारज नहीं सरेगा!'

'तो...तो...किसे मारोगे, बताओ?'

'यह बात मेरे बताने की नहीं, तुम्हारे समझने की है...!'

'समझ लिया... ।' कुम्हारी कपाल ठोकती बोली, 'सब-कुछ समझ लिया। अब कुछ भी समझना बाकी नहीं है। सेठजी के आते ही अपने गाँव लौट जाएँगे। वे न माने तो खुद दिसावर जाकर अपने लछमन को लौटा लाऊँगी। हमें न हीरे-मोती चाहिए और न सोना-चाँदी... ।'

'अच्छी तरह सोच-विचार कर लो...काफी समय है। वे कल साँझ तक आएँगे। अब चलता हूँ। तुमने मना किया है तो अब इस पवित्र प्याऊ में डेरा नहीं करूँगा।'

बिना किसी जवाब की प्रतीक्षा किए लछमनसिंह रवाना हो गया। और वे दोनों पाषण-प्रतिमाओं का अभिशाप बने उसकी ओर ऐसी दृष्टि से देखने लगे, जिसका साबका उनकी आँखों से पहली बार ही हुआ था। वह फाटक के करीब पहुँचा ही था कि कुम्हार तेजी से दौड़ता बोला, 'खाना खाकर जाओ। सेठजी की आज्ञानुसार कोई भी जातरी भूखा-प्यासा नहीं जा सकता। मैंने उन्हें बचन दिया है।'

'मैं यात्री नहीं, डकैत हूँ!'

'कोई बात नहीं, इस समय तो मेरे लिए जातरी ही हो।'

'मेरा रुकना तुम्हारे लिए भारी पड़ेगा। मैं भूख का आदी हूँ। कई बार तो सात-सात रोज खाना ही नहीं मिलता।'

'फिर किसलिए डकैती करते हो?'

'अपना-अपना धर्म है। चाहे खेती का काम हो, चाहे व्यापार का और चाहे राज्य का, सबको ही आस्था के साथ अपना धर्म निभाना चाहिए। डकैत जैसा पुण्य काम तो कोई दूसरा नहीं! मैं अभागे व्यक्तियों की आशाओं का सरताज हूँ। जालिम और अत्याचारियों के अलावा किसी को नहीं लूटता। जहाँ तक बन पड़ता है, गरीबों की मदद करता हूँ।'

'तो क्या हमारे सेठजी जालिम हैं, अत्याचारी हैं?' कुम्हार ने नितान्त अविश्वास के स्वर में पूछा।

'बिना अधर्म और अत्याचार के पूँजी इकट्ठी नहीं होती।'

'फिर शेर, साँप और भेड़ियों के पास खूब पूँजी होनी चाहिए थी...?'

'है न, इन्हीं के पास तो सारी पूँजी है...और किसके पास है?'

'मैं सचमुच के जानवरों की बात पूछ रहा हूँ, जिनके पास दूसरी जून के आहार का जुगाड़ तक नहीं।'

'यह उनका जन्म-जात स्वभाव है। कुदरत जाने और वे जानें। हमें उनसे क्या सरोकार? मनुष्य अपने ही गुण-दोषों को ठीक से समझ ले तो काफी है।'

'बातें तो बड़ी मजेदार करते हो, लेकिन कारनामे ठीक नहीं! इच्छा तो ऐसी हो रही है कि तुम्हारी बातें सुनता ही रहूँ। आओ, खाए बगैर नहीं जाने दूँगा।'

'तो पहले बचन दो कि तुम्हारे सेठ को मेरी भनक नहीं पड़ने दोगे।'

'नहीं, यह बचन नहीं दे सकता।'

'देखो पछताओगे। बेटे से हाथ धोना पड़ेगा। आँखों के समान...।'

यह धमकी सुनकर भी कुम्हार के प्राण नहीं निकले सो आश्चर्य की बात थी। मनुष्य के बदले मानो साक्षात् यमदूत उसके सामने खड़ा था। चुप रहने से

शायद उसकी खीज और बढ़ेगी। सीधी उसकी आँखों में देखता बोला, 'मौत कब किसका लिहाज रखती है? और न दुनिया के सभी मरने वाले तुम्हारे हाथ से ही मरते हैं। क्या तुम अपने-आपको मौत से बचा सकोगे? मैं समझूँगा कि बेटा हुआ ही नहीं!'

'यह समझना बहुत मुश्किल है, परजापत।'

'फिर तुम न मानो तो क्या करूँ? मुझे भी मरना है। मरकर जवाब देना है। बचन की भी अपनी मर्यादा होती है।'

'इच्छा तो ऐसी हो रही है कि तुम्हें अपना गुरु बना लूँ। पर अब बहुत देर हो चुकी...। काश! पाँच बरस पहले तुम्हारी नसीहत सुन पाता। चलो, तुम्हारी नेकी और दिलेरी का मान रखने के लिए खाना खा ही लेता हूँ और रहूँगा भी यहीं। बहन की आँखों में आँसू और चिन्ता नहीं देख सकता। और यह देखने लायक चीज भी नहीं है! असली डकैत बनने में अब भी कुछ देर है!'

'और अँधेर भी...!' कुम्हारी कब चुपचाप उनके पास चली आयी, किसी को भी पता नहीं चला। यहाँ तक कि स्वयं कुम्हारी को भी। दोनों ने चीखकर उसकी ओर देखा।

आटा गूँधते समय कुम्हारी के मन में पहली बार आग-सी जलन हुई कि उसका एकाएक बेटा न जाने किसके हाथ की रोटी खा रहा है? बेटा माँ के हाथ का खाना न खाए तो काया कैसे फलेगी? कैसे खून बनेगा? कैसे हड्डियाँ मजबूत होंगी? सञ्जोग का तमाशा कि आज एक डकैत को अपने हाथ से बना खाना खिलाएगी और बेटे को कमाई के लालच में दिसावर भेजना पड़ा। बेटे की सूरत हरदम सामने न रहे तो इन मुई आँखों का मतलब ही क्या है? कल फूटती हों तो आज फूटें। सेठजी के सामने गिड़गिड़ाकर विनती करेगी तो शायद वे मान जाएँ। अमोलक जिन्दगी का एक बरस बिल्कुल बेकार ही बरबाद किया। ऐसी कमाई से क्या बरकत होगी? भगवान भी भोग कबूल नहीं करेंगे। चूल्हे की मद्धिम-मद्धिम आँच की ओर वह न जाने क्या टुकुर-टुकुर देखती रही। शायद उसके अन्तस् में ऐसा ही चूल्हा सुलग रहा हो!

साँझ होने से पहले ही कुम्हारी के भीतर अभेद्य अँधेरा छा गया। बेमन से ब्यालू करने बैठी तो कौर गले के नीचे ही नहीं उतरा। झुँझला कर हाथ धो लिए बिस्तर पर लेटी तो ऐसा महसूस हुआ, जैसे काँटों पर सो रही हो।

कुम्हार से आखिर न रहा गया तो कहना ही पड़ा, 'इस तरह कबूतरी के उनमान क्या लोट-पोट रही है? पेट या पसली में कहीं दरद हो तो सेंक कर दूँ।'

'मैं तो भीतर से सुलग रही हूँ, और क्यूँ जला रहे हो? यह मसखरी की वेला नहीं है। चाहे लाख बार नाराज होओ, सेठजी को कुछ भी बताने नहीं दूँगी।'

'क्यूँ, लछमन मेरा बेटा नहीं है क्या?'

'बेटा तो तुम्हारा ही है, मगर काया का अन्त होने पर भी माँ का दरद नहीं समझा जा सकता। नौ महीने पेट में रखते तो पता चलता कि आँखों के सामने उसकी मौत का क्या अरथ होता है? इस कान से सुनो चाहे उस कान से, तुमने कैसी भी कसम दिलाई तो मैं मानूँगी नहीं।'

'बात-बात में कसम दिलाने की आदत तेरी है, मैं किसी को कोई कसम-वसम नहीं दिलाता। जिसकी जो मरजी हो करे।'

कुम्हारी हड़बड़ाकर उठ बैठी। शब्दों को धुनते बोली, 'जो मरजी हो सो करे? अपने मुँह से भेद बताओगे? यह तो एक ही बात है...तुम कहो चाहे मैं कहूँ...।'

कुम्हारी अपने-आप से झगड़ रही थी और कुम्हारा अपने ताने-बाने में ही उलझा था। कुम्हारी को समझाने के बहाने वह स्वयं भी समझना चाहता था। बिस्तर पर बैठकर ही सोया जाता है, सीधा कोई नहीं गिरता। डगमगाती वाणी में कहने लगा, 'मगर सेठजी भी तो आकाश से नहीं टपके। तू माँ होकर इतना भी नहीं जानती कि अपने एकाएक बेटे के मरने की खबर सुनकर बुढ़िया के दिल पर क्या गुजरेगी? हम चुप रहेंगे तो सेठजी को मरना होगा कि नहीं?'

निश्चित जानने पर भी वह गुमसुम बैठी रही। उस प्रश्न के बहाने माँ के कानों में यह कैसी गोली दगी? ऐसे प्रश्नों का क्या जवाब हो सकता है? अपने पौरुष और बचन की सनक में कुछ देर इन्तजार करने के बाद कुम्हार ने फिर आग्रह किया, जैसे अपनी कमजोरी भली-भाँति ताड़ गया हो। 'क्यूँ, जवाब देते नहीं बनता? फिर कैसी माँ हो?'

'दुनिया के तमाम बेटों को बचाने का जिम्मा मेरा नहीं है।' बुझते स्वर में कहने लगी, 'मैंने तो फकत एक ही बेटे को जन्म दिया है। और वह है लछमन! इससे ज्यादा मैं कुछ भी नहीं जानती...?'

'यही तो अज्ञान है!'

'नहीं, मुझे दूसरा ज्ञान नहीं चाहिए। तुम्हें भी बिरथा डींग-मारने की जरूरत नहीं! कैसे ज्ञानी हो, सो मैं जानती हूँ। तुम्हें मेरी कसम जो इस बाबत एक अक्षर भी मुँह से निकाला।'

'फिर वही कसम। अच्छी तरह सोच-विचार तो करने दे।'

'मैंने सब सोच लिया है, तुम्हें मगजमारी करने की जरूरत नहीं। सेठजी से साफ-साफ कह दूँगी कि अब एक पल भी बेटे का बिछोह नहीं झेल सकती। नहीं चाहिए हमें ऐसी कमाई!' कहने को तो वह इतने जोर से कह गयी, मगर

भीतर-ही-भीतर यह भी महसूस कर रही थी पका घड़ा अब दरकने लगा है सो फूटकर ही रहेगा। उधर कुम्हार अपने डगमगाते पाँवों को पत्नी के सहारे जमाने की चेष्टा कर रहा था। तनिक उतरते स्वर में बोला, 'पर बेटे के सुख की खातिर ही, यह विछोह कबूल किया था।'

डूबते को तिनके का सहारा भी काफी होता है। कुम्हारी ने वही सहारा लेना चाहा, 'बेटे का सुख भी माँ के साथ रहने में ही है!'

'जब तक ब्याह न हो जाय।'

'नहीं, मेरा लछमन तुम जैसा नहीं है।'

बरसों बाद भी अपनी घरवाली के मुँह से यह बात सुनकर कुम्हार सकते में आ गया! तनिक गुस्से में बोला, 'आज तू ही मुझ पर लाञ्छन लगा रही है? तेरे रोने-धोने से ही तो मुझे माँ को इतना रुलाना पड़ा। नहीं तो मेरे घर में उसे किस बात की कमी थी?'

'ऐसे ही जोरामरद थे तो तुमने मेरा कहा माना ही क्यूँ? माँ के आँसुओं की कुछ तो परवाह करते?' अकिंचन तिनके की ओट में विशाल पर्वत यों ओझल हो जाता है! सो अपनी कृत्रिम कलह में वे मौत की वास्तविकता को भुला देना चाहते थे। दिखती आँखों साँप से बचने का कोई चारा न हो तो स्वतः आँखें बन्द हो जाती हैं फिर साँप डसे-तो-डसे! दिखने का भय तो मिट जाता है!

'आज तू जले पर नमक नहीं छिड़केगी तो और कौन छिड़केगा? अब चुपचाप पड़ी रह, नहीं तो...।'

'मारोगे? पीटोगे? मरने के पहले यह साध भी तो पूर लो! पर डकैत का गुस्सा मुझ पर क्यूँ निकाल रहे हो? तुम मरद हो, चुप रह सकते हो, मैं नहीं रह सकती। मेरे भीतर तो आज बिजलियाँ कड़क रही हैं, तुम बुरा मत मानना।'

'क्यूँ खाँमखाँ परेशान हो रही हो, जो होना है, होकर रहेगा। न तू टाल सकती है और न मैं। लछमनसिंह के हाथों सेठजी को मरना है तो खुद भगवान चाहें तो भी उन्हें बचा नहीं सकते! फिर अपनी तो बिसात ही क्या?'

आखिर भगवान के काम का जिम्मा उसी के हाथों सौंपकर वे काफी-कुछ आश्वस्त हो गये थे। मौके पर गरीबों की सहायता भगवान नहीं करेगा तो और कौन करेगा? करुणानिधान की अपनी प्रतिष्ठा तो रखनी ही होगी। तत्पश्चात् कुछ देर करवट बदलते-बदलते दोनों को ही नींद ने आ घेरा। काफी देर से सोए थे, इस कारण हमेशा की तरह जल्दी उठ नहीं सके। पर आँखें उघड़ते ही सेठजी को सामने मुस्कराते देखा तो उन्हें सचमुच अपनी आँखों पर विश्वास नहीं हुआ। कहीं सपना तो नहीं है? वही गोल-मटोल केसरिया पगड़ी। तगारी के समान उभरी हुई तोंद खिचड़ीनुमा, नीचे झुकी हुई मूँछें।

‘यूँ अचरज से क्या घूर रहे हो? पहचाना नहीं? मैं हूँ...मैं!’

‘आपको नहीं पहचानेंगे तो किसे पहचानेंगे? आँखें बन्द हों तो भी पहचान लें। मगर साँझ को पहुँचने की बात थी, इतनी जल्दी...!’

कुम्हारी ने गरदन झटककर पति की ओर देखा तो उसके होंठ उसी क्षण सिल गये। पर तीर, कमान से छूट चुका था!

‘तुम्हें कैसे पता चला? मैं तो बिना खबर दिए ही आ धमका। किसने खबर दी तुम्हें? सपना तो नहीं आया?’

‘हाँ...हाँ, सपना ही आया था।’ कुम्हारी ने दबे सुर में कहा, ‘मैंने आधी रात को जागकर इन्हें बता दिया था। मगर आपको कैसे पता चला?’

‘मुझे सब पता चल जाता है। हिसाबी-किताबी बनिया जो ठहरा। अरे... इस तरह तुम दोनों की रंगत क्यूँ बदल गयी? खैर, छोड़ो, अभी तो कई सपने देखने बाकी हैं। इस तरह सकते में आना ठीक नहीं। गाड़ी में अमूल्य जोखम पड़ी है। अपने हाथों अच्छी तरह हिफाजत से रखो।’

‘नहीं सेठजी।’ कुम्हारी ने अतिरिक्त उतावली के साथ तनिक भयभीत स्वर में कहा, ‘नहीं नहीं, सेठजी, आप ही अपनी जोखम सँभालें, हम गरीब आदमियों की ऐसी औकात नहीं?’

‘पर गरीब है कौन? ऐसे होनहार बेटे के माँ-बाप, भला कैसे गरीब हो सकते हैं? ऐसा न हो कि मुझसे अधिक माया जुड़ने पर मुझे ही न पहचानो। खैर छोड़ो, मेरी जोखिम तो आखिर मुझे ही सँभालनी है, मगर अपनी जोखम तो सँभालो।’

‘हमारी जोखम कैसी?’ कुम्हारी ने आँखों से और कुम्हार ने मुँह से बोलकर पूछा।

‘सो तो देखने से ही पता चलेगा! बताने से तुम्हें क्या, किसे भी विश्वास नहीं होगा!’

और वाकई बार-बार हाथों से टटोल कर, आँखों से निरन्तर देखने के बाद भी उन्हें विश्वास कहाँ हुआ! यह कोई विश्वास करे जैसी बात है! एक ही बरस में इतने सारे गहने? हीरे-मोतियों से जड़े! बेचारे कुम्हार-दम्पती तो नाम तक नहीं जानते। सेठजी से पूछने की हिम्मत भी कैसे जुटाएँ? उस रात का सपना आज अकस्मात् सच हुआ। पर यह सच्चाई तो स्वप्न से भी कहीं ज्यादा अविश्वसनीय है!

सेठजी ने कुम्हार के मुँह की ओर देखकर कहा, ‘थोड़ा धीरज रख। तेरी परेशानी भी मिट जाएगी। भला ऐसा सपूत बेटा, तुझे कैसे भूल सकता है? सोने का डोरा और सोने की माठियाँ भेजी हैं। सवा-सवा लाख के नगीने जड़े हैं!’

उनके चेहरों की बात तो अलग, कहीं आस-पास भी खुशी का माहौल नजर

नहीं आया। न वे मुँह से ही कुछ बोल पा रहे थे और न आँखों से। किसी तरह की कोई प्रतिक्रिया प्रकट नहीं हुई तो सेठ को कहना पड़ा, 'अरे! इस तरह सूनी-सूनी आँखों से क्या देख रहे हो? मुँह पर खुशी का कोई आसार नहीं! या अत्यधिक खुशी के मारे बौरा तो नहीं गये? क्या आस लेकर आया था? और तुम्हें बिल्कुल ही खुशी नहीं हुई! बड़ी अनहोनी बात है।'

वे तब भी कुछ नहीं बोले और न चेहरों की रंगत ही बदली। सेठ को भी मामूली तश आ गया। मुँह बिदकाकर कहने लगा, 'भले आदमियों, ये मिट्टी के नहीं सोने के अमोलक गहने हैं...सोने के!'

सहसा किसी अजाने पाँवों की आहट सुनकर सेठ ने तुरन्त बुद्धि से काम लिया। चौंकाने के साथ ही झट गहनों पर कपड़ा डाल दिया। लड़खड़ाती जबान से प्रश्न किया, 'कौन है, कौन है?'

होंठों के भीतर दहाड़ते तूफान की फुसफुसाहट तक कुम्हार और कुम्हारी के मुँह से बाहर नहीं सुनाई दी, तब उस निपट अपरिचित व्यक्ति ने रुआब के साथ कहा, 'जिसका बरसों से नाम सुन रहे थे, मगर देखने का संयोग आज ही हुआ। मेरी इच्छा भी कई दिनों से आज पूरी होगी।'

किन्तु बड़े आश्चर्य की बात कि सेठ के मुँह पर डर की शिकन तक नहीं उभरी। तीखी पर सहज वाणी में कहा, 'खबरदार, मेरे जीते जी मेरी माया को छूना तक नहीं! पहले मेरी देह के टुकड़े-टुकड़े कर दो। जब तक किसी भी टुकड़े में प्राण बाकी हों, मेरी माया को ललचाई नजर से भी मत देखना!'

'सो ही होगा! आप किसी बात की चिन्ता न करें। मरने के पहले जरा भगवान का नाम सुमन लें तो ठीक रहेगा।'

'भगवान...बेचारा भगवान! धन और माया के अलावा मैं किसी दूसरे भगवान को नहीं जानता। उसी की पूजा करता हूँ, उसी की माला जपता हूँ। तुम भी हमेशा याद रखो कि एक दिन सबको मरना है। अपने भगवान की सुरक्षा में मेरे प्राण भी चले जाएँ तो मेरा परम सौभाग्य है। मैं अपने कर्तव्य से नहीं डिगूँगा।'

कुम्हार और कुम्हारी पाषाण-प्रतिमाओं की तरह बेजान निश्चल खड़े थे। कहीं कुछ अचीता घटित न घट जाय इस आशंका से कुम्हार का हाथ थामकर सेठ कहने लगा, 'घबराओ नहीं, तुम्हारी अच्छी तरह परख करने के लिए यह नाटक जरूरी था। टके की हँडिया भी ठोक-बजाकर ली जाती है, तब यहाँ तो लाखों-करोड़ों तक की जोखिम का सवाल है! मैंने ही लछमनसिंह को सिखाकर भेजा था। जानवर कभी धोखा नहीं देते, पर मनुष्य धोखे के सिवाय कुछ जानता ही नहीं! मैं अच्छी तरह परखने के बाद ही किसी पर विश्वास करता हूँ।' फिर कुम्हार की आँखों में आँखें गड़ाकर सेठ ने मुस्कराते हुए कहा, 'तुम पूरमपूर खरे नहीं उतरे, परजापत!

आधी माया के लालच में मेरी हत्या के लिए तो तैयार नहीं हुए, पर बेटे की मौत के भय से तुमने मुझे भेद नहीं बताया। नहीं तो आँख मींचकर तुम पर भरोसा कर लेता। मगर बेटे का मोह ऐसा ही अन्धा होता है फिर भी तुम्हारे हौसले की दाद देता हूँ...निभेगी, अपने बीच खूब निभेगी! फिर कुम्हारी की ओर देखकर कहने लगा, 'नये कान का शुभ-महूरत भी कैसा शानदार निकला...जिस मंगल घड़ी में गाँव छोड़ा था। याद है न? आज फिर नये काम की चर्चा करूँ, उसके पहले दो शुभ-समाचार सुना दूँ।'

यह कहकर सेठ ने पहले कुम्हारी की ओर देखा और फिर कुम्हार की तरफ। दोनों ही वहाँ मौजूद नहीं थे! कहाँ भटक रहे हैं, सेठ से तनिक भी छिपा नहीं रहा। कुम्हारी के होंठों पर बार-बार बेटे का कुशलक्षेम पूछने की इच्छा फुदक रही थी, पर उसे बाहर दरसाने का तनिक भी साहस नहीं जुटा पाई। भीतर-ही-भीतर अपराध-बोध से निघली जा रही थी। जिस लाड़ले की मौत के भय से भेद छिपाकर वह अजाने ही सेठ की हत्या के लिए तैयार हो गयी थी, उसी से अब बेटे के समाचार क्योंकर पूछे? जानने का बवंडर तो अन्तस में घुमड़ ही रहा था। उसे जाने बिना दूसरी बात सुनने की इच्छा ही नहीं हो रही थी। और सेठ है, जो उनकी परख करने पर तुला है!

'सुन रहे हो न? या अभी तक गहनों में ही तुम्हारा ध्यान अटका हुआ है? अरे! यह तो कुछ भी नहीं है, आटे में नमक के बराबर भी नहीं!' अपनी नजर के पलड़ों में दोनों को तौलने की चेष्टा करता हुआ सेठ कहने लगा, 'आगे की बात सुनकर तो तुम्हारा सर ही चकरा जाएगा। सबसे बड़ी खुशखबरी तो यह कि राजाजी ने अपने किले से भी ऊँची हवेली बनवाने की आज्ञा दे दी है। उसी के हिसाब से नींव भी पड़ गयी। और सचमुच, तुम्हारे गाँव वाले भी कैसे कूड़-मगज हैं कि उस दिन राजजी का भी कहना नहीं माने सो नहीं माने, पर लछमनसिंह के समझाते ही सबकी समझ में आ गया। वहाँ तो हवेली आधी बन चुकी है। उस दिन तो तुमने ही सबसे अधिक रोड़ा अटकाया था, पर आज तुम्हें भी सुनकर मुझसे कम खुशी नहीं हुई होगी। क्यूँ, मेरा अन्दाज गलत तो नहीं? गाँव छोड़ने के बाद ही माया और ज्ञान दोनों हाथ लगते हैं, नहीं तो सारी उम्र वही ढर्रा और वही कोल्हू का चक्कर! हाथ से आगे कुछ भी नहीं सूझता। पर आज तुम दोनों की समझ कहाँ से कहाँ पहुँच गयी! सच कहूँ तो मुझे तुम लोगों से मन-ही-मन डाह होने लगी है। तुम विश्वास थोड़े ही करोगे, क्यूँ?'

दोनों की ओर से कुछ भी जवाब नहीं मिला। सेठ बारी-बारी से उनका मुँह ताकता रहा। जवाब दिया लछमनसिंह ने, 'अभी पूरा हिया और हौसला खुला नहीं है। आपकी अमोलक सीख का मुझ पर भी धीरे-धीरे असर हुआ था, फिर ये तो

एकदम कोरे हैं। ज्यादा उतावली ठीक नहीं, कल तक इनका होश ठिकाने आये, तभी सारी चर्चा करना। इनके गहने और इनका माल इन्हें सौंपने दीजिए। आगे की कल्पना के लिए आधार जुड़ेगा!'

सेठ ने तुरन्त उसकी पीठ थपथपाते कहा, 'वाह रे लछमनसिंह वाह, तुम्हारी सूझ-बूझ का भी कोई जवाब नहीं! दूज के चाँद की तरह दिन-ब-दिन बढ़ रही है और मेरी समझ पूनम के चाँद की तरह दिन-ब-दिन छीज रही है। कोई बात नहीं, तुम कौन से पराए हो! अब तो परजापत का परिवार भी अपना ही है। ऐसा होनहार और भाग्यशाली लड़का सारे देश में शायद अकेला ही हो। जितना बखान करूँ थोड़ा है!'

अब कहीं कुम्हारी के कानों में अमृत की बरखा हुई। उसका सम्पूर्ण मानस एकदम लहलहा उठा। बेटे के बखान सुनकर कुम्हार को भी काफी खुशी हुई। कुम्हारी से अब जब्त होना मुश्किल था। लहराती जिज्ञासा तत्क्षण उसके होंठों से छलक पड़ी, 'क्यूँ सेठजी, मेरा लछमन कैसा है? हमारे बिना उसका मन थोड़े ही लगा होगा? उसकी सेहत कैसी है? ससुराल में दुलहिन ने कोई नादानी तो नहीं की...?'

'ठहर-ठहर।' सेठ ने हाथ का इशारा करते कहा, 'एक मुँह से इतने सवालों का जवाब कैसे दे सकूँगा? आँखों देखकर भी तुम्हें विश्वास न हो, तब कानों सुनकर कैसे विश्वास करोगे? लड़का क्या है...अमोलक हीरा है, हीरा! मानो गंगामैया की कोख से जनमा हो! तुम दोनों की तो पूजा करता है...पूजा! पर गणगौर-सी दुल्हन को इस उम्र में भी कम प्यार नहीं करता! वह तो साथ चलने को तैयार हो गयी थी। बड़ी मुश्किल से मानी। फुसलाने के लिए पाँच मोहरें दीं तो कंकरों की तरह धूल में फेंक दी। यूँ तो कोई बच्चा कंकरों को भी नहीं फेंकता। मगर दोनों की जोड़ी संजोग से खूब शानदार मिली है...ईसर-गणगौर! तुम्हारी बहू की सूरत निहारकर पहली बार मेरे मन में बेटे का अभाव खटका! काश! मेरे भी ऐसा बेटा होता तो ऐसी लक्ष्मी-सी बहू घर में आती!'

सेठ का जवाब अच्छी तरह याद होने पर भी, कुम्हारी से सब्र नहीं हुआ और उसने फिर वही बात दुहराई, 'अब तो लछमन हमसे भी अधिक आपका बेटा है। तब उसकी बहू हमसे पहले आपकी बहू है! इन्हें पराया न समझें। बिना अंस के बेटे ज्यादा सगे होते हैं!'

'बिल्कुल ठीक कह रही हो।' सेठ ने इस बार तनिक-सा भी प्रतिवाद नहीं किया। मोर की तरह गरदन हिलाते बोला, 'जिस तरह मन बहले, उसी तरह बहलाना चाहिए। अपने ढीठ मन की रंगत अब ठीक तरह पहचान सका हूँ।'

'क्या सचमुच दुल्हन साथ चलने को तैयार हो गयी थी? बच्ची है न? अपनी नादानी खुद नहीं समझती। बड़ी होने पर अपने-आप लाज-सरम सीख जाएगी।'

'मुझे सन्देह है। बड़ी होने पर इसी तरह नादानी न करे तो मुझे उलाहना देना। कच्चे दूध-सा स्वभाव है उसका, आँच लगे तो उफन जाय, ठंडे छींटे लगें तो तुरन्त बैठ जाय। अब तो केवल आठ बरस ही रहे हैं। चुटकियों में बीत जाएँगे। फिर हरदम आँखों में ही बिठाए रखना!'

'नहीं सेठजी, हम गरीबों पर आपकी खूब मेहरबानी हो गयी। इससे ज्यादा धन की जरूरत ही समझ नहीं पड़ती। अब तो बेटे के बिना सुख भी अच्छा नहीं लगता! आपके पाँव पड़ती हूँ, जाते ही भिजवा दीजिए।'

'फिर मेरे बचन का क्या होगा?' कुम्हार ने घरवाली की ओर पैनी निगाह से देखते कहा, 'थूककर चाट लूँ? सेठजी अपनी मरजी से भेजें तो उनकी मरजी, पर मैं कभी ताकीद नहीं करूँगा और न तुझे करने लूँगा।'

सेठजी को अच्छा बहाना मिल गया। हाथ हिलाते हुए बोले, 'पहले तुम दोनों तो एकमत हो जाओ। फिर मैं जो कहोगे, वही कर दूँगा। पर तुम लोगों से सच बात कैसे छिपाऊँ? जब से पेढ़ी पर उसने पाँव धरा है, चारों ओर मंगल-ही-मंगल हो गया। मेरा भाग्य भी उसके बाद ही खुला है! कहीं अटक जाऊँ तो उसकी सलाह ही कारगर होती है! सुनकर अचम्भा करोगे कि सेठानी भी उसका स्वभाव देखकर बाँझ की कसक भूल गयी। जैसी उसी का जाया हो। लाखों-करोड़ों में एक माँ ऐसा रत्न पैदा करती है और वह तुम हो...रत्नगर्भा....रत्नगर्भा!'

कुम्हारी जमीन से पाँच हाथ ऊपर उठ गयी। उसके अन्तस में दुबकी अनेक खुशियाँ पाँखें फड़फड़ाकर सभी दिशाओं में उड़ने लगीं। न गगन में स्थान की कोई कमी थी और न उसके मन में आनन्द का कोई छोर!

'तो भोली दुल्हन साथ चलने के लिए मचल उठी? फिर तो खूब रोई होगी। मेरे लछमन का मन भी भारी-भारी हो गया होगा।'

'बिल्कुल नहीं। इतनी छोटी उम्र में भी सयानों से ज्यादा बुद्धि है उनमें। मैं तो खुद चकित रह गया। बिछोह के उसी क्षण में वे स्थान की दूरी भूलकर एक-दूसरे के भीतर समा गये। दूसरी का भ्रम ही उन्होंने अपने मन से मिटा दिया। जुदाई के समय लछमन के होंठों पर दुल्हन की मुस्कान थी और दुल्हन के होंठों पर लछमन की किरण। अब बेटे की कमाई का नजराना...अपने-अपने गहने और कपड़े सँभालो, बाकी चरचा कल करूँगा।' फिर कुछ रुककर कहने लगा, 'सैकड़ों यात्रियों से तुम्हारे खाने की बड़ाई सुनकर, विश्वास ही नहीं होता। ऐसा बढ़िया खाना बनाना कब सीख गयी? पर मैं तो खाकर ही बखान करूँगा।'

कुम्हारी खुशी में संज्ञाहीन-सी हो गयी, तब जवाब दिया कुम्हार ने, 'जैसी माटी वैसे बासन। जैसा तर माल वैसा तर भोजन। फिर भी परोसने वाले हाथों का चमत्कार भी कम नहीं होता!'

कुम्हारी सँभलकर जवाब दे, उसके पहले ही कुम्हार माकूल जवाब दे चुका था। उसने मुस्कराते हुए कुम्हारी की ओर देखा तो वह भी मुस्कराते बोली, 'मेरे खयाल से तो खाने का सारा स्वाद परोसने में ही है। आप जीमने के बाद सही हिसाब करें।'

इस बार खाना बनाते समय कुम्हारी के मन में किसी तरह का कोई क्लेश नहीं हुआ। जैसे धुल-पुँछकर मन की सारी घुटन साफ हो गयी हो। कुम्हारी ने अतिरिक्त उत्साह व तत्परता से खाना बनाया, मानो अपने इष्ट देव की मानता के लिए प्रसाद बना रही हो। हर व्यञ्जन में उसकी आत्मा और उसका मन घुला था। खीर व लापसी मानो खाँड के बदले उसकी आत्मा के रस से मीठी हुईं हों और सब्जियाँ भी जैसे उसके सलौने-स्वभाव से जायकेदार हुई हों। गाय के घी की सौरभ से सारा आँगन महक उठा।

भोजन कर चुकने के बाद दोनों ने जिज्ञासा भरी निगाह से सेठ की आँखों में देखा तो सेठ अविलम्ब उनके मन की बात समझ गया। बोला, 'देखो, बुरा मत मानना, सच बात के सिवाय मेरे मुँह से कुछ निकलता ही नहीं। ऐसा भोजन परोसने के लिए ऐसे ही हाथ चाहिए। ज्यादा बकवास करने की मेरी आदत नहीं, थोड़े में समझ सको तो यह बात है, नहीं तो बरसों थूक उछालने पर एक कतरा भी मक्खन नहीं निकलता, समझे।'

'अब आपकी बातें समझने में ज्यादा देर नहीं लगती।' पास खड़े तीनों व्यक्तियों को मुस्कराती आँखों से देखकर कुम्हार कहने लगा, 'पहले उनका अरथ बड़ा गूढ़ होता था, लेकिन अब वैसी बात नहीं।'

'घिसते-घिसते पत्थर भी गोल हो जाता है। तुम्हारी तरह ठीक मेरे साथ भी यही हुआ। अब तो बिना कहे सेठजी के मन की बात समझ लेता हूँ। जब तक जीऊँगा, उनका एहसान नहीं भूल सकता। बड़े भारी संकट में भगवान की तरह इन्होंने मुझे उबारा। खाने के ही लाले पड़ते थे, सो अब गाँव में सब बातों के ठाठ हैं। पक्की तिमञ्जिली हवेली, गाय-बैलों के पक्के ठान, धान-चून से भखारियाँ भरीं। मुझे तो अब भी कभी-कभार भरोसा नहीं होता कि देखते-देखते यह क्या हो गया? सब सेठजी का पुण्य और सेठजी का ही प्रताप है।'

'इसमें मेरा क्या प्रताप ठाकुर साहब, जो भाग्य में लिखा है, वह तो देर-सवेर मिलता ही है। मैं तो निमित्त मात्र हूँ।' फिर कुम्हार की ओर ठंडी निगाह से देखते कहने लगा, 'चलो, एक बार गाँव चलकर हवेली का मुआयना तो कर लो, कहीं कोई कसर रह गयी तो बाद में सुधरेगी कैसे? तू भी तो परजापत है, किसी से कम नहीं! अच्छा, नाँघल के शुभ-मुहूर्त पर ही चलेंगे। धूमधाम से प्रतिष्ठा करेंगे। राजाजी के साथ कई दरबारी आएँगे।'

कुम्हार की एक-एक नस सिहर उठी! मुँह का जायका एकदम कड़वा हो गया। तुरन्त बोला, 'नहीं सेठजी, हम से अब यह खूँटा नहीं छूट सकता।' उसने हाथ जोड़ते कहा, 'गाँव वालों को अब मैं मुँह दिखाने काबिल नहीं रहा, मुझे माफ करें।'

'क्यूँ, मुँह नहीं दिखाने जैसी क्या बात हुई?' अच्छी तरह जानते-बूझते भी सेठ ने खाँमखाँ शंका की।

मगर कुम्हार ने मन की सच्ची बात ही दरसाई। कहने लगा, 'उस दिन मेरी जिद के कारण ही हवेली की नींव नहीं पड़ सकी। बस्ती के सारे लोग गाँव छोड़ने को तैयार हो गये और आज गाँव वालों की छाती पर...नहीं नहीं, मैं तो अब मरकर भी वहाँ लौटना नहीं चाहता। मेरा माटी तो अब गाँव के मसान भी नहीं झेलेंगे। मैं भला और प्याऊ का काम भला। आपकी दया से सब ठाठ है!'

लछमनसिंह ने सेठ की तरफ भेद भरी निगाह से देखकर कहा, 'अभी समझने में कुछ देर है, मगर अँधेर नहीं! आप भी ज्यादा उतावली न करें। समझ तो आते-आते जाती है। फिर जात भी अपना फन्दा आसानी से नहीं छोड़ती। मगर बहन तू जरूर आना, ऐसे मौके बार-बार नहीं आते।'

बहन अविलम्ब आनाकानी करते बोली, 'नहीं भैया, मैं कैसे जा सकती हूँ? इनका मेरा साथ तो छाया की तरह है। मरने पर भी छूटे तो छूटे!'

'कोई बात नहीं, कोई बात नहीं, यहाँ पुण्य के काम में एक दिन की भी नागा क्यूँ हो। अरे! मैं तो बातों-बातों में भूल ही गया।' फिर सेठ बुगची की डोर खोलते-खोलते कहने लगा, 'लछमन ने बड़े जतन से भेजे हैं, सबसे पहले देने की बात कही थी। अब पहले जैसी याददाश्त रही नहीं।'

'उम्र के साथ बदलाव तो आता ही है।' लछमनसिंह उसकी हाँ-में-हाँ मिलाते बोला, 'पहले तो बरसों पहले के सपने भी आपको ज्यों-के-त्यों याद रहते थे।'

सफाई से तह किए कपड़ों को बुगची पर रखते हुए सेठ ने कहा, 'दो-दो जोड़ी हैं।'

कुछ कहने के लिए कुम्हार के होंठ खुले ही थे कि चमचमाते रेशम पर नजर पड़ते ही होंठों तक उछली बात भीतर फिसल गयी। पति-पत्नी दोनों असीम आश्चर्य से एक-दूसरे की ओर निर्वाक देखते रहे। एक ही क्षण में आँखों से जितनी बातें हो जाती हैं वे मुँह से बत्तीस घड़ी के दौरान भी नहीं हो सकतीं। लेकिन वह आहत मौन सेठ को भीतर-ही-भीतर डस रहा था। इस कारण अतिरिक्त उछाह से बोला, 'आखिर उज्जैन से मँगाने पर ही उसके जी को तसल्ली हुई। असली रेशम है...सौ टञ्च असली! उसने बार-बार आग्रह किया तो मैंने खास राज-दरजी से ही

सिलवाए। उसकी नजर में गहनों से कहीं ज्यादा मोल है, इन कपड़ों का। आखिर तुम्हारा ही बेटा है न? हाथ में लेकर जाँच करो, यों पता नहीं चलेगा।'

'हम क्या खाक जाँच करें, माटी के अलावा हमें किसी और चीज की पहचान ही कहाँ है?' अपने मन की लाचारी सहज भाव से प्रकट करती कुम्हारी शंकित भाव से कहने लगी, 'लेकिन अब ढलती उम्र में वे रेशम के कपड़े क्या अच्छे रहेंगे। मैं तो...।'

सेठ बीच में ही बोला, 'मैंने भी ठीक यही बात कही थी, पर वह माना ही नहीं, बाप की तरह थोड़ा-बहुत जिद्दी है न...।'

'मैं कहाँ जिद्दी हूँ, सेठजी। आपके कहते ही पीढ़ियों का बसेरा छोड़कर रात को ही रवाना हो गया, किसी से मिला तक नहीं।'

'जिसकी शूल अब भी तेरे मन में खटक रही है, क्यूँ?'

'नहीं, अब वह बात नहीं रही। फिर भी कभी-कभार अपने किए पर पछतावा हो जाता है।'

'मगर धीरे-धीरे सब ठीक हो जाएगा। समय की बलिहारी प्रबल है। मुझे तो अब याद ही नहीं पड़ता कि मैंने पिछली जिन्दगी जी भी है या नहीं। सेठजी की दया-माया से मेरा तो जैसे नया जन्म ही हुआ हो। मैं तो दोनों वेस दुलहिन को दे दूँगी।' दूसरी बात का ताँता पकड़कर कुम्हारी बोली, 'मुझसे अब यह बनाव-सिंगार नहीं हो सकता।'

'और उसने अपने सर की कसम जो दिलाई है!'

'अच्छा!' कुम्हारी बेहद आश्चर्य व आनन्द के सुर में कहने लगी, 'फिर उसकी कसम का मान तो रखना ही पड़ेगा।'

'बात-बात में कसम दिलाने की बान उसने तुझसे ही सीखी है।'

'क्यूँ, तुझे भी बात-बात में अपनी कसम दिलाती है क्या?' सेठ ने कुम्हार से पूछा, 'तब तू भारी धर्म-संकट में फँस जाता होगा।'

'सो तो फँस ही जाता हूँ, सेठजी। पर थोड़ा समझाने से मान जाती है। फिर हठ नहीं करती।'

'एकाएक बेटा दिसावर में न जाने कितनी दूर बैठा है। और मैं यहाँ सिंगार करूँ? अच्छा थोड़े ही लगेगा। मैं बिना बात हठ नहीं करती।'

'अपनी चूक किसे भी नजर नहीं आती, बहन, फिर तुझे क्या दोष दूँ। औरत का सिंगार बेटे के लिए नहीं, पति के लिए होता है। तेरा सिंगार बहनोईजी को अच्छा लगेगा...बहुत अच्छा लगेगा।'

दोनों ने शर्मा कर आँखें नीची कर लीं।

कुछ देर बाद सेठ के बहाने मानो समय बोला हो, 'हम तो अब तुम्हारे खास

घर के लोग हैं, हम से लाज-सरम कैसी? बुरा न माने तो साफ कह दूँ कि बनाव-सिंगार के लिए तेरी उम्र अब हुई है। असली सोना तो तपने पर ही चमकता है। खैर छोड़ो, मुझे तेरी उम्र और सिंगार से लेन-देन ही क्या है? खूब अच्छी तरह नहा-धोकर नये कपड़े पहनो। बेटे ने कितने मान-आदर से भेजे हैं। तब तब-तक मैं ठाकुर-साहब से बातचीत कर लूँ।'

तीन लोक से एकदम निराला ही उस सेठ का अजीबोगरीब स्वभाव था। अपने मन से कोई भेद कैसे गोपनीय रखा जाय, उसमें वह बही के हिसाब से भी कहीं ज्यादा माहिर था। उसकी रहस्यभरी करतूतों की शायद सर्वज्ञ भगवान को भी सही जानकारी न हो! उसकी भरसक यही चेष्टा रहती थी कि एक कान की बात दूसरे कान को पता न पड़े। और चार कानों की भनक पाँचवे कान को न लगे, तब कहीं मनुष्य के असम्भव काम भी सम्भव हो जाते हैं।

बड़े आश्चर्य की बात कि इसके पूर्व किस भी ओट या बन्द कोठरी में कुम्हार-कुम्हारी ने आज दिन तक स्नान न किया, अपनी आँखों के सामने भी उन्हें पूर्णतया निर्वसित होकर नहाने में शर्म महसूस होती थी, मगर आज कुछ समय तक न जाने क्या सोच-विचार कर अपनी चेतना के अजाने ही दोनों ने बिना सलाह-मशविरा किए अपनी स्वतन्त्र इच्छा से अपने ही हाथों एक-एक करके सारे कपड़े उतार डाले। एक बार तो दोनों को ही ऐसी लज्जा महसूस हुई कि तुरन्त सारे कपड़े पहन लें और हमेशा की तरह आधे कपड़े पहने-पहने ही ऊपर पानी उड़ेलते रहें। पर थोड़ी देर तक अपनी नग्नता को निहारने के बाद उनकी आँखों को शुरुआत जैसा अटपटा नहीं लगा। अपनी आँखों के सामने अपने ही शरीर के प्रति कैसा संकोच! लाज-सरम तो दूसरे की आँखों से होनी चाहिए। फिर भी कुछ समय पश्चात् न जाने फिर से क्या सोचकर, उन्होंने अपनी आँखें जोर से बन्द कर लीं। सघन अन्धकार के अलावा उन्हें कहीं कुछ भी नजर नहीं आया। तब हाथों के परस से निर्वसित काया को डरते-सहमते उन्होंने सहलाया। आँखों की तरह क्षण भर के लिए हाथों को भी भरपूर झिझक हुई, जैसे कोई न छूने वाली चीज का परस हो गया हो। तुरन्त एक ही झटके में हाथ दूर खिसका लिए। फिर थोड़ी देर तक न जाने क्या सोचकर उन्होंने सारे शरीर के अंगों पर खूब मल-मलकर हाथ फेरा। अपने-आप सिहरती झिझक निथर गयी। फिर धीरे-धीरे आँखें खोलीं तो अपनी निवर्सना देह के प्रति पहली बार उनके मन में मोह जागा, जैसे किसी अदीठ जादू के फलस्वरूप फिर से जवान हो गये हों। सचमुच, कोई सच्चे मन से कामना करे तो बीता समय वापस लौटाया जा सकता है। ब्याह की मंगल-वेला भी उन्होंने कितने उछाह से नया वेश पहना था। सूती होने पर भी कितनी आकर्षक था...रंग-बिरंगा, जैसे इन्द्र-धनुष के सातों रंग उनकी देह पर ही उतर आये हों।

और गौने की वह अपूर्व सुहागरात! लज्जा का थोड़ा-सा आवरण हटते ही हजार-हजार पर्दों से वे आच्छादित हो गये थे। फिर...दस महीने के उपरान्त चाँदनी चवदस की ढलती रात लछमन का जन्म। उस पीड़ा में ही दुनिया का समूचा आनन्द समाया हुआ था। देखते-देखते वह बालिश्त भर का जीव दस बरस का हो गया। आज दिसावर से माँ-बाप के लिए रेशमी कपड़े भेजे हैं! दो-दो जोड़ी। जुग-जुग जीए उनका लाल! उनका राजा बेटा!

माँ की बनिस्बत बाप ने फुर्ती की। रेशमी कपड़े ठसाकर बाहर निकला तो अपनी निगाह में वह अजनबी-सा लगा। कैसी तो शानदार झलमलाट और कैसी शानदार जूतियाँ! पाँवों में पहनने की पहले तो इच्छा ही नहीं हुई, पर बेटे के आदर-भाव की मर्यादा न रखना तो उचित नहीं। चौड़ी किनार की रेशमी धोती। रेशमी अँगरखी और रेशमी ही साफा। कुम्हार ने शर्माते-शर्माते एक बार पानी में अपनी प्रतिच्छवि देखी तो सहसा अच्छी तरह पहचान ही कहाँ सका। यदि पत्नी ने ही नहीं पहचाना तो यह महँगा लिबास क्या भाव पड़ेगा? नहीं, नहीं...आखिर तो पहचान ही लेगी। देखें, वह इन नये कपड़ों में कैसी जँचती है? वह तो उसे जरूर पहचान लेगा। बाहर आकर देखा तो उसका किवाड़ बन्द था। अब और संयम रखना उसके वश की बात नहीं थी। बेइन्तहा अधीर होकर दरवाजा खटखटाने के साथ ही जोर से बोला, 'अभी तक क्या नहा रही है? मैं तो कब से बाहर खड़ा हूँ। सच, लछमन की माँ मैं खुद अपने-आपको पहचान नहीं पा रहा हूँ। तू देखकर बता कि मैं वहीं परजापत हूँ...तेरा पति, लछमन का बाप। जरा जल्दी कर!'

'अभी आयी, तुम जाना मत। सच, मैं भी अपने-आप को पहचान नहीं पा रही हूँ। तुम अच्छी तरह देखकर बताना कि मैं तुम्हारी वही घरवाली हूँ, लछमन की माँ... ।'

अब एक-एक क्षण बिताना भी कुम्हार के लिए असह्य हो रहा था। फिर झुंझलाकर दरवाजा खटखटाया, 'जल्दी कर, अब इस बुढ़ापे में क्या नखरे कर रही है?'

'अब इस उम्र में क्या नखरे करूँगी? तुम तो यों बेकार ही उतावले हो रहे हो। सच्ची, मुझे बाहर आते बड़ी शर्म महसूस हो रही है। देखकर भी नहीं पहचाना तो मेरी क्या गत बिगड़ेगी?'

'पहले बाहर तो आ लछमी!'

और कुछ देर बाद लछमी बाहर आयी तो चमचमाते भेस में उसकी सूरत भी न जाने कैसी निखर आयी थी! पर पहचान में कोई दिक्कत नहीं हुई। फड़फड़ाती उमंग के आनन्द में बोला, 'अरे! तू तो वही है, मेरी घरवाली! लछमन की माँ! ब्याह की रात भी ऐसी सुन्दर नहीं लग रही थी।'

'तुम भी तो वही हो, मेरी सेजों के सिंगार! कहाँ कुछ भी तो नहीं बदला! फकत तुम्हारा सलौना चेहरा चाँद-सा लग रहा है। कहीं नजर न लग जाय। हजारी उम्र हो तुम्हारी! और अपना बेटा लछमन भी जुग-जुग जीए।'

'और तू क्या बीच में ही दगा दे जाना चाहती है? मुझसे कम एक दिन की भी उम्र नहीं होगी तेरी। चल, पहले एक बार कमरे में चलें।'

'धत्...सूरज-भगवान का कुछ तो लिहाज रखो।'

'तुझे मेरी कसम...!'

अपने ही मुँह से अपने कानों में 'कसम' शब्द की भनक पड़ते ही उसकी जबान अटक गयी। कुम्हारी के आश्चर्य की भी सीमा न रही। फटी-फटी आँखों से उसके मुँह की ओर देखते बोली, 'आज पहली बार तुमने मुझे कसम दिलाई है, फिर भी उसका मान नहीं रख सकूँगी। रात के काम दिन को नहीं सोहते! विश्वास रखो, आज भी रात होगी!'

'यदि नहीं हुई तो?'

'जरूर होगी।' वह आँखें नचाकर बोली, 'ऐसे अधीर तो तुम उस रात भी नहीं हुए थे।'

'उस रात तू इतनी सुन्दर भी कहाँ लग रही थी?'

'सेठजी से लेकर जरा गहने तो पहनने दो, तब कहना!' पति की आँखों में वैसी रंगत देखकर वह तुरन्त तेजी से सरपट रवाना हो गयी।

'अरी, सुन तो!'

'कुछ भी सुनाई नहीं देता, क्या सुनूँ!' बिना मुड़े ही वह आगे कहने लगी, 'कहीं बहरी हो गयी तो बुढ़ापे में तकलीफ पड़ेगी।'

मन मारकर कुम्हार को भी उसके पीछे जाना पड़ा। किसी के आने की आहट सुनते ही लछमनसिंह ने चौंककर गरदन उठाई। पास आने पर बड़ी मुश्किल से कुम्हारी को पहचान पाया। कुम्हार भी काफी-कुछ अपरिचित-सा लग रहा था। कपड़ों का ऐसा महातम तो पहली बार ही समझ में आया। सेठजी सारी बात उसे समझा ही चुके थे।

'खबरदार, एक कदम भी आगे बढ़े तो।' लछमनसिंह ने तलवार की मूठ पर हाथ धरते कहा, 'टुकड़े-टुकड़े कर डालूँगा। कौन हो तुम?'

लछमनसिंह के गले की आवाज ही सर्वथा बदल गयी थी। भौंहें तन गयी थीं। ऐसी प्रत्याशित गुड़की पाकर क्षण-भर के लिए दोनों ही हतप्रभ से रह गये। दूसरे ही क्षण कुम्हारी थोड़ी आश्वस्त होकर बोली, 'यह तो हम हैं हम। नहीं पहचाना?'

'हम कौन? मैं किसी को नहीं पहिचानता। वहीं खड़े रहो।'

'यह तो मैं हूँ...तुम्हारी बहन! और ये हैं तुम्हारे जीजाजी। अभी-अभी तो खुद सेठजी ने कपड़े बदलने के लिए दिए थे।'

'अरे, तुम हो क्या? परजापत और उसकी घरवाली?' सेठजी ने बेहद आश्चर्य के साथ कहा, 'पहचान ही नहीं सका! आज पहली बार मेरी आँखों ने धोखा खाया है तो वह तुम लोगों से। वरना मैं तो बन्द आँखों से ही पूरी पहचान कर लेता हूँ। अब सोने में सुगन्ध तो तब हो जब अपने-अपने गहने पहनो। पर मेरे सामने नहीं, बन्द कमरे में जाकर, मेरी नजर बहुत लगती है! और आज यूँ भी मुझे और ठाकुर साहब को पास ही एक गाँव में जाना है। कल साँझ तक लौट आएँगे। तब तक सारी जोखम का पूरा ध्यान रखना। फिर तमाम बातें विस्तार से समझा दूँगा। बस, जाने वाले ही थे कि तुम आ गये। योग अच्छा होता है तो सब काम सुधर जाते हैं।''

सेठ और लछमनसिंह रथ में बैठकर जाने लगे तो कुम्हार व कुम्हारी कुछ देर तक उनके पीछे उड़ती धूल में आँखें गड़ाए रहे। काफी दूर तक साथ चलने की इच्छा मन में सुगबुगा रही थी, पर रेशमी कपड़े धूल से मैले न हो जाएँ, इस आशंका से उनके पाँव मानो वहीं चिपक गये हों। उनका बेटा लछमन इस तरह जुदा होता तो क्या किसी भी जोखम पर वे पीछे रुक सकते थे? पराया कितना ही अपना हो, वह बेटे की होड़ नहीं कर सकता! पर बेचारे सेठजी सगे पुत्र का मोह क्या जानें? फिर भी अन्धे होकर उन पर कितना भरोसा कर रहे हैं! इतना भरोसा तो अपने-आप पर ही नहीं करना चाहिए।

'चलो, कमरे में चलकर गहने तो पहन लें।'

'जितनी भोली समझते हो, उतनी भोली नहीं हूँ! अभी तुम्हारी नीयत गहनों से कहीं ज्यादा किसी दूसरी बात पर अटकी है! और भला इस जोखम के रहते दोनों एक ही कमरे में कैसे बन्द रह सकते हैं? बारी-बारी से ध्यान रखना होगा।'

'धुर पगली!' कुम्हार ने उसे झिड़कते हुए कहा, 'किसकी मजाल कि वह चोर निगाह से इधर झाँक भी ले। अहाते के बाहर भी खुले मजूस का ढक्कन उघाड़ने की कोई हिम्मत तो करे भला! सारे इलाके में तुम्हारे परजापत का ऐसा ही मान है।'

'ना बाबा ना, मैं ऐसी जोखम नहीं ले सकती। खूँटी का हंस भी हार निगल गया था, इतना भी नहीं जानते?'

'मैं क्या जानता हूँ और क्या नहीं जानता, इसका हिसाब तो बाद में होता रहेगा। पर आज रेशमी कपड़े पहनते ही तुझमें दुनिया भर की बुद्धि एक साथ आ गयी?'

'पर तुम्हारी बुद्धि क्यूँ मारी गयी...मैं तो सोच-सोचकर हैरान हूँ।'

'तू मेरी आँखों से अपना रूप निहारती तो पता चलता!'

'नहीं, रात से पहले ऐसी बात सोचना भी पाप है।'

'पाप?'

'हाँ, पाप!'

बाहर खड़ा कुम्हार न जाने क्या सोचता रहा कि अकस्मात् किवाड़ खुलने की आवाज सुनकर उसने उधर देखा तो देखता ही रह गया! जैसे उसे कमरे से, दूसरी बार सूरज उगा हो। सोने की पुतली ही सामने खड़ी है या उसकी घरवाली ने देह पर सोने के गहने पहन लिये हैं। एकाएक उसे लगा कि मानो सूरज पाँवों चलकर उसकी ओर बढ़ रहा है! आकाश के सूरज का तपतेज और अधिक प्रज्वलित हो उठा! माटी घड़ने वाले कुम्हार की आँखें कोई सपना तो नहीं देख रहीं? यदि वास्तविक यथार्थ सपने की तरह प्रकट होने लगे तो कौन उन पर भरोसा करेगा? यह तो इतना ही अविश्वसनीय, जितना कि सपना?'

'इस तरह घूर कर मत देखो, मुझे डर लगता है! क्या तुमने भी मुझे नहीं पहिचाना?'

'भला इस रूप में कौन पहचान सकेगा?'

'लछमन भी नहीं?'

'नहीं...हरगिज नहीं! भगवान रामचन्द्र भी सुवरण मिरग को कहाँ पहचान पाए? सचमुच तू तो इन्द्रलोक की परी नजर आ रही है! अब मुझ माटीघड़ कुम्हार को अपना पति थोड़े ही मानेगी?'

'तुम्हारी बुद्धि को आज हुआ क्या है?'

'जो होना चाहिए! ऐसा अद्भुत नजारा देखकर भला किसकी बुद्धि कायम रह सकती है? इस मायाजाल की शुरुआत होने पर कब, क्या अन्त होगा कोई नहीं बता सकता।'

'मैं बता सकती हूँ।'

'क्या खाक बता सकती है। तू तो स्वयं भाया का ही प्रतिरूप है!' उतार दे कुम्हारी, यह वेश और ये गहने उतार दे!'

'यह क्या कह रहे हो तुम? इतने आदर-मान से बेटे के हाथों भेजा गया वेश और गहने उतार दूँ?'

'हाँ, उतार दे, नहीं तो पछताएगी।'

'एक ही अमोलक घड़ी में जब सौ जनम सार्थक हो गये, तब पछताने का सवाल ही क्या है? जब-तक तुम गहने नहीं पहनोगे? तुम्हें ऐसा महसूस होगा। तुम्हें मेरी कसम, तुम भी अपने गहने पहन लो, मैं जी भर देख लूँ।'

'फिर वहीं कसम...सच, तेरे आगे मेरा कुछ भी वश नहीं चलता। तू कोई जादू-टोना तो नहीं जानती?'

'जानती हूँ, तभी तो इतने बरस तुम मेरे वश में रहे। वरना कौन मरद, अपनी जोरू के बस में रहा है, खुद किशन-भगवान भी...?'

'पगली कहीं की, उन्होंने तो लीला रची थी...लीला।'

'तुम मरद लोग तो अपनी कारस्तानी को लीला ही कहोगे, पर जब हम औरतें यह लीला रचने लगेंगी तो तुम एक पल भी बरदाश्त नहीं कर सकोगे। क्यूँ, मैं भी रचूँ ऐसी लीला?'

'तेरी इतनी हिम्मत? यह सब गहनों का असर है कुम्हारी, खोल दे इन्हें! पहले तो तेरे मुँह से कभी ऐसी बात नहीं निकली। खोल दे इन्हें।'

'पहले तुम अपने गहने पहन कर दिखाओ, बाद में तुम्हारी इच्छा होगी तो साथ ही खोल देंगे। यदि लछमन को पता लग गया तो...।'

'होली, दीवाली, तीज-त्योहार पर पहिन लेंगे। कौन ठकुरानी आठों पहर ऐसे गहने पहनती हैं, तब अपनी बिसात ही क्या है?'

'क्यूँ, अपनी बिसात अब किस से कम है? किस ठकुराइन के पास इतने अमोलक गहने हैं, मैं भी तो सुनूँ?'

'हाँ, तेरा यह गुमान तो सही है। तेरा मान-गुमान मैं नहीं रखूँगा तो और कौन रखेगा? तेरी इच्छा है तो यहीं ले आ। तेरी तरह छिपकर पहनने की मुझे क्या जरूरत है?'

कुम्हारी की यही हार्दिक इच्छा थी। तुरन्त हीरे-मोतियों से जड़ा जगमगाता डोरा और भारी निगोट माठियाँ ले आयी। पास आकर बोली, 'मैं अपने हाथ से पहनाऊँगी। ऐसा मौका फिर कब मिलेगा?'

'पर तुझे वापस इनाम में क्या चाहिए, पहले यह तो बता!'

'मेरा लछमन और तुम दोनों अमर रहो, मुझे और कुछ नहीं चाहिए।'

'और ये गहने?'

'ये तो तुम दोनों के पीछे सुहाते हैं।'

'सच?'

'तुम्हारे सामने झूठ बोलूँगी? ऐसी बिसात है मेरी? पर आज तुम्हारे मन में ऐसी आशंका क्यूँ जगी? देखो, सच बताना। मैं झूठ-साँच की पहचान नहीं कर सकूँगी।'

वक्त पर आगाह कर देना उचित है। इसी आशय से कुम्हार कहने लगा, 'मेरे गुरु हमेशा यही कहा करते थे कि सोने की चमक आँखों को अन्धा कर देती है!'

'अपनी आँखें वैसी नहीं हैं, तुम चिन्ता मत करो।' क्या तुम्हें अपनी आँखों पर या मेरी आँखों पर भरोसा नहीं है? मत भूलो कि बेटे के सुख की खातिर हमने यह बनवास कबूल किया है। हाथ में माया हो तो कहाँ मंगल नहीं हो सकता? मसान तक जी उठे, बस्ती की तो बात ही क्या? पहले अपने पास माटी के अलावा और दौलत ही क्या थी? और माटी के तो बासन ही बन सकते हैं, गहने नहीं बन सकते। और बन भी जाएँ, तो किस काम के?'

'बिल्कुल ठीक कह रही है तू। हरदम ऐसी ही समझ बनाए रखना, नहीं तो सब गुड़-गोबर हो जाएगा।'

'नहीं-नहीं...कुछ भी गुड़-गोबर नहीं होने दूँगी। तुमसे क्या छिपा है, कुम्हारों को तमाम जात-न्याय में सब मिलाकर भी इतना गहना नहीं होगा! यह क्या कम गुमान की बात है? बाकी गहनों की बात तो छोड़ो, नामी-गिरामी ठाकुरों के पास भी नहीं मिलेगा। केवल अपने गाँव की हरदम रट लगाने से क्या पार पड़ेगा? अपनी गैया है तो क्या उसका गोबर भी खाना होगा? जहाँ गुजर-बसर आराम से हों, वही अपना गाँव, अपना पीहर और अपना ससुराल सब-कुछ। अपने गाँव में तो लछमन के हाथों से माटी ही नहीं छूटती थी...और दिसावर से यह कीमती वेश और यह अमोलक गहना भेजा जो कुछ भी नहीं! कोख से बाहर आये बिना जिस प्रकार किसी प्राणी की देह नहीं बढ़ती, उसी प्रकार अपना गाँव छोड़े बिना भाग्य नहीं फलता! यदि जनमभोम को न छोड़ना ही बड़ी बात हो तो गोबर के कीड़े की कौन बराबरी कर सकता है! तुम्हें अपने माँ-बाप से क्या मिला...चाक और माटी! और सेठजी से हमें क्या नहीं मिला? तुम्हारे गले में सूरज की कोर, हाथों में चाँद के टुकड़े! जो काम भगवान के बस का नहीं, वह सेठजी ने चुटकियों में पूरा कर दिया और बिना कोई एहसान जताए! सूनी परेशानियों का कोई अन्त नहीं, उनका मोह छोड़ो। जो आँखों के सामने हैं, हाथ की पकड़ में है, केवल उसी पर भरोसा करो! अदीठ का भूत हमें कभी चैन की साँस नहीं लेने देगा! हम पीढ़ियों से गरीबी और तंगी के आदी हो गये थे, उससे गहरा मोह हो गया था...बस।'

'तू बोल रही है या तेरा गहना बोल रहा है? कुछ ही देर में इतनी वाचाल हो गयी...? मेरी बुद्धि भी शायद कुछ जगमगाने लगी है! कोई अचरज नहीं कि सात दिन का मुरदा भी इतने गहने पहन ले तो जी उठे! तेरी तरह ही दनादन बोलने लगे। इसीलिए सोना इतना महँगा है! न गरीबों के हाथ आये और न वे अपना मुँह खोल सके और न समझदारी की बात कर सकें!'

इस तरह समझदारी की नयी बातों से सूरज के प्रकाश में उजाला घोलते-घोलते रात का चिर-परिचित अँधेरा घिर आया, जिसकी ऐसी आकुल प्रतीक्षा कुम्हार ने गौने की उस सुहागरात के बाद आज ही की थी! यह अँधेरा, ये तारे, यह चाँद

और यह चाँदनी कितने अपने हैं और दिन का सूरज, उसकी चिलचिलाती धूप और नंगा आसमान कितने पराए हैं!

जब आकाश के चाँद पर हलकी बदरिया छा जाती तो कुम्हार भी अपने चाँद का घूँघट खींच लेता और बदरिया हटने पर वापस ओढ़नी ऊपर सरका देता। काफी देर तक मादक चाँदनी में बौराए पति-पत्नी यह खेल खेलते रहे। सहसा कुम्हार ने पूछा, 'ये टिमटिमाते तारे इतनी बेताबी से क्या झाँक रहे हैं...अपने गहने या अपनी प्रीत?'

'पुरानी-बासी प्रीत की शायद ही परवाह करें, ये अमोलक गहनों के लिए बेताब हो रहे हैं। होने दो। मैं एक खास जरूरी बात जानना चाहती हूँ कि बिस्तर पर अकेला सोया लछमन भी करवट बदल-बदलकर क्या इन झबझबाते तारों की ओर देख रहा होगा?'

'जरूर देख रहा होगा।'

'दुलहन भी अकेली देख रही होगी?'

'जरूर देख रही होगी!'

'दोनों ही एक-दूसरे को याद कर रहे होंगे?'

'अभी वैसी उनकी उम्र नहीं है।'

'मुझसे ही चालाकी? तुम्हीं तो बार-बार कहते हो कि उम्र पीत के आड़े नहीं आती! वे मिलन को तरसते रहें और हम प्रीति की बहार लूटें, चाँदनी को गले लगाएँ, कितनी बुरी बात है?'

'कौन किसके साथ चालाकी कर रहा है...फिर से सोचकर बताना? दिन को क्या दिलासा दिया था, भूल गयी?'

'सचमुच भूले जैसी बात ही है। बच्चों के सुख की खातिर अब सब-कुछ भूल जाओ! तुमसे क्या दुराव रखूँ...सच, मेरे मन में बड़ी घिन हो रही है।'

'तो रोटी खाना भी छोड़ दें, साँस लेना भी छोड़ दे!'

'कहाँ रोटी की बात और कहाँ प्रीत की बात? अभी से सठिया तो नहीं गये?'

'हाँ, आज तो वाकई सठिया गया हूँ, यह जानते हुए कि आनाकानी या कलह किए बिना तुझे प्रीत अच्छी नहीं लगती, फिर भी भोंदू की तरह बहसबाजी किए जा रहा हूँ। अब तेरी इच्छा हो जितनी नोंक-झोंक कर ले, झगड़ा कर ले...मैं तैयार हूँ।'

'नहीं, तुम्हारी कसम, आज वह बात नहीं!'

'फिर वही कसम, अब मैं तेरी एक बात भी नहीं मानूँगा। सच, मुझे तो ऐसा लग रहा है कि मैं आज पहली बार ही प्रीत कर रहा हूँ।'

न चाहने पर भी कुम्हारी के मुँह से निकल पड़ा, 'मेरे मन की बात तुमने कैसे भाँप ली?'

'तेरा-मेरा मन क्या अलग-अलग हैं?'

तत्पश्चात् दोनों की अलग-अलग देह भी अलग-अलग नहीं रही! पर कभी आकाश के चाँद को और कभी पति के गले में झूलते चाँद को निहारते-निहारते कुम्हारी के अन्तस् में सचमुच लछमन और बहू की जुदाई काँटे की तरह खटक रही थी।

'बहू लछमन से दस महीने बड़ी है न?'

इस तरह की बेकार जिज्ञासाओं के लिए वह सुवर्ण वेला नहीं थी। कुम्हार ने सुनकर भी उसे नहीं सुना। पर कुम्हारी के लिए चुप रहना असम्भव हो रहा था। जैसे नहीं बोलने पर वह अपने से बहुत दूर भटक जाएगी। आधी पलकें मूँदकर बोली, 'तुम्हें तो इस वेला कोई दूसरी बात नहीं सुहाती। पर मुँह तो बोलने के लिए ही बना है। सीधे मुँह जवाब तो दो। बहू लछमन से दस महीने ही बड़ी है न?'

'पर अभी उम्र का लेखा जानने की ऐसी क्या जरूरत आ पड़ी?'

'मेरी जरूरत मैं ही जानती हूँ!'

'अभी हम दोनों को बस एक ही जरूरत है। दूसरी जरूरत में ध्यान बँटाना अच्छा नहीं!'

'कैसे निर्मोही हो? एकाएक बेटे की जरूरत तुम कभी नहीं समझ सकोगे!' आखिर बाप हो न?'

'बाप हूँ सो बाप ही रहूँगा। तेरे चाहने से भी माँ नहीं बन सकता!'

'माँ बनना, बाप जितना आसान नहीं है!'

'तू ही तो दुनिया में पहली बार माँ नहीं बनी!'

'कौन कहता है? मैं ही तो पहली बार माँ बनी हूँ!'

'फिर तू कहाँ से आयी? बहू कहाँ से आयी?'

'तुम्हें यह भी नहीं मालूम कि सबकी जनम-दात्री मैं ही हूँ!'

'क्या मेरी भी?'

'हाँ, तुम्हारी भी!'

कुम्हारी की सुधि-चेतना अब पूर्णतया लौट आयी थी। भिन्न काया का सदैव भिन्न ही अस्तित्व होता है। आलिंगन का आवेश उन्हें अभिन्न नहीं बना सकता। उसके गहनों को टोहते बोला, 'यह सब इन गहनों का दुष्परिणाम है। तेरी तो मति ही भ्रष्ट हो गयी। खोल दे लछमन की माँ, सारे गहने खोल दे!'

'नहीं खोलूँगी, लछमन के बापू, नहीं खोलूँगी। मेरी तो समझ ही अब सुधरी है!'

'फिर तू मेरी माँ कैसे हुई? क्या यही नमूना है तेरी समझ का?'

'सारी बातें समझाने से ही समझ में आ जातीं तो तुम्हें जरूर समझाने की कोशिश करती। तुम नहीं समझ सकोगे लछमन के बापू।'

'फिर तू कैसे समझी?'

'किसी के समझाने से नहीं...खुद समझी हूँ!'

'क्या खाक समझी है! सोने की चमक से तेरी आँखें और समझ दोनों चौंधिया गयी हैं। उतार दे लछमी, सारे गहने उतार दे, नहीं तो उम्र भर पछताएगी?'

'पछताने की उम्र तो उस रात गाँव में ही छोड़ आयी...गोबर में, लीद में...माटी में। अब तो यह समझ तभी शान्त होगी जब आकाश के चाँद-सूरज को ही गलाकर सोने में नहीं ढाल लूँ। सोने के अलावा मुझे कहीं कुछ भी नजर न आये....न माटी, न पत्थर, न पेड़, न पहाड़! सर्वत्र सोना-ही-सोना! केवल धन और माया की खातिर माँ को बेटे का बिछोह झेलना पड़ा, इसे मैं मरकर भी नहीं भूल सकती। तुम भूल सकते हो। बाप जो ठहरे...!'

'तभी तो नहीं भूल सकता। अब बेटे की सुख-शान्ति की अलावा मुझे भी कहीं कुछ नजर नहीं आता। आज तूने मेरे मन की बात चुरा ली। बता, मरद होकर किसे अपनी पीड़ा दरसाता? मन-ही-मन घुट रहा था। उबल रहा था। अब तो सेठजी की आसीस मुताबिक जिस दिन मेरा लछमन किसी देश का राजा बने, तब कहीं मेरे उबलते मन को शान्ति मिले।'

'सच तुम अपने मन की बात कह रहे हो या मेरे मन की?'

'तेरे मन की तू जाने। मुझे अपने मन का भेद जानने की ही फुरसत नहीं।'

'तो अब मुझे भी अपने मन का भेद समझने की फुरसत निकालनी होगी। तुम्हारा भरोसा करने से काम नहीं चलेगा।'

'तुझे अपना तो भरोसा है न? तू तो मेरी माँ बनने वाली थी।'

'नाराज हो गये लछमन के बापू?'

'क्यूँ, नाराज क्यूँ होऊँगा? बड़ा खुश हूँ, तूने खुश होने जैसी ही बात की थी?'

'माफ करो लछमन के बापू, पहली बार ही तो गलती की है। सच, मुझे उस समय मालूम ही नहीं था कि मैं क्या बोल रही हूँ? मैं अपने होश में ही कहाँ थी? तुमने ही तो मेरा होश छीना और अब मुझे ही उलाहना दे रहे हो। ऐसे स्वार्थी तो तुम कभी नहीं थे।'

'तूने ही तो मुझे स्वार्थी बनाया और तू ही मुझे दोष दे रही है!...तो स्वार्थी का एक बार और स्वार्थ पूरा कर दे!'

'इसमें तो मेरा स्वार्थ भी शामिल है...लछमन के बापू!' और इतना कहते

ही उसने पति को बाँहों में जकड़ लिया। चाँद को जलन हुई तो उसने काली बदरिया की ओट में अपना मुँह छिपा लिया और तब तक मुँह छिपाए रहा, जब तक वे सहवास से मुक्त नहीं हो गये। उस रात किसी को कोई सपना नहीं आया। बहुत सम्भव है, उनके सपनों का महातम ही निःशेष हो गया हो। सपनों की सार्थकता देखने में नहीं, उनके साकार होने में है। वे इस तथ्य को थोड़ा-बहुत समझने लगे थे।

दूसरे दिल मालूमी आग्रह करने पर ही कुम्हारी पति के साथ बैठकर एक ही थाली में खाने को तैयार हो गयी। पहले एक बार आनाकानी तो की मगर पति का यह तर्क सुनकर कि रात को जब सेज पर एक हो सकते हैं तो शामिल खाने में कैसा संकोच? यह तो संस्कारों से जकड़ी हुई बेकार लज्जा है। इनसान की बेजोड़ जिन्दगी मिली है तो नित्य नयी बातें सीखनी चाहिए और पुरानी घिसी-पिटी बातों को छोड़ देना चाहिए। कपड़े फटने पर बदलते ही हैं। उन्हें उम्र भर शरीर से चिपटाए रखना अच्छा थोड़े ही है। अपनेपन के मोह में फटी जूतियाँ या फूटे बासन फेंकने की बजाय उनकी हिफाजत करना तो निरा पागलपन है। ये अकाट्य तर्क-संगत बातें कुम्हारी के मन में हमेशा के लिए घर कर गयीं। नया वेश और नये गहनों को सहज भाव से अंगीकार करने के लिए परिवर्तन की यह आन्तरिक तुष्टि भी जरूरी थी। संस्कारगत भावना को छोड़ने के लिए स्वार्थ ही सर्वोपरि प्रेरणा का स्रोत है!

पति के मुँह में अपने हाथ से कौर देते कहने लगी, 'कई दिनों से मन में घुमड़ती एक ऊटपटाँग बात बताना चाहती थी।'

'फिर बताई क्यों नहीं?'

'सोचा कि तुम हँसोगे। बात ही हँसे जैसी है!...टाँके से पानी सींचते समय कई बार मन में इच्छा जागी कि ज्यादा नहीं तो पाँच-सात डोल सोने का पानी ही निकल आता तो एकाएक बेटे को कमाई की खातिर दिसावर क्यूँ भेजते?'

निमिष भर के लिए कुम्हार असमंजस में उलझ गया। फिर मन मारकर कहने लगा, 'ठीक इसी डर से तो मैंने भी तुझे अपने मन की बात नहीं बताई। सचमुच; अपना तन-मन तो बिल्कुल एक ही है। मैं भी कई दिनों से यही जञ्जाल देख रहा हूँ कि शकुन चिड़िया की झाड़ी के नीचे दस-बीस सोने के कलश मिल जाएँ...हीरे-मोतियों से भरे, तो लछमन को जबरदस्ती वापस ले आऊँ।'

सहसा कुम्हारी जाने क्या सोचकर खाने के बीच में ही उठ गयी। मुँह बिदकाते बोली, 'अरे! अपन दोनों वाकई कितने भोले हैं। एक बार सेठजी का मजूस खोलकर तो देखते कि हीरे-मोती कैसे होते हैं?'

कुम्हार को महसूस हुआ जैसे माथे पर कुछ वजन बढ़ गया हो। ललाट पर

लकीरें उभर आयीं। अटकते-अटकते कहने लगा, 'लेकिन दूसरों की अमानत टटोलना क्या ठीक रहेगा?...पहले खाना तो पूरा खा ले।

कुम्हारी वाकई बीच में उठ गयी थी। गम्भीर लहजे में बोली, 'अब कोरे-मोरे खाने से पेट नहीं भरता। तुम खा लो।'

कुम्हार ने बात को हँसी में टालना चाहा, 'क्यूँ, मेरा पेट तुझसे कम थोड़ा ही है?' इतना कहकर वह हाथ का कौर थाली में रखकर उठ खड़ा हुआ। कुम्हारी तेजी से लपककर पास आयी, 'यह क्या बचपना कर रहे हो। हाथ का कौर भी वापस रख दिया? तुम्हें मेरी कसम, यह तो खा लो।'

'तू खिला दे। अपने हाथ से नहीं उठाऊँगा।'

वह अदेर पास में बैठ गयी। अपने मेंहदी रचे हाथ से कौर देने लगी तो कुम्हार बोला, 'आते ही सेठजी को आगाह करूँगा कि इतना भरोसा तो किसी पर भी नहीं करना चाहिए। धोखे की जड़ यही तो है।'

यह बात उसे जँची नहीं। प्रतिवाद करते कहा, 'सेठजी तुम जैसे भोले नहीं हैं। जाने कितनों से पूछताछ की होगी? सारे इलाके में तुम-सा नेक और भला आदमी नहीं मिला, तब भरोसा किया है!'

वह किसी-न-किसी तरह आश्वस्त होना चाहता था, 'फिर भी इतना भरोसा ठीक नहीं! यों ही तो गड़बड़ होती है। तू नहीं समझेगी!'

'मैं सब समझती हूँ। उन्होंने खूब ठोक-बजाकर परखा है तुम्हें। वे तुमसे ज्यादा होशियार हैं।' यह कहते ही उसने कमरे की चारों खिड़कियाँ खोल दीं। कुम्हार चुपचाप देखता रहा। कुछ भी एतराज नहीं किया।

खिड़कियाँ खुलने पर भी पूरी चमक दिखाई नहीं दी तो वे मजूस उठाकर खुली बरसाली में ले आये। सचमुच, यह माया भी मनुष्यों के उनमान मुस्कराना जानती है। न मोहरों पर मुस्कान की कमी थी और न हीरे-मोतियों पर। पति-पत्नी भोचक्के से अपने होंठों पर अपूर्व मुस्कान लिये उन्हें टटोल रहे थे। बार-बार हाथ में लेकर चकित निगाहों से उन्हें निगल रहे थे। परस का ऐसा आनन्द तो आलिंगन में भी नहीं होता। बड़े अचरज की बात है कि उन्हें देखने भर से आधी-अधूरी भूख भी मिटती जा रही थी।...कमाल है सेठजी का...मानो आकाश के तारे ही तोड़कर मजूस में भर लिए...!

वह अनगिन माया केवल मुस्करा ही नहीं रही थी, उनसे चपुचाप निःशब्द वाणी में बतिया भी रही थी। सहसा कुम्हार की नस-नस में सिहरन-सी दौड़ गयी। एक कटी हुई अँगुली में अँगूठी जड़ी थी। उसके सर पर मानो हथौड़े की चोट पड़ी हो! जोर से आँखें बन्द कर लीं। फिर भी कटी हुई अँगुली अदीठ नहीं हुई। भय से सहमकर धीरे-धीरे आँखें खोलीं...नग जड़ी सोने की अँगूठी के बीच किसी औरत की कटी अँगुली फँसी थी।

कुम्हार ने पथराई नजर से पत्नी की ओर देखा। वह अपनी ही आशंकाओं में खोई थी! हथेली पर बिखरे आकाश के तारों को एकटक निहार रही थी। हलकी फुसफुसाहट उसे सुनाई नहीं दी तो दूसरे हाथ से सम्मोहित घरवाली को झिंझोड़ते बोला, 'देख तो मेरे हाथ में क्या है?' मगर वह तो उसी तरह अवाक् देखती रही, जैसे ऊँघ रही हो! और जोर से बोला, 'इधर देख इधर। मेरे हाथ में क्या है?'

अब कहीं कुम्हारी को चेत हुआ। कठपुतली की नाईं गरदन घुमाकर देखा। होंठों-ही-होंठों फुसफुसाई, 'अँगूठी।'

पति झुँझलाकर कहने लगा, 'कहीं अन्धी तो नहीं हो गयी! ठीक तरह से देख...आँखें खोलकर।'

'अँगूठी ही तो है।'

'और अँगूठी के भीतर?'

'अमोलक नगीना जड़ा है।'

कुम्हार के आश्चर्य एवं दुःख की सीमा नहीं रही। क्या इसी के साथ उसने इतनी उम्र बिताई? तनिक खुन्दक के साथ पूछा, 'और यह कटी हुई अँगुली तुझे नजर ही नहीं आती? क्या हुआ है तेरी आँखों को? अच्छी तरह गौर से देख। अँगूठी के भीतर कटी हुई अँगुली फँसी पड़ी है।'

'तो क्या हुआ? अँगूठी की कीमत कम नहीं हो जाती इससे!'

शब्दों के बहाने जैसे कुम्हारे के कानों में उबलता सीसा गिरा हो। कड़कते बोला, 'यह क्या बक रही है...लछमन की माँ? इससे तो अच्छा था कि तेरी आँखें फूट जातीं!'

'मेरी आँखें तो आज ही खुली हैं!...और तुम्हें भी अपनी फूटी आँखों को खोलना होगा।'

कुम्हार के भीतर घुमड़ता वातचक्र काफी धीमा होने लगा था। उसके मुँह से स्वतः निकल पड़ा, 'तू बिल्कुल ठीक कह रही है कुम्हारी! जरूर खोलना होगा, नहीं तो मनुष्य की आँखों का मतलब ही क्या है?

कहीं सर पर बिजली तो नहीं गिर पड़ी। उसने चौंककर भयभीत आँखों से देखा...सामने सेठजी और लछमनसिंह खड़े मुस्करा रहे हैं। उसे विश्वास ही नहीं हुआ। आँखें फाड़े बौराया-सा उनकी ओर देखता रहा। शायद मन-ही-मन अनुमान लगा रहा हो कि कौन-सी बिजली ज्यादा खतरनाक है? सेठजी सहज भाव से कहने लगे, परन्तु इस बार उनके होंठों पर किञ्चित भी मुस्कान नहीं, 'जो डर था, वही हुआ! मैं तो पहले ही जानता था!'

'क्या जानते थे...?' कुम्हार अंगारे उगलता हुआ सेठजी के पास पहुँचा। 'बताओ क्या जानते थे?'

'कि तू जरूर सहम जाएगा।'

'नहीं तो क्या नाचता?' वह पाँव पटकते चिल्लाया, 'खुश होता...?'

'जरा धीरे बोल, मैं बहरा नहीं हूँ। पर कुम्हारी तुझसे ज्यादा समझदार है।'

उसने लापरवाही से तिक्त स्वर में कहा, 'होगी...! मगर यह तो हत्या है सेठजी...हत्या। जाने कितने व्यक्तियों के प्राण इस मजूस में छटपटा रहे हैं?'

'मरने के बाद कोई नहीं छटपटाता!' सेठ ने नितान्त ठंडे सुर में कहा, 'असली शान्ति तो मरने के बाद ही मिलती है! तभी तो भगवान ने जनम-मरण का जिम्मा अपने पास ही रखा है। पर भगवान...बेचारा भगवान...अकेला क्या-क्या काम करेगा? जनम के काम में उसका हाथ हम नहीं बँटा सकते...बिल्कुल नहीं बँटा सकते, तब मरण के काम में तो पूरा हाथ बँटाएँ! पुण्य का काम नहीं होता तो भगवान उसे करते भला? क्या तू अपनी नासमझी से भगवान को भी हत्यारा मानेगा? इतना अहंकार ठीक नहीं परजापत! जरा सोच-समझ कर लाञ्छन लगा। कोई बच्चा भी गलती निकाले तो मानने को तैयार हूँ!'

दहकती भट्टी पर मानो बादल ही फट पड़ा हो। परजापत आगे एक आखर भी उच्चारित नहीं कर सका। वह बहुत-बहुत दहाड़ना चाहता था, किन्तु सेठजी के व्रजाघात से ऐसा हतशून्य हुआ कि अपना होश-हवास ही खो बैठा। मौत से पहले ही शान्त हो गया। लेकिन कुम्हारी के अन्तस् में मानो मधुमक्खियों का छत्ता ही छिड़ गया हो। प्रलाप करती-सी बोली, 'तो क्या मेरा लछमन भी भगवान के इसी पवित्र काम में हाथ बँटा रहा है?'

'बिल्कुल नहीं! वह गऊ-मानुस तो चींटियाँ बचाकर चलता है...! क्यूँ लछमनसिंह?'

'मगर ये अपनी बात पर विश्वास थोड़े ही करेंगे। मनुष्य की हत्या तो शूरवीरों का काम है! और वह तो अपने हाथ से खटमल तक नहीं मार सकता। कबूतर से भी गया-गुजरा है, तुम्हारा बेटा। मेमना भी उससे ज्यादा बहादुर होता है। लेकिन हम सब उसी के भाग्य का पुण्य बटोर रहे हैं, इसमें कोई सन्देह नहीं! समझ नहीं पड़ता कि वैसा भागधारी लड़का तुम्हारे घर कैसे पैदा हुआ? तकदीर के साथ वैसा हौसला होता तो कहना ही क्या था। शूरवीरों का तो खून ही दूसरा होता है। और इधर तुम्हारे सेठजी, लछमन से भी ज्यादा डरपोक। इन्हें तो फटी बिवाई देखकर ही जूड़ी चढ़ जाती है...!'

'...लछमन के बापू का भी यही हाल है।' कुम्हारी बीच में ही उतावली होकर बोली, 'भगवान के काम में हाथ नहीं बँटा सकते...सपने में भी नहीं बँटा सकते!'

'जरूरत भी नहीं है।' सेठजी ने परम हितैषी के लहजे में कहा, 'पहले मेरी बात तो सुनो...समझो। तुम दोनों से यही मशविरा करने आया था। तुम्हारा परजापत

तो एकदम सनकी है...सनकी। बिना बात ही उखड़ जाता है। जैसे उस दिन हवेली की बात पर उखड़ गया था!'

लाख चाहने पर भी कुम्हार की जबान में कोई हरकत पैदा नहीं हुई, जैसे लकवा मार गया हो। पर सेठजी के मुँह में लचीली जबान थी। शान्त वीतराग की नाईं समझाने लगे, 'भगवान के काम की चिन्ता तुम मत करो। ठाकुर लछमनसिंहजी की मंडली इसके लिए काफी है...तिस पर महाराज-धिराज की छत्र-छाया! यमराज भी कुछ नहीं बिगाड़ सकते। सारे राज्य में ऐसी एक नहीं, अठारह प्याऊ और धर्मशालाएँ हैं मेरी...!'

आखिर कुम्हार के भीतर धधकती ज्वाल बाहर निकली, 'अठारह?'

'हाँ, अटारह, पूरी अठारह। एक भी कम नहीं बताऊँगा। तब साझे के काम में साथ जुड़ गये तो कभी झूठ नहीं बोलूँगा, बस्स, यही एक मोटी खामी है मुझमें। पर तुम घबराओ नहीं, तुम्हारे डरपोक हाथों से वह काम नहीं हो सकता। खूब अच्छी तरह समझता हूँ और इसीलिए तुम पर इतना भरोसा किया है। शूरवीर तो बहुतेरे मिल जाएँगे, मगर तुम-सा नेक, भला और विश्वासपात्र सौ-सौ कोस तक नहीं मिलेगा! लोभ में आकर तुम किसी के साथ धोखा नहीं कर सकते। यह कितनी बड़ी बात है, इसे केवल मैं ही जानता हूँ...तभी तो तुम्हारा इतना आदर-मान है, मेरे मन में। राजाजी को चौथ का माल सौंपने के बाद सारा खजाना तुम्हारे पास सुरक्षित रहेगा। नौ बरस के बाद ही बराबर तीन बँटवारे होंगे...तुम्हारे हाथ से...मेरा, लछमनसिंह का और तुम्हारा। बेटे की कमाई बिल्कुल अलग रहेगी, इसके लिए तुम्हें सोच-विचार करने की जरूरत नहीं...।'

'क्या उससे पहले लछमन से मिलना नहीं हो सकता।' कुम्हार के रोम-रोम में जैसे जबान उग आयी हो। मगर सेठ के पास तो फकत एक ही जबान थी। दृढ़ता से इनकार करते बोला, 'नहीं...! अब तो हम सभी उसके राजतिलक पर ही धूम-धाम से उच्छव मनाएँगे। मेरी यह भविष्यवाणी याद रखना। तिस पर भी गाँव लौटने की इच्छा हो तो कल साँझ तक बता देना। जिस तरह यहाँ लाया, वापस उसी तरह गाँव पहुँचा दूँगा।'

'और मेरे लिए बाहर गाँव का पट्टा...।' लछमनसिंह ने अपना दावा जताया।

'कतई याद दिलाने की जरूरत नहीं, काम की बात नींद में भी नहीं भूलता। राजाजी कुछ मुश्किल से मानेंगे, पर मैं पीछा छोड़ने वाला नहीं हूँ। जिस दिन परजापत के गाँव में मेरी हवेली के पास आपका गढ़ बने...उसी दिन मुझे चैन मिलेगा।' फिर बारी-बारी से कुम्हार और कुम्हारी को टोहते बोला, 'घर में अच्छी तरह सोच-विचार कर लो। मैं किसी पर भी जोर-जबरदस्ती नहीं करना चाहता।'

चारों तरफ सूरज का अनन्त उजियारा फैला था। परजापत ने अपनी निरीह आँखों से इधर-उधर झाँका। कहीं कोई पगडंडी नहीं सूझी। प्रकाश की एक चिनगारी भी कहीं नजर नहीं आयी। यह तो सूरज ही दूसरा था...अपरिचित और अजान! आहत स्वर में बोला, 'गाँव छोड़ने के बाद कुछ भी सोच-विचार करने का मेरा बूता ही नहीं रहा...आप जो आदेश करेंगे, वही होगा।'

फिर सेठ कुम्हारी की ओर मुँह करके बोला, 'अब तो तुम भी मेरा सुभाव अच्छी तरह जान गयी हो...कैसी भी कड़वी बातें कहने में संकोच मत करना।'

कुम्हारी ने अदेर जवाब दिया, 'आप तो इस कदर हमारा भला सोचते हैं और मैं आपसे कड़वी बात कहूँगी...? जबान में कीड़े नहीं पड़ जाएँगे!'

सेठ की बही में सब हिसाब-किताब एकदम सही रहता था। आत्मीय भाव से कहने लगा, 'बिल्कुल यही आशा लेकर आया था। सुनकर बहुत खुशी हुई। शेर जंगल का राजा कहलाता है। मगर उसके पास सोने की एक मोहर भी हो तो बताओ! केवल मनुष्य ही माया जोड़ सकता है! जितनी ज्यादा माया जोड़ सकता है, वह उतना ही बड़ा मनुष्य है! यह मन्त्र तुम्हें बार-बार सुनाने की अब जरूरत नहीं! अब आगे के लिए कूच करूँगा, यहाँ रुकने से कोई फायदा नहीं।' यह कहकर सेठ ने कुम्हार की आँखों में गौर से देखा। लेकिन उस दिन की तरह 'फायदे' का बोल सुनकर वह रंचमात्र भी तैश में नहीं आया। बल्कि ठीक उलटा हुआ, 'बिना खाए ही चले जाएँगे?'

'खाँमखाँ देर हो जाएगी। कई जरूरी काम सलटाने हैं।'

'आपने ही संकल्प करवाया था कि कोई जातरी यहाँ से भूखा-प्यासा नहीं जाय।'

सेठ ने बड़ी मुश्किल से अपनी हँसी पर नियन्त्रण रखा। ताली बजाते कहा, 'वाह! परजापत, वाह...। तेरे भोलेपन का भी कोई जवाब नहीं। घर के खास आदमियों की बजाय, तू हमें जातरी समझ रहा है!'

'तो क्या घर के खास आदमियों को भूखा जाने दूँ?'

'हाँ, यह तूने समझदारी की एक ही बात कही। कैसा भी जरूरी काम क्यूँ न हो, अब यहाँ से नहीं हिल सकता!'

साल भर पहले जिस रास्ते पर लछमन को लेकर सेठ दिसावर के लिए रवाना हुआ था, आज उसी राह पर, उसी रथ पर बैठे दोनों विदा हो रहे हैं। सेठ के पास लछमन की जगह लछमनसिंह बैठा हुआ है। राज्य का सिरमौर डकैत! कमर से तलवार बँधी है। उस रक्त पिपासु तलवार ने जाने कितने निरीह, सोते-जागते गलों को चाक किया है। काफी दूर तक इस तरह की बातें सोचते-विचारते रथ के

पीछे-पीछे चलते रहे। वह यही तो मारग है...जिस पर चलकर लछमन दिसावर गया था। बेटे के मोहवश आज पाँवों ने फिर उसी धूल का परस करना चाहा! उस दिन के उनमान आखिर सेठ को ही टोकना पड़ा, 'अब लौट जाओ, काफी दूर आ गये हो! बेकार चक्कर काटने में क्या सार! शायद पीछे कोई जातरी आ गया हो।' उनके रुकते ही सेठ को एक जरूरी बात याद आ गयी, 'सुन रे परजापत, वह अँगूठी बड़ी कीमती है! अँगुली निकालकर फेंक देना।' फिर मसखरी करते कहने लगा, 'ऐसा न हो कि तू अँगुली रख ले और अँगूठी बाहर फेंक दे! तेरे जैसा भोला तो तू ही है!

कुम्हार की समूची देह मानो चरखी के दाँतों में फँस गयी हो। कुम्हारी भी थोड़ी देर के लिए जड़वत् हो गयी।

मनुष्य के लिए सबसे बड़े सुख और सन्तोष की बात यही है कि ऐसे संकट की दुर्दान्त घड़ी में भी समय रुकता नहीं, निरन्तर चलता रहता है। सेठ ने जिस तरह इस सच्चाई को भाँपा, कोई दूसरा भाँप नहीं सका। वाकई उनके कहे मुताबिक बत्तीस घड़ी का दिन, तीन दिन का महीना और बारह महीनों का बरस बीतते क्या देर लगती है! चुटकियों में आठ बरस बीत गये तो एक बरस बीतने में तो चुटकी जितनी समय नहीं लगेगा। पूर्णतया स्वस्थ नौजवान के घाव की तरह धर्मशला का तहखाना भी शीघ्र भरता जा रहा था...गहनों से, अमोलक हीरे-मोतियों से। कुम्हार के देखते-देखते आधे से अधिक भर गया। लछमनसिंह जैसा शूरवीर साथी मिल जाय तो किस बात की कमी! पर वह जैसा शूरवीर था, वैसा ही नेक, भला और धर्म-परायण भी था। कभी सेठ की गैर-मौजूदगी में कैसी भी अमोलक माया हड़पने में उसका जी नहीं ललचाया। डकैतों की अपनी अलग ही नैतिकता होती है। एक रात उसने भारी बरात लूटी। अनगिनत माया हाथ लगी। दूल्हे सहित सात बरातियों ने सामना करने की हिमाकत की तो उसने सातों ही बदमाशों का निशंक सफाया कर डाला। मगर भूल से दुहलन की छाया पर उसका पाँव पड़ गया तो उसके पछतावे की सीमा नहीं रही! हर सन्त व शैतान का अपना-अपना मुगालता होता है! कुम्हार-कुम्हारी को भी अपने मुगालते पर अटल विश्वास था। कुम्हारी ने आश्चर्य के साथ पूछा था, 'क्या वाकई तुमने दूल्हे को मार डाला?'

'तुम जानती हो, मैं खाँमखाँ झूठ नहीं बोलता। सारी बारात में वही तो सबसे ज्यादा मुँहजोर और नालायक था। मरियल से पट्ठे ने मुझे गालियाँ निकालीं और मुझ पर जूता फेंका। फिर भला मैं उसे क्योंकर छोड़ता...? चुपचाप माँ की गाली सुन लेता?'

'लेकिन दुलहन को जिन्दा छोड़ने का पाप भी तुम्हें कम नहीं लगेगा? बताओ, वह किसके सहारे जवानी का सामना करेगी?'

'यह मैं कैसे बता सकता हूँ?...हाँ, कोई-न-कोई दोगला मिल ही जाएगा? मगर मैं मरकर भी औरत पर हाथ नहीं उठाता।'

'अपनी औरत पर भी नहीं?'

'वह तो उठाता ही हूँ, जमकर उठाता हूँ। उसके बिना औरत कभी सीधी राह नहीं चलती।!'

कुम्हारी के मन में जाने क्यूँ लछमनसिंह की यह बात झरी नहीं। तुरन्त प्रतिवाद किया, 'फिर तुम मरदों को सीधी राह चलाने के लिए क्या उपाय है? लेकिन इन्होंने तो मुझे पर कभी हाथ नहीं उठाया।'

तब लछमनसिंह ने भीतर से उछली मुस्कान को दबाने की निष्फल चेष्टा करते कहा, 'तभी तो तू इतनी मुँहजोर हो गयी।'

'इनसे पूछो।'

'ये क्या बताएँगे। मैं जो इतने सालों से देख जो रहा हूँ।'

'आप गलत देख रहे हैं। ऐसी सतवन्ती औरत बड़े भाग्य से मिलती है।'

'और ऐसा आज्ञाकारी पति?'

'कुम्हारी ने मुँह फेरकर कहा, 'वह भी बड़े भाग्य से मिलता है।'

इस तरह की गपशप के साथ प्याऊ व धर्मशाला के दिन बीत रहे थे। सूर्य बेइन्तहा खुशी के साथ उदय होता और दुगुनी उमंग के साथ अस्त होता। तारे-तारे में सुखद जीवन की चमक दिप-दिप कर रही थी। पञ्छी खुशियों में फुदक रहे थे, चहचहा रहे थे। गुप्त खजाना, मुहाने तक भर आया था। किसी भी राज्य के खजाने में इतनी माया नहीं होगी। ज्यों-ज्यों हीरे-मोतियों का प्रकाश बढ़ता गया, कुम्हार के उजले मुँह पर धीरे-धीरे कालिमा घुलने लगी। रात-रात भर उसकी आँखें खुली रहने लगीं। भीतर-ही-भीतर वह न जाने क्या फुफकार रहा था, सो वही जाने। कुम्हारी सोच-सोचकर स्वयं हैरान थी कि ऐसा दुराव तो इन्होंने कभी नहीं रखा। कुछ दिन पहले दारू के नशे में लछमनसिंह न चाहने पर भी बहक गया कि सेठ कितने भोले और उदार है...बैठे-ठाले कुम्हार को असंख्य माया में तीसरा हिस्सा दे रहे हैं। सारी जोखम तो अकेले उसी की है। तब से कुम्हार हरदम चौकन्ना रहने लगा। डकैत अपने भाई का भी सगा नहीं होता, तब धर्म की बहन से कैसा रिश्ता? किस निर्दयतापूर्वक इस दुष्ट के हाथों कितने असहाय निर्दोष गलों पर तलवार चली है? और अब यही डकैत उसके पुनीत गाँव का सर्वेसर्वा बनने वाला है! मालिक कह लो, चाहे ठाकुर कह लो। पेड़ों के पञ्छी तक सुखी नहीं रह सकेंगे। इसका जो भी खातमा करेगा वह पुण्य का भागीदार होगा। तब वह स्वयं इस पुण्य से क्यूँ वञ्चित रहे? तीन की बजाय फिर दो ही हिस्से होंगे। क्या इसके पाप का घड़ा कभी नहीं भरेगा? कैसा भी भारी डकैत या तीसमारखाँ हुआ तो क्या...दस

हाथ और दस सिर तो इसके भी नहीं हैं! गला कटने पर अन्य मृतकों की तरह इसे भी मरना पड़ेगा। तलवार तो जिस पर गिरेगी, सच्चाई से अपना काम करेगी! मनुष्य के उनमान हथियार किसी का भी लिहाज नहीं करते! बस, थोड़ा-बहुत हौसला जरूरी है। एक बार जी खुला-सो-खुला! औरत के पेट में न बच्चा खटता है और न बात! भूल-चूक से कहीं पहले भनक पड़ गयी तो मटियामेट हो जाएगा! इसलिए वह हर वक्त गुमसुम और खोया-खोया रहने लगा। उधर न मालूम क्यूँ लछमनसिंह भी इनसे खिंचा-खिंचा नजर आता है। यदि किसी तरह उसकी मनोकामना पूरी हो जाय तो दुहरा फायदा है। एक तो निर्मम, नृशंस पापी को अपने पाप का अपेक्षित फल मिल जाय! और दूसरा लछमन की राज्य-प्राप्ति के लिए माया का सहारा बढ़ जाय! राज्य में भरपूर खजाना न हो तो वह राज्य अधिक समय तक नहीं चल सकता!

एक दिन कुम्हारी ने हिम्मत करके पति से साफ-साफ बात करना ही मुनासिब समझा। बोली, 'लगता है अपनी कसम दिलाए बिना, अपने मन की बात मुझे कभी नहीं बताओगे।'

कुम्हार भीतर-ही-भीतर सहम गया। अब यह पीछा छोड़ने वाली नहीं है। फिर भी हिम्मत बटोरकर कहा, 'कुछ हो तो बताऊँ!'

'फिर इतने उदास क्यूँ रहते हो?' इस प्रश्न के साथ ही कुम्हारी में कुछ और हिम्म्त लौट आयी।

कुम्हार को दुविधा ने घेर रखा था। लाख घरवाली हो, कुछ बातें तो उससे भी छिपानी पड़ती है। वरना अनर्थ का पार नहीं रहता।...कहीं ऐसा न हो कि उसे न बताने पर और भी ज्यादा अनर्थ बरस पड़े! कुम्हारी की आँखों में अविकल उत्कंठा का ज्वार देखा तो जस-तस हिम्मत जुटाकर कह बैठा, 'रोज-रोज नयी खुशी कहाँ से लाऊँ, तू ही बता।'

उसे तो बताने वाली बात बतानी ही थी, 'क्या हीरे-मोतियों से भरता तहखाना तुम्हें सुख नहीं जताता?'

परजापत ने बिना सोचे-समझे ही अदेर उत्तर दिया, 'उसने बहुत-कुछ जताया तभी तो उदास हूँ। वह तो मुझसे तेरी तरह बात करता है।'

कुम्हारी के भीतर-बाहर का बोझ एकदम जाने कहाँ लुप्त हो गया। दोनों की काया अलग हुई तो क्या, मन तो एक ही है। उसने उत्फुल्ल स्वर में धीमे से कहा, 'सच, मैं तो समझ रही थी कि वह तो केवल मुझसे ही बतियाता है!'

'बता...उसने तुझसे क्या-क्या खुसुर-पुसुर की?' कुम्हार ने सीधा प्रश्न दागा।

कुम्हारी मन-ही-मन और अधिक आश्वस्त होना चाहती थी। ऐन मौके पर बहुत अच्छा बहाना मिल गया, 'तुम नहीं बताते तो मैं क्यूँ बताऊँ? पर एक बात

कई दिनों से साफ-साफ देख रही हूँ कि लछमनसिंह के रंग-ढंग ठीक नहीं हैं। तुम्हारे साथ घात न करे तो मुझे कहना!'

कुम्हार डर के मारे एकदम सिहर गया। उसे छिपाने के आशय अदेर स्वतः ही बोलना पड़ा, 'तुझे कहने के लिए क्या वापस लौटकर आऊँगा? कोई आया भी है?'

'तो क्या यूँ ही चुपचाप देखते रहोगे?'

'क्या करूँ, तू ही बता?' कुम्हार ने निपट हताशा के लहजे में कहा।

'मेरी बात मानते ही कब हो?' उनकी चेतना के अजाने में ही उलझा हुआ सूत अपने-आप सुलझ रहा था।

'यह तू कह रही है, जिसका कहा मैंने कभी नहीं टाला।'

कलियों की तरह खिलते शब्दों में उसने स्पष्ट कहा, 'तो अब लछमन के राजा बनने में कोई रुकावट बाकी न रहे। खजाने के बिना राज्य कितने दिन चलेगा? अब तो बताओ, तुम क्या सोच रहे थे?

सर्वथा अविभक्त हुए बिना कोई भी उद्देश्य पार नहीं पड़ता। इसी मंशा से पति ने स्पष्ट कहना ही उचित समझा, 'सब-कुछ तो जान लिया तूने, और क्या बताऊँ?'

'मैं भी तो कई दिनों से यही सोच रही थी। तो फिर शुभ-कारज में देर कैसी? आज रात को ही! मैं मनुहार करके खूब दारू पिला दूँगी। पाँवों पर खड़े रहने की भी ताकत न रहे।'

कभी-कभार मौत भी नाटक करती है! बड़ा अजीब और अनोखा नाटक! उसी दिन सूरज के तप-तेज की ओर इशारा करते हुए लछमनसिंह ने आखिर हिम्मत करके कह डाला, 'राजमाता बनने पर भाई की उतनी पहुँच कहाँ होगी? तेरे देखते-देखते तहखाना मुहाने तक भर आया। अपने हाथ से भाई को जमकर दारू पिला। शुभ-कारज में देर कैसी?'

पति-पत्नी दोनों भीतर-ही-भीतर एक साथ दहल उठे। नितान्त गोपनीय बात का इसे सुराग क्योंकर लगा? तत्काल जवाब न देना बड़ा घातक रहेगा। सम्पूर्ण चेतना को बाहर धकेलते कुम्हारी बोली, 'जब कहो तभी पिला दूँ...कल, परसों, तरसों...।'

'नहीं आज ही।'

'आज ही? क्यूँ आज ऐसी क्या खुशी है?' कुम्हारी अब थोड़ी बहुत समझदार होने लगी थी।

'खुशी की बात है, तभी तो कह रहा हूँ।'

'बताओगे नहीं?'

'आप ही पता चल जाएगा। पहले बताने से खुशी बुझ जाती है। उस दिन तूने मुझे झूठ-मूठ तो नहीं डराया कि दुलहन को जिन्दा छोड़ने का मुझे पाप लगेगा! मारने से पाप की बात तो समझ में आती है, पर तेरी उल्टी बात मैं ठीक तरह समझ नहीं पाया तो फिर सोचना ही छोड़ दिया। शायद तेरी बात ही ठीक हो। पर गलत तो मैं भी नहीं हूँ।'

'अपनी गलती किसे भी नजर नहीं आती, यदि आने लगे तो फिर किसी से कोई गलती ही न हो।'

लछमनसिंह अपनी समझ के बूते पर कोई माकूल जवाब देने वाला ही था कि सहसा उसकी नजर सामने आती बैलगाड़ी पर पड़ी। तीनों ही कुछ देर तक चौकस निगाहों से उधर ही देखते रहे। अहाते के पास आते ही गाड़ीवान के साथ एक औरत भी उतरी। औरत का मुँह खुला था, लेकिन उसे क्या मुँह कहना ही काफी है। औरत का ऐसा मुँह, ऐसा रूप और ऐसा यौवन तो कभी नजर नहीं आया! चाँद की किरण, गुलाब की आभा व सूर्योदय की लालिमा ही इस देह के साँचे में ढलकर अवतरित नहीं हो गयी! वे अवाक् अपलक देखते रहे और वह रूपसी बारी-बारी से तीनों के पाँवों में धोक देकर कुम्हारी के पास खड़ी हो गयी। दूध से धुली आवाज में पूछा—'नहीं पहचाना?'

कुम्हारी के होंठ कुछ खुले ही थे कि कुम्हार अस्फुट स्वर में बदुबुदाया, ''कौन बहू?'

बहू ने गरदन हिलाकर हामी क्या भरी मानो धरती और आकाश एक साथ डोलने लगे हों! चारों तरफ फैली धूप की रंगत ही बदल गयी थी, मानो आग की लपटें धू-धू सुलग रही हों। सास-ससुर ने मुड़कर एक-दूसरे की आँखों में क्या झाँका सो वे ही जानें, मगर बहू के अप्रत्याशित आगमन से उनकी सूरत पर जो प्रतिक्रिया हुई, उसे किसी भी शब्द में समेटा नहीं जा सकता। दुश्चिन्ता, आश्चर्य, दुःख और पश्चाताप और क्रोध के सम्मिश्रण की एक अजीब-सी सनसनाहट उन आँखों में केन्द्रित हो गयी। लछमनसिंह के आश्चर्य की सीमा नहीं रही। स्वागत-सत्कार व खुशी की बात तो दरकिनार, उसकी प्रतिपल उपस्थिति ही उनके लिए नितान्त असह्य हो रही थी, जैसे बहू के बदले स्वयं मौत ही सन्देह प्रकट हो गयी हो। यदि मौत का ऐसा अनिन्द्य आकर्षण होता हो तो कौन उसे सहर्ष गले नहीं लगाना चाहेगा? पति-पत्नी दोनों हतप्रभ चित्रलिखे-से खड़े थे। उस अवधि में जो कुछ भी घटित हुआ, जिसकी कल्पना भी उनके लिए सम्भव नहीं थी। आशाओं की हजार-हजार कलियाँ एक पल में मुरझा कर धूल में मिल गयीं। सहसा स्वप्नचारी की-सी अवचेतन अवस्था में सास लपककर आगे बढ़ी और बहू का हाथ पकड़कर गाड़ी की ओर खींचती बोली, 'लौट जा बहू, इसी पलक वापस लौट जा। गौने के पहले बेटे का अपशकुन करने तू क्यूँ चली आयी?'

'आप दोनों की सेवा करने।'

'हमारे हाथ-पाँव सलामत हैं...।' कुम्हार आवेश में आकर कहने लगा, 'हमें किसी की सेवा नहीं चाहिए। तुझे ऐसी सलाह किसने दी?'

'ऐसी सलाह और कौन दे सकता है, आप ही बताएँ!'

'वह कब मिला तुझसे...?' कुम्हारी ने सहमते स्वर में पूछा।

'रोज ही मिलते हैं...सपनों में!' जैसे उसी क्षण वह सपना ही देख रही हो।

'सपनों में...?' कुम्हारी की खीज में एक और उबाल आ गया।

'हाँ, सपनों में...। कल आग्रह किया तो आज चली आयी। मगर आप इस तरह बौखला क्यूँ गये?'

'बौखलाएँ नहीं तो क्या खुशी में ढोल बजाएँ! पति के अपशकुन की तुझे कोई परवाह नहीं। नींद में जञ्जाल तो आते ही रहते हैं।' कुम्हारी के मुँह से निकले आखर खदबदाने-से लगे।

'नहीं, यह जञ्जाल नहीं है। मेरे सपने सच्चाई से भी अधिक सच्चे होते हैं!' बहू ने शान्त भाव से कहा।

'होते होंगे! लेकिन मेरा सपना कुछ और है...। लौट जा बहू, तेरे पाँव पड़ती हूँ, लौट जा।'

'वे नाराज हो गये तो...?'

'और मैं नाराज हो रही हूँ, वह कुछ भी नहीं! बेकार बहस मत कर, तू लौट जा। लछमन के आने पर धूमधाम से तेरा गौना करूँगी...तुझे सोने की पालकी में बिठाकर...!'

'मगर उन्हें तो सोने के नाम से ही चिढ़ है!'

'उफ्फ...!' सास ने दुःख सनी आह भरकर कहा, 'तभी तेरे सर पर सुहाग की रखड़ी तक नहीं। अभागी सपने के बहकावे में आकर तूने भारी अपशकुन कर डाला। मैंने तो अब तक देखा ही नहीं...फिर हमारे लिए ऐसे अमोलक गहने क्यूँ भेजे...?'

'आपकी इच्छा होगी।'

'और तेरी ऐसी इच्छा कभी नहीं हुई! क्यूँ, इतनी सुन्दर है, इसलिए?'

'नहीं उनकी सीख मुताबिक मेरी नजर में सुन्दर-असुन्दर का कोई भेद नहीं। रूप तो भीतर का ही सुन्दर होना चाहिए, माँ...।'

माँ का संयम बिखर रहा था। और भी तिक्त स्वर में बोली, 'बेकार बहस मत कर, तू लौट जा बहू। सपनों के छलावे में मत आ! मेरा बेटा लछमन एक दिन राजा बनेगा...राजा! और तू बनेगी रानी...? तभी मेरे धधकते मन को शान्ति मिलेगी! तू लौट जा।'

बहू ने गम्भीर मुस्कान के साथ कहा, 'वे तो राजा के नाम पर थूकना भी नहीं चाहते और आप राज-माता बनने का सपना देख रही हैं...? अब तो मुझे लौट ही जाना चाहिए...जरूर लौट जाना चाहिए।' फिर तनिक संकोच के साथ बोली, 'राज-माता की सेवा करने की मुझमें औकात नहीं!'

पति ने सपने में आग्रह किया तो बहू सास-ससुर की सेवा करने के लिए ससुराल चली आयी, पर सास के बार-बार आग्रह से तत्काल ही वापस लौट गयी। आप तब तक ससुराल की प्याऊ और धर्मशाला की ओर आँखें फाड़े देखती रही, जब तक वे ओझल नहीं हो गयीं।

और...और...उनका बेटा लछमन भी तो एक दिन सेठजी के साथ गाड़ी में बैठकर इसी राह दिसावर गया था! सेठजी की बात कितनी सच निकली...चुटकियों में आठ साल ढल गये। नौवाँ साल भी ढलने को है। सेठजी की सारी बातें सच हुईं तो यह बात भी सच होगी कि उसका बेटा जरूर किसी राज्य का राजा बनेगा।

'बहू को भेजकर अच्छा ही किया तूने...।'

कुम्हारी ने चौंककर लछमनसिंह की ओर देखा। सर पर अवस्थित असह्य बोझ को दूर धकेलने के आशय से उसने चुटकी लेते पूछा, 'क्यूँ, तुम्हारी नीयत बिगड़ जाती इसलिए...?

डर या संकोच नाम की चीज तो उस नृशंस डकैत में दूर-दूर तक नहीं थी। उसकी मान्यता के नापदंड ही अलग थे। निसंकोच कहा, 'ऐसा रूप देखकर तो पत्थर की नीयत भी बिगड़ जाय, फिर मैं तो हाड़-माँस का मनुष्य हूँ। लेकिन मेरी नीयत बिगड़ने पर उसे कोई रोक नहीं सकता...न राजा और न सेठ। मेरी नीयत फकत मेरे ही वश में है। आज आँखों से नहीं देखता तो कभी पता नहीं चलता कि सेठजी ने अन्दाता के सामने बहू के रूप की कुछ भी बढ़ा-चढ़ा प्रशंसा नहीं की। ऐसा रूप तो राज-दरबार में ही शोभा देता है...!'

कुम्हारी दुर्दम्य आशा-आकांक्षाओं की गिरफ्त में थी। इसलिए लछमनसिंह की बात के मर्म को सर्वथा उलटा समझ गयी। अतिरेक खुशी में अदेर बोली, 'तुम्हारी जीभ को घी-गुड़। बिल्कुल ठीक कहा तुमने। मेरा बेटा राजा बनेगा और यह रूप उसी के दरबार की शोभा बढ़ाएगा...!'

'कुम्हार और राजा...?' लछमनसिंह की मूँछें फड़क उठीं।

कुम्हारी अब भी अधर हवा में उड़ रही थी। ठोस धरती पर उसके पाँव टिक नहीं रहे थे। सपने में प्रलाप करती-सी बोली, 'राजा की कोई जात नहीं होती। राजा, राजा ही होता है।'

'सेठजी की बातों का मायना इतना आसान नहीं, बहन।' लछमनसिंह रहस्य भरी मुस्कान के साथ कहने लगा, 'शराब का नशा तो उनकी बातों के सामने कुछ

भी नहीं है। दारू की दस बोतल और सेठजी का एक मन्त्र...समझी! मेरा भी मगज फिर गया तो तुम्हारी बिसात ही क्या? खैर छोड़ो...उन्होंने हम पर एहसान भी कम नहीं किए, उम्र भर याद रखने की बात है! मैं तो उनकी कोई बात टाल नहीं सकता। कल सारी बातें विस्तार से बताऊँगा। शायद कल बताने की जरूरत ही न पड़े...अपने-आप समझ जाओगी।'

'तो फिर आज रहने दो। कल की बात कल ही सुनूँगी। आज तो अपने भैया को हाथ से दारू पिलाऊँगी...।'

शायद सूरज भी अपने रंग-महल में छिपकर दारू पीने लगा हो, इस बात का पुख्ता खयाल आते ही फिर लछमनसिंह ठाकुर से भी जब्त रख पाना मुश्किल हो गया। कुम्हारी ने जमकर मनुहार की और उसने सूरज की बराबरी के भरम में जमकर मनुहार मानी। विश्वास के भारी काम तो विश्वास करने पर ही सम्पन्न होते है। उसे स्वप्न में भी यह आशंका नहीं थी कि राज्य के एक नामजद डकैत के साथ भी कोई घात कर सकता है! जलाए जिसको आग जलाए, भला आग का घर कौन जला सकता है! आग को किसका डर? किससे खतरा?

धर्मशाला के आँगन में लछमनसिंह के साथ चाँदनी भी नशे में झूम रही थी कि सहसा गरदन आधी लटक गयी। नंगे पाँव दुबकते-दुबकते कुम्हार ने गँडासे का वार तो भरपूर ही किया था, पर गरदन आधी से अधिक नहीं कट सकी। पहला वार होते हुए खास बुरा नहीं था। रक्त की फुहार से शराब का खाली प्याला तो पूरा भर गया। दूसरे ही क्षण जोश में आकर उसने उठने की कोशिश की, मगर वापस लुढ़क गया। तलवार की मूठ पर हाथ धरे पाँव पछाड़ता बोला, 'हरामी सेठ, मेरे साथ भी धोखा कर गया! मैं बच गया होता तो आज तेरी मौत थी। खैर...मैं तो अब चला, पर लछमन और बहू का पूरा ध्यान रखना। चंडाल के जाल से बचना मुश्किल है। सच बताना...क्या सेठ ने मुझे...मारने के लिए... क...हा...था?'

कुम्हार के मुँह से जवाब सुने बिना ही लछमनसिंह इस दुनिया से कूच कर गया। महाराजा-धिराज की छत्रछाया भी उसे मौत की काली-छाया से बचा नहीं सकी। जिसे मरना होता है, वह तो मरता ही है और जिसे बचना होता है, उसे कोई नहीं मार सकता। कुम्हार को निश्चित रूप से मारने वाला स्वयं उसके पहले ही उसी के हाथ से मर गया और उसे भनक तक नहीं पड़ी। यह अजूबा तो हुआ-सो-हुआ ही, पर सचमुच एक बात की पूरी खामी रह गयी कि जिसे जलना था उसे गड़ना पड़ा...बहुत गहरा गड़ना पड़ा! धोने से जब कालिख भी धुल जाती है, तब वह तो ताजा खून था। कहीं हलका-सा धब्बा तक नहीं रहा! कुम्हार-कुम्हारी पहले ही पुराने कपड़े पहनकर आये थे, सो नये रेशमी कपड़ों पर किसी प्रकार का कोई दाग

नहीं लगा। जगने पर जिस तरह सपने की गम्भीरता समाप्त हो जाती है, उसी प्रकार कुम्हार-कुम्हारी की स्मृति से लछमनसिंह की हत्या काफी-कुछ धूमिल हो गयी। लेकिन उस रात के बाद बार-बार चन्द्रमा की ओर ताकते रहने की जैसे आदत ही पड़ गयी। चन्द्रमा के ये काले धब्बे अब तक भी क्यों नहीं मिट पाए? क्यों...? क्या उसने भी किसी की हत्या की है? किन्तु हत्या से बड़ा पुण्य तो कोई दूसरा नहीं। यह तो भगवान के काम में हाथ बँटाना है...!

कुछ दिन और चुटकियों की तरह गुजर गये। एक दिन घड़ी रात ढलने पर उसी धर्मात्मा सेठ ने धर्मशाला के सामने खड़े होकर आवाज दी, 'लछमनसिंह... लछमनसिंह...।'

मगर लछमनसिंह के बदले कुम्हार को भूत की तरह सामने खड़ा पाया तो वह एकदम सकते में आ गया! शायद सचमुच के भूत से भी उसे उतना डर नहीं लगता! परन्तु उसकी बुद्धि ने अगले ही क्षण उसके साहस की रक्षा कर ली। मुस्करा कर बोला, 'अरे! तुम हो! ठाकुर साहब कहाँ गये? उनसे तो आज ही यहाँ मिलने की बात थी...।'

'तो शायद आज ही मिलन हो जाय। अपना वादा तो वे कभी नहीं चूकते। पूरा पखवाड़ा बीत गया, वे तो इधर आये ही नहीं!'

'अच्छा! किसी जरूरी काम में अटक गये होंगे। मगर कोई बात नहीं। तुम हो तो सब है! यह जोखम सँभालो। बहुत बड़ा मजूस है। पूरी चौकसी रखना।'

'आज-कल रात को तो ये सोते ही नहीं।' कुम्हारी आगे बढ़कर बोली।

गाड़ीवान बाहर ही खड़ा रहा, तब तक तीनों ने हाथों हाथ गुप्त तहखाने में झटपट सारी माया सलीके से जमा दी। 'अब तो लगभग भर ही गया, समझो! एक गुप्त तहखाना और है, कल बता दूँगा। यह खाली मजूस वापस रथ पर धर दो। गाड़ीवान को साली के ब्याह में ससुराल जाना है...!'

कुम्हार ने शंका प्रकट की, 'फिर खाली मजूस की वहाँ क्या जरूरत पड़ेगी, यहीं रहने दीजिए।'

'मेरी जरूरत मैं जानता हूँ, जो कहूँ, वही करो। जरूरत से ज्यादा होशियारी तकलीफ देती है।' फिर मुस्कराते कहा, 'बुरा मत मानना...आज-कल थोड़ी खुन्दक चढ़ने लगी है।'

दोनों ने चुप रहना ही उचित समझा।

गाड़ीवान के रवाना होते ही सेठ ने गरदन हिलाते पूछा, 'अब बताओ, नौ बरस बीतने में क्या देर लगी...?'

'कुछ देर नहीं लगी सेठजी, जैसे कल की ही बात हो।' कुम्हारी ने तनिक

मुस्कराते जवाब दिया, 'भगवान का तो बस नाम-ही-नाम है! आप से बड़ी उसकी हैसियत तो क्या होगी?'

'अरे! मैं तो एक अदना-सा बनिया हूँ! मुनाफे का लोभी! हर काम में फगत फायदा-ही-फायदा तलाश करना। तुम्हारा बेटा लछमन राजा बने तो मझे भूल मत जाना! याद है मेरी वह भविष्यवाणी! बोलो, अब गाँव जाना चाहते हो...? देखो, संकोच मत करना। कहो तो कल-परसों ही भिजवा दूँ।'

'अब तो हम अपने गाँव का रास्ता ही भूल गये। न हम किसी को पहचानेंगे और न हमें कोई पहचान पाएगा। वह तो एक सपना था सपना, जो बीत गया।' कुम्हार के लहजे में थोड़ी-बहुत कृत्रिम-हताशा का पुट था।

'क्या पता यह सपना है या वह सपना था...? मगर तुम दोनों की समझदारी पर मुझे हमेशा गुमान रहेगा! तुमने मेरी लाज रख ली। आज चारों दिशाओं में तुम्हारा कितना नाम है...!'

'और आपका भी!' कुम्हारी ने तुरन्त छौंक लगाया।

'अरे छोड़ो...। मैं तो निमित्त हूँ, निमित्त! मान-सनमान तो अब लछमन का देखना!'

अब कहीं दोनों पति-पत्नी सेठजी के मन की बही का हिसाब-किताब समझने लगे थे। साथ-ही-साथ उस बही की भाषा भी काफी-कुछ सीख चुके थे।

'यह सब आपकी दया का फल है! वरना हमें तो माटी गूँधने से ही फुरसत कहाँ थी?' कुम्हार ने सहज-भाव से उनका एहसान दरसाया।

'पर उस दिन क्या बढ़-बढ़कर बातें बना रहे थे? याद है...? मैं तो मरते दम तक भूल नहीं सकूँगा।'

'माफ करें सेठजी, अब उन गलीज बातों की याद मत दिलाइये। मैं तो बिल्कुल ही भूल गया था।'

'खैर छोड़ो, पुरानी बातें याद करने से पेट थोड़े ही भरेगा। खाना बचा है क्या?'

'आपकी आज्ञा से सुबह-शाम चार-पाँच जातरियों का खाना तैयार रखती हूँ। भोभर की मधरी-मधरी आँच से निंवाया रहता है।'

'फिर वही बात...! जाने तुझ में कब अकल आएगी? सेठजी जातरी नहीं अपने घर के खासमखास आदमी हैं। फिर इन्हें जातरी मत कहना।'

'अरे परजापत! तेरे मुँह से...ऐसी बात! जो भी इस दुनिया में जनम लेकर आता है, वह जातरी नहीं तो क्या है...?'

खाने के बाद न सेठजी ने बातें करने का उछाह दिखाया और न कुम्हार-कुम्हारी ने। सच बात तो यह है कि तीनों ही अपने-आप से वार्तालाप करने

में खोए थे। सेठजी को तो नरम-नरम बिछौने पर लेटते ही नींद आ गयी। उनके इर्द-गिर्द फैली चाँदनी उनके खर्राटों की क्रम-बद्ध आवाज सुनती रही कि अकस्मात् खर्राटे एकदम शान्त हो गये। एक ही वार में उनकी गरदन पूरी कटकर धड़ से बिछुड़ गयी। लछमनसिंह की चिर-अभ्यस्त पुश्तैनी तलवार मनुष्यों के गलों की पूरी आत्मीय हो गयी थी! तिस पर कुम्हार का हौसला भी थोड़ा-बहुत बढ़ गया था। सेठजी को पता ही नहीं चला कि वे सोए हैं कि चल बसे! तो क्या अब भी भावी हिसाब-किताब की चिन्ता उन्हें रहेगी या मिट जाएगी? न चाँदनी पर रक्त के छींटे रहे और न फर्श पर। दूसरे गुप्त तहखाने में बिस्तर सहित उनकी माटी हिफाजत से रख दी गयी!

सेठजी रहें चाहे न रहें। जब तक इस दुनिया में चाँद-सितारे मौजूद रहेंगे, उनका नाम अमर रहेगा! उनकी अमोलक बातें कायम रहेंगी...बत्तीस घड़ी का दिन, तीस दिन का महीना और बारह मीनों का बरस बीतते क्या देर लगती है? चुटकियों में एक बरस बीत ज्यूँ नौ बरस बीतने में केवल इक्कीस दिन बाकी हैं। सेठजी को मरे, ना ना सोए आज चालीस दिन हो गये। रोज नियमित रूप से सूरज उदय होता रहा है, अस्त होता रहा है! वैसा ही चाँद और वैसी ही चाँदनी! उसी तरह टिमटिमाते तारे और वैसा ही गगन! न चिड़ियों की चहचहाट में फर्क पड़ा और न फूलों के खिलने में। इतने बड़े सेठ के गुजरने पर भी कुदरत ने किसी प्रकार का कोई शोक नहीं मनाया। सेठजी के हिसाब से तो सर्वत्र प्रलय हो जाना चाहिए था। किन्तु कुदरत की बही से उनके हिसाब का मेल नहीं बैठा! वे ही कलियाँ, वही चटक औ वही सौरभ! वैसी ही बया, वैसे ही बादल और वैसी ही बरखा! फकत वे अकेले ही अपनी बही का हिसाब अधूरा छोड़कर चल बसे! अन्तिम समय वे अपनी माया भी ठीक तरह कहाँ सँभाल पाए!

एक दिन तहखाने की माया को सँभालते हुए, सहलाते हुए कुम्हार अपनी पत्नी को गुमान की मुद्रा में कहने लगा, 'देख तो बड़भागिन, तेरे माटीघड़ कुम्हार का करिश्मा तो देख, आकाश से भी अधिक सितारों को तहखाने में बन्द कर रखा है। अब तो केवल उसी दिन का इन्तजार है, जिस दिन अपना बेटा लछमन किसी रियासत का राजा बने! इस माया से तो चक्रवर्ती साम्राज्य खड़ा हो सकता है...चक्रवर्ती साम्राज्य...क्या समझी?'

'इस दुनिया में जो भी समझना था, मैं सब समझ चुकी हूँ। अब कुछ भी समझना मेरे लिए बाकी नहीं है...!'

कुम्हार ने तैश में आकर कहा, 'कैसे बाकी नहीं है...? अभी तो सवा हाथ तहखाना खाली है, जिस दिन वह पूरा भर जाएगा, उस दिन ही अपनी समझ सम्पूर्ण होगी। तब तक समझने की हर कोशिश जारी रखनी होगी!'

'जैसा तुम कहोगे, वही करूँगी! ऐसी कामना तो इन्द्र भगवान की भी पूरी नहीं होती। सेठजी तो मरकर भी हमें निहाल कर गये...।'

'कितनी बार समझाया कि इन बातों को हमेशा के लिए भूल जा।...कभी जबान पर मत लाना। हवा के भी असंख्य कान होते हैं। मगर तेरे ठस मगज में कुछ बात ही नहीं जमती। जब तक लछमन राजा न बने, जबान के ताला जड़ ले।'

'तुम खुश रहो तो यह भी कर लूँगी।'

'कहती है, पर करती नहीं। कहूँ जैसा करने लग जाय तो अपने पास किस बात की कमी है...? अब तो केवल चाँद-सूरज तहखाने में बन्द करने बाकी हैं।'

'उन्हें तो सेठजी वाले तहखाने में बन्द करेंगे।' पति के कान में फुसफुसाते कुम्हारी बोली।

'फिर वही बात, तू नहीं मानेगी। चुप कर बड़भागिन...चुप कर!'

'अच्छा बाबा, अच्छा! मगर इतनी माया, इतने आनन्द के बाद भला कौन चुप रह सकता है?...सिवाय अनघड़ पत्थर के!'

'तो क्या मैं पत्थर हूँ...?'

'तुम्हें पत्थर कहे उसकी जबान नहीं खींच लूँ! तुम तो मेरे किशन भगवान हो और मैं तुम्हारी राधा!...अरे, एक बात तो तुम्हें बताना ही भूल गयी। कल से ही मेरी बाईं आँख फड़क रही है। अपना लछमन अनगिनत माया लेकर राह चल रहा होगा। मैं तो आज से ही वही रेशमी भेस और सारे गहने ठसाए रखूँगी। जाने किस पल आ जाय? तुम भी अपने नये कपड़े और गहना पहन लो।'

'मैं तो अब उसी दिन पहनूँगा, जब तहखाना पूरा भर जाएगा। लेकिन तू माँ होकर भी लछमन को कहाँ पहचान सकी? वह नौ बरस से एक दिन भी पहले नहीं आएगा, हरगिज नहीं आएगा। मैंने उसे यही सबक सिखाया है कि वचन तोड़ने की बनिस्बत मर जाना बेहतर है!'

'मरे हमारे दुश्मन! देखो तो यह सभागी बाईं आँख ने तो हठ ही पकड़ लिया। मेरा यह शकुन कभी झूठ नहीं होता। याद है लछमन के जनम से दो दिन पहले यह इसी तरह फड़की थी। मैं तो अब एक पल की भी ढील नहीं कर सकती। मेरा कहा मानो, तुम भी अपने कपड़े बदल लो।'

'कह तो दिया एक बार, मैं तो तभी कपड़े बदलूँगा, उसके पहले नहीं।'

भाग्य प्रबल हो तो बिना कोशिश किए ही सब-कुछ प्राप्त हो सकता है और भाग्य साथ न दे तो लाख कोशिश करने पर भी कुछ बात नहीं बनती। कुम्हार का भाग्य अत्यधिक प्रबल था। उसकी आस्था में पूरा दम था। सूर्यास्त होने के पहले-पहले ही एक अपरिचित सेठ चाँदी का भारी-भरकम मजूस लेकर धर्मशाला में उतरा। खुद ही गाड़ी हाँक कर लाया था। कितना विनम्र और कितना शालीन?

गंगाजल की नाईं निर्मल अनतस्! काली स्याह दाढ़ी, मानो कमल के गुलाबी फूल पर भँवरों की पाँत चिपटी हो। गोल सिंदरफी साफा! तीखा नाक। लम्बी गरदन। पूरी कद-काठी। सफेद धोती, सफेद ही अँगरखी। सादी जूतियाँ। शरीर पर गहने का नाम तक नहीं!

तीनों साथ जुटकर उतारने लगे, तब कहीं बड़ी मुश्किल से भारी मजूस उतरा। कुम्हार ने हाँपते हुए पूछा, 'चाँदी के इस बेशकीमती मजूस में क्या पत्थर भरे हैं?

'हाँ, पत्थर ही समझ लीजिए!' उसने तनिक गम्भीर स्वर में जवाब दिया।

'पत्थर...?' कुम्हारी ने अत्यधिक आश्चर्य एवं हताशा के स्वर में पूछा।

नौजवान सेठ ने मुस्कराकर कुम्हारी की ओर देखा तो वह स्तब्ध होकर देखती रही। इस तरह तो चाँद भी नहीं मुस्कराता। अपूर्ण मुस्कराहट के बीच फूल झड़ने लगे, 'आपका जस और आपकी कीरत चारों दिशाओं में इतनी फैली हुई कि सात कोस का चक्कर खाकर दरसन करने आया हूँ। नहीं तो मेरा गाँव इस रास्ते में ही नहीं पड़ता। आपके सामने कैसा भी कपटी झूठ नहीं बोल सकता। हीरे-मोती और सोना-चाँदी का मेरी नजर में तो कंकर पत्थर से भी कम महत्त्व है।'

'तो क्या इसमें हीरे-मोती हैं, सोना-चाँदी है...?' कुम्हार की आँखों में खुशी का समन्दर तैरता-सा नजर आया। जिस पर नौजवान सेठ की नजर पड़ते ही उसका रोम-रोम सिहर उठा। लेकिन उसका मन पूर्णतया उसके नियन्त्रण में था। सहज भाव से धीमे स्वर में बोला, 'वही समझ लीजिए!' फिर थोड़ा रुककर आगे कहने लगा, 'भरोसा न हो तो खोलकर बता दूँ।'

'नहीं, नहीं हमें खोलकर देने की जरूरत ही क्या है?' कुम्हारी होंठों पर मार्मिक मुस्कान छितराती बोली, 'हमारे लिए तो यह धूल के समान है।'

'तभी तो मुझे यहाँ आने में रञ्चमात्र भी झिझक नहीं हुई।'

कुम्हार के मन की चोरी प्रकट न हो जाय, इसलिए उसने तुरन्त मुँह फिरा लिया। धीमे से बोला, 'केवल बातें ही बताएगी या इतने मान-आदर से आये जातरी को खाना भी खिलाएगी?'

'आज से पहले कोई जातरी भूखा-प्यास गया है, जो इतना टोक रहे हो!'

जाने क्या सोचकर उस नौजवान सेठ ने भी मुँह मोड़ लिया। शायद उसकी आँखें भर आयी थीं। अपने माँ-बाप की मधुर स्मृति मन में कौंध उठी या किसी अपरिचित के सामने मन का भेद प्रकट करने में उसे हिचकिचाहट महसूस हो रही हो।

कुम्हारी रसोई की ओर जाने के लिए आतुर दिखी तो उसने उतावली में सच्चे मन से कहा, 'खाने की क्यूँ तकलीफ कर रही हैं। मैं ढेर सारा भोजन साथ लेकर आया हूँ। आप भी हाथ बँटाएँ तब भी नहीं खूटेगा। माँ ने जबरदस्ती बाँध दिया।'

'माँ का जी होता ही ऐसा है!'

'बिल्कुल ठीक कह रही हैं, आप। मेरी माँ तो मुझे इस उम्र में भी बाहर नहीं जाने देती। उसका वश चले तो हरदम नन्हें-मुन्ने की तरह गोद में ही बैठा रहूँ। आप शायद अपने बेटे को बाहर नहीं जाने देती होंगी। कहाँ है, एक बार देखूँ तो सही! बाहर खेलने गया है या नजर न लगने की आशंका से अन्दर छिपा रखा है...?'

कुम्हारी की आँखों में भी आँसू छलक आये। पीठ फिराकर बोली, 'ना ओ सेठजी, हमारी ऐसी बिसात ही क्या? कमाई के लोभ में दस बरस ही उम्र होते-न-होते उसे दिसावर भेज दिया। नौ बरस क्या बीते मानो नौ जुग बीते हों। बस, आने ही वाला है। कल से ही मेरी बाईं आँख फड़क रही है...!'

सहसा बछिया का रम्भाना सुनकर, गाय भी जोर-जोर से रम्भाने लगी। किन्तु कुम्हारी ने उसे दुहने-सँभालने की कोई उतावली प्रकट नहीं की। गाय-बछिया का रम्भाना कान से नीचे नहीं उतरा। अच्छी तरह सुनकर भी जैसे बिल्कुल नहीं सुना हो। पहले तो एक ही आवाज सुनने पर कैसो भी जरूरी काम अदेर छोड़कर गाय-बछिया को सँभालती थी, किन्तु उस दिन सवेरे तो वह एक पल के लिए भी धीरज कहाँ रख पायी थी!

'गाय बछिया भी रख छोड़ी है...?'

'क्या करें, हमारे सेठजी तो मानते ही नहीं, मुसाफिरों की सेवा-बन्दगी के लिए जो न करें थोड़ा है।'

गऊ-बछिया का रम्भाना जारी था। नये सेठ ने अधीर होकर कहा, 'मैंने बरसों से गाय-गोरू नहीं देखी आप कहें तो मैं सँभाल आऊँ?'

'नहीं सेठजी, आप बड़े आदमी हैं, रहने दें। जानवरों को क्या, जब इच्छा हो, चिल्लाने लगते हैं।'

'नहीं, जानवर ऐसा नहीं करते। यह तो हम मनुष्यों की ही ऐसी बान है कि बेबात प्रलाप करने लगते हैं। उनकी इच्छाएँ कभी पूरी नहीं होतीं। उलटा जानवरों से तो हमें सबक सीखना चाहिए।'

'हाँ, अब मनुष्य के लिए यही सीखना बाकी है।' कुम्हारी ने परिहास के लहजे में कहा।

कुम्हार मन-ही-मन झुंझला रहा था। बेकार बेगाने राही को अपने मन का गुबार बता रही है। खाँमखाँ मोह-ममता में फँस गयी तो ऐन वक्त पर हुज्जत करेगी! आज ही मंशा दरसाई और आज ही तहखाना भर जाएगा। दो हाथ खाली होता तो भी भर जाता। चाँदी का ऐसा मजूस तो आज ही देखा! कैसे भी करोड़पति सेठ के मजूस लकड़ी या लोहे के बने होते हैं। ज्यादा ही हुआ तो पीतल या ताँबे

के। मगर इसकी अँगुली में तो मामूली अँगूठी तक नहीं। लूट-खसोट का ही डर होता तो चाँदी का चमचमाता मजूस क्यूँ लाता? और वह भी इतना भारी-भरकम। दूर से ही छिपा न रहे। लगता है सारे इलाके के लोग-बाग इस परिवार को अच्छी तरह पहचानते हैं। सहसा उसकी आँखों के सामने अँगूठी में जकड़ी वह कटी अँगुली घूमने लगी। चिट्टू...नहीं नहीं, मिट्टू अँगुली थी। सुहागिन औरत की। शायद नयी दुलहन ही हो। उसी अँगुली से माथे में बिन्दिया लगाई होगी! नयनों में काजल सारा होगा। शरीर से कट जाने पर कोई भी अंग कैसा भद्दा लता है। आँखें तो और भी भद्दी...।'

'कितने लड़के हैं...?'

कुम्हारी के मानस में उमंगे लहराने लगीं। गर्व से जवाब देने लगी, 'कितने क्या एक ही तो है। मगर सौ जैसा! जैसा सुन्दर वैसा ही सपूत। बिल्कुल तुम्हारी उम्र का है। गोरा-निछोर। अभी तो उसकी मसें भी नहीं भीगीं।' कुम्हारी बड़ी मुश्किल से अपने आँसू रोक पाई। ऐसी घरेलू बातें तो कोई जातरी नहीं करता!

'फिर एकाएक बेटे को दिसावर भेजने के लिए आप दोनों का मन कैसे माना...?'

'वह तो माना जैसे ही माना...क्या बताऊँ...?'

'बता दे, घर की सारी रामायण बता दे...तब तक मैं रसोई बना लेता हूँ।'

एकबारगी कुम्हारी की ऐसी इच्छा हुई कि पूरा-का-पूरा कलेजा उसे चीरकर बता दे। लेकिन पति की खीज का आभास होते ही वह भीगे मन से रसोई में चली गयी। और कुम्हार मौका देखकर बाड़े में गाय-बछिया को सँभालने चला गया। नवयुवक सेठ अकेला इधर-उधर घूमता रहा। जैसे एक ठौर रुककर बैठना उसके वश की बात ही न हो।

जरूरत से ज्यादा वक्त लगाकर कुम्हार वापस लौटा तो बातचीत के लिए सेठ की उत्सुकता भाँपकर वह मन-ही-मन कुड़बुड़ाने लगा। संयोग से अपनी भेड़ों को जंगल में छोड़कर एक गड़रिया पानी पीने के लिए आया तो कुम्हार को मनचीता बहाना मिल गया और वह प्याऊ की तरफ रवाना हो गया। मगर अपरिचित सेठ को जैसे अकेले में डर लगता हो। वह कुम्हार के पीछे प्याऊ तक चला आया। धीरे से बोला, 'आप कहें तो मैं पानी पिला दूँ। आज के दिन एक तो पुण्य का काम हो।'

न मालूम क्यूँ कुम्हार की भृकुटि तन गयी। बेरुखी से बोला, 'नहीं, सेठजी ने यह काम फकत मेरे ही जिम्मे सौंपा है, मैं ही करूँगा।'

'तो यह प्याऊ आपकी नहीं, किसी सेठ की है?' उसने जानते हुए भी पूछा। कुम्हारी पहले बता चुकी थी।

'आप भी बड़े नादान हैं, भला हम गरीब कुम्हार इतनी बड़ी प्याऊ और धर्मशाला कैसे बना सकते हैं?'

नौजवान सेठ मुस्कराकर बोला, 'तब तो ऐसे धर्मात्मा सेठ के दर्शन जरूर करना चाहूँगा। कभी यहाँ आएँ तो मुझे समाचार भिजवाइएगा। बड़ी कृपा होगी।'

कुम्हार का समूचा अन्तस् भीतर-ही-भीतर दहल उठा! बातूनी सेठ पर उसे गुस्सा भी बेशुमार आया। चुप रहना तो जानता ही नहीं। बड़ी मुश्किल से मन की सिहरन और क्रोध दबाकर रूखे स्वर में बोला, 'आपकी ऐसी ही इच्छा है तो कल सवेरे ही उनके दरसन करा दूँगा।...अब तो खुश!'

'सचमुच, वे कल ही आने वाले हैं?'

कुम्हार के मुँह से हामी क्या निकली, मानो आग का गोला निकला हो। परन्तु जातरी की खुशी का पार नहीं रहा। उल्लसित भाव से बोला, 'तब तो मेरा यहाँ आना सार्थक हो गया। दिसावर के लिए घर से विदा होते समय शकुन भी अच्छे हुए थे।'

कुम्हार के लिए एक-एक क्षण को बोझ असह्य हो रहा था। वह गड़रिए के साथ यों ही बातचीत करते रवाना होने लगा तो वह धनवान जातरी भी छाया के उनमान उसके पीछे चलने लगा। तब उफनते गुस्से को बड़ी कठिनाई से रोककर कुम्हार ने कहा, 'खाना बन गया होगा, खा लीजिए। थके हुए आये हैं, जल्दी सो जाएँ तो ठीक रहेगा।'

'राक्षस की तरह अकेले खाना मुझे अच्छा नहीं लगता। चलिए साथ ही खाएँगे।' कुम्हार को अपने जीवन में इतना गुस्सा कभी नहीं आया। बड़ी मुश्किल से स्वयं को जब्त करके बोला, 'अब समझा..! आप क्यों मेरा पीछा नहीं छोड़ना चाहते। आपको डर है कि कहीं मजूस से मैं कुछ चोरी नहीं कर लूँ!'

नौजवान सेठ के सर पर जैसे गाज गिरी हो! उसकी आँखें और मुँह फटे-के-फटे रह गये। किन्तु दूसरे ही क्षण होंठों से बाहर छलकती हँसी बरसाते कहने लगा, 'क्या कह रहे हैं आप...? ऐसा सोचने के पहले मैं मर जाना बेहतर समझूँगा। आप और चोरी...? आपकी शोहरत क्या मैं जानता नहीं। आप नाराज हों तो अब कोई बात नहीं करूँगा। बेकार वकबास करने की यह बान बहुत बुरी है। लेकिन क्या करूँ, छोड़ नहीं पाता।'

'मगर मेरी आदत तो बिरथा थूक उछालने की नहीं है। मुझे चुप रहना अच्छा लगता है।'

नौजवन सेठ ने परजापत के मन की बात ताड़ ली। उसी आशय से कहने लगा, 'जरूर लगता होगा। बेटे का बिछोह आपको भीतर-ही-भीतर खाए जा रहा है। बुला क्यूँ नहीं लेते? ओह! फिर वही बकवास! माफ करें, अब एक शब्द भी

बाहर नहीं निकालूँ। जल्दी से दस-बीस निवाले निगलकर चुपचाप सो जाऊँगा। सच, आपसे मिलकर मुझे बड़ी खुशी हुई। काम तो इतना जरूरी है कि सवेरे ही निकल जाऊँ। मगर तीन-चार दिन रुकूँगा। जाने का मन ही नहीं करता।'

'जैसी आपकी मरजी, मैं क्या सलाह दूँ?'

'मैं कोई भी छोटा-मोटा काम बुजुर्गों की सलाह के बिना नहीं करता। जरूर सलाह दीजिए।'

कुम्हार ने उदासीन भाव से मजबूरी दरसाते कहा, 'माटी गूँधने वाला कुम्हार एक करोड़पति सेठ को क्या सलाह दे सकता है!'

नौजवान सेठ को यकायक कोई जवाब नहीं सूझा तो खाना परोसती कुम्हारी ने बड़े दुलार से पूछा, 'आपका ब्याह हो गया?'

नौजवान मानो किसी गहरे सोच में डूबा हो। चौंककर बोला, 'हाँ...नहीं नहीं, मैं ब्याह करना ही नहीं चाहता।'

'क्यूँ?'

उसने कुम्हार की ओर क्षमा-याचना की नजर से देखते कहा, 'आप फिर नाराज होंगे। इस सवाल का जवाब देकर आगे नहीं बोलूँगा।' फिर कुम्हारी की ओर मुखातिब होकर कहा, 'बस, यों ही जँच गयी। आँखों के सामने रात-दिन देखता हूँ कि बहुएँ घर में सास-ससुर से बड़ी कलह करती हैं।'

'तो क्या इस वजह से सारी उम्र कुँवारे रहेंगे। पर हमने तो अपने लछमन का बचपन में ही ब्याह कर दिया। कल-परसों आ जाय तो झटपट गौना कर दूँ। ये ही तो दिन हैं साथ-साथ रहने के!'

'कल-परसों ही आने वाला है?' नौजवान ने निवाला रोककर पूछा।

'हाँ, आज सवेरे से ही मेरी बाईं आँख फड़क रही है। मेरी आँख के शकुन कभी झूठे नहीं होते।'

'तब तो जरूर मिलकर जाऊँगा। दिखने में कैसा है?...माफ कीजिए, बात चल पड़ी तो पूछे बिना नहीं रह गया।'

कुम्हारे अपने ही भीतर डुबकियाँ खा रहा था और कुम्हारी अपने ही आनन्द में तैर रही थी। अतिशय उछाह से कहने लगी, 'सच बात कहूँ, बुरा तो नहीं मानोगे? आपसे दुगुना क्या चौगुना सुन्दर है। पास खड़े हों तो अच्छे ही नहीं लगो... ।'

'इतना भद्दा हूँ मैं?' नौजवान ने छलकती मुस्कान के साथ प्रश्न किया।

'नहीं नहीं, भद्दे की बात नहीं, आप भी काफी सुन्दर हैं।' कुम्हारी ने सकुचाते हुए बात सँवारने की चेष्टा की, 'लछमन हमारा बड़ा मान रखता है। दो-दो जोड़ी नये वेस और यह सब गहना... ।'

'अब चुप भी कर लछमी!' कुम्हार ने खुन्दक भरे लहजे में झिड़का, 'क्यूँ फालतू बकवास किए जा रही है? तू कभी खामोश नहीं रह सकती।'

नौजवान सेठ क्षमा माँगकर उठ खड़ा हुआ। किसे भी यह जानने का समय नहीं था कि उसने पूरा खाना खाया भी है कि नहीं।

कुम्हार ने जाने क्या सोचकर पूछा, 'आपका बिस्तर मजूस के पास ही लगा दूँ?'

'नहीं...नहीं...उसकी मुझे कोई चिन्ता नहीं। यदि आपको तकलीफ न हो तो धर्मशाला की छत पर सोना चाहता हूँ। मैं खुद ही बिस्तर कर लूँगा।'

'ना आप रहने दीजिए। जातरियों की सेवा करना तो हमारा फर्ज है।'

नौजवान ने बार-बार मना करने पर भी कुम्हार नहीं माना और उसने फुरती से सोने का सराजाम कर दिया।

कुम्हारी के मन में घुमड़ती बात बताने पर ही उसका जी हलका हुआ, 'मेरे लछमन को भी छत पर सोना बहुत पसन्द है। इसी जगह सोता था।'

'अच्छा!...तो फिर उसके आने पर आप मुझे यहाँ नहीं सोने देंगी।'

'क्यूँ नहीं सोने दूँगी! दोनों ही बड़े मजे से...।'

कुम्हार के लिए एक-एक क्षण का विलम्ब असहनीय होता जा रहा था। उतावले स्वर में कहा, 'आज तो अच्छी तरह सोने दो। थके हुए आए हैं...।' कुम्हारी की इच्छा वहाँ से हटने की नहीं हुई तो वह उसका हाथ पकड़कर नीचे ले गया। मजूस के पास आते ही कुम्हारी ने पति की ओर ललचाई आँखों से देखकर कहा, 'अब तो तहखाना पूरा भर जाएगा?'

'चुप कर...जाने कब तुझमें समझ आएगी?'

'अब समझ की जरूरत ही क्या है?'

'है...अभी बहुत जरूरत है!' कुम्हार ने फुसफुसाते कहा।

पति के हाथ में लछमनसिंह की तलवार थमाते बोली, 'इस तलवार से भी ज्यादा?'

'हाँ, ज्यादा...बहुत ज्यादा!'

'फिर तलवार के बिना ही अपना लछमन राजा बन जाएगा?'

'नहीं, उसके बिना तो नहीं बन सकता। तहखाने की माया के साथ यह तलवार भी उसे भेंट करूँगा।'

'तब तो सोने में सुहागे जैसी बात होगी।...अब देखते क्या हो?'

'ठीक उसी तरह सोने दे, ज्यादा जल्दबाजी अच्छी नहीं।'

'जैसा तुम उचित समझो। कहो तो मैं भी साथ चलूँ।'

'नहीं रहने दे। अब मेरा हाथ पूरा सध गया है!'

कुछ जरूरत से ज्यादा ही देर तक उन्होंने उसके सोने का इन्तजार किया। आखिर कुम्हार नंगे पाँव सहमता छत पर पहुँचा तो उसके दोनों पैर वहीं चिपक गये। नौजवान सेठ बिस्तर पर बैठा चाँद की ओर मुँह किए, जाने क्या सोच रहा था? शायद उसके धब्बों के बारे में ही सोच रहा हो। आहट सुनकर सहज भाव से अभ्यर्थना की, 'आइए...आइए...पधारिए।'

तब तक कुम्हार ने अपने-आपको पूर्णतया सँभाल लिया था। घबराहट को छिपाते बोला, 'पानी रखना भूल गया था। बातों-बातों में ध्यान ही नहीं रहा।'

'आपको बेकार ही तकलीफ हुई। मैं खुद ही नीचे आ रहा था। रात को दो-तीन बार पानी पीने की आदत है।'

कुम्हार को दूसरी बात नहीं सूझी तो कृत्रिम स्वर में बोला, 'बहुत अच्छी आदत है, जरूर पीना चाहिए। ठंडे पानी का छुकलिया धर कर वह उल्टे पाँव वापस लौट पड़ा।

अरे! अकस्मात् यह चाँदनी गायब कैसे हो गयी? परजापत ने सहमती आँखों से ऊपर देखा...काली बदरिया की ओट में समूची चाँदनी सिमट कर फकत ऊपर-ही-ऊपर शेष रह गयी थी।

काफी देर बाद अन्तिम सीढ़ी पर खड़े होकर उसने धीमे से पूछा, 'सवेरे ठंड काफी पड़ती है...खेस रखना भूल गया था। आप सो तो नहीं गये?'

कोई जवाब नहीं मिला। तो उसने हिम्मत करके वही बात कुछ जोर से दुहराई। जवाब में नौजवान सेठ के खर्राटे सुनाई पड़े। कुम्हार के अन्तस् में बेशुमार खुशी उमड़ पड़ी! आकाश का चाँद भी ठीक वैसी ही खुशी बरसा रहा था। और उस दुहरी खुशी की मदहोशी में उसने सधे हुए एक ही प्रहार में गरदन देह से जुदा कर दी। धर्मात्मा सेठ की नाईं उस नौजवान को भी पता नहीं चला कि नींद में सोते-सोते उसकी गरदन चाक हो गयी है! थोड़ी देर बाद चाँदनी और छत दोनों अच्छी तरह धुल-पुँछकर साफ हो गयीं, खून के एक कतरे का भी कहीं नामोनिशान नहीं रहा। धर्मात्मा सेठ के साथ वहीं दूसरे तहखाने में वह दफन हो गया। तब पूर्णतया आश्वस्त होकर कुम्हार दम्पती ने सवा हाथ खाली तहखाने को तुरता-फुरत भरना शुरू कर दिया। भाग्य प्रबल हो तो सफलता पाँव चूमने लगती है! ठसाठस भरने के बाद भी आधा मजूस खाली रह गया।

'उसके शरीर पर कोई गहना तो नहीं छूट गया?' कुम्हारी ने होंठों-ही-होंठों में जिज्ञासा प्रकट की।

'पगली, अब काहे का डर? निशंक जोर से बोल। उसके पास तो अँगूठी तक नहीं थी।'

'अच्छी तरह देख-भाल तो कर ली?'

'कर ली बड़भागिन, कर ली। तुझसे कुछ ज्यादा ही होशियार हूँ।'

'अच्छी बात है; ज्यादा सुख पाओगे। कई दिनों से पूरी नींद नहीं ली। अब थोड़ी देर आराम से सो लें।'

'मैं भी यही कहने वाला था।' कुम्हार ने प्रमुदित लहजे में कहा, 'लगता है, अब तो चन्द दिनों में तू मुझसे ज्यादा समझदार हो जाएगी।'

'भला मैं तुम्हारी होड़ कैसे कर सकती हूँ!' कुम्हारी का मन भी कम उत्फुल्ल नहीं था। शब्दों के बहाने तितलियाँ फरफराने लगीं, 'तुम्हारे पीछे आयी सौ सदावन्त पीछे ही रहूँगी।'

'यह क्या कम समझदारी की बात है।' पति ने मुक्त भाव से सराहना की।

बेइन्तहा खुशी की चाँदनी में रतिश्रान्त दम्पति को तत्काल नींद आ गयी। एक जैसी निस्वप्न अगाढ़ ऊँघ। उतनी माया के रहते किसी को सपनों की दरकार ही क्या है?

कुम्हारी कुछ देर से उठी तब तक कुम्हार ने नहा-धोकर रेशमी वेश पहन लिया। गले में डोरा और हाथों में माठियाँ पहन लीं, ताकि उगते सूरज को अपनी औकात का सही भान हो जाय!

कुम्हारी निर्निमेष दृष्टि से पूर्व-दिशा में एकटक जाने क्या देख रही थी? सूरज के आगमन का मधुर संगीत बजने लगा था। कुम्हार ने उसके कन्धे पर हाथ धरते कहा, 'अभी से क्यूँ पलकें बिछाए बैठी है? क्या तेरा लाड़ला सूरज की किरणों पर बैठकर आएगा? मैं कहता हूँ...बीस दिन पहले वह हरगिज अपना वचन नहीं तोड़ेगा।'

कुम्हारी ने जैसे सुना ही न हो! वह उसी तरह चित्रलिखित-सी अविचल खड़ी रही। पति की ओर उसने मुड़कर भी नहीं झाँका। वह अपने ही जञ्जाल में खोई थी।

'क्या अब भी तेरी आँख फड़क रही है?'

कुम्हारी ने ऊहापोह की स्थिति में जवाब दिया, 'तभी तो हैरान हूँ! जागने के बाद एक बार भी नहीं फड़की। कल तो रुक ही नहीं रही थी...!'

'और मैं जो कह रहा हूँ...!'

'कहते रहो...!' कुम्हारी ने दृढ़ विश्वास के भाव से कहा, 'मेरी बाईं आँख के शकुन कभी झूठे नहीं होते। जाने कितनी बार परीच्छा करके देख चुकी हूँ।'

कुम्हार भी इस तथ्य को अच्छी तरह जानता था। सहमते होते हुए कहने लगा, 'यदि ऐसी ही तेरी अटल मान्यता है तो सामने चलें।...याद है न...नौ बरस पहले वह इसी राह रथ में बैठकर दिसावर गया था। अपन काफी दूर तक साथ चले थे। सेठजी ने टोका तब कहीं वापस लौटे।'

'जरा चुप भी करो...अब मैं लछमन के अलावा किसी से भी बात नहीं करना चाहती।'

'मुझसे भी नहीं...?' कुम्हार के पौरुष को जैसे ठेस लगी हो।

पत्नी ने कुछ भी जवाब नहीं दिया। उसी तरह खामोश बनी रही। उसकी अकारण चुप्पी गृहस्वामी को बड़ी खटकी, 'कल तो उस नौजवान छोकरे के साथ बड़ी चपर-चपर कर रही थी। मेरे मना करने पर भी मानी नहीं।'

कुम्हारी ने अब भी कोई प्रतिवाद नहीं किया। सहसा उसे दूर...काफी दूर उस वीरान रास्ते पर एक औरत बेतहाशा भागती नजर आयी। वह अपनी चेतना के परे ही बुदबुदाई, 'देखो, वह कौन दौड़ती चली आ रही है...?'

कुम्हार ने आँखें फाड़कर देखा। 'कोई औरत दिख रही है!'

'सो तो मुझे भी दिख रही है। मगर है कौन...? इस तरह दौड़ी क्यूँ आ रही है...?'

'यह मैं क्या जानूँ?'

'तुम तो बहुत-कुछ जाने हो न? मुझ से ही दुराव! बताओ न...!' कुम्हार ने लाचारी दरसाते कहा, 'सच, तेरी कसम, मैं भी नहीं पहचान पा रहा हूँ। चलो, अपन भी सामने दौड़ कर चलें...!'

'क्यूँ, हम क्यूँ सामने चलें। क्या मतलब है...? जाने क्या बला गले पड़ जाय...?'

कुम्हार अदेर सहमत हो गया। पत्नी पर गर्व करते बोला, 'तेरी बुद्धि तो आजकल बहुत तेज हो रही है। यह आशंका तो मुझे सूझनी चाहिए थी। कुछ देर तक वहीं खड़े-खड़े मानो हजार-हजार आँखों से बराबर उधर ही टोह रहे थे कि कुम्हारी आश्चर्य के साथ चहकी, 'अरे! यह तो अपनी ही बहू है! इसे भी नहीं पहचाना?'

कुम्हार ने आँख मसलकर और जोर से नजर दौड़ाई। वहम तो उसे भी हुआ, परन्तु उसका मन नहीं माना। अविश्वास-जनित अचरज के सुर में कहा, 'क्यूँ...? वह इस तरह दौड़ती क्यूँ आएगी...? वैसी ही कोई दूसरी औरत होगी...!'

'नहीं नहीं, बिल्कुल वही है। ठीक तरह देखो...!'

कुम्हार ने भी उस अप्रत्याशित एवं अकल्पनीय सच्चाई को अच्छी तरह पहचान लिया था, 'ओह...यह तो सचमुच वही है। मगर इस तरह बिखरे बाल, उघाड़े मुँह दौड़ी क्यूँ आ रही है...? कुछ भी लाज-शर्म नहीं। उस दिन भी कितनी मुश्किल से लौटाया। बचपन की उम्र बीत गयी पर इसका बचपना नहीं गया। दोनों के पाँव मानो धरती में नड़ गये हों। बहू का दौड़ना उसी तरह जारी था। पास आते

ही सास ने चिल्लाकर पूछा, 'क्या है...आखिर बात क्या है...तू इस तरह दौड़ी क्यूँ आप रही है? मेरा लाल तो खैरियत से है...?'

जवाब में बहू के होंठों पर मुस्कराहट खिलती नजर आयी। सम्पूर्ण जवाब मिल गया। एक मामूली मुस्कान से इतनी खुशी दुनिया में किसे भी नहीं हुई होगी। सूरज ने भी खुशी का उजाला छितराते उस मुस्कान का समर्थन किया।

इस तरह बेतहाशा दौड़ने पर भी दूर-दूर हाँफने का नामोनिशान तक नहीं था। उमंग, उछाह, आशा और अलौकिक आनन्द की शक्ति ऐसी ही होती है। दूधिया मुस्कान छलकाते बोली, 'बधाई में दूज का चाँद दें तो बताऊँ!' उसका मुँह उसी तरह उघड़ा रहा, मानो उसे यह एहसास ही न हो कि वह सास-ससुर के सामने खड़ी है! और न उधर सास-ससुर को भी अपनी खुशी में बहू के उघड़े मुँह एवं बिखरे बालों का कुछ खयाल ही आया। बहू के मुँह से उत्तर सुनते ही दोनों पूर्णतया आश्वस्त हो गये। अनन्त खुशी का समन्दर उनके अन्तस् में हिलोरें भरने लगा। फिर भी बधाई में दूज का चाँद देना उनके लिए कतई सम्भव नहीं था। अविश्वसनीय आश्चर्य प्रकट करते पूछा, 'दूज का चाँद...?'

'न हो तो चमेली का फूल ही दे दीजिए!'

'चमेली का फूल...!' सास ने अपूर्व मुस्कराहट छलकाते कहा, 'यह भी कोई देने की चीज है!'

'तो छोड़िए, सवा सेर गुड़ ही सही...तभी बधाई की बात बताऊँगी। उससे पहले नहीं।' बहू के होंठों से आखरों की बजाय अमृत बरस रहा था।

दोनों की बाँछें खिल गयीं। मानो अभी-अभी उन्हें जीवनदान मिला हो। आज का यह सूरज तो केवल उन्हीं के लिए उदय हुआ है! अथाह अँधियारे को चीरता हुआ, फकत उन्हीं की अगणित खुशियों पर अपना आलोक निछावर करने के लिए बेताब, नजर आ रहा हो! उन्मत्त कुम्हार ने आनन्द की उमंग में कहा, 'बाबली कहीं की...बधाई में सवा सेर गुड़ ही क्या माँगा, कहे तो सवा मन सोना भेंट कर दूँ!'

बहू ने नाक-भौंह सिकोड़ते कहा, 'छिः छिः...यह भी कोई लेने की चीज है। मैं तो सवा सेर गुड़ ही लूँगी!'

कुम्हारी ने गर्व से पति की ओर देखते कहा, 'बोलो...मैं बढ़-बढ़ कर नहीं कह रही थी कि मेरे शकुन कभी झूठे नहीं होते।' फिर बहू की ओर मुखातिब होकर उछाह से कहने लगी, 'बहू, कल से ही मेरी बाईं आँख फड़क रही थी। पर बधाई की भूखी, पति को कहाँ छिपाकर आयी, पहले यह तो बता...?'

बहु ने खिलखिल हँसते पूछा, 'अभी तक भेद प्रकट नहीं किया?'

'भेद...? किस बात का भेद?' कुम्हार के मुँह से शब्दों की बजाय मानो मवाद की फुहार छूटी हो। 'बहू...भगवान के लिए पहेलियाँ मत बुझा, साफ-साफ बता...!'

'रात भर देख कर भी पहचान नहीं सके! मैं तो देखते ही पहचान गयी!'

'किसे पहचान गयी...?' बहुत-कुछ समझाने पर भी कुम्हार बिल्कुल समझने को तैयार नहीं था। वह मरते-मरते भी आशा का अन्तिम छोर नहीं छोड़ना चाहता था। आहत स्वर में बोला, 'वह तो एक अजाना सेठ था, सो घड़ी रात रहते अपनी राह चलता बना।'

बहू ने चौंककर कहा, 'तो फिर मुझे लेने ही गये हैं! और मैं बिना किसी को कुछ बताए, पगली-सी दौड़ी चली आयी। तो अब वापस चलती हूँ। वे खाँमखाँ मेरा इन्तजार करेंगे...!'

'कौन इन्तजार करेगा...?' कुम्हारी ने लड़खड़ाती वाणी में पूछा।

'वे, और कौन? शायद अब भी मसखरी कर रहे हैं। दूसरे दिन ही मुझे लिवाने का वादा किया था। वे नौ बरस तक हर सुहागिन रात मुझे सपने में मिलते रहे, बस...कल ही नागा हुई तो मैं दौड़ी चली आयी।'

कुम्हारी का जैसे अन्तिम साँस छूटने वाला हो, वैसे लहजे में बोली, 'तू अच्छी तरह याद कर बहू, वह सपने में आया होगा। एक बार फिर से ध्यान कर! वह तो हमारे पास आया ही नहीं। आता तो क्या पेट के जाए को भी नहीं पहचान पाती?'

'इसीलिए तो आपसे भेद छिपा रहे हैं! कल वापस उन्हीं के साथ आऊँगी, तभी आप पहचनेंगे। चाँदी का मजूस तो यहीं छोड़ गये हैं...?'

'चाँदी का मजूस...?' मरते हिरण की तरह दोनों के मुँह आर्त-चीत्कार हुआ, 'तुझे कैसे पता चला...?'

'कह तो रही हूँ, मुझसे मिलकर ही यहाँ आये थे। मैंने नाक की नथ के लिए कहा सो इन्कार हो गये। मुस्कराते हुए कहा कि माँ-बाप की आज्ञा लेकर ही कुछ दूँगा, पहले नहीं! वे तो आपका इतना आदर करते हैं...और आप उन्हें पहचान भी नहीं सके...। अपने-अपने मन की तासीर है!'

अब किसी के लिए कुछ भी जानना-समझना शेष नहीं था! फिर भी बहू जानकर अनजान बन रही थी। वह भी मरते दम तक आशा की भ्रान्ति नहीं छोड़ना चाहती थी। एक गहरा निश्वास छोड़कर बोली, 'तो अब चलती हूँ...मुझे ही लेने गये हैं। बेकार इन्तजार करेंगे!'

'कोई किसी का इन्तजार नहीं करता।' कुम्हार पूर्णतया अपना होश खो चुका था। बहू के बिखरे बालों की ओर देखता कहने लगा, 'तू ठहर, मैं अभी उसे पकड़कर लाता हूँ।' इतनी हिदायत देकर वह भूत के उनमान धर्मशाला में दौड़ता गया और दौड़ता ही वापस आया। लेकिन इस बार वह खाली हाथ नहीं था। दाहिने हाथ में नंगी तलवार थी।

निर्वाक् जड़वत् खड़ी कुम्हारी को न कुछ दिखाई दे रहा था और न कुछ सुनाई दे रहा था। चारों तरफ बिखरी धूप, अन्धकार से भी अधिक काली और अभेद्य हो गयी थी! उसे न तो पति नजर आया और न चमचमाती नंगी तलवार! फकत बहू की विस्फारित सूनी आँखों ने देखा कि जो सिर क्षण तक पहले सास की गरदन पर निश्चल तना था, वह अब उसके पाँवों से सटकर धूल चाटने के लिए पड़ा था।

अब बहू भी सर्वथा अपना होश खो चुकी थी। नींद के सभागे सपनों में पति ने क्या-क्या वादे किए थे और उसके कुँआरे मन में क्या-क्या आशाएँ जगाई थीं। उसका तो गौना भी अभी शेष है! जोर से बड़बड़ाती वह उल्टे पाँव फिर दौड़ पड़ी, 'तो अब चलती हूँ...वे मेरा इन्तजार कर रहे होंगे।' रक्त रंजित तलवार उठाए कुम्हार ने इधर-उधर देखा...वह काफी दूर निकल चुकी थी। वह बची-कुची पूरी ताकत से उसके पीछे दौड़ा। बायाँ हाथ खाली हाथ था और दाहिने हाथ में लछमनसिंह की पुश्तैनी तलवार थी। फासला कम करने के लिए वह और तेजी से दौड़ा तो अनायास उसके पाँव लड़खड़ा गये। नीचे गिरने वाला ही था कि तलवार की नोंक पेट को चीरती हुई आर-पार निकल गयी। वह अब भी अधमरी हालत में उसी तरह छटपटा रहा था और बहू बेतहाशा भाग रही थी और तब तक भागती रहेगी, जब तक उसका गौना और उसकी आशाएँ सम्पन्न नहीं होतीं।...निरन्तर भागती ही रहेगी...अविराम...अविश्रान्त!

पुनश्च : ठेठ मुहाने तक ठसाठस भरे उस गुप्त तहखाने की मुझे पूरी जानकारी है। आर्थिक-संकट के दौरान हीरे-मोती और सोने-चाँदी की इस अमोलक माया के प्रति कई बार मेरे मन में भी मोह जागा है, लेकिन बहू के डर से कि वह कब भागती-भागती उधर आ निकले, मैं उस ओर अपने कदम नहीं बढ़ा पाता। हवेली वाले सेठ की तरह कोई बुलन्द हौसले वाला चाहे तो उस बेशुमार सम्पत्ति को हथिया सकता है। मुझसे पूछने पर निःसंकोच उसका सही ठिकाना बता दूँगा। कृपया निम्नलिखित पते पर सम्पर्क करें–

30 अप्रैल, 1985

विजयदान देथा
रूपायन संस्थान
बोरुन्दा : 342604
(जोधपुर-राजस्थान)

लम्बी कहानी

कुदरत की बेटी

राजाओं का राज तो छिन गया, लेकिन बातों के सिंहासन से उन्हें अपदस्थ नहीं किया जा सकता और न किया जा सकेगा। अबोध शिशु जब तक संसार में अवतीर्ण होते रहेंगे—माँ, नानी या मौसी राजाओं के मुकट की सुरक्षा करती रहेंगी।...राजा तो राजा ही होते हैं। बुद्धि या विवेक से उनका सरोकार हो-न-हो, मगर सनक या पागलपन तो उन्हें उत्तराधिकार में मिलते रहे हैं। इस कहानी का नायक या खलनायक एक राजा ही है। राज तो राज जैसा ही था, मगर उस राजा की मति निराली थी। गति भी न्यारी थी। हमेशा नयी-नयी औरतों के साथ सहवास का उसे एक अजीब और अदम्य चस्का था। औरत किसी भी जात की हो, जवान और खूबसूरत होनी चाहिए। फिर राजा की समदृष्टि में कुछ भी भेदभाव नहीं था।

स्वामिभक्त दीवान उसे समझाने की चेष्टा करता तो राजा एक ही पुख्ता जवाब देता, 'पत्थर किसी की खान का हो, मन्दिर की मूरत बन जाने के उपरान्त वह देवता बन जाता है, उसी प्रकार राजा की सेज चढ़ने पर कोई भी औरत रानी बन सकती है। इस झीनी बातों का मर्म तुम नहीं जानते। ईश्वर या ब्रह्म की अपेक्षा यह काफी पेचीदा मसाला है। राज-काज या न्याय-फरियाद के छोटे-मोटे लफड़ों वाली अक्ल यहाँ लड़ाई तो गच्चा खा जाओगे। मैं जो भी काम करता हूँ, दैवी-प्रेरणा से करता हूँ। राजा तो ईश्वर की सद्-इच्छा का प्रत्यक्ष अवतार होता है। ईश्वर में कोई दोष हो तो राजा में कोई दोष हो! समझे कि नहीं?'

दीवान आगे कुछ भी प्रतिवाद न करके विनम्रतापूर्वक कहता, 'समझ गया अन्दाता! आपके समझने से तो पत्थर भी समझ जाते हैं, फिर मैं तो अलबत्ता मनुष्य हूँ।'

'फकत मनुष्य ही नहीं, मुझ जैसे प्रतापी राजा के दीवान हो, तभी तो इतनी जल्दी समझ जाते हो। और मुझे भी तुम्हें समझाने में आनन्द आता है।' राजा एक मार्मिक मुस्कान घुले स्वर में कहता।

अपने हित-अनहित की बात तो एक गँवार भी समझ लेता है। फिर वह तो उस रजवाड़े का विश्वस्त दीवान था। एकदम चतुर। छोटे-बड़े सभी दरबारियों को खुश रखने में पारङ्गत। हर वक्त राज-काज के जरूरी मसलों में उलझा रहता और राजा अपनी दैवी-क्रीड़ाओं में मगन!

एक बार साँझ की सुहानी वेला ऐसा संयोग घटित हुआ कि झरोखे में बैठा राजा पनिहारियों का आना-जाना निरख रहा था कि अचानक उसकी पारखी नजर एक ठौर अटककर रह गयी। पानी की बदरंग बुगती कन्धे से लटकाए वह तालाब की एक-एक सीढ़ी चढ़कर मन्थर गति से लौट रही थी। उसकी लहराती चाल देखकर ही राजा मुग्ध हो गया। ऐसी मदमस्त चाल तो उसने अब तक देखी ही नहीं। हंसनी की गति को भी मात करे जैसी चाल! उसके पाँवों का परस पाकर निर्जीव पाहन मानो धन्य हो उठे हों और उसके मधुर स्पर्श को छोड़ना ही न चाहते हों। उसकी अनोखी सूझ-बूझ से निर्मित उस तालाब का पानी आज सार्थक हुआ। अनुभवी राजा की पैनी नजर उस औरत की सुगठित देह को टोहने लगी। माथे से घुटनों तक झूमती हुई कजरारी घटा, जैसे राजा के हिवड़े में अब बरसी, तब बरसी। झीर-झीर चिथड़ों से उसका संयमित यौवन मोतियों की नाईं दमक रहा था। उसकी आँखों के सामने तत्काल एक दूसरी उपमा कौंध गयी, मानो छितरी हुई बदरिया छेककर चाँद की किरणें बाहर झाँकने के लिए मचल रही हों। राजा के अधीर नयन केवल उपमा से सन्तुष्ट होने वाले नहीं थे। स्त्री के चरित्र और पुरुष के भाग्य का कुछ भी पता नहीं चलता कि वह कब बदल जाय! सुयोग का चमत्कार की ऐन वक्त पर दीवान न्याय की एक गुत्थी सुलझाने की गरज से आया। राजा ने खुश होकर कहा, 'वाह! आज तो बहुत ही बढ़िया मौके पर आये!'

'अन्दाता के दर्शन जब भी हो जाएँ अच्छा है।' दीवान ने हाथ जोड़कर अरदास की, 'एक ऐसा ही जटिल न्याय मेरे गले पड़ गया। मेरी बुद्धि से बात नहीं बनी तो आपके पास हाजिर होना पड़ा।' कान के पास गुनगुनाते मच्छर के उनमान राजा ने न्याय के झञ्झट को अंदर झटककर उतावले स्वर में कहा, 'न्याय-अन्याय को मारो गोली! जब तुमको पूरी छूट दे दी तो मुझे परेशान करने की जरूरत क्या है? पत्थर और न्याय तो बिठाएँ ज्यों ही बैठते हैं। तुम मगजमारी करते रहना। औरत के रहस्य का ईश्वर भी पार नहीं पा सकता, मैं पाकर रहूँगा। पहिले इस अप्सरा को रङ्गमहल में हाजिर करो।'

हाथ के इशारे की सीध में अप्सरा का हुलिया देखा तो दीवान ने आश्चर्य से पूछा, 'कौन यह भिखारिन? यह तो रूखे-बासी टुकड़ों के लिए दर-दर भटकती है अन्दाता...!'

आगे की बात सुने जितना संयम राजा में नहीं था। झिड़कते बोला, 'भिखारिन

हुई तो क्या हुआ, है तो औरत ही।' तत्पश्चात् उद्विग्न राजा ने खखारकर एक ऐसी बेजा बात उगली कि दीवान के कानों में सनसनी दौड़ गयी। लाज के वशीभूत इधर-उधर झाँकते कहने लगा, 'इसने जब से चलना सीखा, माटी का ठीकरा लेकर शहर की तमाम गलियों में भीख माँगती है। इसकी माँ के हाथ से कभी ठीकरा नहीं छूटा। वह भी कम सुन्दर नहीं थी। जैसी माँ, वैसी बेटी! इसे कौन नहीं जानता...?'

'क्यों नहीं जानेंगे?' राजा के होंठों पर एक सूगली मुस्कन हुमग उठी। तनिक दर्द के साथ कहा, 'ऐसा रूप किसी की आँखों से छिप सकता है भला?'

स्वामिभक्ति के इजहार का मौका मिलने पर दीवान कभी चूकता नहीं था। हलका-सा जोश प्रकट करते बोला, "तभी तो मैंने इसे यहाँ आने के लिए मना किया, लेकिन बेहया मानती ही नहीं। कहती है, 'राजाजी के घर से भीख लेकर ही रहूँगी। बस्ती में फकत यही घर बचा है! क्या यहाँ रोटियाँ बनती ही नहीं? देस के राजा हैं, इसीलिए उन्हें भूख नहीं लगती होगी!"

'उसे अच्छी तरह समझा देना कि हमारे राजा की भूख कभी मिटती नहीं है।' फिर तनिक क्रोध में हकलाते कहने लगा, 'कान खोलकर साफ सुन लो कि मेरी लीला में अड़ङ्गा लगाने की तुम्हें गुस्ताखी नहीं करनी चाहिए। जाओ, फौरन जाओ। जितनी जल्दी हो सके इसे राजमहल में दाखिल करो। बेकार बकवास करने में कोई सार नहीं। समझे...?'

'हमेशा के लिए समझ गया अन्दाता।' बाहर निकलते हुए मन-ही-मन सोचने लगा—अब इस गर्हित राज्य का अन्त निश्चित है। एक राजा को मँगती से माँगने की नौबत आ गयी। फिर भी स्वामी के आदेश को अनसुना करने का साहस वह कहाँ से जुटा पाता! भिखारिन की तरह वह स्वयं भी तो पूरा असहाय था। जब देश के मालिक का पानी मर गया तो वह क्या उपाय करता।

दीवान की चाल, उसके हाव-भाव और उसकी दबी-दबी मुस्कान से नजर मिलते ही वह अदेर समझ गयी कि आज लताड़ नहीं पड़ेगी। दीवान का बदला हुआ रुख देखकर उसने भी तनिक मुस्कराते पूछा, 'क्या राजाजी के घर में रात को रोटियाँ बनी थीं?'

भिखारिन की भोली बात सुनकर दीवान ने जोर से ठहाका लगाया। हँसते-हँसते ही उछाह से कहने लगा, 'रूखी-सूखी रोटियों का रोना छोड़, आज तेरी किस्मत खुल गयी। उम्र भर के लिए हलवा और खीर-पूरी का इन्तजाम हो जाएगा।'

लेकिन दीवान की उस अचीती उदारता से वह खुश नहीं हुई। सीधी-सादी वाणी में बोली, 'पखवाड़े से पहिले एक ही घर पर मैं दुबारा नहीं जाती। माँ की यह सीख बचपन में भी नहीं तोड़ी तो अब क्या तोड़ूँगी।' कुछ रुककर आशा के वशीभूत आगे कहने लगी, 'एक उतरे हुए वेश की मेहरमया हो जाय तो बासी

मुँह आपको दुआ दूँगी। ठौर-ठौर चिथड़ों से अब लाज बचाना मुश्किल है। देखिए न...।' वह बिना किसी हिचक के झीर-झीर लत्तों को इधर-उधर पलटने लगी। और साथ ही साथ एक अबोध शिशु की नाईं अकुलषित भाव से मुस्कराती रही।

दीवान ने अपनी नीयत के अनुसार ही मायना समझा। लज्जित होने की बजाय आँखें फाड़-फाड़कर उधर ही देखने लगा। आखिर भिखारिन ही तो है! इसकी क्या आबरु? कैसी इज्जत? दो जून रोटियों के बदले ही मान जाएगी। पेट की भूख बड़ी प्रबल होती है! ऐसा रोमाञ्चित तो वह पहिले कभी नहीं हुआ। परन्तु हजूर के सामने उसकी दाल थोड़े ही गलेगी! भनक भी पड़ गयी तो खञ्जाची की तरह आँखों से हाथ धोना पड़ेगा। कुछ भी हो, फिलहाल तो वह मामूली झाँकी से ही निहाल हो गया। मुस्कराते कहा, 'चल मेरे साथ, हजार वेश से कम दिलवाऊँ तो मैं इस रजवाड़े का दीवान नहीं।'

'हजार वेश! एक साथ हजार वेश! आश्चर्य से बेसुध-सी होकर कहने लगी, 'ना, मुझे तो दूसरे वेश की भी जरूरत नहीं। बस, एक पुराना वेश मिल जाय तो मरदों की सूगली निगाहों से बच जाऊँगी। सच, तिगरे के पानी में आज अपना ही मुँह देखा था। चलिए, कहाँ चलना है? मुझे अपने सिवाय शेर और साँप का भी डर नहीं लगता। माँ ने मुझे ऐसी ही गुटकी दी थी।'

दीवान को उसके भाग्य से ईर्ष्या हुई। अधिकांश दरबारी तो काँचली का एक कसना तक झपट लेना चाहते हैं। और एक यह भिखारिन है। जो हजार वेश की भी परवाह नहीं करती। अवसन्न भाव से कहा, 'बड़ भागिन, आज तुझ पर राजाजी की मेहर हुई; शहर के बड़े-बड़े श्रीमन्त तेरे सामने हाथ पसारेंगे। बावरी, सिंहासन की मर्यादा का कुछ तो मान रख।'

'हजूर, मैं तो मनुष्य-बन्दे की जूतियों को सर नवाती हूँ। मँगती कुहनियों तक हाथ जोड़कर कहने लगी, 'देने वाले को ही देवता मानती हूँ। किसी का भी कुरब-कायदा न रखना मुझे शोभा नहीं देता। माँगना मेरा धर्म है। रङ्क से भी माँगती हूँ। साहूकार से भी माँगती हूँ। आज राजाजी के घर ही सही।'

जन-जन की ठोकरें खाकर भिखारी तो बड़े चात्रङ्ग होते हैं। यह इतनी नादान क्यों कर रह गयी? दीवान उसे बधाई देने के जोश में बोल, 'आज से तेरा माँगना छूटा। राजाजी के रङ्गमहल में मौजकर, मस्ती उड़ा।

खुश होने की बजाय वह थोड़ी उदास हो गयी। माँ का एक-एक अमोलक वचन उसकी स्मृति में सँजोया हुआ था। दीवान की तरफ आगे बढ़कर बोली, 'अब आपको कैसे समझाऊँ कि मँगती के लिए तो सारी दुनिया ही जजमान है। एक घर से आस करना उसके लिए अधर्म है। बस्ती उसकी माँ है, फिर उससे माँगने में कैसी लाज!' दीवान को ऐसा महसूस हुआ, मानो भिखारिन की बेतुकी बातों

से उसकी जमा-पूँजी छिनती जा रही है। उसका माथा चकराने लगा। सहसा राजा का खयाल आते ही उसे चेत हुआ। ऐसा मालूम होता तो बहुत पहिले ही इसे पटा लेता। ऊँच-नीच की धारणा के चक्कर में अपने-आपको बेकार दबाता रहा। जब देश के मलिक को तनिक भी ऐतराज नहीं, तब वह क्यों संङ्कोच में घुलता रहा? मगर अब तो शेर की माँद से शिकार को बचाया नहीं जा सकता। भिखारिन और ऐसी हेकड़ी...! हाथ पकड़कर जो मुँह में आया कहने लगा, 'फालतू प्रलाप कर रही है। वहाँ राजा जी खीज रहे होंगे। उनके सामने जबान वश में रखना। मेरी तरह उनका मिजाज ठंडा नहीं है।'

एक ही झटके में भिखारिन ने अपना हाथ छुड़ा लिया। आँखों में हलकी-सी लालिमा कौंध गयी। उफनते आवेग को दबाने का निष्फल प्रयास करते बोली, 'जब अपनी मरजी से चल रही हूँ तो हाथ पकड़ने की जरूरत क्या है? रास्ता जानती तो तुमसे आगे चलकर बताती।'

दीवान मन-ही-मन कुछ झेंप-सा गया। अपने अन्तस् का भाव उससे तो छिपा नहीं था। मानो चोरी करते रँगे हाथों पकड़ा गया हो। चुपचाप आगे-आगे चलने लगा।

परकोटे के भीतर कुछ दूर चलने पर एक जंङ्गी प्रोल आयी। तीन बाँस से भी ऊँची। भिखारिन सिर उठाकर वहीं खड़ी हो गयी। पीछे की ओर गरदन झुकाने से उसकी ओढ़नी नीचे सरक गयी। फटी काँचली में उभरे हुए दो उरोज एक-दूसरे से होड़ लेते हुए...! आखिर विधाता तो ऐसी कारीगरी सूझी कहाँ से? सम्भवतया उसकी कल्पना का यही सर्वोत्तम करिश्मा हो!

और उधर भिखारिन अपने ही हाल में खोई थी। एक दीर्घ श्वास खींचकर पूछा, 'क्या राजाजी इतने लम्बे हैं?' दीवान की उड़ान सहसा थम गयी। तत्काल हामी भरने के अलावा उसे कुछ भी दूसरा उपाय नहीं सूझा। 'अब देर ही क्या है? अपनी आँखों से देख लेना।'

'अरे बाबा! बच्चे तो देखते ही डर जाते होंगे। मगर मैं डरने वाली नहीं हूँ। इससे भी लम्बे भूत-पलीतों के नाक में नकेल डाल चुकी हूँ। चलिए, जल्दी चलिए, अब तो मैं बिल्कुल सब्र नहीं कर सकती।'

इसकी नादानी से कहीं दूसरी आफत गले नहीं पड़ जाय, दीवान ने अपना बचाव करने में ही खैरियत समझी। 'मैं तो तुमसे मजाक कर रहा था और तुम सच मान गयी। राजाजी मुझे सिर्फ सवा बालश्ति ही लम्बे हैं। खूबसूरती का तो कहना ही क्या!'

उच्च समाज के कृत्रिम और छद्म-व्यवहार से भिखारिन का वास्ता नहीं पड़ा था, इसलिए एक बच्चे की नाईं सहज भाव से कहा, 'खूबसूरत तो आप भी कम

नहीं हैं। पर मुझे लोगों की खूबसूरती से लेना-देना ही क्या है? मँगती का पवना—रूखे-सूखे टुकड़े और उतरा हुआ वेश!'

हीन भावना से ग्रस्त भिखारिन को शायद अपने आकर्षण का सही अनुमान नहीं है। यदि यह अलबेली हामी भर ले तो दीवान-पद को ठोकर मारकर यहीं से किसी अजाने राज्य की ओर चल दे। परन्तु यह शेरनी किसी भी सियार के झाँसे में आने वाली नहीं है। माँ की सीख के साँचे में ढली यह मुग्धा सिर्फ औरत ही नहीं, है औरत से बहुत-कुछ ज्यादा है—बहुत कुछ। मौका चूक गया सो चूक ही गया। अब तो इस नर्क में ही शेष जीवन की आहुति देनी है।

काफी दूर चलने के बाद भिखारिन ने जाने क्या सोचकर पूछा, 'राजाजी, इतने छिपकर क्यों रहते हैं? जङ्गली जानवरों का उन्हें डर लगता है क्या? मैं तो कभी-कभार बाघ-चीतों के बीच भी सो लेती हूँ। उन्हें वश में करना मनुष्यों की अपेक्षा ज्यादा आसान है। वे सीधा वार करते हैं, धोखा नहीं देते। मैं इन्हें डराना खूब जानती हूँ। मेरी मौसी ने मुझसे एक भी दाँव-पेंच नहीं छिपाया। जब आपकी इच्छा हो तो मैं बाघ की सवारी का खेल दिखा सकती हूँ। तभी तो बस्ती वाले मुझसे काँपते हैं।'

रियासत का दीवान भी उसकी बातों से डर गया। अच्छा हुआ कि आगे नहीं बढ़ा, वरना बेमौत मारा जाता। सहमते गले से पूछा, 'सच कह रही हो?'

'और नहीं तो क्या? अब तो मैं लाख चाहने पर भी झूठ बोल नहीं सकती। झूठ बोलने पर माँ मुझे इतना गुड़ खिलाती थी कि आज भी गुड़ के नाम से मुझे उबकाई आती है। मेरे मुँह से झूठ निकला नहीं कि वह दस बरस बाद भी फिर से जिन्दा हो जाएगी और मुझे गुड़ खिलाने लगेगी। ऐसी थी मेरी माँ! मरने के बाद भी मैं उसे भूल नहीं सकती। क्या तुम्हें भी झूठ बोलने पर तुम्हारी माँ गुड़ खिलाती है?'

भिखारिन की विचित्र बातें सुनकर वह उलझन में फँस गया। एक ना कुछ दीवान पद के लिए यह अमोलक रतन उसे राजाजी को सौंपना पड़ेगा। सच पूछो तो इस राज्य का असली मालिक भी वही है। हजारों की आमदनी है। झूठ के बगैर यह तामझाम कभी सम्भव नहीं होता। सनकी राजा तो औरतों के घाघरों में ही भगवान और चरम सत्य को खोज रहे हैं। उन्हें उम्मीद है कि वे खोजकर ही रहेंगे। राज्य में किसी को भी उनकी उम्मीद पर भरोसा नहीं है। लेकिन उन्हें कौन कहे, कौन समझाए? वे तो स्वयं को ईश्वर का अवतार मानते हैं। भिखारिन के मासूम प्रश्न का तबियत से उत्तर देना चाह रहे थे कि सामने चार दासियाँ दौड़ती नजर आयीं। पास आते ही घबराकर बोलीं, 'इतनी देर कहाँ लगा दी? राजाजी बार-बार तकाजा कर रहे हैं। अब तक तो पाताल से खोजकर ले आते।'

तत्पश्चात् भिखारिन की सूरत देखते ही उनकी जीभ तालु से चिपक गयी। सब से सुन्दर दासी बड़ी मुश्किल से गहरा श्वास भरकर बोली, 'है तो सचमुच पाताल की परी!'

दीवान ने झुँझलाकर हाथ हिलाते कहा, 'अब तुम जानो और तुम्हारी परी जाने। बाकी सारे काम तो मुझे ही सलटाने हैं। साँस लेने की भी फुरसत नहीं!' एक चुलबुली दासी ने भेद जानने की मंशा से पूछा, 'फिर इतना समय कहाँ गँवाया? आप भी अन्दाता के खासमखास दीवान हैं। किसी से कम थोड़े ही हैं!'

उसने लरजते स्वर में धीमे-से कहा, 'जो औरत राजाजी की नजर चढ़ गयी, वह मेरे लिए बेटी के समान है। पूछ लो इससे।' दूसरी दासी ने अदरे जवाब दिया, 'हमें किसी से पूछना नहीं है। आप से क्या छिपा है कि गँवारों की तरह राज-दरबार में बहिन-बेटी के रिश्ते नहीं चलते।'

दीवान से कुछ भी प्रतिवाद करते नहीं बन पड़ा। तब भिखारिन बारी-बारी से सबका मुँह देखकर बोली, 'अरे! यह क्या खुसुर-पुसुर हो रही है? जहाँ भी चलना है, जल्दी चलो। नहाने के बाद मुझसे भूख बर्दाश्त नहीं होती और नहाने के पहिले न सुबह जूठा मुँह करती हूँ और न शाम को। मेरी माँ मुझे इस तरह के कई नियम-कायदों में बाँध गयी है, जिन्हें मैं सपने में भी छोड़ नहीं सकती।'

तीसरी दासी ने मुँह मस्कोर कर कहा, 'यह तो अन्दाता से भी ज्यादा बेताब हो रही है।' फिर भिखारिन की ओर मुखातिब होकर बोली, 'पर यहाँ दरबार में किसी भी माँ के नियम नहीं चलते, राज के नियम ही चलते हैं।'

'लेकिन मैं मानूँ तब न!' भिखारिन ने चुनौती के स्वर में कहा।

इस बार सबसे सुन्दर दासी ने टिप्पणी की, 'देर-सबेर सबको मानना पड़ता है।'

'कोई जबरदस्ती है क्या?'

'जबरदस्ती ही समझो!'

'यदि मैं न समझना चाहूँ तो...।'

'यहाँ हजूर के सिवा, किसी की समझ पार नहीं पड़ती...।'

'पहिले वैसा मौका तो आये...।'

दीवान के लिए वह बहुत उचित मौका था। उसके जी को कई झंझट लगे रहते हैं। उनके निवारण हेतु वह सोचता हुआ धीरे-धीरे राजा जी के शृंगार-कक्ष की ओर मुड़ गया। आज दारू कम पीने की अरदास करना बहुत जरूरी है। ऐसी बानगी तो कभी देखने में नहीं आयी। हुजूर को सावचेत करना ही होगा।

दासियों ने हाथ का इशारा किया तो वह निःशंक उनके पीछे-पीछे चल दी।

सुगन्धित हमाम में घुसते ही दासियाँ उसके फटे चिथड़े उतारने लगीं तो उसने मना करते कहा, 'मैं तो अभी-अभी नहाकर आयी हूँ सुना नहीं क्या?'

'सब सुना है, अच्छी तरह सुना है।' सबसे सुन्दर दासी ने जवाब दिया, 'तुम्हें कुछ भी तकलीफ करने की जरूरत नहीं। हम रात-दिन तुम्हारी हाजरी में रहेंगी।'

आगे सुनने का धैर्य नहीं था। व्यंग्य के तीखे लहजे में बोली, 'मैं अपाहिज नहीं हूँ, जो तुम मेरी हाजरी में रहोगी। मैं अकेली और तुम चारों, यदि आँख-मिचौनी, झुरनी या कबड्डी में जीत जाओ तो मैंने माँ का दूध ही लजाया। हिम्मत हो तो अभी लौट चलो।'

समय की बलिहारी कि राजा की खास दासियों को एक भिखारिन की चुनौती सहन करनी पड़ रही है। जब कोई औरत अन्दाता की नजर में चढ़ जाती है तो उन्हें कुछ भी आगा-पीछा नहीं सूझता। ऐसा कामान्ध पुरुष न तो देखा, न सुना। जो सुनना चाहते हैं, केवल वही बात सुनते हैं। जो देखना चाहते हैं, केवल वहीं उनकी दृष्टि जमी रहती है। अनसुहाती बात उन्हें अङ्गारों-सी असह्य लगती है। चाहे वह सौ टका सच ही क्यूँ न हो। उसने स्वर में मिठास घोलते कहा, 'आपकी सेवा से हमारा घर-परिवार चलता है, उसके छिन जाने पर तो हमारी रोजी-रोटी ही छिन जाएगी...।'

रोजी-रोटी छिनने की व्यथा भिखारियों से अधिक कौन जानता है? उसके हृदय पर सीधी चोट लगी। अधीर स्वर में उसे टोकती बोली, 'नहीं नहीं, अपने दुश्मन के लिए भी मैं ऐसा सोच नहीं सकती। तुम्हें जो करना है, वही करो। मैं चाहते हुए भी मना नहीं करूँगी। महीने में चार उपवास करती हूँ। समझूँगी कि एक उपवास और सही!'

'हम वैसा काम करती ही नहीं हैं, जिससे आपको नाराज होने का अवसर मिले।' तीसरी दासी इधर-उधर सूँघते कहने लगी, पसीने की गन्ध से राजाजी का माथा फटने लगता है...।'

'मगर समझ नहीं पड़ता कि मेरा पसीना सूँघने की उन्हें जरूरत क्या है?' चारों दासियाँ समवेत स्वर में गुनगुनाईं, 'जरूरत है, बहुत जरूरत है! वरना वे बीमार पड़ जाते हैं।'

भिखारिन ने आश्चर्य से पूछा, 'यह बीमारी उन्हें कब से लगी?'

एक रहस्यभरी मुस्कान के साथ सुन्दर दासी ने कहा, 'माँ के पेट से ही...।'

वह कहना तो कुछ और ही चाहती थी, मगर जाने क्या सोचकर बोली, 'लेकिन मेरे शरीर से तो केसर-कस्तूरी की सुगन्ध फूटती है, तुम्हें पता नहीं चला?'

वह दो-तीन गहरे श्वास भरकर बोली, 'हमें तो दूर से ही पता चल गया, पर हमारे हजूर की पसन्द कुछ दूसरी है। गुनगुने गुलाब-जल में इत्र-फुलेल डालकर तुम्हें नहलाएँगीं। नया वेश पहिनाकर अप्सरा के उनमान सजाएँगीं। हीरे-मोतियों से जड़े सोने के आभूषण पहिनाएँगीं, थोड़ा धीरज रखो।'

अनाथ भिंखारिन को बचपन में खेलने का खूब शौक था—आँघल-घोटा, झुरनी, आँख-मिचौनी, गड्डे और कबड्डी। लेकिन यह खेल तो एकदम नया है, बहुरुपिए के स्वाँग की नाईं। उसने तनिक विस्मय से पूछा, 'रूखे-बासी टुकड़ों के लिए इतना प्रपञ्ज करने की जरूरत क्या है?'

लगता है जङ्गल की हिरणी ने राजमहल का नाम ही न सुना हो, फिर उसकी रङ्गत का क्यों कर पता चले! इसे थोड़ा फुसलाना पड़ेगा। सलौनी दासी ने मार्मिक मुस्कान छलकाते कहा, 'यहाँ रूखा-बासी खाने का रिवाज नहीं है। चाँदी के थाल में गरम-गरम खाना परोसूँगीं...!'

चाँदी के थाल में...? गरम-गरम खाना...?

उसकी आँखों में आशा की चाँदनी नाच उठी।...सपना तो नहीं है?

आँखें फाड़-फाड़कर इधर-उधर देखा। दासियों के होंठों पर दबी-दबी मुस्कान खिल रही थी। और आँखों में सहानुभूति की तरलता। यह तो अबोध-शिशु को छलने जैसी बात है! कुछ समझती ही नहीं। जानकर अनजान बनने का कौशल तो इसमें दूर-दूर तक नहीं है।

लेकिन वह तो जरूरत से ज्यादा समझ रही थी। मधुर-आशा की चाँदनी और भी उज्ज्वल होने लगी।...क्या माँ के बोल सपने का रूप धरकर इस तरह फलीभूत होंगे या कोई बरजोर सपना माँ के आशीर्वाद को इस रूप में चरितार्थ करेगा...? सपने से अधिक वास्तविकता और कुछ भी नहीं है—न सूरज, न चाँद, न पृथ्वी और न पहाड़! उसका झीर-झीर लहँगा एक दासी के हाथ में झूल रहा था। बाकी फटी चोली-ओढ़नी दूसरी दासी के हाथ से उतरती जा रही थी। इत्र फुलेल से नहान घर महक रहा था। उसकी अपनी सुवास— केसर-कस्तूरी की सौरभ अपने अलग ही ढङ्ग से फूट रही थी...!

सपने केवल बन्द आँखों से ही नहीं दिखते। खुली आँखों से भी दिखते हैं।

शीश-महल में घी की पील जातों के प्रतिबिम्ब और अधिक जगमगाहट फैला रहे थे। मानो बाहर की खुली चाँदनी यहाँ आकर ठिठक गयी हो। ऐसे अनिवर्चनीय रूप को तो सपना भी दुर्लभ है।

जब सम्मोहित भिखारिन ने विस्फारित नयनों से ठौर-ठौर अपनी छवि देखी तो देखती ही रह गयी—आँखों में काजल। ललाट के बीच नन्हीं-सी बिन्दिया। कानों में हीरे-मोतियों के झुमके। गले में चन्द्रहार हाथों में बाजूबन्द, गोखरू और हथफूल। नग-जड़ी अँगूठियाँ। एक पाँव ऊपर उठाया तो सोने के झाँझर दमक रहे थे। काश! उसकी ममतामयी माँ बातों की राजकुँअरी या महरानी का साम्प्रत रूप अपनी आँखों से निहार सकती! लेकिन अपनी चुँधियाई आँखों से उसने भविष्य के पार क्यों कर इतना साफ-साफ देख लिया था! आर्शीवाद की मर्यादा भी तो इसके साथ जुड़ी

है। उसे अलग करके देखने की कल्पना भी नहीं की जा सकती। आँखों के सामने दिखती सच्चाई को झुठलाया जा सकता है, किन्तु माँ की आँखों के परे जो अदृष्ट आज प्रत्यक्ष होने जा रहा है, उसे नहीं झुठलाया जा सकता।...कटि पर दुहरी स्वर्ण-मेखला! झिलमिलाते रेशम का हरियल बाना। मेंहदी लगे हाथों से वह खाना खा रही है। दर-दर भटकती भिखारिन को यहाँ कौन चुरा लाया?

...लेकिन वह राजा या वह राजकुँअर है कहाँ? क्या प्रतीक्षा की कोई सीमा ही नहीं होती?...क्या माँ की सीख मुजब वह मेरे साथ भीख माँगने को तैयार हो जाएगा?

उसकी आँखें उसी तरह खुली थीं। सपने की पाँखों पर नहीं, वह अपने पाँवों पर चलकर राजा के रंङ्महल में आयी। सुनहरी सेज पर चमेली के फूल-ही-फूल बिछे थे। ऊपरी सुनहरी छत और चारों तरफ काँच-काँच में प्रतिबिम्बित प्रत्येक छवि उसे निहार रही थी या वह स्वयं अपनी ही विभिन्न आकृतियों को पहिचानने की चेष्टा कर रही थी। माँ द्वारा वर्णित जादू का करिश्मा आखिर इस रूप में प्रकट हुआ!

सहसा दासियों के रेशमी चँवर का परस पाकर उसकी दोनों आँखें एक साथ मुँद गयीं। सपना वहीं ध्वस्त हो गया। और दूसरे ही क्षण आँखें खुलने पर जो ज्वलन्त सच्चाई थी, वह शूलों की नाईं उसके रोम-रोम में चुभने लगी। सम्मोहन की धुन्ध निथरने लगी।

एक दासी ने थुथकी डालते कहा, 'अन्दाता भी रूप के ऊँचे पारखी हैं। घूरे से अमोलक मोती खोज निकाला। अवश्य पटरानी बनेगी!'

दूसरी दासी ने आश्चर्य-मिश्रित वाणी में कहा, 'बादलों के पालर पानी-सी निर्मल और पवित्र!'

तीसरी बोली, 'फिलहाल मर्द के पसीने का परस तक नहीं हुआ। अन्दाता मुँह माँगी मुराद पूरी करेंगे।'

चौथी ने स्पष्ट कहना ही मुनासिब समझा, 'सहवास की ऐसी साध न तो अब तक पूरी हुई और न आगे भी होगी। इससे सुन्दर रूप की कल्पना स्वयं विधात्री भी नहीं कर सकती। अब अन्दाता जल्दी पधार जाएँ तो अच्छा है। मेरा धैर्य भी फिसलता जा रहा है। किसी भिखारिन का ऐसा अदम्य आकर्षण!'

अप्सरा के बाने में आवेष्ठित छवि का जञ्जाल टूटा। वह आहत हिरणी की नाईं चौंकी। उछलकर फूलों की सेज से नीचे उतरी। जैसे फूल-फूल में छिपे अगणित बिच्छुओं ने एक साथ ङ्क मारे हों। सोने के पलङ्ग और सुनहरे रङ्गमहल को हिकारत की दृष्टि से देखती हुई विदग्ध स्वर में बोली, 'भिखारिन तो अब बनी

हूँ। यहाँ आने से पहिले मैं महारानियों की भी महारानी थी। तुम्हारे राजकुँअर या राजा को जल्दी बुलाओ। इतनी देरे करने की जरूरत क्या है?'

कोयल-सी वाणी और शेरनी जैसा आदेश—उन दासियों ने अब तक सुना नहीं था। एकबारगी तो वे सकते में आ गयीं। सबसे सुन्दर दासी की जीभ तो उथली ही नहीं। सलौनी दासी के होंठ तनिक फरफराए कि उसे उत्तेजित पाँवों की परिचित आहट सुनाई पड़ी। सबके जी में जी आया। एक साथ चहाचहा उठीं, 'अन्दाता पधार गये! अन्दाता पधार गये!' भिखारिन ने भी अधीर दृष्टि से उधर देखा।

राजा के शाही कंठ से एक साथ बीसियों शब्द बाहर निकलने को मचल रहे थे। पर किसी भी शब्द का चयन उसके लिए मुश्किल हो रहा था। उसके अनिन्ध्य रूप की झाँकी मिलते ही वह तनिक आश्वस्त हुआ। तत्पश्चात् भेड़ की नाईं मिमियाते बोला, 'दीवानजी ने मुझे बताया कि तुम बाघ-चीतों से बिल्कुल नहीं डरतीं। उन पर घोड़े की तरह सवारी कर लेती हो, क्या यह सच है?'

न दासियों को और न सोलह सिङ्गार सजी भिखारिन को इस तरह के अचीते प्रश्न की आशा थी। चारों दासियाँ बड़ी कठिनाई से अपनी हँसी रोक पाईं। जीवन में पहली बार उन्हें महसूस हुआ कि इस तरह की चाकरी चाहे राजा की हो चाहे बादशाह की, कतई मर्यादा-जनक नहीं है। लेकिन भिखारिन के लिए तो वैसी मजबूरी थी नहीं। राजा का नाम बरसों से सुन रही थीं। माँ, नानी और दादी की बातों में राजा या राजकुँअर का पर्दापण होता ही रहता था। लेकिन साम्प्रत रूप से पहली बार राजा के बोल सुनते ही उसके व्यक्तित्व का आंशिक आकलन अपने-आप हो गया, ठीक उसी तरह, जिस तरह क्राँव-क्राँव से कौवे का, रेंकने से गधे का और म्याऊँ-म्याऊँ से बिल्ली का पता चल जाता है। किन्तु बड़े अचरज की बात कि बातों के राजा और इस राजा में राई-रत्ती भी मेल नहीं है। जाने यह कैसा राजा है? कुछ भी समझ नहीं पड़ता। फिर भी नयी जानकारी के परिणाम-स्वरूप वह अपनी हँसी रोक नहीं पाई। हँसते-हँसते ही जवाब दिया, 'हाँ, बिल्कुल सच है। शहर के कुछेक लोगों ने मुझे बब्बर शेर की सवारी करते देखा है।...यह कोई टेढ़ा काम नहीं है। घुड़सवारी से भी आसान है। आप चाहें तो आपको भी सिखा सकती हूँ। सिर्फ एक मामूली बात का ध्यान रखना है—डरे नहीं कि मरे नहीं! बस, आदमी के जीने की खातिर इतना ही गुर काफी है। माँ ने मुझे बहुत कम बातें सिखाई हैं। मगर मुझे लगता है कि इससे ज्यादा जानने की जरूरत भी नहीं है। खाने के अपच की तुलना में ज्ञान का अपच ज्यादा बुरा है। सच पूछो तो अनन्त लालसाओं के कूड़ा-करकट से ही सारा गड़बड़-झाला हुआ है। यहाँ का तामझाम देखकर माँ की बातें आज कुछ-कुछ समझ में आने लगी हैं।'

दासियों के पाँव जाने की खातिर खुजलाने लगे तो न भिखारिन से यह बात छिपी रही और न राजा से। भिखारिन के लिए तो उनका जाना और रुकना दोनों ही बेमानी थे। पर राजा उनका आशय समझते ही तनिक घबराते बोला, 'मैं जब तक नहीं कहूँ तुम यहाँ से हिलना भी नहीं।' फिर उस अपरिचित रूपसी की ओर देखकर पूछा, 'दीवानजी ने एक बात और बताई कि तुम्हारा परस करते ही तुम बाघिन बन जाओगी। डर के मारे मेरा तो नशा ही उतर गया। पहली बार राम-राम करते रङ्गमहल में आया। मुझे तो छिपकली का डर भी साँप से कम नहीं लगता। फिर बाघिन का तो कहना ही क्या! उसकी एक ही हत्थल से मुकट समेत मेरा सिर सीने में धँस जाएगा।'

दासियाँ कठपुतलियों के उनमान अविचल खड़ी रहीं। पर भिखारिन ठहाका लगाकर इतने जोर से हँसी कि रङगमहल गूँजने-सा लगा। किसी नारी की हँसी इतनी आतङ्कित हो सकती है, किसी को भी यह अनुमान नहीं था। राजा के रोंगटे खड़े हो गये। मुकट के भीतर उसके केशों में सनसनी दौड़ गयी।

राम नाम का अजूबा इतना निरीह और बेजान होता है, भिखारिन को इसकी कल्पना भी नहीं थी। फिर भी रैयत उसके नाम से थर्राती है। अब तक यह भेद कोई जान नहीं पाया। जिस तरह भूत, प्रेत और पिशाच का डर लगता है, कुछ ऐसा ही डर राजा, महाराजा और बादशाह का होता होगा। भिखारिन को इस तरह के नजारे की आशा नहीं थी। जब इस भ्रामक सच्चाई को जानने का मौका मिला है तो कुछ और भी गहरी पड़ताल करना असंगत नहीं होगा। हँसी के शस्त्र को म्यान में डालकर राजा की ओर हाथ बढ़ाते कहने लगी, 'यह जानकारी तो बहुत आसान है। आप मेरा परस करके देख लीजिए, मैं बाघिन बनती हूँ कि नहीं? भला दीवान जी ने ऐसी गलत बात आपसे क्यों कहीं? अपने स्वार्थ की खातिर, मेरे भले की खातिर या आपके कल्याण की खातिर? अब जो भी हो, मुझे छूकर पता कर लीजिए न !'

पुख्ता आश्वासन के बाद भी राजा की हिम्मत नहीं हुई तो वह दो-एक कदम आगे बढ़ी। वह बलि के बकरे की नाईं थर-थर काँपने लगा। अकस्मात् उसके मुँह से दर्दनाक चीख निकल पड़ी। ज्यों ही भागने के लिए मुड़ा, सोलह सिङ्गार सजी भिखारिन ने उसका हाथ पकड़ लिया। राजा की घिग्घी बँध गयी। उसे मूर्छा-सी आने लगी तो भिखारिन को हँसने में भी बड़ी शर्म महसूस हुई। उसे ढाढ़स बँधाने की नीयत से बोली, 'जरा आँखें खोलकर देखिए न! मैं बाघिन कहाँ बनी?'

राजा ने डरते-डरते आँखों खोलीं। नारी के रूप में सजी-धजी एक अक्षत-यौवना उसका हाथ थामे खड़ी है। जिसे दीवान बुलाकर लाया था।...और उसके स्तर पर ऐसा घिनौना प्रदर्शन! राजा की चेतना के परे ही धीरे-धीरे उसकी आँखें पूरी खुल

गयीं। फिर भी वह निश्चिन्त नहीं हुआ। हकलाते बोला, 'यह तो तुमने मुझे छुआ है, मैंने तुम्हें कहाँ छुआ? देखो, सच बताना, किसी ईर्ष्यालु राजा ने बदला लेने की भावना से तुम्हें सिखाकर तो नहीं भेजा?' दासियाँ मुँह मोड़कर खड़ी हो गयीं। फिर भी हँसना या मुस्कराना उनके वश की बात नहीं थी। वैसी स्वतन्त्रता का उन्हें जाने-अजाने तनिक भी अहसास नहीं था। आज अभी-अभी देश के मालिक को साम्प्रत काँपते देखा, उसकी दयनीय वाणी सुनी, तब भी अपने भीतर वैसा हौसला नहीं जुटा पाईं। पुराने संस्कारों की जड़ें बहुत गहरी और अटूट होती हैं!

अब राजा पर भिखारिन को दया आने लगी थी। घृणा का पात्र होने जितनी योग्यता भी उसमें नहीं थी। सहज भाव से बोली, 'तो इसमें इतना घबराने की क्या बात है? आप खुद मुझे छूकर देख लीजिए। आपका डर मिट जाएगा। रही बात किसी के सिखाने की, सो मेरी माँ ने ऐसा दूध ही नहीं पिलाया, जिससे मेरा मन भ्रष्ट हो जाय और मैं तुच्छ लालसाओं के जाल में फँस जाऊँ।'

लेकिन राजा का तो जैसे ताप ही बुझ गया हो। बाघिन का भय उसकी आँत-आँत में पसर गया था। न दासियों की ओर झाँकने के लिए उसकी हिम्मत हुई और न राज के गहने-लत्तों से सजी भिखारिन की ओर आँख उठाकर देखने की।

माँ के मुँह से सुनी हुई अधिकांश पहेलियों का उत्तर वह धड़ल्ले से उसी वक्त दे दिया करती थी। पर आज इस पहेली का समाधान उसे कहीं भी खोज नहीं मिल रहा था कि देश का मालिक इतना मूढ़ और इतना कायर क्यों है? यह कैसा राजा है? क्यों कर राज का भार सँभालता होगा? बित्ते जितना बूता और न्याय-अन्याय की भरकम ज़िम्मेवारी! बड़ा अजीब मखौल है!

ज्यों-ज्यों राजा नाम के उस अशक्त प्राणी के प्रति उसकी दया उमड़ने लगी, त्यों-त्यों पराए वेश और बहुमूल्य आभूषणों से उसके मन में विरक्ति बढ़ने लगी। दुनिया में आज दिन तक किसी नारी को सोलह श्रृंगार की वेश-भूषा ने इस कदर नोचा नहीं होगा। भिक्षा के जिस महान् धर्म की खातिर वह रुखे-सूखे टुकड़े और एक पुराना वेश माँगने आयी थी, उसकी दरकार भी अब व्यर्थ-सी जान पड़ी। चाँदी के थाल का गरम-गरम खाना उसे विषाक्त एवं अपच्य लगने लगा। लेकिन बातों के राजकुँअर की खातिर अब भी उसके मन में वैसा ही अदम्य आकर्षण था। उसके उड़न-खटोले में उड़ने की चाह आज भी निःशेष नहीं हुई थी। माँ के आशीर्वाद वाला राजा उसके जीवन में कब आएगा? कहाँ तलाश करे? उसका जीवन तभी सार्थक होगा, जब राज्य के मायावी ऐश्वर्य को तिलाञ्जली देकर वह उसके साथ भिक्षा माँगने को तैयार हो जाय। भिक्षा को सबसे बड़ा आदर्श वनवासिनी माँ ने यों ही नहीं माना था! उसकी बातों को नकार सकने की उसमें आज भी क्षमता

नहीं है और न वैसी समझ ही। उसमें क्या, किसी में भी नहीं है। ऐसा अगाध विश्वास है उसे माँ पर, जिसके प्रति सपने में भी घात नहीं कर सकती। जब संयोग सध ही गया है तो बातों के राजकुँअर की तलाश करने की बजाय, इस राजा की पूरी पड़ताल कर लेनी चाहिए। माँ के छोटे-मोटे गुर और उसके साहचर्य से शायद राजा का कायाकल्प हो जाय! उसकी देहयष्टि के आकर्षण का उन्माद शायद राज्य-सत्ता के परित्याग की इसे प्रेरणा दे सके। पत्नी के रूप में स्वीकार करने के पश्चात् राज्य को ठुकराकर उसके साथ भिक्षा जैसे पुण्य कार्य में जुड़ सके और अपना शेष जीवन मनुष्य की गरिमा के अनुरूप बिता सके। जिसमें अहङ्कार की लेशमात्र भी बू हो। भिखारिन भी अजीब ऊहापोह में फँस गयी। बेचारे को अब और लज्जित करने में क्या तुक है! शायद उसका आत्मबोध जगाने के लिए ही अदृश्य ने यह संयोग प्रदान किया हो। फिर तो सब कुछ सम्भव है।

धीरे-धीरे राजा का डर भी निथरने लगा। जिस अपूर्व सौन्दर्य की अधिष्ठात्री उसके सम्मुख खड़ी है, उसका उद्दाम आकर्षण ऋषि-मुनियों और देवताओं को भी विचलित करे जैसा है। इन्द्रलोक की अप्सराएँ भी इस रूप-जोबन की बराबरी नहीं कर सकतीं। रह-रहकर झाँकने वाली उसकी चोर-निगाहें न दासियों से छिपी रहीं और न भिखारिन से। दासियों और राजा के मन में यह धारणा निश्चित रूप से जम गयी थी कि जन्म की भिखारिन के लिए यह राजसी सहवास परम सौभाग्य की बात होगी। राजा कायर हो, चाहे वीर, मूढ़ हो चाहे बुद्धिमान, लम्पट हो चाहे सदाचारी—राजा तो राजा ही होता है। सारे राज्य का सर्वेसर्वा!

लेकिन भिखारिन के मानस में एक दूसरा ही स्रोत बहने लगा था। राजा के निरीह कायरपन की कहीं-न-कहीं तो सीमा आएगी। नारी-देह का आकर्षण शायद उसकी राज्य-लिप्सा को परास्त कर सके। भिखारिन के अन्तस् में अपने बेमिसाल रूप के प्रति मोह का बीज अङ्कुरित होने लगा। उसने दासियों की ओर देखकर कहा, 'तुम्हारे राजाजी तो एक अबोध बच्चे के समान हैं। वे व्यर्थ ही बाघिन के डर से घबरा रहे हैं। इन्हें समझाओ कि मुझे छूकर वे अपनी आशङ्का मिटा लें। वरना वे आजीवन इस निरर्थक भय से मुक्त नहीं हो सकेंगे।'

राजा का डर भी पूर्णतया निर्मूल नहीं हुआ था। उसने सबसे सुन्दर दासी की ओर देखकर बालक की नाईं जिज्ञासा दरसाई, 'पहिले तुम एक बार अच्छी तरह परस करके आजमा लो तो मेरी हिम्मत भी काम दे सकती है।'

लाख चाहने पर भी अन्तःपुर की दासियों को यह विश्वास नहीं हो रहा था कि उनके राज्य का एकछत्र स्वामी इतना डरपोक और निस्तेज है। मुकंट, सिंहासन, तोप-तलवार और फौज के आतंक से वे सपने में भी चौंक-चौंक उठती थीं। कोई नयी औरत नहीं मिलने पर वे अन्नदाता के साथ हम-बिस्तर होने में अपना अहोभाग्य

समझती थीं। रानियों के 'अमर-सुहाग' की बात ही न्यारी थी। जब भी मौज होती राजा किसी दासी के साथ शुभ-सन्देश भिजवा देता। दासी खुशी-खुशी जाती और वापस खुशी-खुशी लौट आती। रानियों के विशेष-अधिकार और अपनी सीमा का उन्हें पूरा ध्यान था। पर नयी औरत के आने पर वे ईर्ष्या व जलन के मारे भीतर-ही-भीतर धुँधवाती थीं। मगर क्या मजाल कि आन्तरिक घुटन का एक हल्का रेशा भी भूल-चूक से बाहर प्रकट हो जाय।

आज दर-दर की भिखारिन फटे चिथड़ों में आयी तो उनकी घृणा और विक्षोभ का पार नहीं था। क्या उनकी चिर अभिशप्त गुजर-बसर के लिए जीने का कोई दूसरा तरीका है ही नहीं? अन्दाता की छत्रछाया छोड़कर वे मसान के अलावा जा भी कहाँ सकती थीं? लेकिन भिखारिन के निर्भीक एवं दबङ्ग व्यवहार से राजा का जो गर्हित रूप धीरे-धीरे उजागर हुआ, जिसके परिणाम-स्वरूप उनके चेतन-अवचेतन में भिखारिन के प्रति सद्भावना के साथ-साथ श्रद्धा भी उत्पन्न होने लगी थी। बाकी अन्य औरतों के भक्ति-भाव में अन्दाता के तलवे चाटना ही शेष रह गया था। हुजूर की हाजरी बजाने में दरबारियों के बीच होड़-सी लगी रहती थी। क्या पत्नियाँ, क्या बेटियाँ और क्या बहिनें—अन्दाता के रङ्ग महल की शोभा बढ़ाने के लिए तरसती थीं। पद, वेतन-वृद्धि और सिरोपाव के लिए सबसे आसान और कारगर नुस्खा भी यही था। खजाञ्ची की आनाकानी के कारण उसको आँखों से हाथ धोना पड़ा। नौ महीने काल कोठरी में बिताने पड़े और सेनापति व दीवान देखते-देखते ऊँचा ओहदा पा गये। न बाँकी मूँछें झुकीं, न आँखों की ललाई फीकी पड़ी और न उनका अभिमान ही चूर्ण हुआ।

अन्दाता का आदेश मिलने पर तीनों दासियों ने बारी-बारी से भिखारिन की कलाइयों का परस किया। पर कहीं कुछ भी अनहोनी घटित नहीं हुई। अन्त में सबसे सुन्दर दासी जब चरण छूकर आदर भाव से उसका अतुलनीय मुखड़ा निहारने लगी तो उसने मुस्कराते हुए कहा, 'तुम चाहो तो मेरा चुम्मा भी ले सकती हो।'

निमिष भर के लिए वह अवाक्-सी उसकी आंखों में झाँकती रही और दूसरे ही क्षण गले में बाँहें डालकर उसके गुलाबी ललाट पर अधखुले होंठों का चुम्बन जड़ दिया। भिखारिन का संयम भी डगमगाने लगा तो दोनों हाथ से दासी के गाल थामकर अपने फरफराते अधर उसके होंठों पर चिपका दिए। राजा विमूढ़-सा उस अप्रत्याशित मधु-मिलन को घूरता रहा। और अपने भीतर हिम्मत जुटाने की भरसक चेष्टा करता रहा। आखिर उसके साहस ने करवट बदली और काँपती अँगुलियों से भिखारिन की बाईं कलाई सहलाने लगा। अधमुँदी आँखों से देखने पर जब उसे पूरा विश्वास हो गया कि झिलमिलाती अप्सरा ज्यों-की-त्यों अपने पाँवों पर अवस्थित है तो उसकी खुशी का पार नहीं रहा।

हठात् वीणा-सी झङ्कृत खिलखिलाहट सुनकर राजा की पलकें पूरी उघड़ गयीं। और वह बौराया-सा उस अकल्पनीय रूप की आभा अपनी चिर तृषित आँखों से निगलने लगा। मानो स्वयं प्रकृति ही अपनी अपूर्व छटा समेट कर इस नारी-देह में प्रतिष्ठित हो गयी हो। नारी सहवास के भरम-भरम में वह अब तक खामखाह सन्तुष्ट होता रहा। आज जनम-जनम की भरपाई एक साथ हो जाएगी। दुनिया में आज दिन तक किसी पुरुष के भाग्य में ऐसा सुयोग नहीं जुड़ा होगा। मात्र दो पुतलियों से इस अप्रतिम सौन्दर्य की झलक पाना भी सम्भव नहीं है। उस अनिर्वचनीय गुञ्जार की मादकता का अनियन्त्रित प्रभाव राजा की नस-नस में घुलता जा रहा था। क्षण-क्षण उजागर होती कायरता में राजमद के अहङ्कार की बाढ़-सी आने लगी। उसने उन्मादित दृष्टि से दासियों की तरफ देखा और अधीर स्वर में पूछा, 'अब और कब तक इस अप्सरा की देह बमावट लिबास में ढँकी रहेगी, तुम्हें कुछ होश भी है...?'

सहसा उस अपूर्व निनाद पर जैसे वज्रपात हो गया हो। अप्सरा की आँखों में सहानुभूति की बजाय अङ्गारे दहक उठे। कड़कती वाणी में उपहास के लहजे में कहने लगी, 'आखिर देर-सबेर हजूर को होश आ ही गया। बाघिन के डर से मुक्ति मिल गयी! लेकिन बाघिन तो मेरे सामने उतनी ही असहाय और निर्बल है, जितने कुछ देर पहिले आप थे। फिर भी वह ताकत मैं आजमाऊँगी नहीं। जिस नीयत से आपने मुझे बुलाया है, उसमें बाधा डालने की बजाय, सहयोग करूँगी। आपको पति के रूप में स्वीकार करना चाहूँगी, मगर एक शर्त पर...।'

राजा के उत्साह को जैसे पाँखें लग गयी हों। दो कदम आगे बढ़कर आवेश में बोला, 'तुम्हारी कोई भी शर्त मानने को तैयार हूँ, लेकिन मेरे संयम की अब और परीक्षा न लो। एक-एक क्षण मेरे लिए असह्य हो रहा है...।'

'और मेरे लिए भी...!' समझ नहीं पड़ता कि मैं अब तक ये शर्मनाक आभूषण और यह निर्लज्ज वेश क्योंकर धारण किए रही? मैं कुदरत की बेटी हूँ, आकाश की दुलारी हूँ, वर्षा की लाड़ली हूँ। यदि फूलों के झाड़ को, मिमझर से महकते नीम को, स्वर्णिम सितारों से आच्छादित बबूल को, लहरों से मचलती नदी को आवरण की आवश्यकता नहीं है तो मुझे इस घिनौने बनाव-सिंगार की दरकार क्यों होनी चाहिए? यदि चाँद सूरज को बदली सुहाए तो मुझे ये वस्त्र सुहाएँ। भला पहाड़ व टीलों को कौन परिधान पहिना सकता है? सृष्टि-कर्ता के वश की भी यह बात नहीं है। फिर मैंने यह शृंगार क्यों कबूल किया? राजमहल के दूषित वातावरण में शायद मेरी भी मति भ्रष्ट हो गयी हो। लेकिन अब एक क्षण भर की देर भी मेरे लिए असहनीय हो रही है...।'

'और मेरे लिए भी...!' राजा ने कामुक मुस्कान का इजहार करते हुए कहा।

फिर बिना किसी उत्तेजना के प्रकृति के वह कुमकुम कन्या सहज भाव से एक-एक गहना उतारने लगी। रेशमी ओढ़नी के बाद उसने सुरङ्गी कुरती उतारकर नीचे रखी। फिर कञ्चुकी। नाड़े की गाँठ खुलते ही लहँगे का घेरा पाँवों के चारों ओर बिछ गया। पाँच जोड़ी आँखें एक बारगी तो उस निरावृत्त नैसर्गिक आभा को झेल नहीं सकीं। बिना किसी चेष्टा के अपने-आप एक साथ बन्द हो गयीं। जब वह आभा बन्द आँखों से भी ओझल नहीं हुई तो स्वतः एक साथ ही वापस खुल गयीं, जैसे उन पुतलियों में पहली बार अजस्र ज्योति उत्कीर्ण हुई हो। प्रकृति में जितना-कुछ भी अद्वितीय सौन्दर्य है, उस इकलौती नारी-देह में स्थापित हो गया था। किसी भी अङ्ग-प्रत्यङ्ग के लिए कोई भी उपमा सार्थक नहीं थी और तो और पूर्णिमा के चाँद की उमपा भी उपले से बेहतर प्रतीत नहीं हुई।

चारों दासियों को ऐसा महसूस हुआ मानो उस सम्यक् रूप की छाया चार टुकड़ों में बँट गयी हो। फिर भी प्रत्येक छाया अपने-आप में पूर्ण और जीवन्त थी। उधर राजा की मनःस्थिति का तो पूछना ही क्या! जैसे शराब के भीम-तालाब से तैरकर आया हो। भिखारिन को खुश करना क्या मुश्किल है? रूखे-बासी टुकड़े और एक उतरा हुआ वेश! फिर भी उसने अपने सामर्थ्य की गरिमा के अनुरूप ऊँचे-से-ऊँचा आँका। यह दाँव तो किसी भी सूरत में खाली नहीं जाएगा। आखिर है तो उसी के राज्य की रैयत! तनिक गुमान के लहजे में बोला, 'मैं बिना सुने ही तुम्हारी शर्त समझ गया। राज्य का सारा खजाना तुम्हारे चरणों में निछावर कर दूँगा।'

'जिस पर तुम्हारा कोई अधिकार नहीं है। कुछ भी हो...दुनिया की तमाम दौलत तो राज्य के खजाने में नहीं है। इस संसार में तुम जैसे हजारों राजा किलबिला रहे हैं। कोई छोटा तो कोई बड़ा।...और जिस खजाने की मुझे सपने में भी जरूरत न हो, भला उसकी चाहना मैं क्यों करने लगी? माँ की सीख मुजब मैं तो दो जून खाने का भी एक साथ जुगाड़ नहीं करना चाहती। क्योंकि वह मुझे ऐसी ही दुर्लभ सम्पदा सौंप गयी है, जिसे कोई भी लूट नहीं सकता। वह अमूल्य धरोहर बाहर नहीं, मेरे भीतर है, जो ललाट की आँखों से नजर नहीं आती।'

राजा ने तनिक सोचकर उससे भी बड़ी बोली लगाई, 'मैं तुम्हें आजीवन अपनी पटरानी बनाकर रखूँगा...।'

'पटरानी! अब तक कितनी पटरानियाँ बना चुके हो? याद है?' भिखारिन ने विद्रूप की अदा में मुस्कराते पूछा।

राजा ने तत्काल हामी भरते कहा, 'सब याद है। अच्छी तरह याद है। अब तक बीस पटरानियाँ बना चुका हूँ...दो या तीन साल के दौरान।'

'आप इक्कीसवीं पटरानी होंगी।' सबसे छोटी दासी ने व्यंग्य की मुद्रा में कहा।

'बिल्कुल ठीक बताया इसने।' राजा ने उल्लास में हामी भरते कहा, 'यह हिसाब में बहुत होशियार है।'

'और मैं पटरानी बनते-बनते रह गयी।' सबसे सुन्दर दासी ने पछतावे का अभिनय करते कहा।

'क्यों?' कुदरत की लाड़ली ने सहज भाव से पूछा।

'तीन की बजाय, चार दिन की मजबूरी के कारण।' जवाब देने से पहिले वह थोड़ी सकुचा गयी। पर अगले ही क्षण निशंक भाव से कहने लगी, 'अब सोचती हूँ, चलो अच्छा ही हुआ। बहुत अच्छा हुआ।'

राजा के आश्चर्य की सीमा नहीं रही। मामूली रुष्ट भाव से पूछा, 'मेरी पटरानी नहीं बनना अच्छा हुआ, यह कैसे? उस दिन तो बार-बार चिरौरी कर रही थी। आँसू बहा रही थी...।'

'उस दिन यह नासमझ थी...।' चुलबुली दासी ने चुटकी काटते सफाई दी।

'और आज इतनी समझदार हो गयी? खैर छोड़ो इन बेहूदी बातें को। राजा की सेज का मान रखना आसान नहीं है। आज तो इस अप्सरा को...।'

'अप्सरा नहीं, भिखारिन कहिए, दर-दर की भिखारिन! मैं अपना कद छोटा नहीं करना चाहती। अच्छा बाबा, कुछ भी कह लो। मेरे लिए सब समान है। अभी-अभी आपके व्यवहार से मुझे अभेद की दृष्टि मिली है कि राजा और रङ्क सब बराबर हैं। किसी में कुछ भी भेद नहीं है। मेरी माँ को यह दृष्टि ठेठ बचपन में ही मिल गयी थी।'

राजा ने बेताब होकर बीच ही में टोका, 'ये पहेलियाँ बाद में बुझाना। पहिले मेरी बात तो सुनो। क्या कह रहा था मैं...?'

'आज तो इस अप्सरा को...।' सलौनी दासी ने अधूरी बात का सून सुलझाया।

'ठीक, बिल्कुल ठीक...' राजा ने खुश होकर ताली बजाते कहा, 'आज तो इस अप्सरा को देखकर ऐसा लगता है कि मैंने अब तक औरत के सहवास का स्वाद चखा ही नहीं। बेकार हाथ-पाँव मारे...।' फिर उस निर्वस्त्र नैसर्गिक रूप की ओर आँखें टमकारते कहने लगा, 'सौतिया-डाह की पीड़ा खूब समझता हूँ। आज इनके सामने सङ्कल्प करता हूँ कि मैं रानियों को छोड़ दूँगा। तुम्हारे रङ्गमहल से बाहर एक कदम भी नहीं रखूँगा। इसके अलावा कोई दूसरी शर्त भी हो क्या सकती है...?'

'जिसे समझाने पर भी तुम समझ नहीं सकोगे, क्योंकि तुम राजा हो। अपने सिवा तुम किसी का भी अस्तित्व स्वीकार नहीं करते—माँ-बाप का भी नहीं, सन्तान का भी नहीं और अपनी रानियों का भी नहीं।...मैं जाने-अजाने सपने में भी ऐसी भूल नहीं करूँगी, जिससे दूसरों को तकलीफ हो। बेचारी रानियों ने मेरा क्या

बिगाड़ा है? मैं तो उन्हें जानती तक नहीं। अधिक बहकने की जरूरत कहाँ है? पहिले ही बता चुकी हूँ कि तुम्हें पति के रूप में अंङ्गीकार करने को तैयार हूँ। क्योंकि दुनिया के सभी पुरुष मेरी नजर में समान रूप से कायर हैं। अशक्त है। समान रूप से बर्बर और दम्भी हैं। शक्ल-सूरत और सामाजिक स्थिति में भिन्न होते हुए भीतर से सब एक हैं। इसलिए चयन या वरण की स्वतन्त्रता का अब मेरे लिए कोई अर्थ नहीं है। निहायत मामूली-सी शर्त है कि शादी के बाद भी मैं भीख माँगने का पुण्य कर्म छोड़ूँगी नहीं। तुम राजा रहो, न रहो, मगर मेरा पति होने के नाते तुम्हें मेरे साथ भीख माँगनी पड़ेगी। बाकी सारे काम नगण्य और तुच्छ हैं—चाहे वह व्यापार से सञ्चित माया हो, चाहे युद्ध में जीता हुआ कोई रजवाड़ा हो। माँ कहती थी कि जिस धन्धे से लालसा बढ़े, अहम का इजाफा हो, वह अपराध है। यह आत्मबोध मुझे आज ही हुआ। कल तक मैं भी कुछ-कुछ अज्ञानी थी। पूरा कोहरा आज ही छँटा है। इसलिए राजा, सिंहासन और मुकुट की औकात का साफ-साफ पता चल गया। इस तरह का आत्मज्ञान समय और पोथियों का मोहताज नहीं होता।'

राजा ने कितनी बात सुनी, कितनी नहीं सुनी। कितनी समझी, कितनी नहीं समझी, स्वयं उसे भी इसका इल्म नहीं था। अचानक जाने क्या सोचकर उसने बौखलाए स्वर में कहा, 'मेरी पटरानी होकर तुम दर-दर भीख माँगोगी और मैं राजा होकर तुम्हारे साथ प्रजा के सामने हाथ पसारूँगा, इसकी बजाय तो मेरा मर जाना ही बेहतर है...।'

लहँगे का घेरा लाँघकर वह राजा के ऐन सामने खड़ी होकर बोली, 'तुम्हें अब भी मुगालता है कि तुम जिन्दा हो?'

राजा को यह प्रश्न बहुत ही बचकाना लगा। बड़प्पन की मुद्रा में पूछा, 'जिन्दा नहीं होता तो तुमसे बातचीत क्योंकर करता? मेरे मन में तुम्हारे लिए सहवास की कामना कैसे जागृत होती? मुरदा तो साँस भी नहीं ले सकता और न उसकी कुछ इच्छा ही होती है। किसी से भी पूछ लो, एक बच्चा भी यह बात बता देगा...।'

भिखारिन अट्टहास करके इतनी जोर से हँसी, जैसी उसकी दिगम्बर देह के बाहर एक अभेद्य कवच तन गया हो। हँसते-हँसते ही बोली, 'जीने के निमित्त मनुष्य की मर्यादा के अनुरूप इतना ही काफी नहीं है।' वह बीच में चुप होकर इधर-उधर देखने लगी, 'अब इससे अधिक राजमहल की सड़ी-गली हवा में साँस नहीं ले सकती। तुम्हारी तुच्छता के दरपण में अपने नैसर्गिक वैभव का मुझे आज ही अहसास हुआ। मानो अस्त होता हुआ सूरज अपना समूचा प्रकाश मुझे ही सौंप गया हो। जाते समय एक छोटी-सी दुआ जरूर करना चाहूँगी कि भगवन तुम जैसे भ्रमित लागों को सुमति दे...।'

राजा के गले में जैसे कोई कँटीली चीज फँस गयी हो। अटकते-अटकते बोला, 'तुम्हारी पहेलियों का मायना दीवानजी बताएँगे। उन्हें बुलवाता हूँ...।'

भिखारिन ने आदेश की मुद्रा में दृढ़ स्वर से कहा, 'किसी को भी बुलवाने की जरूरत नहीं है। दूसरों की समझ से चलने वालों की छाया से भी मैं बचना चाहती हूँ। तुम अपनी जैसी-तैसी समझ का ही भरोसा करो तो अच्छा है।'

राजा एक दीन-हीन याचक की नाईं आँखें फाड़ टुकुर-टुकुर देखता रहा और कुदरत की वह इकलौती कन्या राजमहल का तामझाम ठुकराकर मुक्त हवा की दिशा में अपने कदमों की सुदृढ़ ताल पर आगे बढ़ती रही।

तेरस का चन्द्रमा उसे राह सुझा रहा था कि अकस्मात् सहमते कदमों की आहट सुनाई दी तो उसने पीछे मुड़कर देखा। निर्भीक स्वर में धीरे-से पूछा, 'कौन है?'

एक थरथराती वाणी प्रकट हुई, 'यह तो मैं दीवान...नहीं-नहीं, एक अदना-सा भिक्षुक, जो तुम्हारे साथ जीवन-पर्यन्त भिक्षा माँगने के लिए लालायित है।'

झीनी चाँदनी का इन्द्रजाल चीरकर एक तीखी हँसी गूँजी, 'बहुत अबेर हो चुकी। यदि पहली मुलाकात में ही डाँट-फटकार के बदले सच्ची मंशा दरसाते तो मैं धोखा खा सकती थी। लेकिन अब तुम्हें अच्छी तरह पहचान गयी हूँ कि तुम जैसे लोग भिक्षा जैसे महान कर्म को भी जुठला देंगे। उसकी गरिमा नष्ट कर दोगे। एक कदम भी आगे मत बढ़ना। तुम इसके योग्य नहीं हो। राज का काम-काज सँभालो, उसी में खैरियत है।'

दीवान के पाँव जैसे वहीं चिपक गये हों। वापस लौटने की क्षमता भले ही हो, मगर आगे बढ़ने की खातिर वे सर्वथा पंगु थे।

राजमहल की गुमटियों पर हाथ में मशाल थामे पहरेदार कठपुतलियों के उनमान देखते रहे और वह निसर्ग कन्या झिलमिल चाँदनी की ओट लिये निरन्तर आगे बढ़ती हुई लीन हो गयी—झाड़-झङ्खाड़ों में, गाछ-बिरछों में। फूलों में, बादल, सूरज, चाँद, पञ्छी-जिनावर, नदी-पर्वत, निर्झर और समन्दर में नितान्त निर्वस्त्र! कुछ भी बनाव-सिंङ्गार नहीं गहने-गाँठे नहीं। वह स्वयं ही अपना सिंगार थी। अपना आभूषण थी। अपना उजास थी।...और उसके द्वारा परित्यक्त राजपाट छोटी-बड़ी समस्त चीजों की खातिर मनुष्य आज भी हाथ-पाँव पछाड़ रहा है। उनके पीछे अविराम भाग रहा है, मानो किसी पागल कुत्ते ने उसे ठौर-ठौर काट लिया हो।

□□□